아시아학술연구총서 3

동아시아의 기억과 방법으로서의 서사

아시아학술연구총서 3

동아시아의 기억과 방법으로서의 서사

가천대학교 아시아문화연구소

역락

　'가천대학교'는 2012년 3월 경원대학교와 가천의과학대학교의 통합으로 새롭게 출범했습니다. 2006년부터 시작된 가천의과대학과 가천길대학의 통합, 경원대학교와 경원전문대학의 통합을 거쳐 대한민국 역사에 유례가 없는 건실한 4개 대학 간의 자발적 통합은 사회적으로 큰 주목을 받았습니다. 가천대학교 아시아문화연구소는 경원대학교 아시아문화연구소를 그대로 계승하여 대학 통합의 정신과 새로운 건학이념을 인문학 연구의 측면에서 구체화하고자 노력하고 있습니다. 본 연구소는 1994년 개소 이후 지금까지 꾸준히 한국을 비롯한 아시아 여러 나라들의 문화에 대한 비교 연구와 각 지역의 언어, 문학, 문화, 미디어, 역사, 사상 등에 대한 학술적 접근을 시도해 왔습니다. 뿐만 아니라 국내외적으로 다양한 형태의 학술교류를 기획하여 아시아 지역의 평화 공존을 실현하기 위한 문화공동체의 형성에도 관심을 쏟아 왔습니다. 그러한 가운데 연구자들 간의 국제적인 네트워크를 다지면서 이루어진 아시아의 과거, 현재, 미래에 대한 폭넓은 논의들은 연구소에서 진행하고 있는 많은 사업들의 중요한 토대가 되었습니다. 현재 학술지 발간, 국제학술대회와 국내학술대회 및 아시아문화포럼, 아시아문화공연, 각종 프로젝트 진행, 각종 총서 발간 등 많은 일들이 동시적으로 진행되고 있습니다. 특히 총서 발간은 본 연구소가 추진하고 있는 모든 사업의 최종 결과물인 만큼 앞으로 많은 연구자들의 관심과 성원을 기대합니다.

이번에는 세 번째로 <아시아학술연구총서>를 출간하게 되었습니다. '동아시아의 기억과 방법으로서의 서사'를 주제로 기획된·이번 총서는 '동아시아 지식사회와 문화 커뮤니케이션', '담론의 공간으로서 동아시아'에 이어 본 연구소가 장기적인 과제로 설정하고 있는 인간과 '이야기'의 문제를 다루고 있습니다. 인간은 누구나 '이야기'를 하면서 살아갑니다. '호모 나란스(Homo Narrans)'란 바로 이러한 특징에 주목하여 인간을 설명하고자 하는 새로운 인간학의 용어라 할 수 있습니다. 이야기를 하면서 산다는 것은 단순히 이야기를 구성하고 전달하는 것에 그치는 것이 아니라 세계를 경험하고 해석하고 표현하는 중요한 방식으로 '이야기'를 받아들이고 사는 것을 의미합니다. 다시 말해 이야기는 삶의 방식으로 자리매김 되는 것입니다. 이 책은 이러한 점에 착안하여 근대 동아시아의 역사와 문학과 문화에 대해 '기억'과 '서사'를 키워드로 조명해 본 것입니다. 이 책에 담긴 각각의 글들은 대부분 최근 3년간 본 연구소의 한국연구재단 등재학술지『아시아문화연구』에 실린 글 중 '기억' 혹은 '서사'와 관련된 것을 엄선하여 다소의 수정을 가한 것입니다. 그 내용은 다음과 같습니다.

제1부, '서사와 텍스트'는 주로 문학 텍스트에 대한 정밀한 분석을 바탕으로 한 글들로 이루어져 있습니다. 첫 번째 논문인 박진수의 「기억과 서사, 구술과 필기－아쿠타가와 류노스케 「갓파」를 중심으로」는 아쿠타가와 류노스케의 「갓파」의 창작 동기, 문체와 표현에 관해 논하고 있는 글입니다. 필자는 근대 일본의 대표적 작가 아쿠타가와 류노스케 만년의 문체상 특징으로서 괄호 (   )를 많이 사용하고 있는 점을

지적하면서 괄호란 서술상의 부연 설명과 같은 것인데 지문 속에 녹여 넣지 않고 굳이 한 걸음 물러서서 속에 주석을 다는 것은 지문과는 좀 다른 입장에서 서술하고 싶은 욕망, 이는 무언가에 대한 일종의 강박과 자기분열이 작용했기 때문임을 분석적으로 밝히고 있습니다.

최성실의 「동아시아 영화 서사와 문화 스토리텔링」은 서사와 문화 스토리텔링의 통섭적인 연구가 가능한 국면들을 구체적인 텍스트 분석을 통해 논의하고 있는 글입니다. 필자는 한·중·일 영화들이 여성 섹슈얼리티, 낭만적 사랑 등을 통해 지배문화를 되받아 쓰는 문화 스토리텔링의 가능성을 잘 보여주고 있음을 지적합니다. 한편 필자는 시대적인 편차가 있지만 공통적으로 돌이킬 수 없는 죽음 충동을 통해 밖으로부터 강요된 국가주의를 부정하고 내적 자율성을 찾아서 극단적인 결말을 감수하는 문화 텍스트의 정치적 무의식을 읽어내고 있습니다.

최범순의 「메이지 30년대 문학의 한 가능성—사회소설과 '미적 생활론'의 접점」은 메이지 30년대 문학, 특히 우치다 로안(內田魯庵)과 다카야마 초규(高山樗牛)의 소설과 평론에 주안점을 두고, 두 문학자의 문학적 지향과 시대인식이 당시 시대상황에 대한 비판적 인식에 기초한 점을 밝히고 있습니다. 또한 이들과 그 후 이어지는 메이지 자연주의 문학과의 적지 않은 영향 관계를 지적하고자 한 것입니다.

윤상현의 「「라쇼몽(羅生門)」에 나타난 하인(下人)과 도둑의 상관관계—<생래성범죄자설> 관점에서 본 하인의 외형적·신체적 특징을 중심으로」는 아쿠타가와 류노스케의 소설 「라쇼몽」에 나타난 하인의 외형적 신체적 특징에 나타난 동물적 이미지를 롬브로조(Lombreso)의 '생래성범죄자설(生來性犯罪者說)—격세유전'과 비교 분석한 글입니다. 여기서는 하인과 노파의 행위가 선천적으로 도둑이라는 범죄와 필연적인 관련성 갖는다는 것을 규명하려 한 흥미로운 글입니다.

제2부 '시선과 상상의 수사학'은 주로 영화나 회화 등 시각예술이 지닌 혹은 이를 둘러싼 서사의 시대적 의미를 다룬 글들로 이루어져 있습니다. 첫 번째 논문은 유강하의 「<센과 치히로의 행방불명> 노자(老子)의 시선으로 읽기」입니다. 필자는 이 논문에서 일본의 애니메이터 미야자키 하야오(宮崎駿) 감독의 <센과 치히로의 행방불명>을 노자(老子)적 시선으로 분석하고 있습니다. 인간의 탐욕으로 황폐화된 세상을 치유할 수 있는 것은 무엇인가? 이기심에 물들지 않고 계산을 따지지 않는 어린 소녀, 노자적 의미에서 보았을 때 가장 이상적인 인간형인 '유약하지만 물처럼 부드러운' 소녀 치히로야 말로 진정한 치유를 가능케 한다고 필자는 설명하고 있습니다.

양지영의 「'조선미'를 서사하는 <조선민족미술관>」은 조선에서 행해진 야나기 무네요시(柳宗悅)의 문화 활동을 분석하고 있는 논문이다. 이 논문에서 필자는 조선민족미술관이 시라카바파(白樺派)의 활동 중에 키워진 예술적 소양(서양중심주의에서 초극)에서 형성된 것으로 보고 있습니다. 야나기가 서양과 대등하게 위치 지어지는 동양의 발견, 그리고 서양과 동양이 조화를 이루는 것을 통해 완전한 보편이 실현되는 것을 보았다는 것입니다. 즉 시라카바적인 감성으로 조선의 미를 '애(愛)'라고 하는 보편성을 가지고 이해하려고 했고 이러한 '조선미'의 해석은 기존의 미술사에서 나타나는 가치의 차별을 없애는 것이기도 했다는 것입니다.

박성혜의 「티베트 영화에 대한 소고(小考)─<티베트에서의 7년>을 중심으로」는 영화 <티베트에서의 7년>이 지금까지 피상적인 이해와 접근으로 많은 비판을 받기도 했지만, 한편으로는 티베트 문제를 전 세계에 알리고 상기시키는데 큰 역할을 했음을 분석하고 있는 글입니다. 또한 이러한 의미에서 그 외 티베트를 소재로 한 다른 영화들, 특히 '사실성'을 내세우는 영화들일수록 더욱 치밀하게 사실과 허구를 구분하는 작업이 필요하며, 이러한 균형감 있는 감상과 이해를 필요하다고 필자는 주장하고 있습니다.

김지연의 「다케히사 유메지와 관동대지진 그리고 조선－회화와 사상성」은 다케히사 유메지(竹久夢二)의 시대와 사회에 대한 의식을 주제로 삼고 있습니다. 다케히사는 국가권력의 횡포나 집단 심리를 부정했고 반 권력과 반 권위의 자세를 내부에 감추고 학대받는 약자와 자유를 빼앗긴 서민 대중을 위해 작품을 창작했습니다. 그는 개혁파와 보수파의 어느 쪽에도 기울어지지 않았지만 언제나 약자의 입장－여성이나 어린이, 유태인, 조선인－에서 행동하였고, 그러한 의미에서 그의 『도쿄재난화신』은 더욱 높게 평가받아야 한다는 것입니다.

제3부 '기억과 주체의 경계를 넘어서'는 역사의 기억과 주체의 작용과의 내적 관련성을 논한 글들로 이루어져 있습니다. 먼저 서동주의 「'타락', 전후를 넘는 상상력－사카구치 안고(坂口安吾) '타락론'에서의 문화·주체·역사」는 사카구치 안고의 '타락론'이 욕망의 자유를 긍정하는 입장에서 어떻게 권위의 붕괴와 가치의 상실이라는 패전 직후의 상황을 끌어안으려는 지향을 표명하고 있는가를 분석하고 있는 글입니다. 필자는 그것이 반(反)도덕의 데카당스 혹은 니힐리즘의 성격을 갖는다고 하는데, 실제로 안고는 '타락론'을 전후로 한 여러 글을 통해 순결과 정조의 관념 그리고 그것을 뒷받침하는 가정(家)이라는 제도를 비판하면서 자유로운 성(性)을 빈번히 주제화했다고 지적합니다.

류시현의 「1930년대 안재홍의 '조선학 운동'과 민족사 서술」 1931

년 신간회 해소 시기부터 1930년대 중반 '조선학운동' 시기까지 안재홍의 조선 역사와 문화에 관한 다양한 연구 성과를 검토함으로써, 1920년대 그의 조선 역사와 문화인식과의 유사점과 차이점을 살펴보고, 나아가 식민지 민족주의계열의 학문적 실천과정인 '조선학운동'에 접근하고자 했습니다. 즉 1930년대 '조선학운동' 중 안재홍의 조선 역사와 문화 연구는 '과학적 방법론'으로 대표되는 근대적 학문 방법론을 토대로 해서 조선적인 정체성을 찾는 학술운동이었다고 지적합니다. 이러한 '조선학운동'에 관한 접근은 과거 사실에 관한 이해를 넘어서 해방 후는 물론 현재 한국에 관련된 문화적 접근인 '한국학/국학' 연구의 기원을 찾는 작업과 연동된다는 것입니다.

윤해동의 「동아시아 식민주의의 근대적 성격―'예'로부터 '피'로의 이행」은 동아시아의 질서가 서구로부터의 충격을 수용하면서 '예'의 질서로부터 '피'를 지향하는 힘의 질서로, 요컨대 '도덕적인 위계'를 바탕으로 삼는 '화이질서'로부터, 동등한 주권국가 사이에서 구성되는 것으로 상정되는 '국가간 질서'로 이행하였다고 보고 있다. 이와 함께 일본제국주의의 식민주의 이데올로기는 취약한 사명 이데올로기와 무딘 근대성의 수사학 그리고 그와 대비되는 노골적인 동일성의 논리로 구성되어 있었다고 합니다. 하지만 그 식민성의 논리는 동양(아시아)을 향한 것으로 다시 위장되어 있었고 자신이 속한 문명을 침략하고 지배해야만 하는 역설 속에 일제 식민주의의 취약성과 기만성이 감추어져 있었다는 것입니다.

이남호의 「김수영의 시 「눈」의 해석에 대한 연구」는 해석상의 혼란과 의문은 "눈은 살아 있다"가 내포하고 있는 비유적 의미를 새롭게 해석함으로써 해결할 수 있다는 것입니다. 이 시에서 눈의 의미는 기존

연구가 공통적으로 수용하는 어둠과 대결하는 순결과 생명력이 아니라 오히려 현실의 추함을 숨기는 거짓과 은폐라고 합니다. 즉 여기서 「눈」은 현실의 거짓과 위선에 대한 시인의 부당한 현실에 대한 부정 의지를 매우 효과적으로 보여주는 작품이라고 필자는 해석하고 있습니다.

이와 같은 내용으로 구성된 이번 <아시아학술연구총서3>은 2010년 이후 대폭 보강된 본 연구소의 연구진과 운영진의 협력과 상호 이해를 바탕으로 빛을 보게 되었습니다. 이 책을 엮어내기까지 원고의 수합과 체제구성에 애를 써주신 학술연구교수 윤상현 선생님과, 총서 간행 실무회의에 적극적으로 참가해주신 권희주 선생님, 김윤정 선생님, 양지영 선생님, 유수정 선생님께 깊은 감사의 말씀을 드립니다. 또 총서 제1권부터 지금까지 모든 발간 관련 일들을 맡아 주신 글로벌 교양학부 최성실 교수에게도 감사를 드립니다. 이번에도 이 책을 출간하도록 배려해주신 역락 출판사 이대현 사장님과 편집진 여러분들께 심심한 감사의 말씀을 올립니다.

2012년 8월
가천대학교 아시아문화연구소장 박 진 수

제2부　시선과 상상의 수사학

제1부

서사와 텍스트

기억과 서사, 구술과 필기
―아쿠타가와 류노스케 「갓파」를 중심으로―

박 진 수

Ⅰ. 머리말

아쿠타가와 류노스케(芥川龍之介, 1892~1927)는 다이쇼(大正) 시기(1912~1926)에 활동한 일본 근대소설의 대표적인 작가이며 「갓파(河童)」는 잡지 『가이조(改造)』 1927년 3월호에 게재된 그의 만년(晩年) 작품이다. 갓파란 일본 전역에 걸쳐

[그림 1]

고래(古來)로부터 전승되는 요괴 혹은 전설상의 동물인데 형상이나 습성에 관한 이야기가 지역마다 조금씩 다르다. 주로 헤엄을 잘 치며 손과 발에 물갈퀴가 있는데 벌거벗은 어린 아이와 같은 몸을 하고 있고 머리에는 접시를 얹어 놓은 듯하다고 믿어지는 점은 일본의 동부나 서부

에서 공통적으로 이야기 되고 있다. 아쿠타가와는 소년 시절부터 갓파 전설과 같은 괴기담을 좋아했다.[1] 일찍이 1922년 4월에도 「갓파(河童)」 라는 동명의 소설을 남긴 바 있으나 인플루엔자에 걸려 미완에 그치고 말았다. 뿐만 아니라 하이쿠(俳句)나 수묵화에도 곧잘 갓파를 소재로 삼 기도 했다.[2] 제 본 논문에서 다루고자 하는 만년작 「갓파」는 1927년 2 월 11일 경에 탈고한 것으로 보인다. 아쿠타가와는 「갓파」 집필 중에 사이토 모키치(齋藤茂吉)에게 보낸 편지에서 스스로 '걸리버 여행기 식의 것도 제조 중(グァリヴァの旅行記式のものをも製造中)'(1927년 2월 2일)이라 하여 우의적인 소설을 쓰고자 한 의도를 비쳤다. 또한 탈고 직후의 감 상을 사사키 모사쿠(佐々木茂索)에게 보낸 편지에서 '갓파 106매 탈고, 다소 울회(鬱懷)를 해소했다(河童百六枚脫稿。聊か鬱懷を消した)'(1927년 2월 16 일)고 적고 있다. 집필 동기에 관해서는 요시다 야스시(吉田泰司)에게 보 낸 편지에서 '갓파는 모든 존재에 대한 특히 나 자신에 대한 데구 (dégoût, 프랑스어. '혐오'의 뜻)에서 탄생했습니다(河童はあらゆるものに對す る、――就中僕自身に對するデグウから生まれました)'(1927년 4월 3일)라며 회 고하고 있다.[3]

　아쿠타가와는 만년의 정신적 위기를 「신기루(蜃氣樓)」(『婦人公論』 1927 년 3월호), 「톱니바퀴(齒車)」(『文芸春秋』 1927년 10월호) 등의 작품을 통해 표 출하고 있지만, 전설상의 동물을 등장시켜 비현실적인 이야기를 전개 해가며 소설로서의 재미를 주는 「갓파」는 대단히 이채를 발하는 작품

---

1) 岩井寬, 『芥川龍之介　芸術と病理』, 金剛出版, 1969, 63쪽 참조.
2) 吉田精一, 『吉田精一著作集　第1卷　芥川龍之介Ⅰ』, 櫻風社, 1997, 223쪽 참조. 아쿠
　타가와는 갓파를 소재로 한 그림을 많이 그렸는데, 대표적인 것으로 야마구치현
　립문학관(山口縣立文學館) 소장 수묵화 「水虎晩歸之図」가 있다. [그림 1] 참조.
3) 芥川龍之介, 『芥川龍之介全集第 二十卷』, 岩波書店, 1997, 278쪽, 282쪽, 291쪽 참조.

이다. 그러한 점에서 '자기 체험을 계속 승화시킨 아쿠타가와 문학의 도달점(自己体験を昇華し續けた芥川文學の到達点)'[4]이라 할 만하다.

소설 「갓파」에는 시인, 철학자, 예술가, 학생, 종교인 등의 문화계와 의사, 기업가, 재판관 등 사회의 상층부를 점하는 존재들, 그리고 어부, 절도범에 이르기까지 많은 갓파 군상이 등장한다. 그러한 가운데 인간 사회와 비교하면서 출생, 연애, 예술, 노동문제, 사회, 정치, 전쟁, 종교 등의 부조리와 모순을 희화화하는 것이다. 이러한 점에서 「갓파」는 분명히 일종의 풍자소설적 특징을 갖고 있다고 할 수 있을 것이다.

아쿠타가와 만년의 심경을 반영한 소설 「갓파」는 그 특이함 때문인지 일본에서도 한국에서도 자주 연구대상이 되고 있다.[5] 현재까지 이러한 풍자소설적 특징과 정신병자의 이야기라는 설정으로 인해 갓파국에서의 체험담을 어떻게 의미화 할 것인가 하는 점에 중점을 둔 연구가 행해져왔다.[6] 그러나 본 논문에서는 텍스트의 서술 레벨과 언어태(言語態)를 분석하는 것에 중점을 두고 소설의 표현이 갖는 의미를 음미하고자 한다. 특히 괄호의 사용법을 중심으로 서술주체인 화자와 시점의 관련 방식을 검토해 볼 것이다. 이를 토대로 아쿠타가와 류노스케라는 한 작가의 정신 풍경을 포착해 보도록 하겠다.

---

4) 關口安義, 『よみがえる芥川龍之介』, 日本放送出版協會, 2006, 294쪽.
5) 關口安義, 『世界文學としての芥川龍之介』, 新日本出版社, 2007, 25쪽 참조.
6) 嶌田明子, 「「河童」論──もう一つの物語」, 『國文學論集』, 1996. 1, 55-56쪽 참조, 그 외 平岡敏夫, 「『河童』の構造」, 『芥川龍之介 抒情の美學』, 大修館書店, 1982 ; 酒井英行, 「『河童』の構造」, 關口安義編, 『アプローチ 芥川龍之介』, 明治書院, 1992 ; 大友悦子, 「芥川龍之介『河童』論」, 『日本文學ノート』 27号, 1992. 1 등이 있다.

II. 텍스트의 구성과 작중세계

「갓파」의 텍스트는 '서(序)'를 포함하여 '1'부터 '17'까지 18개의 장(章)으로 구성되어 있다. 각 장의 내용을 테마를 중심으로 정리해보면 다음과 같다.

서 : 정신병원 환자의 체험담을 듣는 상황
1 : 갓파국(國)으로 가게 된 경위
2 : 특별보호시민으로서의 생활
3 : 전설상의 동물 갓파에 대한 설명
4 : 갓파의 출산 및 유전
5 : 가족관계
6 : 연애
7 : 갓파의 예술
8 : 노동운동
9 : 정치 구조와 전쟁
10 : 예술가의 내면
11 : 맛구(マツグ)의 저서 『바보의 말(阿呆の言葉)』
12 : 법률과 사형제도
13 : 시인 돗쿠(トツク)의 자살
14 : 종교
15 : 돗쿠의 심령에 관한 기사
16 : 인간 세계로의 귀환
17 : 정신병원에의 수용과정과 병원 생활

'서'는 도입 부분으로서 화자(話者)가 정신병원에서 '매우 젊어 보이는 광인(如何にも若々しい狂人)'의 이야기를 듣는 것으로부터 시작한다.

'서'를 제외한 '1'부터 '17'까지는 바로 그 '어느 정신병원의 환자, ─
─제23호가 누구에게나 늘어놓는 이야기(或精神病院の患者、──第二十三号
が誰にでもしゃべる話)'라는 체험담을 직접 인용하는 형식으로 전개되고
있다. '서'에서 화자는 광인이 이야기하는 상황을 묘사하며 체험담을
마친 광인이 자신의 이야기를 듣던 사람 누구에게나 주먹을 휘두르고
소리를 지르며 난동을 부린다는 것까지 기술하고 있다.

광인의 체험담인 '1'에서 '17'까지 만을 놓고 보면 갓파국에서의 체
험 자체를 이야기하는 부분과 갓파국에 다녀오게 된 전후 사정을 설명
하는 부분으로 크게 나누어 볼 수 있다. 갓파국에 굴러 떨어지게 된 경
위를 설명한 '1'과 갓파라는 동물에 대한 일반적 설명인 '3', 그리고 인
간세계로 돌아오는 과정을 그린 '16'과 돌아온 후 병원에 수용되기까
지의 전말을 담은 '17'을 제외하고 '2'부터 '15'까지가 작품의 중심내
용이라고 할 수 있다. 즉 '2' '4' '5' '6' '7' '8' '9' '10' '11' '12' '13'
'14' '15'가 정신병자가 말하는 체험 세계 중에서도 순전히 갓파국에서
있었던 시간의 사건들이다.

체험담의 발화(發話) 시점은 '창밖에는 가랑잎조차 보이지 않는 떡갈
나무가 한 그루, 눈이 올 것 같은 하늘에 가지를 뻗고(窓の外には枯れ葉さ
へ見えない樫の木が一本、雪曇の空に枝を張つて)' 있는 1, 2월의 겨울로 보인
다. 갓파국에 굴러 떨어진 것이 이야기하는 시점으로부터 '3년 전 여름
(三年前の夏)'으로 되어 있으므로 작품의 중심내용인 갓파 세계에서의 체
험은 정신병자의 말을 그대로 믿는다면 일단 최근 2년 반 정도의 것이
라 할 수 있겠다. 그 체험 세계에서의 시간의 흐름은 엄밀히 확정할 수
없으나 몇 가지 서술 내용을 증거로 따져볼 수는 있을 것이다.

갓파국에 '온지 3개월째에(來た三月目に)' 대학생 랏푸(ラップ)와 거리

를 걷던 중 만년필을 도둑맞는다[4].[7] 그 '딱 한 달(一月ばかり)' 후에 범인 구룻쿠(クルック)와 우연히 마주친다[12]. 그 날 시인 돗쿠가 자살한다[13]. 이를 계기로 얼마 후 생활교(生活敎＝근대교)의 대사원을 방문한다[14]. '그리고 이럭저럭 1주일 후(それから彼是一週間の後)' 돗쿠의 유령에 관한 심령학협회의 기사를 읽는다[15]. 이를 계기로 점점 우울해져서 인간세계로 돌아온다[16]. '갓파국에서 돌아온 후 정확히 1년 쯤 되었을 때(河童の國から歸つてきた後、丁度一年ほどたつた時)' 집을 빠져나와 주오선(中央線) 기차를 타려고 할 즈음 순사에게 붙잡혀 병원에 들어오게 되었다는 것이다[17].

이렇게 볼 때 갓파국에서의 체류 기간은 적어도 4개월은 넘을 것으로 생각된다. 또 인간세계에 돌아온 지 적어도 1년 이상 지난 뒤에 정신병원에 수용된 것이다. 이렇게 볼 때 병원에 수용된 기간은 발화 시점을 기준으로 볼 때 1년 이하로 추정할 수 있다. 4개월 이상의 갓파 세계 체험과 약 1년간의 사업과 실패, 그 후 1년이 안 되는 동안 병원에 문병을 온 친구 갓파들과의 꾸준한 교류, 이렇게 보면 대략적인 체험담 내용의 시간적 흐름을 가늠할 수 있을 것이다.

갓파국을 체험한 주인공에 관해서는 정신병원 환자라는 것 외에 직업이 무엇인지, 어떠한 인생을 살았는지 구체적인 것은 알 수가 없다. 다만 시인 돗쿠와의 대화에서 '자네는 사회주의자인가?(君は社會主義者かね?)'[5]라는 질문에 대해 긍정을 의미하는 갓파어(語)'qua'로 대답하는 것으로 보아 스스로 사회주의자라고 생각하는 경향이 있음을 알 수 있을 뿐이다. '서'의 화자, 즉 체험담을 독자에게 제시하는 작품 전체의

---

7) 이후 텍스트 본문 인용 후의 [ ]는 장(章) 번호.

화자가 '그의 반평생의 경험은, ——아니, 그건 아무래도 좋다(彼の半生の経驗は、——いや、そんなことはどうでも善い)'[서]라고 했듯이 무언가 그 이상의 정보를 갖고 있는 것처럼 이야기하지만 그 내용을 공개하지는 않는다. 또 '갓파국에서 돌아온 후 정확히 1년 쯤 되었을 때, 나는 어떤 사업에 실패했기 때문에(河童の國から歸つて來た後、丁度一年ほどたつた時、僕は或事業の失敗した爲に)'라고 한 순간, 그의 난동을 우려한 'S박사'는 '그 이야기는 그만두세요(その話はおよしなさい)'[17]라고 제지한다. 적어도 '서'의 화자와 'S박사'는 소위 '사업'과 관련한 그의 인생 경험을 알고 있는 듯하다. 그러나 그의 반평생의 경험이 무엇인지? 어떤 사업에 실패했는지를 텍스트 속에서 직접적으로 포착할 수는 없다.

그 체험담을 듣고 '필기(筆記)'해 둔 것을 독자에게 전달하는 작품 전체의 화자(='서'의 화자) 역시 어떤 사람인지 분명하지 않다. 의사인지, 기자인지, 소설가인지, 그 사람이 누구인지 알 수 있는 특별한 단서가 발견되지 않는다. 주인공이 어떤 사람인지, 작품 전체의 화자는 또한 어떤 사람인지, 그리고 이들이 왜 한 사람은 체험담을 이야기하고 또 한 사람은 그것을 듣고 받아 적는지, 독자로서는 오로지 체험담의 내용과 형식, 체험담이 이야기되는 정황을 통해서만 짐작할 뿐이다.

그러나 체험담의 주인공은 자꾸 자신의 체험을 누군가에게 이야기하고 싶어 하는 경향을 가진 사람임에는 틀림없다. 뿐만 아니라 갓파국에서의 체험을 자기 나름대로 구성하여 갓파의 언어를 인간의 언어로 번역하는 시늉까지 해가면서 소상하게 전하려는 사람이다. 또 작품 전체의 화자는 그 광인의 이야기를 열심히 듣고 '꽤 정확히(可なり正確に)' 옮기고자 노력했다고 자부하는 것으로 보아 광인에 대해 상당한 관심을 갖고 있고 그의 이야기가 어떤 면에서는 매우 귀담아들을 만한 가

치가 있다고 판단하는 존재임을 알 수 있다.

그렇다면 그들이 그토록 이야기를 전달하려고 하는 이유는 무엇인가? 그리고 소설 「갓파」를 통해 독자가 받아들일 수 있는 메시지는 과연 무엇인가? 이러한 문제를 하나하나 풀어가려면 이들 두 존재, 즉 광인과 그 이야기의 전달자인 작품 전체의 화자의 서술 레벨을 구분하고 각각의 서술이 관여하는 심급(審級)을 따져보아야 한다. 그러기 위해서는 텍스트 자체를 좀 더 정밀하게 읽어보는 것이 필요하다.

Ⅲ. 서술의 레벨과 괄호의 기능

액자소설의 형식을 취하고 있는 「갓파」의 텍스트에는 기본적으로 두 가지 서술의 레벨이 존재한다. 하나는 작품 전체의 화자가 광인의 체험담을 독자에게 전달하는 시공간의 레벨, 또 하나는 그 체험담 자체의 화자인 광인이 병실 혹은 면회실에서 '누구에게나 늘어놓는 이야기(誰にでもしやべる話)'를 'S박사'와 작품 전체의 화자에게 전하고 있는 시공간의 레벨이 그것이다. 이 두 가지 서술 레벨은 똑같은 일인칭 <나(僕)>에 의해 이야기되고 있지만 별도의 존재가 전달하는 별도의 시공간적 레벨이다. 본 논문에서는 체험담을 듣고 독자에게 내용을 이야기하는 작품 전체의 화자를 '나'로, 자신의 체험담을 이야기하는 광인을 "나"로 각각 표기하기로 한다.

'나'와 "나"의 서술 레벨은 문체상으로도 명확히 구분된다. 문말어미(文末語尾)만 하더라도 실제로 '나'의 이야기는 '~이다(~である)' '~하다(~た)' 등의 평어체로, "나"의 이야기는 '~입니다(~です)' '~ㅂ니다(~

ます)’ ‘〜ㅆ습니다(〜ました)’ 등의 경어체로 서술되고 있다. ‘서’는 전적
으로 ‘나’에 의해 서술되고 있고 ‘1’부터 ‘17’까지는 “나”의 이야기를
그대로 인용한 것이지만, 마지막 장인 ‘17’의 경우는 작품 전체의 화자
‘나’가 괄호 속에서 “나”의 이야기에 설명을 달며 다시 얼굴을 비춘다.

 ‘1’부터 ‘17’까지의 긴 인용을 놓고 볼 때 ‘나’는 “나”의 체험 세계
의 바깥에 위치한 지점에서, “나”는 그 안쪽에서 각각의 이야기를 전달
한다. 작품 전체의 화자인 ‘나’는 어디까지나 정신병원 환자인 ‘그(彼)’
(=“나”)의 이야기를 듣고 있는 청자(聽者)로서의 입장에 충실할 뿐, 체험
담의 화자인 “나”의 내면에 관해서는 언급하지 않는다. 오로지 그 광인
의 말과 행동과 태도 그리고 상황만을 객관적으로 서술하고 있다. 이에
반해 “나”의 의식은 체험의 시공간과 발화(發話)의 시공간을 왕복하면서
자신의 내면의 변화까지 기술하고 있다.

 여기에서 필자가 우선 주목하고 싶은 것이 괄호의 사용법이다. ‘나’
와 “나”의 각각의 서술 레벨과 함께 간헐적이지만 또 다른 제3의 서술
상의 층위를 괄호 ( )가 구축하고 있는 것으로 보이기 때문이다. 「갓파」
의 텍스트에는 괄호, 즉 ( )가 총 32회 사용되었는데 그 쓰임새의 특징
과 변화를 지금부터 자세히 살펴보고자 한다.

 ‘서’에서는 다음과 같이 딱 한 번 사용되는데 작품 전체의 화자 ‘나’
의 눈으로 “나”가 자신의 체험담을 이야기하는 상황에 대해 부연 설명
하고 있다.

 그는 다만 가만히 양 무릎을 감싸 안고 때때로 창밖으로 눈길을
 주면서 (쇠창살이 끼워진 창밖에는 가랑잎조차 보이지 않는 떡갈나
 무가 한 그루, 눈이 올 것 같은 하늘에 가지를 뻗고 있었다.) 원장인

S박사와 나를 상대로 장황하게 이 이야기를 늘어놓았다.[8] [서]

　다음으로 갓파국에 가게 된 경위와 그곳에서 살게 되기까지의 과정을 그린 '1'과 '2'에는 괄호 (　)가 나오지 않다가 "나"의 체험담 속에서 갓파의 세계를 묘사하거나 설명하게 되는 '3'부터 다시 등장한다. 이후로 '3'에 1회, '5'에 4회, '6'에 1회, '7'에 2회, '9'에 2회, '11'에 4회, '12'에 1회, '13'에 3회, '14'에 5회, '15'에 3회, 마지막으로 '17'에 5회, 이렇게 해서 '서'의 1회까지 합하면 총 32회이다.

　여기서 이들 괄호 속에서 설명하는 목소리의 주인공은 과연 누구인가? 작품 전체의 화자 '나'인가 아니면 체험담의 화자 "나"인가? 그것을 판별하는 것은 그다지 어렵지 않다. '서'의 괄호 안은 평어체로 기술되고 있지만 '3'부터 '13'까지의 괄호는 경어체를 사용하고 있다. 따라서 '서'의 괄호 속 서술의 화자는 작품 전체의 화자이면서 '서'의 화자인 '나'이며, '3'부터 '13'까지의 괄호 속 화자는 체험담의 화자인 "나"이다. 다시 말해 '서'부터 '13'까지의 괄호 속 화자는 해당 부분 괄호 밖 지문(地文)의 화자와 일치한다고 할 수 있다. 실제로 '3'부터 '13'까지 여러 번 등장하는 괄호 안의 <나(僕)>는 체험담을 이야기하는 정신병자 "나"자신을 가리킨다.

　직접 본문의 예를 살펴보면 '3'에서 '13'까지는 일관되게 "나" 스스로가 갓파들의 세계 혹은 갓파국에서의 체험적 사건 등을 자신이 서술

---

8) 彼は唯ぢつと兩膝をかかへ、時々窓の外へ目をやりながら、(鐵格子をはめた窓の外には枯れ葉さへ見えない樫の木が一本、雪曇の空に枝を張つてゐた。)院長の博士や僕を相手に長々とこの話をしやべりつづけた。芥川龍之介，『芥川龍之介全集　第十四卷』，東京：岩波書店，1996, 102쪽. 이후「갓파」의 본문 인용은 같은 책. '텍스트'로 표기하기로 함. 한국어 번역은 필자에 의함.

하는 부분에 대해 부연 설명하는 경우에 괄호 ( )를 사용하고 있다. 다음의 예를 보자.

> ⋯⋯ 이 지하 나라의 온도는 비교적 낮음에도 불구하고 (평균 화씨 50도[섭씨 10도, 필자 주] 전후입니다.) 옷이라는 것을 모르고 지내는 것입니다.[9] [3]

> 또한 그 방 한 구석에는 암갓파가 한 마리, (돗쿠는 자유연애가이므로 마누라라는 것을 갖지 않습니다.) 뜨개질인지 뭔지를 하고 있었습니다. 돗쿠는 내 얼굴을 보자 언제나 미소 지으며 이렇게 말하는 것입니다. (하지만 갓파가 미소 짓는 것은 별로 좋아하지 않습니다. 적어도 나는 처음에는 오히려 기분 나쁘게 생각했던 것입니다.) 「야아, 잘 왔군. 어서 그 의자에 앉으시게.」[10] [5]

> 다만 맛구라는 철학자만은(이는 그 돗쿠라는 시인의 이웃에 사는 갓파입니다.) 한 번도 잡힌 적이 없습니다.[11] [6]

> 「Lied———Craback」(이 나라의 프로그램도 대체로 독일어로 되어 있었습니다.)[12] [7]

---

9) この地下の國の溫度は比較的低いのにも關らず、(平均華氏五十度前後です。)着物と云ふものを知らずにゐるのです。 텍스트 110쪽.

10) その又部屋の隅には雌の河童が一匹、(トツクは自由戀愛家ですから、細君と云ふものは持たないのです。)編み物か何かしてゐました。トツクは僕の顔を見ると、いつも微笑してかう言ふのです。(尤も河童の微笑するのは余り好いものではありません。少なくとも僕は最初のうちは寧ろ無氣味に感じたものです。) 텍스트 114쪽.

11) 唯マツグと云ふ哲學者だけは(これはあのトツクと云ふ詩人の隣にゐる河童です。)一度もつかまつたことはありません。 텍스트 118-119쪽.

12) 「Lied———Craback」(この國のプログラムも大抵は獨逸語を並べてゐました。) 텍스트 120쪽.

그런데 그 아름다운(적어도 갓파들의 이야기로는) 암갓파만은 프로그램을 꽉 쥔 채 때때로 자못 불안한 듯 긴 혀를 낼름거리고 있었습니다.13) [7]

나는 이 수달을 상대로 갓파가 전쟁을 한 이야기에 적잖이 흥미를 느꼈습니다.(아무튼 갓파의 강적으로 수달이 있다는 등의 사실은 「수호고략(水虎考略)」의 저자는 물론, 「산도민담집(山島民潭集)」의 저자 야나기다 구니오(柳田國男)씨조차 모르고 있었던 것 같은 새로운 사실이니까요.)14) [9]

순사는 오른손의 방망이를 들고(이 나라의 순사는 칼 대신 주목 방망이를 갖고 있습니다.) 「이봐, 자네」 하고 그 갓파에게 말을 건넸습니다.15) [12]

괄호 (   )를 통해 설명하고자 하는 내용은 주로 갓파 세계의 생활환경과 습관, 상식, 이에 대한 자신의 느낌이나 생각 등이다. 이러한 부연 설명을 통해 좀 더 상세한 정보를 제공하고 혹시라도 있을 수 있는 서술상의 오해를 피하고자 하는 의도로 해석될 수 있다. 그런가 하면 갓파의 언어를 인간의 언어로 번역하거나 길게 설명하는 부분도 나타난다. 다음의 경우가 특히 자세한 설명을 하는 대표적인 예이다.

---

13) が、あの美しい(少くとも河童たちの話によれば)雌の河童だけはしつかりプログラムを握つたなり、時々さもいらだたしさうに長い舌をべろべろ出してゐました。 텍스트 121쪽.

14) 僕はこの獺を相手に河童の戰爭した話に少からず興味を感じました。(何しろ河童の強敵に獺がゐるなどと云ふことは「水虎考略」の著者は勿論、「山島民潭集の著者柳田國男さんさへ知らずにゐたらしい新事實ですから。」) 텍스트 127쪽.

15) 巡査は右手の棒を上げ、(この國の巡査は劍の代りに水松の棒を持つてゐるのです。)「おい、君」とその河童へ聲をかけました。 텍스트 142쪽.

「그건 기독교, 불교, 마호멧교, 배화교 같은 것도 있습니다. 우선 가장 세력이 있는 것은 뭐니 뭐니 해도 근대교이겠지요. 생활교라고도 부르지만요.」(「생활교」라는 번역어가 맞지 않을지도 모릅니다. 이것의 원어는 Quemoocha입니다. cha는 영어의 ism이라는 뜻에 해당하겠지요. quemoo의 원형 quemal의 번역은 단순히 「살아가다」라기보다는 「밥을 먹는다든지 술을 마신다든지 교합을 한다든지」 하는 뜻입니다.)16) [14]

갓파어(語)의 번역은 괄호 바깥의 지문에도 'Quax quax'(이봐, 이봐)[2] 라든가 어부 밧구(バッグ)에 대해 '「Quax quax, Bag, quo quel quan?」' (이봐, 밧구, 왜 그래?)[2]라고 말하는 장면 등에서와 같이 자주 제시된다. 괄호 속에서 간단히 뜻을 설명하는 경우는 대부분 'qua(……「그렇다」의 뜻……)'[5] 혹은 'qur-r-r-r-r, qur-r-r-r-r(……갓파의 울음소리……)'[13] 등 간단한 어휘나 짧은 내용이지만 위의 인용은 '생활교'의 원어를 조어 방식까지 자세히 설명하고 있다. 또 어떤 경우는 다음과 같이 괄호를 통해 갓파와 인간인 자신을 구분하는 경우도 눈에 띈다.

「나? 나는 초인(超人, 직역하면 초갓파입니다.)이지.」17) [5]

……우리 다섯 명에게 선언했습니다.(실은 한 명과 네 마리입니

---

16) 「それは基督教、仏教、モハメツト教、拝火教なども行はれてゐます。まづ一番勢力のあるものは何と言つても近代教でせう。生活教とも言ひますがね。」(「生活教」と云ふ譯語は当たつてゐないかもしれません。この原語は Quemoochaです。chaは英吉利語のismと云う意味に当るでせう。quemooの原型 quemalの譯は單に「生きる」と云うよりも「飯を食つたり、酒を飲んだり、交合を行つたり」する意味です。) 텍스트 152쪽.
17) 「僕か? 僕は超人(直譯すれば超河童です。)だ。」 텍스트 115쪽.

다.)18) [13]

　　우리는 모두 목을 길게 뻗어서(하지만 나만은 예외입니다.) 폭이
넓은 맛구의 어깨 너머로……19) [13]

　　이렇게 볼 때 지문을 부연하든 대화를 부연하든 상관없이 여기서의
괄호는 또 하나의 기능을 하고 있음을 알 수 있다. 주인공은 갓파 세계
에서 보고 듣는 모든 일들을 늘 인간 세계의 것과 비교하면서 받아들
이고 있다는 것이다. 갓파의 언어를 적극적으로 배우면서도 인간의 언
어와의 소통 가능성을 끊임없이 염두에 두고 있는 것이다. 결국 주인공
은 갓파국의 특별보호시민으로서 특권을 누리면서 그리고 많은 갓파들
과 교제를 하며 살게 되었지만 갓파 세계에 동화하지 못하고 내면적으
로는 경계선 상에서 양 쪽을 의식하며 살고 있다는 것을 말한다. '1'부
터 '13'까지의 화자인 "나"는 지문에서 갓파국의 지평에서 바라보는
갓파의 세계를 그리지만, 괄호( ) 속에서는 인간의 관점으로 본 갓파
세계의 모습을 그린다는 것이다.
　　정리하자면 '3'부터 '13'까지의 괄호 속 화자는 체험담의 서술 주체
"나"와 일치하며 그 내용은 갓파국의 생활환경과 습관, 상식, 이에 대
한 느낌이나 생각뿐만 아니라 인간의 관점에서 본 갓파 세계를 그리고
있다. 괄호( )는 결국 "나"가 갓파 세계와 인간 세계의 경계선 상에서
인간으로서의 서술 시점을 확보하기 위한 장치라 할 수 있을 것이다.
　　그렇다면 이렇게 갓파 세계를 인간의 관점으로 보고자 한다는 것은

---

18) 僕等五人に宣言しました。(實は一人と四匹とです。)」 텍스트 148쪽.
19) 僕等は皆頸をのばし、(尤も僕だけは例外です。)幅の廣いマツグの肩越しに……
　　텍스트 148쪽.

무엇을 의미하는가? 갓파 세계에 우연히 떨어져서 그곳의 '특별보호시민'으로서 살고 있지만 자신이 인간이라는 것, 갓파가 아니라는 것을 끊임없이 의식하면서 지내고 있다는 것을 보여주는 것이 아닐까? 자신과는 태생부터 다른 존재들 속에 살고 있다는 것과 그것을 계속해서 의식한다는 것은 일종의 강박으로 작용할 수 있다. 주변의 존재들과 다른 존재로서 같이 어울리며 지낼 수밖에 없다는 상황은 자신이 하나의 존재로서 불완전하다는 것에 대한 공포 내지 그러한 속에서도 자신을 보존하려는 공포로부터 기인하는 강박이다. 이러한 강박은 필연적으로 불안을 수반하게 되는 것이다.

IV. 구술과 필기의 언어태

그런데 시인 돗쿠의 자살 이후 갓파국 최대의 종교인 생활교의 사원을 방문하는 '14'부터는 이렇게 유지되던 체험담의 서술 주체(="나")와 괄호 속의 서술 주체의 일치가 흔들리며 애매하게 처리되는 경향을 보인다. 지문(地文)이 아닌 「장로(長老)」의 말 속에 나오는 괄호는 과연 "나"의 말인지 아니면 장로의 말인지 매우 혼란스럽다. 다음 인용을 살펴보면 어느 쪽으로든 해석이 가능한 것이다.

　　① 「그렇다면 잘 모르시겠군요. 우리의 신은 하루 만에 이 세계를
　　만들었습니다.(『생명의 나무』는 나무라고 하지만 이루지 못하는 것
　　이 없습니다.) 뿐만 아니라 암 갓파를 만들었습니다.……」[20] [14]

---

20) 「それではおわかりになりますまい。我々の神は一日のうちにこの世界を造りま

　　② 「우리의 운명을 결정하는 것은 신앙과 환경과 우연 뿐입니다.
　　(하지만 당신들은 그 밖에 유전을 꼽으시겠지요.) 돗쿠 씨는 불행히
　　도 신앙을 갖지 않았던 것입니다.」[21] [14]

　　인용①의 경우 생활교 신도들이 예배하는 정면 제단의 『생명의 나무』
에 관한 설명이다. 장로는 앞부분에서 『생명의 나무』는 금색의 『선과
(善果)』와 녹색의 『악과(惡果)』를 모두 지니고 있는 생활교의 신(神)과 같
은 존재라고 이야기한 바 있다. 이러한 『생명의 나무』가 이루지 못하
는 것이 없는 절대적 힘을 가지고 있다는 전지전능함을 강조하는 것은
문맥으로 보아 장로의 보충 설명일 수도 있고 장로의 입장에서 장로의
설명을 되풀이 해주는 "나"의 말일 수도 있다. 그러나 이것이 장로의
입장이라면 '13'까지의 괄호에서처럼 인간의 입장에서 보고 있는 것은
아닌 것이 된다. 인용②의 경우는 더욱 노골적으로 '당신들'이라는 2인
칭 복수의 대명사를 사용함으로써 상대를 인간으로 규정하고 있으므로
명백히 갓파의 입장에서 말하고 있는 것이다.
　　그런가하면 돗쿠의 심령 기사가 실린 '15'에서는 괄호의 쓰임새가
대단히 기묘하다. '나는 꽤 축어적으로 그 보고를 번역해 놓았으므로
아래에 대략적인 것을 싣기로 합시다. 단지 괄호 속에 있는 것은 나 자
신이 덧붙인 주석입니다.(僕は可也逐語的にその報告を譯して置きましたから、
下に大略を掲げることにしませう。但し括弧の中にあるのは僕自身の加へた注釋な

　　した。(『生命の樹』は樹と云ふものの、成し能はないことはないのです。)のみな
　　らず雌の河童を造りました。……」 텍스트 157쪽.
21) 「我々の運命を定めるものは信仰と境遇と偶然とだけです。(尤もあなたがたはそ
　　の外に遺伝をお教へなさるでせう。)トツクさんは不幸にも信仰をお持ちにならな
　　かつたのです。」 텍스트 158쪽.

のです。)'[15]라고 하여 괄호 안의 내용은 "나" 자신의 말이라는 것을 언명했다. 그런데 실제로 읽어보면 그렇지 않다. 그 이후에 전개되는 기사 인용부분의 괄호의 예를 보자.

① 시인 돗쿠 군의 유령에 관한 보고.(심령학협회 잡지 제8274호 소재)22) [15]
② 참석한 회원은 다음과 같음.(성명 생략.)23) [15]
③ 홋푸(ホツプ) 부인은 마지막 말과 함께 다시 급격히 깨어나다. 우리 17명의 회원은 이 문답의 진실성을 상천의 신에게 맹세하며 보장하노라.(또한 우리가 신뢰하는 홋푸 부인에 대한 보수는 일찍이 부인이 여배우였을 때의 일당에 준하여 지급하였음)24) [15]

①의 경우 특별히 이상할 것 없이 이해될 수 있다. 그런데 ②의 경우는 우선 기사 인용부분의 괄호 속이 기사 자체와 마찬가지로 문어문으로 되어 있다. "나" 스스로의 말대로 그것이 '나 자신이 덧붙인 주석'이라면 문어문으로 써야할 이유가 없다. 만약 주석을 다는 시점(時點)이 발화하는 현재가 아니라 "나" 자신이 그 기사를 읽을 당시라면 어느 정도 이해할 수도 있다. '덧붙인(加へた)' 과거형의 주석에서는 기사의 원문과 같은 논조의 문어문으로 가필해놓을 수도 있기 때문이다.

그러나 그렇다고 하더라도 ③의 괄호의 경우는 이러한 식의 이해도

---

22) 詩人トツク君の幽靈に關する報告。(心靈學協會雜誌第八千二百七十四号所載)텍스트 160쪽.
23) 列席する會員は下の如し。(氏名を省略す。) 텍스트 160쪽.
24) ホツプ夫人は最後の言葉と共に再び急劇に覺醒したり。我等十七名の會員はこの問答の眞なりしことを上天の神に誓つて保証せんとす。(尚又我等の信賴するホツプ夫人に對する報酬は嘗て夫人が女優たりし時の日當に從がひて支弁したり。) 텍스트 164쪽.

불가능하다.[25] '우리(我等)'라는 말이 나오는데 여기서의 '우리'는 아무리 생각해도 "나"나 인간은 아닐 것이다. 즉, 기사 본문에 반복적으로 나오는 심령학협회 측의 '우리 17명의 회원(我等十七名の會員)' 또는 '우리 회원(我等會員)'의 '우리'와 일치하는 존재가 아닐 수 없다. 이와 같이 '14'와 '15'의 괄호는 '3'부터 '13'에 이르기까지의 갓파 세계에서의 체험을 전달하고자 하는 "나"의 인간적 시각에서의 주석 혹은 설명과는 매우 다른 입장을 담고 있다.

이상과는 또 다른 차원에서 주의 깊게 살펴볼 필요가 있는 것이 '17'의 괄호이다. '17'에서는 괄호 (   )를 모두 다섯 번 사용하고 있다. 그 중 한 군데를 제외하고 네 곳이 모두 '서'의 문체와 같은 평어체이다. 그 네 곳에는 작품 전체의 화자 '나'가 다시 등장하며 체험담의 화자인 "나"는 역시 '서'에서처럼 '그(彼)'로 처리된다. 이러한 점으로 미루어 볼 때 '17'의 괄호 속 서술의 목소리의 주인공은 주로 '나'이지만 때로는 "나"인 경우도 있다고 하겠다. '나'는 '서'의 화자였으나 '1' 이후 일단 텍스트 상에서 모습을 감추었다가 마지막 장인 '17'의 괄호 속에서 다시 얼굴을 내밀고 있는 것이다. 그러면 '17'의 실제 괄호 사용례를 살펴보자.

① 그러나 갓파국에서 돌아온 후 딱 일 년쯤 되었을 때 나는 어떤 사업에 실패했기 때문에……

---

25) 본 논문의 필자는 여기서 광인의 체험담 구성에 있어서 아쿠타가와라는 작가의 어떤 창작상의 실수를 지적하려는 것은 아니다. 이미 텍스트는 독자의 눈앞에 펼쳐져 있고, 이를 읽고 분석하고 음미함으로써 작가의 창작 의도 혹은 작가가 생각하지 못한 그 이상의 내재된 의미를 이끌어내려 할 뿐이다. 따라서 이러한 괄호 사용의 혼선이 작가의 실수이건 아니건 그것은 그다지 중요하지 않다.

(S박사는 그가 이렇게 말했을 때 「그 이야기는 그만 두세요」 하고 주의를 주었다. 아마도 박사의 말에 따르면 그는 이 이야기를 할 때마다 간호인의 손으로도 감당 못할 정도로 난폭하게 군다든지 한다는 것이다.)26) [17]

② 나의 병은 S박사에 의하면 조발성 치매증이라는 것입니다. 그러나 저 의사 잣쿠는(이건 당신께 대단히 실례임에 틀림없습니다) 나는 조발성 치매증 환자가 아니며 조발성 치매증 환자는 S박사를 비롯한 당신들 자신이라고 했습니다.27) [17]

③ 보세요, 저기 책상 위에 흑백합 꽃다발이 놓여 있죠? 저것도 어제밤 구라밧쿠가 선물로 가져다 준 것입니다.……

(나는 뒤를 돌아다 보았다. 하지만 물론 책상 위에는 꽃다발도 아무것도 놓여져 있지 않았다.)28) [17]

④ 이건 최근 출판된 돗쿠 전집 중 한 권입니다.———

(그는 전화번호부를 펼쳐놓고 이러한 시를 큰 소리로 읽기 시작했다.)29) [17]

⑤ 그러나 우리는 쉬어야 하노라

비록 연극의 배경 앞에서도

(또 배경의 안쪽을 보니 누덕누덕 기운 캔버스뿐이다. !)30) [17]

---

26) 河童の國から歸つて來た後、丁度一年ほどたつた時、僕は或事業の失敗した爲に……(S博士は彼がう言ったとき、「その話はおよしなさい」と注意をした。何でも博士の話によれば、彼はこの話をするたびに看護人の手にも了へない位、亂暴になるとか云ふことである。) 텍스트 168-169쪽.

27) 僕の病はS博士によれば早發性痴呆症と云ふことです。しかしあの医者のチャツクは(これは甚だあなたにも失礼に当るのに違ひありません。)僕は早發性痴呆症患者ではない、早發性痴呆症患者はS博士を始め、あなたがた自身だと言つてゐました。 텍스트 170쪽.

28) そら、向うの机の上に黑百合の花束がのつてゐるでせう？あれもゆうべクラバツクが土産に持つてきてくれたものです。……(僕は後ろを振り返つて見た。が、勿論机の上には花束も何ものつてゐなかつた。) 텍스트 171쪽.

29) これは近頃出版になつたトツクの全集の一冊です。——(彼は古い電話帳をひろげ、かう云う詩をおほ聲に讀み始めた。) 텍스트 171쪽.

'17'의 괄호 주변의 인칭대명사 <나>, <그>, <당신> 등을 통해 ②를 제외한 ①, ③, ④, ⑤의 경우가 '나'에 의한 서술임을 알 수가 있다. 문제는 같은 '17' 내에서 지문의 화자 "나"는 유지되지만 괄호 ( ) 속의 화자는 '나'이기도 했다가 "나"이기도 하는 일종의 혼선(混線)을 빚고 있다는 것이다.

그렇다면 텍스트 전체를 통한 「갓파」의 괄호 사용상의 특징은 다음과 같이 요약된다. 첫째'나'와 "나"의 빈번한 괄호 사용, 둘째 마지막 부분의 '나'의 재등장, 셋째 괄호 사용의 혼선 등이다. 이러한 사실은 무엇을 의미하며 소설 「갓파」의 메시지와 어떠한 관계에 있는 것일까?

그런데 여기서 한 가지 의문을 해결해야 한다. '서'의 화자 '나'는 작품 전체의 화자로서 광인의 이야기를 글로 받아 적는 필기(筆記, 문자언어)의 주체이다. 이에 반해 "나"는 자신의 체험담을 말로써 이야기하는 구술(口述, 음성언어)의 주체라 할 수 있다. 필기의 주체가 자신의 판단에 의해 설명이 필요한 부분에서 괄호를 통해 부연(敷衍)하는 것은 가능하고 당연하다. 그러나 구술의 주체가 일회적 발화 행위 속에서 괄호를 사용한다는 것은 도대체 어떻게 이해해야 하는 것인가? 다시 말해 필기자가 남긴 <구술의 흔적> 속에 보이는 괄호를 어떻게 이해해야 하며 그 위상을 어떻게 정할 수 있을 것인가?

물론 독자는 구술자의 구술을 구술 자체가 아니라 어디까지나 필기자의 필기 결과물이라는 <구술의 흔적>을 통해 확인할 수밖에 없게 되어 있다. 결국 구술 내용 속의 괄호는 필기자의 자의적 판단에 의한 기입의 결과일 것이다. 따라서 '3'부터 '13'까지의 "나"의 자기체험담

---

30) しかし我々は休まなければならぬ / たとひ芝居の背景の前にも。(そのまた背景の裏を見れば、継ぎはぎだらけのカンヴァスばかりだ。!)——텍스트 171-172쪽.

에 대한 부연이나 '14' '15'의 인간과 갓파의 입장의 혼동, 그리고 '17'에서의 '나'의 괄호를 통한 "나"의 지문에 대한 간섭이 모두 '나'에 의한 필기의 결과이다. 즉 목소리를 가장하고 있지만 필기에 의한 부연이고 필기에 의한 혼동이며 필기의 구술에 대한 간섭이다. 이러한 필기와 구술의 간섭과 착란이 「갓파」 텍스트의 중요한 하나의 특징인 것이다.

그렇다면 '나'가 전하는 이야기 속의 정신병자인 "나"가 갓파국의 일들을 자신의 기억 속에서 '누구에게나' 반복하는 이유는 무엇인가? 또 '나'가 그 이야기를 일부러 옮기는 이유는 무엇인가?

"나"는 모종의 정신적 체험으로부터 갓파 세계의 이야기를 구성하여 구술하는 주체이다. 갓파국의 거리와 풍경, 관습과 제도, 그리고 이에 대한 자신의 의견이나 놀라움을 서술한다. 몽상과 같은 갓파 세계의 이야기를 장황하게 늘어놓다가 마지막에는 어떤 한계지점에서 발작을 일으킨다. 그가 추구한 것은 자신의 이야기를 진실로서 들어주는 것이었다. 이 진실을 증명하기 위해 그는 갓파 세계의 모습을 가능한 한 상세하게 전하려했다. 그의 생각으로는 괄호 속 내용이 스스로의 이야기에 구체성을 부여하는 것이었다.

광인은 정신적으로 광인의 세계에 살면서 자신의 이야기에 집중하여 그것을 들려주고 있고 소위 정상인은 정상인의 세계 속에서 그러한 광인을 접하고 있다. 그러나 사실상 광인과 정상인의 차이는 입장에 따라 다를 수 있다. 그것은 '17'에서 '나의 병은 S박사에 의하면 조발성 치매증이라 한다'고 했으나, 의사 갓파 잣쿠(チャック)의 견해에 따르면 거꾸로 '조발성 치매증 환자는 S박사를 비롯한 당신들 자신'이라고 하는 대목에 응축되어 있다.

'나'는 광인이 아닌 이른바 정상인의 감각으로부터 광인의 갓파 세계 이야기를 취재하여 주관적 의견을 배제하고 들은 그대로를 옮기고 있다. 필기의 주체인 전달자 '나' 자신이 광인의 이야기를 빌어 인간 세계를 뒤집어보고 싶었던 것은 아닐까? 광인의 이야기로부터 하나의 이상을 추구하고 있었는지도 모른다. 그러나 실제로 돗쿠의 자살을 계기로 사바세계의 괴로움을 느끼고 돌아왔다는 "나"에게 어떤 일체감을 느끼고 갓파의 세계로부터도 이상을 찾을 수 없게 된다. 인간은 자신이 있을 곳을 찾았을 때 어떤 편안함을 느낀다. 그러나 그렇지 못할 때에는 심한 우울함을 느낄 수밖에 없다. 이 시점에서 '나'의 필기에 일종의 균열이 발생하여 괄호 속에 숨었다가 나타났다가 하는 것은 있을 곳이 없다는 절망으로부터 우울함에 빠져든 것을 의미하는 것은 아닐까?

V. 맺음말

아쿠타가와 류노스케는 「갓파」 창작의 동기에 관해 일종의 「혐오」로부터 출발했다고 말했다. 매우 솔직한 표현인지도 모른다. 그와 같은 심경이 「갓파」의 문체와 표현에 고스란히 배어있는 것이 아닐까? 지금까지 Ⅲ에서 괄호의 내용적 측면, 그리고 Ⅳ에서 괄호의 형식적인 측면을 살펴보았다. 그렇다면 "나"의 강박과 이에 수반하는 불안, 그리고 '나'의 있을 곳을 찾지 못한 우울함, 이것을 「갓파」의 작중 세계와 서술 레벨을 일관하는 하나의 테마로 이해할 수 있을 것이다.

그의 만년의 문체상의 특징으로서 괄호 ( )를 많이 사용하고 있는 점을 지적할 수 있을 것이다. 괄호란 서술상의 부연 설명과 같은 것인데 지문 속에 녹여 넣지 않고 굳이 한 걸음 물러서서 속에 주석을 다는 것의 의미는 무엇일까? 지문과는 좀 다른 입장에서 서술하고 싶은 욕망, 이는 무언가에 대한 일종의 강박과 자기분열이 작용했기 때문일 것이다. '혐오'는 '강박'과 '자기분열'을 낳고 이로부터 탈출하고자 하면 할수록 인간은 '불안'과 '우울'에 쫓길 수밖에 없다. 「갓파」 텍스트에 있어서 괄호 ( )를 통한 구술과 필기의 착란은 결국 강박과 자기분열이 낳은 불안과 우울의 표현이었다고 할 수 있다.

1920년대 중반 이후 아쿠타가와 만년의 사회적 상황은 모든 면에 있어서 불안한 시대였다. 현대의 우리가 「갓파」의 텍스트에 흥미를 느끼고 공감하는 것은 그 당시 이상으로 불안하고 우울한 시대를 살고 있다고 스스로 생각하기 때문이 아닐까?

동아시아 영화 서사와 문화 스토리텔링*

최 성 실

I. 서사담론의 확장과 문화 스토리텔링

동아시아 연구는 동아시아 내 문화 연구자들 간의 활발한 지적 네트워크를 구성하여 나름대로 많은 성과를 거두었다고도 하지만 여전히 담론의 공백이나 과잉이라는 평가를 받기도 한다.[1] 그럼에도 불구하고 동아시아 전후 냉전문화와 국민문화 형성에 대한 연구들은 탈냉전시대의 아시아 가치에 대한 심도 있는 논의로 전개되어 왔다. 특히 냉전기 동아시아에서 아시아주의가 어떠한 방향으로 전개되었는지 전후 아시아라는 상상이 어떠한 변화를 겪었고 반공주의와 어떻게 결합했는가에 대한 성찰은 동아시아 내의 한국적 특수성과 보편성의 성격을 규명하

---

* 이 글은 『아시아문화연구』(제20집)에 실린 「동아시아 담론과 문화 스토리텔링의 가능성」을 부분 수정한 것이다.
1) 이동연, 「동아시아 담론 형성의 갈래들―비판적 검토」, 『문화과학』 겨울호(통권 52호), 2007, 52쪽 참조.

는 전거로 작용하고 있다. 그리고 이러한 연구는 점차 집단, 개인, 소수
자의 정체성을 구성하는 기억과 경험이 국가주의와 제국주의로 환원되
지 않는 불일치, 저항의 과정이 어떠한 의미를 갖는 것인가에 관한 것
으로 확대되고 있다. 이는 동아시아를 지역으로 사유하면서 선험적이
고 통합적인 정체성으로 규정하는 것이 아니라 다양한 문화적 정체성
'사이'에서 공존하고 있는 비균질적인 요소들을 적극적으로 '발견'해나
가는 것이 중요하다는 인식과 맞물려 있다.[2]

사실 동아시아에 대한 시각은 이를 고정된 실체로 보는 것이 아니라
항상 자기의 성찰 속에서 유동하는 것으로 파악하는 실천적인 문제에
직면해 있다.[3] 동아시아 담론을 일상의 차원에서 아래로부터 사유하는
방법은 동아시아를 문화적인 차원에서 동질적인 공간으로 개념화 할
수 없다는 열린 상대주의에 기반을 두고 있다. 다시 말해 상대적으로
문화적 동질성을 지닌 동아시아의 국가. 일본이나 한국 같은 나라부터
다민족적/다인종적/다문화적/다종교적/다언어적인 나라까지 포함하는
아시아(Asian)는 '형용사'로 작용하며, 국민국가를 넘어 다양한 문화적
복합체로 사유되고 있다는 것이다.[4] 이러한 복잡함을 묶어내는 상상적
통일성은 균질하지 않으며, 이질적인 문화적 커뮤니케이션 안에 놓여
있다.

드 세르토(Michel de Certeau)는 '일상생활의 창조적 실천성'을 강조하
면서 인간이 사회구조에 매몰되지 않을 가능성에 주목한다. 문화이론

---

2) 백영서 외, 『동아시아의 지역질서』, 창비, 2005, 402-403쪽.
3) 백영서, 『동아시아의 귀환』, 창작과 비평사, 2000 참조.
4) 투아 뱅후아, 「동아시아 대중문화의 개념화」, 『트랜스, 아시아 영상문화』, 현실문
   화 연구, 2006, 25쪽.

가로서 그가 주장하고 있는 것은 인간은 판옵티콘에서 훈육되고 종속되는 삶이 아니라 주어진 판옵티콘을 정치적, 제도적 차원이 아닌 아주 일상적인 차원에서 전유, 왜곡, 변형 재가공하면서 자신의 삶을 만들어 간다는 것이다.5) 다시 말해 거대 담론 속에서 배재되었던 것이 생활의 차원에서 새롭게 부각되는 일상의 문화가 형성된다는 것이다. 지배적인 합리성의 형식에 감춰져있던 것을 드러내고 변형시키는 행위는 권력이 행사하는 기구의 지배방식이 아닌 제도의 힘을 무너뜨리고 전복적으로 재조직하는 기제에 대한 관심의 표명이기도 하다.

특히 매우 구체적이고 실제적인 시각 이미지를 담지하고 있는 영화는 이러한 일상생활을 새롭게 조직하는 가능을 하며, 이는 다양한 틈으로 구성되어 있다. 영화를 통해 드러나는 문화 스토리텔링은 '이야기'하는 감독, 혹은 인물의 욕망에 의해서 다시 구성되며 역사 이면의 감추어진 것까지를 드러내는 전략적인 문화적 생산물 중에 하나다. 영화의 이미지는 의도하지 않았던 기억의 이면을 포착하기도 하고 주체가 기억하고 있는 것과는 정반대의 사실을 이야기 해주기도 한다. 다양한 형식으로 기록된 역사나 문화적 실체들은 (다큐멘터리 영상물이 아니라 할지라도) 이미지를 통해 능동적인 기억을 매개하고 과거를 창조적으로 다시 경험할 수 있게 해준다.6)

이처럼 다양한 스토리를 재현하는 서사(narrative)는 그 표현매체가 새롭게 출현할 때 마다 인간의 생활과 사고방식, 문화와 예술의 차원을 획기적으로 확장, 발전시켜왔다. 오늘날 서사는 소설이나 희곡 같은 전통적 문학 장르는 물론 영화나 애니메이션과 같은 예술 분야, 역사 혹

---

5) 박명진, 『문화 일상 대중(문화에 관한 8개의 탐구)』, 한나래, 2007 참조.
6) 남수영, 『이미지 시대의 역사기억』, 새물결, 2008, 11-19쪽 참조.

은 역사유적에 관한 텍스트로 다양하게 분화되었으며, 텍스트를 구성하는 등장인물, 배경, 시점, 플롯의 형식 등이 어떤 약호에 따라 다양하게 구성된다.7) 스토리텔링은 일반적인 정의인 '이야기하기'에서 짐작할 수 있듯이 화자나 등장인물의 형상을 빌어서 특정한 사건에 대해서 기술하고 이 과정에서 저자나 혹은 감독이 이야기를 어떻게 전개할 것인가에 대한 고민과 해법을 담론으로 전화시키는 과정이 개입하게 된다.8) 작가가 스스로 스토리를 만들어내며 독자는 스스로 그 스토리를 담화를 통해 추론해 내는 것이다.9)

서사담론의 인식적 확장은 문화담론을 재구성하거나 창조적으로 재현하는 것에 있다. 특히 특정한 서술자 없이 서사의 역할을 수행하는 영화나 드라마는 스토리 차원을 넘어서 서사 안에서 변용이 가능한 서사담론들을 확장시키면서 같은 스토리라 하더라도 여러 가지 방식의 서술체를 구성하는 중요한 매체다. 서사와 다른 차원에서 스토리는 실제적인 사건의 연속과 비의지적이고 의도적인 부분을 포함하고 있으며 우연에 의해서 짜인 사건인 서사담론에 의해 새로운 의미망을 구축하기도 한다.

관객은 스크린을 통해 단순히 그럴듯한 재현의 일종이 아니라 온전

---

7) 서사란 스토리의 재현을 의미한다. 어떤 서사학자들은 서술자가 존재하지 않는 경우에는 서사가 아니라고 주장하기도 하지만 스토리를 재현하고 있지는 않지만 영화와 드라마는 서술자 없이도 서사의 역할을 수행하는 완벽한 텍스트라고 할 수 있다. 서사는 스토리와 서사담화라는 중요한 요소로 구분이 된다. H. 포터 애벗, 우찬제 외 (역), 『서사학 강의』, 문학과지성사, 2010 참조.

8) 김기국, 「스토리텔링의 이론적 배경 연구」, 한국프랑스학회, 2007년 춘계학술대회, 152쪽 ; Nicholas Negroponte, Being Digital, 백욱인 역, 『디지털이다』, 커뮤니케이션북스, 1999 참조.

9) 송효섭, 「스토리텔링의 서사학」, 『시학과 언어학』 제18호, 2010. 2, 175쪽.

히 현실성을 확보한 움직임을 본다. 다시 말하자면 현실적인 움직임 이전에는 볼 수 없었던 '현실적인 문제'를 직시하는 것이다. 영화는 분명 '랑그'가 아니다. 영화는 '랑가주'인 것이다. 영화는 우리 음성언어에서 사용하는 낱말의 배열과는 다른 다양한 법칙 배열로 의미 요소들을 배치한다. 이 요소들은 현실에서 지각할 수 있는 전체를 그대로 모방하는 것도 아니다. 엄밀하게 말하면 단지 현실적인 사건들은 일련의 이야기로 구성되지 않는다. 영화 조작은 현실의 시각적 모방으로서만 그칠 것들을 담화로 변형시킨다.[10)

> 1) 이러한 맥락에서 영화 기호학이 주목하는 치환과 다른 조작들은 거대 의미 단위들과 연관된 것이다. 영화 랑가주의 '법칙'은 언표를 서사 내부에 배열하는 것이지, 언표 내부에 형태소를 배열하거나 형태소 내부에 배열하는 것이 결코 아니다. 무성영화 이론가들이 '시네-랑그' 혹은 '시각적 에스페란토'와 같은 테마로 주장했던 바와 달리, 영화는 분명 '랑그'가 아니다. 영화는 '랑가주'로서 고려되어야만 한다. 영화는 우리 음성언어에서 사용하는 낱말의 배열과는 다른 다양한 법칙 배열로 의미 요소들을 배치한다. 이 요소들은 현실에서 지각할 수 있는 전체를 그대로 모방하는 것도 아니다(현실에서 사건들은 일련의 이야기로 구성되지 않는다).
> 2) 영화 조작은 현실의 시각적 모방으로서만 그칠 것들을 담화로 변형시킨다. 활동사진 시테마토그래프에서 추구한 현실을 있는 그대로 옮긴 지속적인 의미작용 부분을 이미 뛰어넘었다. 시간

10) 영화처럼 유연한 시스템을 지닌 랑가주는 그에 적합한 분석틀을 통해 유연한 체계로서 인식되어야 한다. 영화의 각 숏은 그 자체로 이미 여러 요소가 결합된 한 문장이자 언표이며 담화인 것이다. 크리스티앙 메츠, 이수진(역),『영화의 의미작용에 관한 에세이』, 문학과지성사, 2011 참조..

이 흐르면서 성숙의 단계를 거쳐 점진적으로 영화는 고유한 기호학적 요소들을 만들게 된다. 이 요소들은 단순한 시각적 복제라는 비정형의 층 가운데에 파편적이고 분산적인 부분을 구성하고 있다.11)

영화와 서사의 만남은 역사적이고 사회적인 사건이며, 문명적인 사건이다.12) 영화는 스토리뿐만 아니라 우연히 일어난 사건들의 재배치를 통해 서사담론을 확장하는 흥미로운 텍스트라고 할 수 있다. 바로 이 확장된 표현의 실체가 문화 스토리텔링을 창출하는 것이다. 서사담화의 발현체로서 영화적인 표현은 어떻게 보여주는가의 문제만이 아니라 '무엇을' 보여주고자 하는 가에 대한 실질적인 질문이 의미의 자장을 수렴한다. 이 의미는 단순히 텍스트 안에 갇혀있지 않다. 그렇기 때문에 중요한 것은 스토리텔링에 의해서 생성되는 '문화적인 것'의 서사적 확장이다. 바로 이 지점에서 스토리텔링에 의해서 구연되는 '문화적인 것'의 새로운 의미들이 생성되는 것이다.

문화 스토리텔링은 기존의 서사적 의미들을 재구축하기도 하지만 실제 작가와 독자에 의해서 끊임없는 간섭을 받으며 전이되는 '현장성'을 담지하게 된다. 이 간섭의 현장성이 무엇보다 중요한 이유는 능동적이고 적극적인 독자의 해석과 평가가 다층적으로 이루어지는 서사적 공간을 만들어가기 때문이다. 이를 재영토화, 재구성이라는 원론적인 해석에 가두는 것이야말로 서사담론과 스토리텔링을 가장 소극적으로 해

---

11) 영화처럼 유연한 시스템을 지닌 랑가주는 그에 적합한 분석틀을 통해 유연한 체계로서 인식되어야 한다. 영화의 각 숏은 그 자체로 이미 여러 요소가 결합된 한 문장이자 언표이며 담화인 것이다. 크리스티앙 메츠, 이수진(역), 『영화의 의미작용에 관한 에세이 1』, 문학과지성사, 2011, 131쪽 참조.
12) 크리스티앙 메츠, 같은 책, 118쪽.

석하는 행위이며, 나가서 서사의 상상력과 전략적 특성을 이해하지 못하는 무지한 단순성의 소치인 것이다.

'문화 스토리텔링'은 서사담론에 의해서 기존의 문화적 실체를 재구성하기도 하지만 재발견되는 의미의 자장으로 열려 있다. 서사는 단순히 시간에 의해서 진행되는 것만이 아니라 감각적이고 풍부한 문화적 세계 안에서 보다 복잡한 형태로 변형이 된다. 기존의 역사와 문화는 이러한 스토리텔링에 의해 다른 맥락으로 전이되거나 재배치되어 새로운 의미망을 구축한다. 사실 이야기란 추상적이고 논리적인 내용을 포함한 인간의 모든 언어구조물을 말한다. 구체적인 인물에 의해서 발화되는 이야기는 단순한 '서사'가 아니라 문화적 정보와 인간의 욕망을 드러내는 중요한 전략적 근거지로 작용한다. 특정한 문화의 요소들이 이야기를 통해 재현되고 발화되는 방식은 다양하다. 그리고 "역사적 사건과 사물에 읽힌 사람들의 흔적", "너와 나의 체험이 소통될 있는 중심적인 사건"13)을 따라 전개되는 문화 스토리텔링은 발화자의 욕망에 의해서 보이지 않는 심층문화의 이면까지를 드러낸다.

스토리의 세계(story world)는 특정한 상황, 특정한 사건을 다루기 때문에 캐릭터의 성격은 이러한 조건에 직면했을 때 무의식적으로 나타나는 캐릭터의 행동양식으로 발현된다. 스토리가 시간의 법칙에 의해서 규정되는 부분이 있다면 스토리의 세계는 스토리가 펼쳐지는 궁극적인

---

13) 특히 영화 스토리텔링은 소설의 스토리텔링과 유사한 점이 많다. 소설의 경우 인물의 언어는 대화로 나타나고, 서술자의 언어는 인물의 언어를 제외한 장면묘사, 인물의 외양과 심리묘사, 사검의 압축적 제시와 경과보고 등을 한다. 바로 이것이 영화로 옮겨가면 인물의 언어는 배우의 대사로 전환되고, 서술자의 언어는 카메라의 눈을 통해 재현되는 이미지로 전환된다. 류수열 외, 『스토리텔링의 이해』, 글누림, 2007, 60쪽 참조.

세상으로 인물이 개입하면서 훨씬 감각적이고 풍부한 상상력 복잡한 성향을 띠게 되는 것이다. 캐릭터의 성격이 인물의 내면세계나 심리를 통해서 발현되든, 아니면 캐릭터가 가진 역할이나 외양에 의해서 발현되든 간에 캐릭터가 가진 성격은 스토리를 이끌어가는 중심축이 된다. 인물의 성격은 욕망을 이루려는 행동양식에 의해서 결정이 되기 때문에 이를 움직이는 원인과 심층적인 심리적 의도를 분석하는 것이 중요하다. 다시 말해 서사적 층위에서 순응적이고 소극적이며 심지어 체제에 복종하는 시간의 흐름을 따라간다고 하더라도 보다 심층적인 층위에서 서사담론을 확장하는 이야기의 중층구조의 의미가 복잡하게 형성되고 있다는 것이다.

그렇기 때문에 서사적 층위에서 조작되거나 이용되는 소위 재맥락화가 아니라 그 순간 미끄러지는 중층적인 의미의 파장이 어떻게 움직이고 있는가를 분석하고 평가해야 해야 하는 것이다. 중요한 것은 현실적인 상황에 의한 재맥락화가 아니라 그렇게 되고자 하지 않는 자들의 숨겨진 욕망(말하기의 욕망)이라는 것이다. 적어도 서사를 '말하는' 스토리텔링의 본질은 서사 자체가 아니라 비서사적이고 감각적이며, 비언어적인 것들에 있다. 이 반란이 서사의 추동력을 앞질러 관객과 독자에게 질문을 던지고 있는 것이다. 그리고 무엇보다 이러한 지배 서사의 균열이 동아시아 담론을 표층적인 거대담론의 언술 차원이 아닌 전복적인 상상력을 이끌어가는 원동력이 될 수 있다.

II. 서사적 층위의 사건과 말하기의 욕망

인간의 욕망과 여성 섹슈얼리티의 문제는 영화를 비롯한 모든 창작 예술의 흥미로운 주제다. 특히 팜므파탈이란 남성 판타지에 구멍을 내고 잉여의 쾌락을 향해 지배문화를 부정하며 파멸과 위험을 감수한다는 측면에서 항상 매력적인 인물로 그려진다.

한국영화에서 팜므파탈이라고 지칭할만한 인물이 등장한 것은 1950년대 한형모 감독14)의 <자유부인>에서라고 한다. 그러나 이 영화의 핵심적인 문제는 전쟁 이후 성 역할의 변화와 가부장적 권위주의의 쇠퇴, 서구적인 생활 패턴의 유입, 대중문화와 소비주의의 확산이라는 급속한 환경 변화 속에서 당대인들이 느꼈을 당혹감과 불안감, 공포를 여성의 타락의 문제로 일원화해서 몰고 갔다는 것에 놓여 있다.15) 물론 영화의 내러티브에는 근대화 주체가 남성임을 명시하며, 여성의 전통적인 성역할을 강조하는 이분법적 사유가 내재되어 있는 것이 사실이다. 그러나 영화의 마지막 장면에서 한없이 비가 내리는 밤중에 남편에게 용서해달라고 무릎을 꿇고 있는 아내의 모습이 아름답게만 보이지

---

14) 평안북도 의주에서 태어난 한형모 감독은 신경미술전문학교에서 미술을 공부하였고, 천진에서 친형의 친구인 최인규 감독의 <집 없는 천사>(1941)의 미술을 맡으면서 영화계에 입문한다. <운명의 손>(1954)을 만들면서 장르감독으로서의 능력을 보여준다. 이후 대단한 사회적 파장을 불러일으켰던 정비석의 소설 <자유부인>을 영화화하면서 차별화된 미장센을 보여주었다. 미술과 촬영기사로 출발한 한형모 감독은 기술적 측면과 미장센에 지속적인 관심을 보이며 웰메이드 장르 영화를 만들며 1950년대 대표적인 감독으로 자리 잡았다. 그 밖의 작품으로는 <청춘쌍곡선>(1956), <순애보>(1957), <마인>(1957), <나 혼자만이>(1958), <여사장>(1959), <언니는 말괄량이>(1961) 등이 있다. 이상 <한국 영상 자료원> 참조.

15) 유지나, 조흡 외, 『한국 영화 섹슈얼리티를 만나다』, 생각의 나무, 2004, 113-114 쪽.

않는다. 실제 관객들은 이 영화를 통해 불륜의 극단이 가져다주는 불행의 두려움도 알았겠지만 동시에 주룩주룩 내리는 비를 맞고 있는 여성의 모습이 한심하거나 처량하게 느껴졌을 수도 있다는 것이다. 실제 관객은 이 영화에서 보여주는 것만이 아니라 말하고자 하는 바가 무엇이었는가에 관해서도 인지한다. 다시 말해서 서사적 사거이 시간이 흐르면서 파멸에 이르는 여인의 외도를 보여주고 있을지 모르지만 이를 말하는 감독이나 실제 관객(독자)의 욕망은 또 다른 서사담론으로 확장될 수 있다는 것이다.

이 영화의 감독인 한형모는 비슷한 시기 <운명의 손>16)을 제작한다. <운명의 손>은 한국 사회가 안고 있는 고질적인 반공문제와 국가주의적 시각을 통해 비극적인 사랑의 의미를 묻고 있는 영화처럼 보인다. 적어도 영화의 스토리는 국가의 이념을 충실하게 따르고, 이를 기반으로 삶의 의미를 추구하는 사람들을 중심에 놓고 진행된다는 것이다. 그러나 여기에 등장하는 간첩이란 우리가 주변에서 흔히 들었던 비인간적이며 몰상식한 첩자가 아니다. 이 영화가 국가재건을 위한 문화예술통제와 밀접한 관련을 가질 수밖에 없는 시기에 제작되었다 할지라도 이 영화가 이야기를 말하는 방식은 오히려 국가주의와는 무관한 낭만적 사랑의 진정성이다.

<운명의 손>은 한국영화사상 최초로 영화에 키스신 등장하는 것으로 유명하다. 이 영화의 주인공은 술집에서 '빠걸'로 일하며, 북한의 스파이로 활동하는 마가렛(정애, 윤인자)은 우연히 도둑으로 몰린 고학생 신영철(이향)을 구해준다. 알 수 없는 호감을 느낀 마가렛은 그를 자신

---

16) <운명의 손>, 1954년, 12월 14일 개봉, 한형모 감독.

의 집으로 불러들여 치료하고 먹을 것을 준 후 돌려보낸다. 이를 시작으로 다음과 같은 이야기가 구축된다.

1) 어느 날 부두에서 하역노동자로 일하는 영철과 만난 마가렛은 그에게 옷과 구두를 사주는 등 호의를 베풀고 은근히 자신의 마음을 고백한다. 이후 그들은 연인으로서 즐거운 시간을 보낸다. 하지만 그 과정에서도 마가렛은 간첩으로서의 정체성과 영철과의 사랑 사이에서 번민한다.

2) 밤을 같이 보내고 그들의 사랑을 확인한 어느 밤, 마가렛은 신영철의 신분증을 보고 그가 방첩대 대위임을 알게 된 후 큰 충격을 받고 영철을 의식적으로 피하고 영철은 자신을 만나주지 않는 마가렛 때문에 괴로워한다.

3) 어느 날 영철은 간첩이 어느 여인과 접선할 것이라는 첩보를 받고 간첩 한명을 미행하다 총격전까지 벌이게 된다. 접선장소에서 기다리던 마가렛은 자신들을 소탕하러 온 영철을 발견하고 몸을 숨긴 채 피한다.

4) 간첩단 두목 박(주선태)은 마가렛을 이용하여 영철을 제거하기로 하고, 마가렛은 괴로워하면서도 그를 유인하는 임무를 맡게 된다. 유인과정에서 마가렛의 정체를 알게 된 영철은 배신감을 느끼지만, 사랑하는 그녀를 위해 죽을 결심을 한다.

5) 그러나 마가렛은 차마 영철을 쏘지 못하고, 그를 위해 박의 총을 대신 맞으며, 영철은 박과의 결투 끝에 그를 죽인다. 총을 맞아 부상을 당한 마가렛은 영철의 손에 죽기를 원하고, 영철은 눈물을 흘리며 그녀를 쏜다.

이 영화가 "한국 영화사상 획기적 야심작"[17]이란 평가를 받은 데는

---

17) 『동아일보』, 1954. 12. 19.

여러 가지 이유가 있다. 간첩을 주인공으로 한 영화의 대부분이 반공영화의 틀을 벗어나지 못하며, 마지막에 장면에서는 애국심을 표면에 내세운 국가주의를 보여주는 것으로 끝을 낸다.[18] 1950년대 영화의 대부분이 이승만 개인의 업적을 다른 문화영화나 국가 재간을 피력[19]하고 있을 것을 염두에 둔다면 간첩의 파국적 결말을 그린 이 영화는 대단히 획기적인 것이 아닐 수 없다. 1950년대 이후 국가재건의 정당성을 확보하고자 하는 일련의 문화운동은 민족과 조국, 국가, 반공을 자기 동일성으로 한 인물들을 양산해낸다.

그러한 사회·문화적 상황에서 이 영화가 흥미로운 점은 여간첩이라는 소재를 한국영화 최초로 다루었을 뿐 아니라, 그 소재를 다루는데 있어 사랑과 이념 사이에서 갈등하는 여간첩의 고민을 적나라하게 그리고 있다는 측면에 있다. 파격적인 사랑을 향해 매진하는 여간첩의 욕망은 결국 국가 재건과 국민 만들기라는 1950년대 국가 재건을 지향하던 문화정치의 동질성을 거부하고 '낭만적 사랑'의 파국을 그대로 끌어안았던 것이다.

---

18) 1950년대 일본영화의 경우에도 전쟁영화와 원폭영화가 만들어졌지만, <일본 전몰 학생수기―들어라 해신의 목소리>에서 보는 바와 같이 민간이이자 미성년이었던 학생들이 전쟁터에 동원되었다는 것에 관한 비판, 국가비판에 대한 내용은 어디에서도 찾아볼 수 없다. 심지어 1950년 제작된 오오바 히데오 감독의 <나가사키의 종>에는 원폭을 기독교 입장에서 신의 시련으로 그리고 피폭묘사도 하지 않았다. 김려실, 『일본영화와 내셔널리즘』, 책세상, 2005, 130-131쪽 참조. 베네딕트 앤더슨이 민족주의의 기원을 파헤치면서 인쇄자본주의가 상상의 공동체를 재현하는 기술적 수단을 제공했다고 지적한 부분과 연관시켜 본다면 이 시기 많은 영화의 기술적인 발전과 보급이야 말로 상상의 공동체인 민족과 국가를 국가재건이란 모토 하에 구축했고 해도 과언이 아닐 것이다.

19) 이하나, 「1950~60년대 '대한민국'의 문화재건과 영화서사」, 연세대 박사학위논문, 2008, 2, 3장 참조.

이 영화는 멜로드라마와 스파이 반공영화, 활극물이 혼합된 한국 영화사 최초의 퓨전 장르영화다. 이 영화의 이러한 독특함은 여주인공 마가렛(정애)라는 주인공 캐릭터를 통해 집약된다. 영화에서 마가렛(정애)의 이미지는 청순한 동시에 요염하며, 또한 퇴폐적이다. 그리고 당시로서는 화려한 마가렛이 사는 아파트의 공간과 그녀의 옷차림 등은 이후 현대 멜로드라마의 여성 캐릭터(소위 아프레 걸)의 특징을 선취하고 있다. 반면 정애로서의 여주인공은 전통 신파극의 비련과 순종의 여인상을 담지하고 있다. 영화가 진행되면서 마가렛은 정애로 서서히 변화하며, 결국 그녀는 정애로서 신영철을 위해 대신 총을 맞고 죽음으로써 헌신과 사랑의 절정을 보여준다.[20]

쇼지 무라모토에 의하면 1920년대와 19930년대 증가하기 시작한 에로 그로 넌센스가 당대 사람들에게 주된 관심의 대상이 된 이유는 "무력감, 권력과 사회에 대한 불신, 상호 방어와 감시로 중요한 것을 말하지 못하게 된 것"과 "암흑시대의 전주곡으로, 암흑시대에 제공되는 유일한 것으로 전쟁이 발발할지도 모른다는 절망스러운 감정[21] 때문이다.

일본 오시마 나기사(大島渚) 감독의 <감각의 제국(愛のコリダ, In The Realm Of The Sense)>[22]은 이러한 1930년대 분위기를 반영하고 있는 영화다. 사실 <감각의 제국>은 1936년 일어난 실제 사건을 바탕으로 하고 있다. 키치가 죽은 후에 사다는 그의 성기를 잘라내어 간직한 채 도쿄의 여관에서 헤매다가 경찰에게 잡힌다. 결찰에게 체포되었을 때 그녀는 공포를 느끼기보다는 오히려 황홀하고 행복한 미소를 보였다. 이러한 행동에 일본 열도는 그녀에게 관심을 보이고 동정을 보냈다. 이 사

---

20) <한국영화 100선>, 한국 영상 자료원 참조.
21) 채석진, 「제국의 감각 : '에로 그로 넌센스'」, 『페미니즘연구』, 2005.
22) 오시마 나기사, 한명준(역), 『감각의 제국』, 출판시대(서언) 참조..

건이 영화로 만들어진 것이 <감각의 제국>이다.

1936년이란 역사적 공간을 잘 알려져 있는 것처럼 일본이 아시아를 하나로 만들려는 침략전쟁이 시작된 때이다. 1936년 일본 외무성은 외교 문서의 표기를 "대일본제국"으로 통일하였다. 일본제국은 유럽이나 미국의 식민지 정책과 유사하게, 군비를 확충하여 아시아 지역으로 영토나 식민지 침략을 하였다. 이러한 제국의 확장에는 대한제국의 강제합병 경우처럼 군사력에 바탕을 둔 강압적 방법으로 실행한 경우도 있고, 만주와 같이 전면전을 통한 경우도 있었다. 대동아공영권의 발상은 이러한 상황 속에서 일본의 경제적인 야심을 응축하고 있는 것이다. 일본은 1932년 일본정신문화연구소를 세워 세뇌사업을 시작했고 중·일간 전면전이 일어난 1937년에는 <국체의 본의>를 배포하면서 국수주의를 고취했다. 전향을 거부한 사회주의자·공산주의자·민족주의자·평화주의자·자유주의자 등 모든 반체제 지식인과 활동가들은 왕의 이름으로 단죄되었다. 일본 파시즘은 유럽의 파시즘과 손을 잡고 전쟁으로 치달았다. 1930년대에 들어오면서 일본 제국주의는 1932년 군부파시스트에 의하여 군부 내각이 들어서고 1937년에는 군부 파시스트 독재가 더욱 강화되었다. 일본의 군부파쇼는 세계공황으로 물가의 하락, 임금인하, 쌀값의 폭락, 실업자의 증가 등 국가경제를 위기에 봉착하게 한다.

<감각의 제국>은 바로 이러한 시대를 배경으로 해서 만들어진 영화다. 이 영화의 사다와 키치는 서로를 껴안는 주체와 타자가 아니다. 한쪽이 다른 한쪽을 먹어치우는 도착증이 증폭된 영화다. 이 도착증은 죽음을 통해서만 치유가 된다. 감각의 제국은 법의 제국인 일본의 파시즘적 행태를 그대로 인물들은 구현하고 있다. 등장인물인 사다와 키치는

당시 일본의 제국주의의 전쟁을 흉내를 내고 있으며, 나가서 군국주의 뿐만 아니라 23) 감각의 제국과 식민주의 제국은 무엇이 다른가라는 질을 던진다. 제국주의란 전체주의적 지배논리는 어느 순간 사다의 몸속으로 키치가 흡수되듯이 상대를 삼켜버리는 행위로 전이 된다. 그런 키치 앞을 일사불란하게 지나가며 붉은 일장기를 흔들면서 환호 하는 군인들은 이 영화가 재구축하고 있는 문화 스토리텔링의 핵심에 놓여있다.

사실 <감각의 제국>의 감독 오시마 나기사가 활동했던 무렵 일본에서는 다큐멘터리 영화들이 많이 만들어졌고, 소위 독립영화로서의 면모를 과시했다. 오시마 나기사는 사회비평가이자 인보적인 정치의식을 갖고 있는 감독이었다. 그는 작품 속에서 허구적인 줄거리, 허구적인 이야기를 넘어서 아방가르드적인 영화 기법으로 일본 영화사상 가장 영향력이 있는 인물이 되었다. 그는 평범한 형식이 아닌 파격적인 형식으로 보수적이고 제국주의적인 담론을 양산하는 기존 문화들에 대한 비판을 가하며, 일본 사회에서 실재하는 사건, 변화 문제들을 반영하는 영화를 찍었다. 오시마 나기사는 논쟁적이고 동시대적 현상에 민감하게 반응하는 영화를 통해 자신의 정치적인 입장을 드러냈던 것이다. 특히 그에게 섹스와 정치는 핵심적인 영화주제였다. 심지어 <열락>(1965), <백주의 살인마>, <도쿄 전쟁 전후 비사>(1970), <신주큐 도둑일기>(1969)에서 소위 실험영화와 언더그라운드 영화를 함께 시도하여 영화의 제도까지를 바꾸어 놓았다.24)

<감각의 제국>과 같이 포르노 그라피를 전략적으로 차용하고 있는

---

23) 권택영, 『감각의 제국―라깡으로 영화 읽기』, 민음사, 2001, 150-153쪽.
24) 제프리 노웰―스미스 책임 편집, 이순호 외(역), 『옥스포드 세계영화사』, 열린책들, 2005, 838-844쪽.

이러한 종류의 영화가 예술적이지 않지만, 정치적인 맥락에서는 의미가 있다는 것을 인정해야 한다는 주장은 바로 이러한 맥락에서 비롯된 것이다. 이는 "하나의 문화적 매개로 삼아 서로 이야기를 주고받는"25) 영화 스토리텔링이 문화 스토리텔링의 차원으로 확대되는 과정에서 생성되는 전략적 의미를 되새기게 한다. 문화적인 것(역사)을 매개로 한 영화 스토리텔링은 '동시성' 차원에서 문화 스토리텔링으로 확대된다.

　　다시 돌이킬 수 없는 죽음이야 말로 사랑이 요구하는 희생이며 사랑이 격정적으로 타오르는 것을 의미하기 때문이다. 그래서 낭만적 사랑은 연인들이 살아서 밖으로 나갈 희망을 잃는 순간에 말 그대로 죽음으로 경험된다. 연인들이 살아서 밖으로 나갈 희망을 잃는 순간에 말 그대로 죽음으로 경험된다. 연인들이 함께 그리고 우주와 합일을하는 것을 꿈꾸 수 있는 것은 죽음 앞에서 뿐이며, 죽음에 의한 합일에서는 영화의 상상적 가능성 덕분에 여기라고 하는 특정 장소와 지금이라고 하는 특정한 시간에 의한 구속을 초월한다. **이 초월성은 공상적이면서 반사회적이다.**26)

이처럼 <감각의 제국>이 표상하고 있는 섹슈얼리티의 의미는 특정한 시·공간에 갇혀 있는 연인이 국민과 가족 구성원의 의무로부터 탈주를 감행한 공상을 현실로 보여준다는데 있다. 그리하여 "죽음에 의한 합일에서는 영화의 상상적 가능성 덕분에 여기라고 하는 특정 장소와 지금이라고 하는 특정한 시간에 의한 구속을 초월한다. 이 초월성은 공상적이면서 반사회적"27)인 것이다.

---

25) 이택광, 「너희가 야한 영화를 아느냐」, 『관점 21』, 2000, 여름호 참조.
26) 레이 초우(Rey Chow), 정재서(역), 『원시적 열정－시각, 섹슈얼리티, 민족지』, 이산, 2004, 115쪽.

Ⅲ. '육체'가 말하는 방식, 여성 섹슈얼리티의 전위성

표현되지 못한 육체의 욕구는 영혼의 늪에 갇혀 영혼을 해방시켜주지 않는다. 이런 영혼과 육체의 이미지는 분명한 형태를 취할 수 없다. 자아와 타자의 경계를 가를 수없는 것이다. 이들은 예술적인 언어, 문화와 같은 상징적인 언어 속에서만 자아의 정체성을 객관화할 수 있다. 다시 말해 현실을 통제하는 슈퍼에고가 극도의 모순에 차게 되면 병든 영혼과 정신은 폭발하게 되는 것이다. 문화에 의해서 상처 받은 인물의 육체는 감각에 일정한 지향성을 부여하고 관습화시킨다. 다시 말해 문화는 몸의 힘과 방향을 결정하는 것이다.[28] 하지만 문화적 폭력을 견디지 못하는 인간의 몸은 몸이 뿜어내는 절망을 인물을 통해 기호화된다. 기호가 된 육체는 '체계'만 바꾸면 자유자재로 타인의 몸 인체로 내 속으로 들어와 인생을 대신 살아 주기도 한다. 그 순간 신체가 지닌 욕구의 내용과 형식이 스토리텔링을 통해 인물의 언어로 재현되는 것이다.

리안의 <색, 계(色, 戒 : Lust, Caution)>는 서로를 경계(戒)하지만, 서로의 색(色)에 빠져드는 사람들의 이야기다.[29] 이 작품의 원작자는 장아이링이다. 사회주의 중국이 강요한 국가주의, 애국주의의 강압적인 체제를 견디지 못했던[30] 그녀는 홍콩을 거쳐 미국으로 이주한다. 그녀가 전성기를 보낸 상해는 이 영화의 배경이기도 하다. 이 영화도 원작이

---

27) 레이 초우(Rey Chow), 위의 책, 115쪽.
28) 이거룡, 조광제, 『몸 또는 욕망의 사다리』, 한길사, 1999, 284-289쪽.
29) 문학작품의 원제는 『色, 戒』(장아이링 , 김은신 (역), 랜덤하우스코리아, 2008.)이다.
30) 이종철, 『중국 영화에 반하다』, 학고방, 2008, 28-35쪽 참조.

있고, 실화를 배경으로 만들어졌다.

<색, 계>는 중국 상하이의 역사적 사실 바탕으로 하고 있는 영화로 왕자오밍(王兆銘)의 친일정권을 배경으로 하고 있다. 왕자오밍은 쑨원을 도와 신해혁명을 일으킨 중국 국민당 중심인물이었다. 그러나 중일전쟁이 일어난 뒤 도피했다가 일본군이 점령하고 난 후 남경으로 돌아가 일본과 손을 잡는다. 그는 국민당의 적통을 잇는다며 순정국민당을 조직하고 1940년 3월 이른바 '화평정부'를 출범시킨다. 그리고 일본에 저항하는 것은 망국의 지름길이므로 적을 친구로 만드는 데 주력해야 한다고 역설한다. 물론 화평정부는 점령군이 물러가면 와해될 수밖에 없는 존재에 불과했던 것이다.

이 영화의 주인공 량자오웨이(정보대장)가 근무하던 곳이 바로 화평정부를 유지하기 위한 일선기구였고, 이 정부의 특성상 국민당과 공산당 양쪽으로부터 끊임없는 테러의 위험에 시달렸다. 이 영화의 배경이 되는 1920년대 상하이와 인근지역은 국민당이 열세로 몰리고 군벌의 세력이 극에 달했던 시기였다.[31]

1) 일본의 침략을 피해서 홍콩으로 피난온 왕치아즈(탕웨이)는 외롭다. 그의 친구들은 항일운동에 뛰어들고 그도 자신의 운명을 저항운동에 맡긴다.

2) 밀수업자의 아내인 막 부인으로 위장해 친일파 정보부 대장 이(량차오웨이)의 부인(조안첸)에게 접근한다. 그들의 목표는 이의 암살. 어렵게 이 부부에게 접근하지만 갑작스레 부부는 상하이로 돌아가 버린다.

---

31) 김용성, 『제국의 습격 ─ 영화, 역사를 말하다』, MBC 프로덕션, 2008, 48-50쪽.

3) 사실 왕치아즈는 암살의 주모자인 광위민(왕리훙)을 연모해 암
   살에 가담했다. 하지만 그들은 목표를 이루지도 못하고 왕치아
   즈는 상처만 받는다. 그리고 3년의 세월이 흐른다. 광위민이 다
   시 왕치아즈를 찾아온다.

4) 그리고 왕치아즈는 또다시 막 부인이 돼 이에게 접근한다. 정보
   대장과 걷잡을 수 없는 육체적 사랑에 빠져든 왕치아즈는 더
   이상 이념적인 국가주의와 애국주의에 굳은 신념을 견지하지
   못하고 보석가게에서 정보대장을 놓아준다.

5) 정보부 대장과 왕치아즈가 사이가 발각되고 왕치아즈는 동지들
   과 함께 채석장 근처에서 처형당한다.

6) 혼자 남겨진 정보부 대장은 왕치아즈와 함께 했던 침대위에 걸
   터앉아 아내에게 이 모든 것을 비밀로 해달라고 부탁한다.

이 영화는 적나라한 섹스 신으로 화제를 모았고, 성기와 음모 노출
논란도 있었다. 그래서 중국에서는 30분가량 삭제된 채로 상영됐고, 미
국에서도 17살 이하 관람금지 등급(NC-17)을 받았다. 한국에서는 제한
상영 판정을 받지 않고 '청소년 관람 불가 등급'으로 심의를 통과했
다.32) 영화 <색, 계>는 라캉이 말하는 사랑과 욕망, 금지된 욕망인 주

---

32) 리안은 뉴욕에 사는 동양인 게이와 그의 아버지 사이의 갈등과 화해를 그렸던
   <결혼 피로연>으로 베를린영화제 황금곰상을 받으며 세계에 이름을 알렸다.
   <아이스 스톰>에서 1970년대 미국 중산층의 해체를 그렸던 리안은 <와호장
   룡>으로 홀연히 옛날의 중국으로 돌아갔다. 한편으론 19세기 영국 배경의 <센
   스 앤 센서빌리티>도 영화로 옮겼다. <색, 계>는 리안이 <브로크백 마운틴>
   이후에 다시 중화권 감독으로 돌아와 만든 영화다. <색, 계>로 그는 2005년
   <브로크백 마운틴>에 이어 2년 만에 베니스영화제 황금 사자장을 받는 드문 사
   례를 남겼다. <색, 계>는 중국의 여성소설가 장아이링의 작품을 원작으로 삼았
   다. 관진펑(관금붕)의 <화이트 로즈, 레드 로즈>, 허우샤오셴의 <해상화>도 장
   아이링의 소설이 원작이다. 『한겨레 21』, 「색에 빠진 자, 계를 잃을지니」, 2007,
   11, 2 제683호, 김용성, 같은 책, 49-50쪽 참조.

이상스의 본질을 자연스럽게 생각하게 해준다. 색과 계는 인간 삶의 근원적인 두 영역이다. 계는 색의 원인이며, 색을 통해 계가 완성되지만 계에 충실하면 할수록 색은 계를 넘어서고 계를 뒤흔든다. 마찬가지로 법에 의해 시작되는 욕망은 법에 충실하면서 주이상스로 발전한다.

영화 <색, 계>는 색과 계의 어우러짐, 그리고 둘의 모순적인 관계를 왕치아즈와 이의 비극적 사랑을 통해 극적으로 묘사하고 있다. 또한 왕치아즈와 이는 계와 사랑에 대한 남성주체와 여성주체의 입장을 대표하는 인물이기도 하다. 왕치아즈는 '네 임무를 위해 막부인이 되라'는 적극적 계에 충실함으로써 연극적 열정인 색을 금지된 사랑으로 발전시킨다. 반대로 이의 계는 나르시시즘적 자기보존 욕망에 색을 가둔다. 여성의 사랑은 계에 충실함으로써 계를 넘어서지만 그 종착점은 죽음이다.33) 1930~40년대 홍콩과 상하이를 오가며 펼쳐지는 <색, 계>는 일제강점기의 격동의 세월을 배경으로 한 여인의 몸에 짙게 새겨진 '색'과 '계'의 흔적을 섬세한 심리적인 묘사로 그리고 있다. 그렇기 때문에 단순히 영화 서사 차원에서 시간의 흐름에 따라서 전개된 이야기(줄거리)가 아니라 모든 장면에 숨어 있는 인물들의 일탈의 욕망과 이를 불가능하게 하는 갇힌 이데올로기의 허구성에 주목해야 한다.

<색, 계>는 그가 7년 만에 다시 시도한 중국 영화지만 필름누아르적인 무드에서 코스모폴리탄으로서의 그만의 면모 또한 녹아 있다. 리안은 "'색'에서 출발하기 때문에 더 노골적으로 표현했다. 3, 4년 전 엘렌 창이 쓴 28페이지 분량의 단편소설을 읽다가 **애국주의와 섹슈얼리티를 조합**(강조-필자) 방식에 큰 충격을 받고 영화화를 꿈꿨다"고 했다.34)

---

33) 김석, 『라깡과 현대정신분석』 제10권 1호, 2008, 22쪽.
34) 『시네21』, 2007. 11. 15.

왜 낭만적인 사랑이 그토록 쟁점이 되었을까. 20세기 초 대중문학 작가(원앙호접파)가 연애에 관심을 기울인 것은 중국의 대가족이 실제하고는 다르게 이데올로기적으로 붕괴한 결과라고 생각할 수 있다. 당시 전통적인 가족인 '자'(家)에 의해서 가족 내의 여성이나 젊은이에게 가해진 억압에 반발하는 저항이 거세지고 있었는데 그것은 기존의 인간관계와는 다른 공간이 탐색되고 있음을 보여준다. 국민국가는 문자 그대로 국가-가족, 즉 '국가'(國家)로서 구상되었으며, 국가란 전 세계의 국가들 안에서 중국이 차지할 위치를 부여하는 거대한 유기적 조직체였던 것이다.

(중략)

역사적 교차점에서 낭만적인 사랑은 중국여성의 정체성에 부과되었던 전통적인 속박으로부터 여성을 별안간 해방시키는 것처럼 보였기 때문에 그야말로 사회적인 문제가 되었다. 낭만적인 사랑에서 '낭만적'이라고 하는 부분이 섹스에 있는 것은 아니다. −중략− 새로운 자유란 무엇보다도 여성의 섹슈얼리티를 새롭게 만들어내는 것을 의미했다. 바꿔 말하면 국가개념은 성적인 차이와 계급의 차이와는 무관하게 문화를 통일하려고 했기 때문에 여성의 성적 정체성을 어떻게 재정식화 하는가에 대해서 많은 문제를 남겼다.[35]

이처럼 낭만적인 사랑에서 '낭만적'이라는 의미가 남녀의 격렬한 섹스에 있는 것은 아니다. 이 영화에서 주인공이 보여주고 있는 육체적인 사랑은 새로운 담론을 구축해간다. 다시 말해 국가주의나 애국주의로 환원되지 않는, 자율적인 개인과 낭만적 사랑의 파국적인 결말은 중국을 포함한 세계의 관객들에게 중국의 역사, 상하이의 역사 어떻게 새로운 담론의 장으로 확대될 수 있는가를 알게 했다. "왜 낭만적인 사랑이

---

35) 레이 초우(Rey Chow), 위의 책, 110쪽.

그토록 쟁점이 되었을까”라는 질문이 새삼스럽게 다가오는 것은 당시 전통적인 가족인 ‘자’(家)에 의해서 가족 내의 여성이나 젊은이에게 가해진 억압에 대한 저항을 보여주는 것이다. 그리고 그것은 “국민국가는 문자 그대로 국가－가족, 즉 ‘국가’(國家)로서 구상되었으며, 국가란 전 세계의 국가들 안에서 중국이 차지할 위치를 부여하는 거대한 유기적 조직체”(재인용)였던 것에 대한 개인들의 반란이었던 것이다. 그러한 측면에서 “새로운 자유란 무엇보다도 여성의 섹슈얼리티를 새롭게 만들어내는 것을 의미했다. 바꿔 말하면 국가개념은 성적인 차이와 계급의 차이와는 무관하게 문화를 통일하려고 했기 때문에 여성의 성적 정체성을 어떻게 재정식화 하는가에 대해서 많은 문제”를 남겼던 것이다. 다시 말해 이 영화는 섹슈얼리티 문제가 어떻게 문화 스토리텔링을 통해 담론으로 확대 심화되고 있는가를 보다 분명하게 보여주고 있는 것이다.

Ⅳ. 월경하는 텍스트의 확산과 문화 스토리텔링

이야기란 추상적이고 논리적인 내용을 포함한 인간의 모든 언어구조물을 말한다. 역사적인 시공간적 배경이 있으며, 사건이 있고 구체적인 인물에 의해서 발화되는 이야기는 단순한 ‘서사’가 아니라 문화적 정보와 인간의 욕망을 드러내는 중요한 전략적 근거지로 작용하며, 특정한 문화의 요소들이 이야기를 통해 재현되고 발화되는 방식은 다양하다. 그리고 ‘역사적 사건과 사물에 읽힌 사람들의 흔적’, ‘너와 나의 체험이 소통될 있는 중심적인 사건’을 따라 전개되는 문화 스토리텔링은 발화자의 욕망에 의해서 보이지 않는 심층문화의 해석과 평가, 그리고 그 이면까지를 드러낸다. 이러한 문화 스토리텔링에 주목하는 것은 영화나 서사의 스토리텔링을 담론 형성의 과정으로 확대 심화하여 특수성과 보편적 가치를 동시에 사유하고자 하는 기획에 근거한다.

문화 스토리텔링은 텍스트를 넘어서 사회적, 정치적, 문화적 의미로 적극적으로 확대되는 담론구축과 밀접한 관련이 있다. 기존의 역사와 문화는 스토리텔링에 의해서 다른 맥락으로 전이되거나 재배치되어 새로운 의미망을 구축한다. 이를 통해 문화적 특수성뿐만 아니라 지식/권력에 대항하는 보편적 가치를 함께 강구하고, 거대한 역사를 일상의 소소한 실체로 재구성하는 전략적 가치를 찾고자 하는 것이다.

앞에서 언급한 한·중·일 영화들은 여성 섹슈얼리티, 낭만적 사랑 등을 통해 지배문화를 되받아 쓰는 문화 스토리텔링의 가능성을 잘 보여주고 있다. 시대적인 편차가 있지만 공통적으로 돌이킬 수 없는 죽음 충동을 통해 밖으로부터 강요된 국가주의를 부정하고 내적 자율성을 찾아서 극단적인 결말을 감수한다. 다시 돌이킬 수 없는 죽음이야 말로 사랑이 요구하는 희생이며 격정적인 사랑을 의미하는 것이다. 그래서 낭만적 사랑은 연인들이 살아서 밖으로 나갈 희망을 잃는 순간에 말 그대로 죽음으로 경험된다. 연인들이 살아서 밖으로 나갈 희망을 잃는 순간에 말 그대로 죽음으로 경험된다.

이렇게 영화적 상상력은 '여기'라고 하는 특정 장소와 '지금'이라고 하는 특정한 시간에 의한 구속을 초월한다. 그래서 이 초월성은 공상적이면서 반사회적인 것이다. 이러한 공상적이고 반사회적인 가치를 통해 무엇보다 분명하게 짐작할 수 있는 것은 일국(一國)의 국민(國民)이 아닌 개인(個人)의 취향, 감수성, 쾌락과 욕망의 문제가 만들어내는 새로운 문화담론의 가능성이다. 이 가능성은 국민국가를 넘어 지역으로서 아시아를 사유하는 방법론적 모색, 나가서 월경(越境)하는 문화담론의 보편적 가치를 어떻게 구상할 수 있을 것인가에 대한 문제의식과 맞물려 있다.

메이지 30년대 문학의 한 가능성
—사회소설과 '미적 생활론'의 접점—

최 범 순

Ⅰ. 서론

메이지 30년대 문학사는 일반적으로 사회소설을 포함한 다양한 소설 실험, 시를 중심으로 한 낭만주의, 가정소설의 유행, 초기사회주의 및 초기자연주의 문학, 나쓰메 소세키(夏目漱石)의 등장, 메이지자연주의문학의 대두를 중심으로 기술된다. 그리고 그 무게중심은 메이지자연주의문학에 놓여 있어 상대적으로 해당 시기 전반기는 문학사 기술에서 비중 있게 다루어지지 않는다. 달리 표현하면 메이지 30년대 문학의 내적 연관성, 즉 다양한 문학적 실험들의 공통기반과 메이지자연주의문학으로 이행하는 과정이 충분히 밝혀지지 못한 측면이 있다. 메이지 20년대 문학이 후타바테 시메이(二葉亭四迷), 모리 오가이(森鷗外), 기타무라 도코쿠(北村透谷), 히구치 이치요(樋口一葉), 겐유사(硯友社) 등으로 이미 지화되어 있고, 메이지 40년대 문학이 메이지자연주의문학으로 특징지어져 있는 것과 비교하면 메이지 30년대 문학, 특히 그 전반기 문학의 존재감은 약하다. 본 논문은 이와 같은 문학사 기술의 양상에 대한 문제의식에서 출발해 우선 메이지 30년대 전반기 문학의 내적 연관성을 파악하고자 했으며 그 연장선에서 메이지자연주의문학 등장의 의미를 이해해 보고자 했다.

메이지 30년대 전반기 문학의 내적 연관성을 파악하려는 것은 결코 추상적인 가설에 기초한 것이 아니다. 부족하나마 해당 시기 작품들과 문학 언설들을 살펴보면서 구체적인 단초를 발견했다. 제목에서 제시한 '사회소설과 미적 생활론의 접점'은 그러한 단초 가운데 하나로 이 접점에 근거해 메이지 30년대 전반기 문학의 내적 연관성을 파악할 수 있겠다고 판단했다. 사회소설은 청일전쟁 이후 『국민신문(國民新聞)』을 통해 제기된 문학담론의 결과물로 당시 용어 정의와 소설적 구현을 둘러싸고 활발한 논의가 이루어졌다. 그리고 구체적인 작품으로는 『섣달 28일(暮の二十八日)』을 포함한 우치다 로안(內田魯庵, 이하 로안)의 메이지 30년대 전반기 소설들이 꼽힌다. 한편 '미적 생활론'은 해당 시기 평단을 주도하던 다카야마 초규(高山樗牛, 이하 초규)가 「미적 생활을 논함(美的生活を論ず)」(1901. 8, 『太陽』)에서 시대상황을 비판하면서 제시한 하나의 지향점이다. 그리고 이러한 초규의 미적 생활론은 일반적으로 그의 일본주의 시기에 이어지는 낭만주의시기를 대표하는 언설로 평가받는다.

사회소설과 '미적 생활론'은 일반적으로 문학사에서 이질적인 문학 흐름으로 구분된다. 하지만 당시의 구체적인 언설을 살펴보면 사회소설과 미적 생활론 사이에 시대 인식과 문학적 대응이라는 측면에서 깊은 공감대가 존재했음을 발견할 수 있다. 최초의 정당내각이 꾸려진 직후 발표된 「정치소설을 써라(政治小說を作れよ)」(1898. 9, 『大日本』) 이후 로안이 보여준 문학적 실천은 동시대평과 왕성한 소설 창작으로 특징 지

워진다. 한편 같은 시기 초규가 보여준 문학적 실천의 문제의식은 '시대정신론'과 '미적 생활론'에서 읽어낼 수 있다. 로안이 해당 시기 평론과 소설을 통해 드러낸 문제의식과 초규가 미적 생활론에서 제시한 내용은 모두 두 사람의 시대인식에 기초한 것인데, 그 구체적인 내용을 살펴보면 현재 많은 메이지문학사가 보여주는 두 문학가 간의 거리와는 달리 시대인식을 공유하고 있었음을 확인할 수 있다. 메이지 30년대 전반기의 다양한 문학적 실험은 파편적으로 이루어졌던 것이 아니라 시대상황에 대한 인식을 공유하고 있었던 것이다. 이하 본론에서는 구체적인 근거들에 기초해 메이지 30년대 문학에 내재된 공통기반을 제시하면서 이후 메이지자연주의문학으로 이어지는 과정의 의미를 되짚어 보고자 한다.

II. 다카야마 초규의 시대정신론과 미적 생활론

초규는 1900년 1월 시점에 「작년 소설계 경향을 논함(昨年に於ける小說界の傾向を論ず)」(『太陽』)에서 전년도 문학을 돌아보면서 '소설의 사회적 경향'을 중요하게 언급한다.

1899년도 소설계의 중요한 경향은 사실적(寫實的)이라는 한 마디로 정리할 수 있을 것 같다. 여기서 말하는 사실적이란 가능한 오늘날 사회에 접근해, 가능한 많은 사람들의 흥미를 끌 수 있는 인물, 사건, 사상을 표현하려고 힘쓴다는 것을 의미한다. 이러한 의미에서 현세적이라고도 할 수 있고, 또 사회적이라고 해도 틀리지 않을 것이다.

초규는 1899년도 소설계의 경향을 위와 같이 정리하면서 시대정신론이 소설계의 '사회적 경향'을 견인했다고 평가한다. 소설의 사회적 경향을 시대정신의 구체적 발현으로 분석한 것이다. 시대정신론은 다름 아닌 초규가 주장했다는 점에서 일종의 자화자찬으로 받아들일 수도 있지만 보다 중요한 점은 자신의 시대정신론을 소설의 사회적 경향과 연결시켰다는 사실이다. 초규의 시대정신론은 소설의 사회적 경향으로 구체화될 수 있었던 것이다.

한편 위 인용문에서 초규는 자신이 언급한 '사실적'이라는 말에 대해 부연하면서 '이러한 의미에서'와 같은 형태로 한정하는 표현을 구사하고 있다. 이와 같은 부연과 한정은 무언가와 구별하려는 의식을 깔고 있는데, 그 구별 대상은 1898년 3월 『태양』에 게재한 「소설 혁신의 시기―비국민적 소설을 비판한다(小說革新の時期―非國民的小說を難ず)」에서 찾아볼 수 있다.

> 쓰보우치 쇼요(坪內逍遙)가 가져온 사실주의 혁신이 일본 소설사에 하나의 새로운 시기를 형성한 것은 두 말할 나위 없다. 하지만 쓰보우치 쇼요씨 다음에 이어진 것들이 오로지 사실주의만을 떠받들고 그 이외의 것을 모르는 상황에 다다르며 그 폐해가 나타났다. 내가 이러한 상황을 보건대 1887년 이후 소설은 진보와 동시에 점차 국민의 성정(性情)에서 멀어졌다. 이것이 오늘날 소설을 극쇠(極衰)에 이르게 한 원인이다. 그리고 그 극쇠의 싹은 다름 아닌 쇼요의 『소설신수(小說神髓)』에 내포되어 있었던 것이다.

인용문은 초규가 「메이지의 소설(明治の小說)」(M30.6, 『太陽』)에서 피력한 당대 문학에 대한 문제의식을 다시 한 번 확인시켜 주는데,1) 그와

더불어 1899년의 소설계 경향을 논하면서 '사실적'이라는 말을 부연한 이유가 쓰보우치 쇼요 이후 전개된 사실주의와 구분하기 위한 것이었음을 파악할 수 있다. 초규는 메이지 20년대 이후 사실주의 소설이 '국민의 성정'과 유리되었다고 지적하는데 이러한 맥락에서 그가 당대 문학에 대해 바라던 바와 1899년도 소설계의 '사회적 경향'에 주목한 이유를 이해할 수 있다.[2] 일반적으로 메이지 30년대 문학사에서 낭만주의 흐름 속에서 거론되는 초규가 소설의 사회적 경향을 평가하고 지향했다는 사실에 주목할 필요가 있다.[3]

초규는 「소설 혁신의 시기」로부터 3년이 경과한 시점에 발표한 「미적 생활을 논함」 첫머리에서 자신을 '시폐(時弊)에 분노하는 자'로 규정하는데, 이는 '미적 생활론'이 소설의 사회적 경향과 시대정신론을 연결시켰던 태도의 연장선에 있음을 말해줌과 동시에 매우 비판적인 시

---

1) 초규는 「메이지의 소설」에서 "메이지의 소설은 쇼요로 인해 과도기에 접어들었다"고 쓰보우치 쇼요의 문학사적 위상을 기술한 뒤 그에 이어진 "메이지소설의 제2기는 한 마디로 말하자면 사실(寫實)소설의 전성시대였다"고 규정한다. 그리고 메이지 20년대 중반 이후부터 그러한 사실주의를 극복하기 일어난 움직임을 근거로 삼아 '메이지소설의 제3기'가 시작되었다고 파악했다. 쵸규의 해당 문장은 선구적인 메이지문학사라는 역사적 의미를 지닌다.
2) 초규는 사실주의를 비판하면서 "이른바 사실파(寫實派) 작가가 그린 인물은 말로는 사실(寫實)이라고 하지만 비유하자면 뿌리없는 초목과 같다. 인물이 생활하는 사회, 그 사회에 널리 통용되는 정신에 관해서는 그다지 해석과 관찰을 가하지 않은 채 단지 밖으로 드러나는 언어, 의복, 풍습과 같은 말단에만 사실(寫實)을 행하고 있다. 모양은 비슷하지만 생명이 없다. 그렇게 해서 어찌 사회민중의 가슴에 살아있는 반향을 불러일으킬 수 있겠는가"(「작년 소설계 경향을 논함」)라고 반문한다.
3) 위 주2)에 인용한 문장에서도 확인할 수 있듯이 메이지 30년대에 접어들어 초규는 이른바 일본주의 시기에 구사했던 '국가'와 '국민'이라는 단어대신 '사회'와 '사회민중'이라는 단어를 사용한다. 이와 같은 어휘 선택의 변화 또한 그의 사상 변화를 보여주는 것이라고 할 수 있다.

대인식에 기초한 것임을 짐작케 한다. 그리고 「소설 혁신의 시기」에서 「미적 생활을 논함」에 이르는 기간을 고려하면 그의 비판적 시대인식이 결코 일시적인 것이 아니라 메이지 30년대 전반기에 일관된 것이었음을 알 수 있다. 초규의 이른바 낭만주의는 이와 같은 측면에서 이해할 필요가 있는 것이다.

초규가 「미적 생활을 논함」에서 가장 문제시 삼은 대상은 '도덕과 지식'이다. 해당 평론의 목차는 '서언'에 이어 '도덕적 판단의 가치', '인생의 지락(至樂)', '도덕과 지식의 상대적 가치', '미적 생활의 절대적 가치', '미적 생활의 사례', '시폐(時弊) 및 결론'으로 구성되어 있는데 이와 같은 구성을 통해 '미적 생활'이 도덕 및 지식과 대치되는 개념임을 알 수 있다. 그렇다면 초규가 문제 삼은 도덕과 지식은 구체적으로 무엇이었을까?

초규는 결론 부분에서 '시폐'의 구체적인 예로 '도학선생(道學先生)'과 '학구선생(學究先生)'을 들고 있는데 여기서 '선생'이라는 은유는 너무나 직접적인 비유이기도 하다. 메이지유신 이래 메이지정부는 교육정책에 많은 힘을 쏟았는데 이 교육정책의 기조가 다름 아닌 도덕과 지식이었다. 그리고 도덕의 보다 구체적인 상은 바로 천황제 절대주의체제를 지탱하기 위한 충·효 이데올로기였다.4) 초규는 미적 생활론을 통해 메이

---

4) 예를 들어 메이지 20년대 중반에 우치무라 간조의 불경사건을 계기로 불거진 '교육과 종교의 충돌논쟁' 과정에서 당시 교육지침에 큰 영향력을 행사하던 이노우에 데쓰지로는 "칙어라고 받드는 것은 일본 고유의 도덕을 문장으로 만든 것으로 그 도덕을 세우는 길은 일가에서 행하는 효도에서 시작해 이를 보다 널리 향리에서 행하고 마침내 충군애국을 최후의 덕으로 삼는 것이며 이를 한 마디로 이름 붙이자면 국가주의가 된다"고 발언했다. 이와 같은 이노우에의 발언은 메이지정부의 교육 이데올로기의 본질을 잘 보여준다. 인용은 「宗教と教育との關係につき井上哲次郎氏の談話」(『井上博士と基督教徒――名「教育と宗教の衝突」顚末及

지유신 이래 이어져 온 충·효 이데올로기에 기초한 도덕 교육과 서양에서 유입된 지식에 기초한 교육을 문제시 삼았던 것이며, 이는 달리 표현하면 그와 같은 이데올로기와 지식 교육을 강요해 온 기성세대와 그들이 구축한 국가체제에 대한 비판을 의미한다. 초규는 '미적 생활'의 가치판단 기준으로 '본능 만족(本能滿足)'을 제시하는데, 여기서 '본능'의 구체적 의미는 위와 같은 역학관계에서 파악해야 한다. 초규가 '본능'으로 맞서고자 했던 것은 메이지시대의 충·효 이데올로기와 지식 교육의 강요였으며 그러한 강요 뒤에 숨겨진 '위선'이었던 것이다.

초규가 해당 평론에서 구사한 '위선'이라는 단어는 강한 이데올로기적 성격을 발산하는데 이 점은 미적 생활론에 대한 동시대평이 잘 드러내준다. 예를 들어 나카지마 고토(中島孤島)는 「최근 문단의 풍조에 대해(文壇近時の風潮に就て)」(1901. 9. 30, 『讀賣新聞』)라는 글에서 다음과 같이 미적 생활론을 언급한다.

> 현 시점의 우리나라 학계는 그야말로 과학의 기초 위에서 점차 사회와 인생 문제를 다루려고 하여 윤리와 도위(道僞) 논의가 일어나고, 다른 한편에서 감정주의가 발흥해 「미적 생활」이라는 목소리를 이루었다. 이와 같은 주관주의(主觀主義) 내지 신로맨티시즘은 서구 각국에서 국가적 형성에 거스르며 일어난 사회당과 무정부당(無政府党)과 닮지 않았는가. 필경 이것은 반동이다, 극단에서 극단으로의 반동이다.

결국 나카지마 고토의 결론은 "개인은 전적으로 사회에 복종해야 한

評論』, 哲學書院, 1893). 참고로 다카야마 초규의 지도교수가 이노우에 데쓰지로였다.

다. 그로부터 조화가 만들어지고 평화와 만족 모두 그로부터 생겨난다”
는 형태로 맺어지는데 그 과정에서 나카지마 고토가 미적 생활론에 대
해 보이는 태도와 위기의식은 매우 흥미롭다. 미적 생활론을 ‘국가적
형성에 거스르는’ 요소를 품고 있는 언설로 이해하면서 ‘사회당, 무정
부당’과 연결시키고 있는 것이다. 이와 같은 반응을 다소 과장된 것으
로 평가할 수도 있지만 이러한 지점에서 초규의 미적 생활론이 어떤
이데올로기적 가능성을 품고 있었고 그의 발언이 어떤 파장을 불러일
으켰는지를 확인할 수 있다. 초규는 미적 생활론을 통해 충·효 이데올
로기와 지식에 편중된 교육, 그리고 그러한 교육에 의해 지탱되던 메이
지 30년대 시대상황을 강력히 비판하고자 했던 것이며 이러한 측면에서
앞서 그가 소설의 사회적 경향에 주목했던 배경을 되짚어 볼 수 있다.

　결국 초규의 미적 생활론은 쓰보우치 쇼요가 1901년 10월부터 11월
에 걸쳐『요미우리신문(讀賣新聞)』에 게재한「마골인언(馬骨人言)」속에서
‘개인주의’와 함께 ‘최악의 시대정신’으로 간주된다.5) 하지만 초규가
‘미적 생활’의 사례를 들면서 “본능 이외의 것이라 하더라도 그 가치가
절대적이라고 인정할 수 있는 것 또한 미적인 것이 될 수 있다”라고
말했던 것처럼 미적 생활론은 ‘도덕과 지식’만을 절대시하는 폐쇄적이

---

5) 예를 들어 쓰보우치 쇼요는 1901년 10월 24일자 기사에서 ‘최악의 시대정신은
　이기적 개인주의’라고 쓴 뒤 “이기주의적 측면에서만이 아니라 다른 측면에서
　보더라도 니체는 악의 시대정신의 권화(權化)이다. 결코 ‘문명 비평가’가 아니며
　눈먼 삼손도 아니며 단지 눈 먼 버릇없는 아이이자 제멋대로 구는 아이이다”라
　고 비난한다. 쇼요가 니체를 언급한 것은 당시 초규가 ‘문명비평가로서의 문학
　자’ 모델로, 그리고 미적 생활의 구현자로 니체를 언급한 데에 기인한다. 한편 초
　규는 니체와 함께 ‘문명비평가로서의 문학자’ 모델로 졸라와 톨스토이를 언급하
　는데 로안 또한 메이지 20년대부터 두 문학자의 작품을 번역하는 등 졸라와 톨
　스토이에 대한 관심을 쏟아왔다.

고 억압적인 세계관과는 엄연히 달랐다. 초규가 진정 지적하고 싶었던 것은 충·효 이데올로기와 지식교육을 강요하는 기성세대 및 국가권력의 '위선'이었던 것이다. 그리고 이러한 측면에서 보면 이전 시기에 '국민의 성정'을 청일전쟁 상황과 연결시켰던 태도 내지 "메이지의 역사는 개혁의 역사다"라는 인식에 변화가 일어났음은 분명하다. 초규가 메이지 30년대에 접어들어 펼친 시대정신론, 그리고 그 연장선에서 전개된 '본능 만족'과 '미적 생활론'은 그의 사상 변화를 말해주는 것이기도 하다.

Ⅲ. 우치다 로안과 다카야마 초규의 접점
─사회 및 국가의 문제

초규는 「소설 혁신의 시기─비국민적 소설을 비판한다」에서 현실과 소설의 괴리를 동시대 소설의 문제로 진단했는데 그와 같은 문제의식의 연장선에서 로안의 소설에 주목한다. 1899년 소설계의 사회적 경향을 평가하는 가운데 초규는 다음과 같이 로안을 소개한다.

> 이러한 경향(사회적 경향─인용자)을 대표하는 작가는 고요(紅葉), 로한(露伴) 혹은 그 밖의 늙은 대가들이 아니라 후치앙(不知庵), 추가이(宙外), 후요(風葉)와 같은 소장 작가들이 많다는 사실은 특히 주의를 기울일 가치가 있다.
> 후치안(우치단 로안─인용자)은 작가이면서 동시에 비평가이다. 비평가로서 열심히 시대정신론을 주창하는 한 사람이다.

이러한 기술을 통해 일차적으로 초규가 로안의 소설에 주목하고 있었다는 사실을 확인할 수 있는데 흥미로운 것은 그가 인용문을 포함하는 '소설의 사회적 경향' 장의 많은 부분을 로안에 관한 기술에 할애했다는 점이다.

초규가 로안에게 기울인 관심은 결코 일시적인 것이 아니었다. 「시대정신과 대문학(時代の精神と大文學)」(1899. 2, 『太陽』)에서 당시 문학이 정치, 경제, 법률, 도덕, 종교 등에 기초한 인생관과 사회관을 담아낼 필요가 있다고 주장한 초규는 그로부터 4개월이 경과한 시점에 「평론가 및 작가로서의 후치앙(評論及び作者としての不知庵)」(1899. 6, 『太陽』)이라는 글을 다음과 같이 시작한다.6)

문단이 적막한 때에 우치다 후치안(內田不知庵)의 탁월한 소설론을 접할 수 있었던 것은 마치 적막한 계곡에서 발소리를 듣는 것 같았다. 그리하여 장래가 가장 유망한 작가라는 사실을 생각하면 더 한층 사람의 마음을 든든하게 하는 것이 있음을 깨닫게 된다.

오늘날 문학은 수양의 시기에 있다. 현재 시인과 문인이 작은 성공에 안주하여 매진하는 기개가 모자란다는 사실은 내가 후치앙과 더불어 공감하는 바이며, 이는 문단의 병폐이다.

---

6) 물론 초규 쪽에서만 로안에게 관심을 표한 것은 아니다. 로안은 초규가 언급한 「차과자」라는 평론에서 "요즘 다카야마 초규 학사가 소설가와 시대정신의 관계에 대해 논했다. 이는 당연한 논의로 나는 이 당연한 논의가 새로운 듯이 설파되는 것을 보고 문단이 실로 큰 경멸을 받았다고 다소 분개했다. (중략) 하지만 이러한 설이 나타나는 것은 오늘날 소설가가 이와 같은 사조를 접하지 않기 때문으로, 달리 표현하면 항상 사회에서 유리되어 있어 시대정신을 이해하지 못한 채 신문의 삼면 잡보기사 같은 작품을 쓰기 때문이다"라고 지적했다. 초규의 발언에 대해 전적으로 호의적이지는 않지만 동시대 소설의 문제점에 대해서 공감을 표시하고 있다.

초규는 위와 같은 평가와 동시에 로안의 소설이 '사회의 이면과 비밀에 대한 호기심'을 자극하면서도 그에 대한 해석을 마지막까지 제시하지 않는다며 문제점을 지적하기도 하지만, 결론적으로 '시대정신을 파악하고 구현하면서 해석하려는 힘찬 흔적'들이 로안의 소설에 담겨 있다고 평가한다. 이 밖에도 초규는 '시대정신과 소설가의 관계'를 언급한 로안의 평론 「차 과자(朝茶の子)」(1899. 5/6/7, 『新小說』)의 일부를 직접 인용하는데,7) 해당 문장은 로안이 동시대 소설가들에게 '사회의 살아 있는 문제를 해석하는 힘'이 결여되어 있다고 지적한 부분이다. 로안은 그와 같은 결여를 극복하기 위해서는 무엇보다 먼저 '사회와 국가 문제'를 연구해야 한다고 제안하는데 바로 이러한 지점에서 초규의 시대인식과 맞닿아 있음을 확인할 수 있다.

로안은 초규가 언급한 「차 과자」에서 오자키 고요(尾崎紅葉)의 『다정다한(多情多恨)』과 『금색야차(金色夜叉)』를 비판적으로 언급하면서 자신이 지향하는 소설상을 제시한다. 로안은 이와 같은 겐유샤 계열의 소설에는 '이기적인 생활문제'만이 그려져 있을 뿐 '살아 있는 사회문제'가 없다고 지적하고 바로 그와 같은 이유 때문에 프랑스나 러시아의 리얼리즘 및 자연주의와 동일시할 수 없다고 평가한다. 그리고 본인이 생각하는 '살아 있는 사회문제'의 구체적인 예를 다음과 같이 제시한다.

---

7) 초규는 「평론가 및 작가로서의 후치앙」에서 "오늘날 소설가는 늘 사회와 유리되어 있어 시대정신을 전혀 이해하지 못해 그 작품들은 필경 신문의 삼면잡보를 늘린 것에 지나지 않는다. 이를 극단적으로 말하면 오늘날 소설가는 사상계에서 다른 학자, 정치가, 종교가와 함께 달려갈 수 있는 권리가 없다"라고 기술한 「차 과자」의 문장을 인용한다. 그리고 같은 취지의 또 다른 문장을 「작년 소설계 경향을 논함」에서 인용한다. 이처럼 로안의 문장을 거듭 인용한 것은 강한 공감을 보여주는 것이라고 할 수 있다.

헌법정치를 잘못 운용해서 번벌 정부를 옹호하는 규율을 만들어
내는 것, 사회의 제재력이 약해서 불의와 부도덕이 공공연히 자행되
는 것, 상공업 모두 정부의 보호를 쳐다보기에만 급급한 것, 기독교
를 국가의 원수로 여기면서 여전히 기리스탄을 박해하듯 하는 것,
어설프고 평범한 도덕에 기대어 종교 무용론을 외치는 것, 미술과
공예를 구별하지 못해 칠기와 도자기가 일본미술이라고 자랑스럽게
여기는 것 (후략)

인용한 예들은 결국 당시 행해지던 입헌정치의 실상, 정경유착 실태,
사회의 부정부패, 메이지정부의 기독교 차별 등을 지목한 것인데 이 밑
바탕에는 메이지정부가 행하던 정치, 경제, 사회, 종교, 문화 정책 전반
에 대한 비판의식이 깔려 있다. 로안은 해당 평론 첫머리에서 청일전쟁
이후 국민의 이상과 도덕이 진보했는지 퇴보했는지를 반문하는데 그와
같은 반문은 시대상황에 대한 깊은 회의에서 비롯된 것이다. 이 밖에
당시 시대상황을 "최근 정치 및 교육 윤리를 둘러싸고 신구사상의 갈
등이 현저히 고조되어 몇 번인가 작은 충돌을 일으켰고 마침내는 대충
돌과 대파열을 가져올 것 같은 절박함이 들어 마치 활화산 위에 앉아
있는 것 같다"고 묘사한 대목도 있는데 이와 같은 묘사는 입헌정치의
이상과 멀어진 번벌 정부에 의한 전제정치, 이익을 독점하는 정상의 대
두, 기독교에 대한 차별과 탄압, 교육칙어에 기초한 교육정책의 강행을
염두에 둔 것으로 로안이 당시 시대상황을 얼마나 심각하게 받아들였
는지를 짐작케 한다. 로안은 이와 같은 위기의식에 의거해서 당대 문학
의 각성을 촉구했던 것이며, 이러한 문제제기에 초규가 적극적인 공감
을 표했다는 사실로 미루어 볼 때 로안이 피력한 인식은 문학사 상의
세부적인 구분 틀을 넘어 널리 공유되고 있었다고 할 수 있다.

초규는 「평론가 및 작가로서의 후치앙」에서 로안의 세 소설을 언급하는데 해당 작품들은 모두 구체적이면서도 신랄하게 당시 사회상을 꼬집고 있다. 먼저 「외톨이 메추라기(かた鶉)」(1899. 4, 『文芸倶楽部』)의 경우는 육군중장의 딸과 군수물자 수입·납품에 종사하는 실업가의 아들 사이에 이루어진 정략결혼을 제재로 해서 육군중장의 딸이 겪는 내면적 고충을 기술한 작품인데, 이는 청일전쟁을 경유하면서 심화된 정경유착의 실태를 희생당하는 딸의 관점에서 고발한 작품이다. 이어서 「낙홍(落紅)」(1899. 4~5, 『太陽』)은 신문기자인 남편과 소학교교사인 부인 간의 갈등을 그린 작품인데 갈등의 구체적인 원인이 메이지 20년대 중반부터 시행된 교과서 선정 문제라는 점에서 당시 교육계의 위선과 부패를 지적한 작품이라고 할 수 있다. 마지막으로 「녹는 서릿발(霜くずれ)」(1899. 5, 『新小說』)은 기독교와 접하면서 젊은 시절의 잘못을 반성하는 한 노인의 심경을 그리면서 기독교에 대한 동시대 일본사회의 차별을 드러내고 있다.

이 세 작품은 초규가 지적하듯이 상황에 대한 '해석을 마지막까지 제시하지 않는' 한계가 있다. 하지만 '시대의 정신을 파악해서 그것을 체현하고 해석하려고 힘쓴 흔적'이 역력하다는 점에서 겐유사의 사실주의 계보와는 다른 작품세계를 구현하고 있다. 이러한 작품의 밑바탕에는 사회와 국가의 문제를 동시대의 평범한 개인의 삶을 통해 드러내고자 한 의식적 노력이 있었던 것이며 이러한 '사회 및 국가의 문제'라는 공통기반 위에서 초규와 로안의 접점은 형성되었던 것이다.

Ⅳ. '진상(眞相)'을 고발하는 '폭로'

초규와 로안이 시대상황과 문학계에 대해 드러낸 인식을 곱씹어 보면 두 사람 모두 당시 일본 사회의 비윤리성에 대해 깊은 우려를 품고 있었음을 알 수 있다. 초규가 제시한 '미적 생활'은 충·효라는 '도덕'을 강요하는 기성세대의 '위선'을 지적하면서 자연스러운 '본능'에 입각한 삶을 지향하려는 의지를 표명한 것이고, 로안이 많은 시평을 통해 지적한 구체적 실태는 정치계, 경제계, 교육계, 종교계에 만연한 윤리적 타락을 보여주는 사례라고 할 수 있다. 두 문학자의 발언은 청일전쟁 이후 일본사회의 분위기를 전해주며 더불어 메이지 30년대 전반기에 집중된 로안의 소설들이 풍자적 태도와 폭로적 방법을 취한 이유를 설명해 준다.

앞 장에서 소개한 「평론가 및 작가로서의 후치앙」에서 초규가 "문단이 적막한 때에 우치다 후치앙의 탁월한 소설론을 접할 수 있었던 것은 마치 적막한 계곡에서 발소리를 듣는 것 같았다"라고 평가한 평론 가운데 「정치소설을 써라」가 있다. 해당 평론은 "소설가들이여, 그들이 연애 세계에 기울이는 관찰을 최근 정치계에서 일어난 대변혁으로 돌려보라"는 문장으로 시작하는데, 이러한 도입 문장은 직전에 출현한 최초의 정당내각을 염두에 둔 것이다. 첫 문장에 이어서 로안은 메이지 10년대 자유민권운동 시기에 자유당에서 활동했던 정치가들의 변모를 풍자적으로 열거하는데 그와 같은 변모와 결탁의 결과물이 바로 최초의 정당내각이었던 것이다. 로안은 "보안조례에서 시작해 정당내각에서 끝나는 대대적 각색을 꾸민다면 오늘날 침체한 문단의 적막함을 깨기에 충분할 것이다"라고도 쓰고 있는데 이 또한 당시 정치계에서 자행되던 윤리의식의 타락을 염두에 둔 것이다.

「정치소설을 써라」가 보여주는 태도와 「차 과자」라는 평론에 담긴 "지금과 같이 부패한 사회에서 문학자의 책임은 막중하다"라는 문장에는 허위를 들추어내면서 '진상'을 추구하려는 의지가 담겨 있다. 로안 본인의 표현을 빌리면 '살아 있는 사회문제'에 담긴 '진상'을 밝히려는 의식이 강하다. 초규가 주목하고 평가한 '사회적 성향'은 바로 그와 같은 태도에서 비롯된 것인데 이러한 로안의 태도는 「문단소묘(文壇炒豆)」(1899. 8, 『太陽』)라는 평론에서도 확인할 수 있다.

> 오늘날 작가들이 주목하는, 사실의 원인을 파악한다는 것은 사실의 연속을 쫓아가는 것에 머물러 있어 심리적 내지 윤리적 방면의 관찰은 전혀 이루어지지 않고 있다. 게다가 담론이 많고 사실이 적은 종교, 정치 및 그 밖의 사회적 문제에 관해서는 관심조차 기울이지 않은 채 마치 소설가가 선택할 제재가 아닌 것처럼 여기는 것 같다.

인용문에는 로안이 당시 소설계에서 느낀 문제의식이 강하게 표출되어 있는데 그 과정에서 '윤리적 방면의 관찰'을 언급하고 있는 점은 주목을 끈다. 메이지 30년대 전반기 일본사회를 바라보던 로안의 눈에는 윤리 문제가 매우 중요하게 비쳤던 것인데, 이와 같은 로안의 인식에 대한 초규의 공감과 미적 생활론의 내용까지 아울러 고려하면 로안의 인식이 결코 주관에 치우친 것이 아니었음을 알 수 있다. 그리고 이러한 맥락에서 메이지 30년대 전반기에 로안이 취한 풍자적인 태도와 '폭로'적인 방법의 시대적 의미를 이해할 필요가 있는 것이다.

로안이 시대인식에 기초해서 메이지 30년대 전반기 소설 창작에서

구사한 '폭로'를 이해하기 위한 좋은 예로 「무너진 담(破垣)」(1901. 1, 『文芸倶樂部』)을 들 수 있다. 작품이 발표된 시기는 초규가 '본능 만족'과 '미적 생활'이라는 가치를 내세워 '도덕과 지식'에 맞서고자 했던 시기와 일치하는데 로안은 자신의 소설이 발매금지 처분을 받게 되면서 문학을 둘러싼 제도적 억압과 맞서게 된다. 로안은 「「무너진 담」 발매정지에 대해 고위 담당자 및 세상에 고함(『破垣』發賣停止に就き当路者及び江湖に告ぐ)」(1901. 1. 10~17, 『二六新報』)이라는 반박문에서 작품의 의도를 다음과 같이 밝힌다.

> 이 작품은 원래 작가가 고안한 가공의 이야기로, 이에 부합하는 사실이 있는지 없는지는 모르겠지만 다른 세계 혹은 다른 시대의 일이 아니라 이 시대 일본의 사회현상 일부를 집어낸 것임에는 틀림이 없다. 요즘 사회를 늘 주의 깊게 살펴 본 사람이 이 「무너진 담」을 읽으면 틀림없이 마음에 와 닿는 것이 있을 것이다.

그리고 3개월 후에 이루어진 「창작고심담(創作苦心談)」 인터뷰에서는 발매금지처분 이유가 '풍기문란(風俗壞亂)'이었던 점을 들어 다음과 같이 말한다.

> 하지만 내가 만족한 것은 나를 아는 벗들이 하나같이 나를 동정해 주었고 「무너진 담」에 풍기문란의 염려가 있다고 인정한 사람이 한 사람도 없었다는 사실입니다. 개중에는 만난 적도 없는 사람이 동정하는 편지를 보낸 경우도 있습니다. 그 사람들이 고위 당국자(처분을 내린 당국자-인용자)의 마음을 짐작한 추측이 여러모로 재미있는데 다소 입 밖에 내기 어려운 내용도 있어서 이야기할 수 없습니다만 묘한 설을 제시한 사람도 있습니다.

두 인용문을 통해 우선 알 수 있는 것은 작가가 가공의 이야기라고는 하지만 해당 작품이 '사회현상의 일부'인 사실에 기초했다는 점과 소설 내용이 '사람들이 고위 당국자의 마음을 짐작'할 수 있을 만큼 공공연한 비밀이었다는 점이다.

로안의 반박문과 인터뷰 내용이 발매금지 처분을 내린 고위 당국자를 겨냥한 점에서 짐작할 수 있듯이 「무너진 담」은 1900년 10월에 출범한 제4차 이토 히로부미(伊藤博文) 내각의 내무대신이었던 스에마쓰 겐초(末松謙澄)의 사생활을 소재로 삼은 것이다. 실제로 당시 발매금지처분 권한은 내무대신이 가지고 있었다. 로안은 반박문에서 "오로지 문인의 작품만을 벌하면서 실제로 횡행하는 풍기문란은 어떻게 할 것인가"라고 반문하는데 그 배경에는 당시 『만조보(万朝報)』가 연재한 「폐풍 일반 축첩 실례(弊風一班 畜妾の實例)」와 같은 상황이 있었다.8) 해당 연재 기사는 풍속문제를 통해 당시 지배층의 실태를 들추어내면서 『만조보』의 판매부수 급증에 기여했는데 그 가운데 스에마쓰 겐초와 관련된 기사가 있다. 구체적인 내용은 다음과 같다.

(395-연재기사 번호 : 인용자)남작 스에마쓰 겐초의 부인 이쿠코는 후작 이토 히로부미의 딸이라 모든 일에 제 멋대로인 경우가 많아 가끔 겐초가 밤늦게 귀가하는 일이 있으면 무서운 기세로 꾸짖으니 겐초도 질려버려 혼자 데릴사위 신세를 한탄하는 일도 있었다고

---

8) 1898년 7월 4일자 『만조보』의 「사고(社告)」란에는 당시 긴요한 사회적 문제로 '남녀의 풍속문제'가 대두되었다고 지적하면서 3일후부터 관련 연재기사를 게재한다는 사실을 알리고 있다. 이 연재기사가 다름 아닌 축첩연재기사로 총 490건의 실례를 게재하는데 주요 표적은 당대의 정치인, 실업가, 교육가 등이었다. 인용은 『明治ニュース事典』. 연재기사 전반에 관해서는 奧村則, 『スキャンダルの明治-國民を創るためのレッスン』(1997, ちくま書房)에 자세히 소개되어 있다.

기자도 들었는데, 호색 방면으로는 각별했던지 어느새 손에 넣었는지 모르겠지만 부인 이쿠코의 엄중한 감시를 피해 니혼바시구(日本橋區) 하쿠야정(箔屋町) 7번지에 있는 에조시(繪草紙)가게 금화당(錦華堂) 주인의 딸 오쿄(23세)를 첩으로 삼아 히모노정(檜物町)에 있는 하로노아(春の屋)를 만나는 장소로 삼았다고 한다.

「무너진 담」에 등장하는 오쿄와 나이가 다르고 그녀의 아버지 직업이 에조시 가게 주인이 아니라 목수로 설정된 차이가 있지만 70번째 연재기사였던 히토 히로부미 관련 기사에 토목청부업자의 딸을 첩으로 삼았다는 내용이 있는 것까지 시야에 넣으면 등장인물의 이름과 아버지의 직업 등의 설정은 완전히 허구로 치부해 버릴 수도 없다. 이 밖에 작품에서 '교풍클럽(矯風俱樂部)의 가을 정기모임'을 빠져나온 젊은 남작, 늙은 백작, 육해군 어용상인 세 사람이 이야기를 나누는 장면에서 백작이 '자신의 추종자로 이야기되는 귀족원 의원'인 남작에게 "근래에는 꽤나 근신하고 있는 것 같은데 아마 부인의 감시가 엄한가보구만"이라고 건네는 말은 마치 위에서 인용한 연재기사를 참고한 것 같은 느낌을 준다. 이러한 점으로 미루어 볼 때 로안이 『만조보』의 축첩 연재기사를 참고로 해서 작품을 구상하고 인물을 조형했을 가능성이 높다.9) 여기에 당시 도쿄에서 가장 많은 독자를 확보하고 있던 해당 신문의 영향력을 고려하면 「무너진 담」을 접한 독자는 어렵지 않게 스에마쓰

---

9) 이 밖에 작품에서 육해군 어용상인이 늙은 백작에게 "각하가 병에 걸리면 천하가 곤란합니다"라고 말하는 것은 이토 히로부미가 제4차 이토내각 출범 직전에 병을 핑계삼아 오이소에 체류한 사실을 연상시키며, 젊은 남작의 부인이 '부인 무슨무슨 모임에 빠짐없이 얼굴을 내민다'는 설정은 메이지 20년대부터 부인교풍회 자선운동과 폐창운동에 이름을 올렸던 이토 히로부미의 딸 이쿠코의 행보를 떠올리게 한다.

겐초와 이토 히로부미를 떠올렸을 가능성이 높다.[10] 로안이 인터뷰에
서 소개한 동정자들의 추측은 이와 같은 맥락에서 이해할 수 있다.

물론 「무너진 담」은 "어떻게 시대를 해석하고, 어떻게 등장인물과
사건에 시대정신의 영향을 표현할 것인가"라는 초규의 요구에 부응한
작품으로 평가하기는 어렵다. 하지만 그렇다고 해서 「무너진 담」이 다
루고 있는 제재가 결코 삼면잡보 기사 범주에 머무르는 것만도 아니다.
「무너진 담」은 메이지 30년대에 정치인과 상류층 인사들이 추진했던
'교풍' 문제를 다루고 있는데 해당 문제는 당시 주요한 사회적 이슈 가
운데 하나였다. 나카지마 고토는 앞서 소개한 「최근 문단의 풍조에 관
해서」라는 글에서 다음과 같이 적고 있다.

> 평민주의를 주창하고 일본주의를 찬미하던 목소리는 어느덧 사라
> 지고 이제는 풍교(風敎) 문제가 이곳저곳에서 시끄러우며 신낭만주
> 의라는 이름이 문단 한켠에서 선전되고 있다. 객관주의라 하고, 주관
> 주의라 하고, 사실이라 하고, 이상이라 하고, 사회라 하고, 개인이라
> 고 한다. 20세기 초두에 우리 문단의 물살은 급하다.

인용문은 메이지 20년대와 30년대에 걸친 시대사상의 조류와 문학
의 주요문제를 개괄하고 있는데 평민주의 및 일본주의와 함께 '풍교
문제'를 거론한 대목은 주목할 필요가 있다. 이는 적어도 메이지 30년
대 전반기에 있어서 '풍교 문제', 즉 윤리 문제가 주요한 사회적 이슈

---

10) 축첩연재기사가 게재될 당시 『만조보』의 연간 발행부수는 31,481,790매로 동시
   대 신문 가운데 가장 많은 부수를 자랑했다. 그 다음으로 『에이리조야신문(繪入
   朝野新聞)』이 뒤를 이었는데 그 판매부수는 20,726,239매였다. 『만조보』와 천만부
   이상 차이가 났음을 확인할 수 있다. 자료는 鵜飼新一, 『朝野新聞の硏究』, みすず
   書房, 1985 참조.

였다는 사실을 보여주는 것으로, 초규가 '도덕과 지식'에 맞서면서 '위선'이라는 단어를 언급한 것과 로안이 교풍 문제를 소재로 삼은 이유를 이와 같은 맥락에서 이해할 수 있다. 「무너진 담」은 단지 정치권력층의 사생활을 폭로하는 데 그치지 않고 교풍클럽에 모인 지배층의 윤리를 '사회 및 국가 문제' 차원에서 다루고 있는 것이다. 어쩌면 작품에서 오쿄에게 '윤리의 단편'을 알려준 고등소학교 교사가 선의로 교풍클럽에 참여했다가 오쿄로부터 남작 이야기를 듣고 나서 "오늘날과 같이 풍속이 무너진 사회에서 조금은 도덕을 이해한다고 믿었던" 남작의 배덕을 알게 된다는 설정은 스에마쓰 겐초가 메이지 20년대 중반부터 몇 권의 수신교과서를 집필했다는 사실을 고려한 것인지도 모른다.[11] 또한 '교풍클럽 가을 정기모임'이라는 설정과 참가 인물들은 작품 집필 직전인 1900년 10월에 출범한 제4차 이토 히로부미 내각과 그 중심세력이었던 입헌정우회를 염두에 둔 것일 수도 있다. 최초의 정당내각 출현에서 제4차 이토 내각에 이르는 과정이 이후의 러일전쟁과 대역사건으로 상징되는 '시대폐색'으로의 전개를 결정지은 시기였다는 점에서 「무너진 담」에 담겨 있는 구체적 설정들의 역사적 함의는 결코 적지 않다. 그리고 이러한 측면에서 메이지 30년대 전반기에 로안이 자신의 소설에서 구사한 '폭로'라는 방법의 의도를 이해할 수 있다.

　「무너진 담」 발매금지처분에 대한 로안의 반박문에는 동시대 사상계를 둘러싼 상황이 잘 드러나 있다.

　　사상은 자유이다. 왕후의 부와 권세로도 이것을 좌지우지할 수 없

---

11) 스에마쓰 겐초는 실제로 메이지 20년대에 『小學修身訓 生徒用』(1892. 4) 3권, 『小學修身訓 敎師用』(1892. 6) 3권, 『新定小學修身訓』(1894. 6) 3권을 각각 집필했다.

고 다수의 여론 또한 이를 굴복시킬 수 없다. 국가가 힘으로 억지로 억압하려고 해도 임의로 달려나가 절대로 멈추게 할 수 없으니 국가가 사상계에 대해 오히려 자유로운 검토를 허락하고 가능한 모든 속박을 없애 온건히 곧은 길을 가게 하는 것만한 것이 없다.

앞서 있었던 청일전쟁과 얼마 후 벌어질 러일전쟁 상황을 고려할 때 사상의 자유를 '왕후의 부와 권세'뿐만 아니라 '다수의 여론' 측면에서도 고려한 혜안이 빛나는 대목인데 이러한 점을 포함해 로안의 반박이 발매금지라는 수단으로 사상을 통제하는 국가권력의 속성에까지 이르고 있다는 점은 주목할 필요가 있다.[12] 그리고 이러한 로안의 발언과 초규의 미적생활론이 때를 같이 한다는 사실은 다시 한 번 지금의 문학사가 전하지 않는 두 문학자의 공감대를 확인시켜 줌과 동시에 메이지 30년대 전반기 문학의 공통기반을 모색하게끔 한다.

V. 결론

메이지시대 문단은 러일전쟁을 경유하면서 이른바 자연주의 시대를 맞이하는데 초규는 그 직전인 1902년 12월 24일에 세상을 떠난다. 그리고 로안의 연보가 보여주듯이 메이지 30년대 전반기 활발했던 그의 소설 창작은 1902년을 기점으로 급격히 줄어든다. 물론 초규의 죽음이 러일전쟁 내지 자연주의문학의 도래와 직접적으로 연관이 있는 것이

---

12) 로안은 어쩌면 1892년 당시 법무국장이었던 스에마쓰 겐초가 정사법(政社法)과 출판조례개정법안 제출자였다는 사실까지 염두에 둔 것인지도 모른다.

아니며 로안의 소설 창작 단념이 초규의 죽음과 직접 관련된 것은 아
니다. 하지만 두 문학자가 메이지 30년대 전반기 보여주었던 공감과
접점, 그리고 한 사람의 죽음과 다른 한 사람의 소설 창작 단념은 시대
상황과 문학의 문제를 생각할 때 매우 상징적으로 다가온다.

메이지자연주의의 전성기인 1908년에 하세가와 덴케(長谷川天溪)는 「현
실폭로의 비애(現實暴露の悲哀)」(1908. 1,『太陽』)라는 평론에서 동시대 자연
주의문학과 관련하여 다음과 같이 발언한다. "실로 종교도 철학도 그
권위를 잃어버린 오늘날 우리들이 심각하게 느끼는 것은 환멸의 비애
이며 현실폭로의 비애이다"라는 내용이 하세가와 덴케가 인식한 상황
이었는데 그러한 상황 속에서 그는 "현실세계를 설명하지도 않고 향도
하지도 않고 또 현실세계와 부합하지도 않는 종교 내지 이상의 환영을
응시하는 것은 스스로를 속이는 것이며 동시에 다른 사람을 속이는 것
이다. 나에게 있어서 가장 확고한 사실은 눈앞의 실제 세계가 아니던
가"라고 호소한다. 하세가와 덴케의 이러한 호소는 뒤집어 보면 당시
자연주의문학이 얼마나 현실과 괴리되어 있었는지를 드러내주는 것이
기도 한데 이러한 상황은 같은 시기 로안의 발언을 통해서도 확인할
수 있다.

로안은 「최근의 소설에 관해서(近時の小說に就いて)」(1907. 11,『太陽』)라
는 평론에서 "신기한 것은 요즘 소설 속 인물은 밥을 먹고 사는지 어
떤지 모르겠다. 연애만 하는 것 같다. 경제라는 인생의 큰 일면이 소설
에 드러나지 않는다"고 지적한다. 여기서 이야기하는 '경제'란 현실을
의미하고 좀 더 구체적으로는 '생활문제'이다.[13] 결국 로안은 당시 소

---

13) 초기사회주의문학자로 평가받는 기노시타 나오에(木下尚江)의 글에서도 '생활'과
  '생활문제'는 자주 거론되는데 그 속에서 기노시타는 "인생문제의 중심은 항상

설이 경제라는 생활문제를 통해 '인생의 진상(眞相)'과 '현실사회를 살아가는 인간의 통절한 번민'을 담아내기를 바랐던 것이며 이 또한 당시 자연주의문학이 얼마나 현실과 유리되었는지를 간접적으로 말해준다.

그리고 메이지시대 이래 청년이 걸어온 길과 메이지자연주의의 역사를 돌아보면서 미래의 방향을 모색하고자 했던 이시카와 다쿠보쿠(石川啄木)는 「시대폐색의 상황—강권, 순수자연주의의 최후 및 내일의 고찰—(時代閉塞の現狀—强權, 純粹自然主義の最後及び明日の考察)」(1910. 8 집필)에서 '내일의 고찰'을 위해 다음과 같이 또 다른 자연주의의 족적을 제시한다.

하지만 우리 메이지의 청년이 완전히 아버지와 형님이 만들어낸 메이지 신사회를 완성하는 데 유용한 인물이 되도록 교육받아오던 중에 그와는 달리 청년 자체의 권리를 인식하고 자발적으로 자기를 주장하기 시작한 것은 모두가 알다시피 청일전쟁의 결과로 국민 전체가 국민적 자각의 발흥을 보이기 시작한 지 얼마 지나지 않아서이다. 이미 자연주의운동의 선구로 일부 사람들이 인정하는 것처럼 초규의 개인주의가 바로 그 제일성(第一聲)이었다.

인용문을 통해 초규가 메이지 사상사에서 차지하는 비중을 재삼 확인할 수 있는데 결국 그의 개인주의는 바로 결실을 맺지는 못한다. 이는 초규의 죽음에서 비롯된 측면도 있지만 그 과정에 강력한 이데올로기적 압박이 관여했다는 사실을 간과해서는 안된다. 한 때 일본주의를

생활문제에 있다"는 인식을 피력한다. 이시카와 다쿠보쿠도 '생활'을 자신의 문학 속에서 중요한 요소로 삼았다. 따라서 당시 '생활'이라는 말은 시대의 보편적 문제를 담아내는 용어로 사용된 것 같다.

주창했던 초규는 메이지 30년대에 접어들어 미적 생활론을 통해 '아버지와 형님', 더 크게는 기성세대가 요구하는 길과는 다른 개인주의에 입각한 길을 걸어가고자 했던 것이며 그 사상사적 파장은 적지 않았던 것이다.

이시카와 다쿠보쿠는 위와 같이 지난 과정을 돌아본 뒤 "문학─그 자연주의운동 전반기에 그들이 '진실'을 발견하고 승인하고자 했던 것이 비평으로서 영향력을 끼쳤던 시기가 지난 뒤 점차 단지 기술하고 이야기하는 데로 기울고 있는 문학도 마침내 다시 잠든 정신의 눈을 뜨지 않을까"라고 「시대폐색의 상황」을 끝맺는다. 1910년 시점에서 초규가 활약하고 로안이 사회소설로 주목받던 메이지 30년대 전반기 문학은 이시카와 다쿠보쿠가 '내일'을 고찰하는 데 소중한 준거가 되었던 것이다. 더불어 초규가 세상을 떠나고 로안이 소설 창작을 접은 이후 일본근대문학이 점차 '단지 기술하고 이야기하는' 문학이 되어버렸다는 지적은 초규와 로안의 존재, 그리고 본 논문에서 제시한 두 문학자의 공감과 접점이 지니는 문학사적 의미를 되새기게 한다.

「라쇼몽(羅生門)」에 나타난
하인(下人)과 도둑의 상관관계
―〈생래성범죄자설〉 관점에서 본 하인의 외형적, 신체적 특징을 중심으로―

윤 상 현

I. 서론

아쿠타가와 류노스케(芥川龍之介, 이하 아쿠타가와라고 함)의 「라쇼몽(羅生門)」과 관련된 연구1)는 지금까지 무수히 많으며, 현재도 계속 이어져 오고 있다. 이것은 아쿠타가와와 그의 문학을 연구하는데 있어서 본 작품이 가지는 의의와 가치가 상당히 높다는 것을 말해주고 있다. 즉「라쇼몽」과 연관된 많은 논문이나 연구서는 작가론적 관점에서 당시 아쿠타가와의 문학 성립 과정이나 창작 배경 등을 살펴보는데 중요한 원점(原點)2)을 제공함과 동시에 작품론을 논하는데 있어서도 앞으로 그의

---

1) 예를 들어 1915년에서 1995년 사이에「라쇼몽」에 관련된 논문을 수록한『近代文學作品論叢書 芥川龍之介「羅生門」作品論集成 I, II』(志村有弘 編, 大空社, 1995)에는 약 60편 이상 「라쇼몽」에 관한 작품론이 수록되어 있다.
2) 에비이 에이지(海老井英次)는 「『라쇼몽』 한 편이 아쿠타가와의 전 작품에 있어 차지하는 중요성을 충분히 나타내고 있으며, 또한 그의 애착의 깊이도 언급하고 있

전(全)문학 세계에 다양한 모티브를 부여하고 있다.

특히 이제까지 작품론적 선행연구를 살펴보면 하인(下人)의 행위3)에 관련해서 '독선적 에고이즘'(吉村 稠, 『芥川文芸の世界』, 1977), '생의 섭리'(勝倉壽一, 『芥川龍之介の歷史小說』, 1983), '반역의 논리획득'(關口安義, 『芥川龍之介』, 岩波新書) 등과 같이 선악 혹은 삶과 죽음의 논리를 중심으로 이루어져 왔다. 그런데 하야세 테루오(早瀨輝男)의 경우, 하인의 행위가 아닌 하인의 모습에 주목하여 "주인공인 하인을 통해서, 너무나도 경솔하게 일반적인 인간을 보려고 하지 않는가 하는 점입니다. (중략) 하인의 인물상이 특이한 것이라는 점은 물론이고, 이야기의 전개에서도 그것이 밀접하게 영향을 미치고 있습니다"4)라고 언급하고 있다. 물론 하인의 인물상을 작품 주제와 관련지어 언급하고 있지만, 한편으로 이러한 하인의 모습—하인의 외형적, 신체적 특징—에 초점을 맞추어 분석해 나간다면 작품의 공간적 의미는 물론이고 서사 구조 또한 새롭게 재구축될 것으로 본다.

그러한 의미에서 본고는 작품에 있어서 하인의 외형적, 신체적 특징을 롬브로조(Lombreso)5)의 <생래성범죄자설(生來性犯罪者說)>과 비교, 분

다.(海老井英次, 『芥川龍之介論攷』, 櫻楓社, 1988, p.77)고 서술하고 있듯이, 아쿠타가와는 자신의 제1창작집을 『라쇼몽』(阿蘭陀書房, 1917. 5)의 이름으로 출판한 것은 그의 문학 창작에 있어서 하나의 원점이라고 말해도 좋을 것이다.

3) 여기서 하인의 행위란 구체적으로 그가 라쇼몽 위에 올라가 죽은 여자의 머리카락을 뜯고 있는 노파의 이야기를 듣고, 그녀의 옷을 훔치고 달아나는 것을 말한다.

4) 志村有弘 編, 早瀨輝男, 「『羅生門』—下人の人物像と主題」, 『芥川龍之介「羅生門」作品叢集成Ⅱ』, 大空社, 1995, p.459.

5) 체자레 롬브로조(Cesare Lombreso, 1836~1909) 이탈리아 정신의학자, 법의학자, 범죄인류학의 창시자. 베로나 출생. 대학에서 정신의학과 법의학 강의 1905년에는 범죄인류학 강좌를 신설하는 등 범죄의 인류학적 연구 몰두. 그는 범죄자의 두개골을 연구하여 범죄인의 인류학적 특징을 밝혀내고, 이러한 특징을 지닌 사

석을 통해서 하인의 행위, 즉 도적이 되는 과정(혹은 범죄를 저지르는)을 고찰해 보고자 한다. 그러기 위해서는 먼저 아쿠타가와와 롬브로조와의 관계를 살펴보는 것이 선행되어야 한다. 그리고 나서 하인의 모습 ―등장인물인 하인 및 노파의 외형적, 신체적 특징―이 하인의 행위인 범죄와의 필연적(아니면 숙명적인 결과)인 관련성을 규명하고자 한다.

II. 아쿠타가와와 롬브로조

1927년 5월 아쿠타가와는 니이가타(新潟) 고등학교에서 강연한 후, 롬브로조와 관련해서 다음과 같이 말하고 있다.

아쿠타가와 : 니체도 정신병이었군요.

시키바 : 예. 천재에게는 꽤 많이 있습니다.

아쿠타가와 : 그러면 정신병을 예방하기는커녕 많이 양성해야겠군요. 사이토군도 저는 정신분열증 환자가 될 거 같다고 말하였습니다. **롬브로조 학설**은 이상하군요. (중략)

시키바 : 저는 착각에 관해 한 부분을 조사하였습니다만, 어린아이가 가장 적고, 다음은 보통 성인이고, 정신병자가 가장 많았습니다. 머리가 좋은 사람이나 상상력이 풍부한 사람일수록 많다고 말하는 사람이 있습니다.

아쿠타가와 : 그렇습니까. 정신병자가 가장 진화된 인간이라고 말

람은 선천적으로 범죄인이 될 수밖에 없다고 하였다. 그리고 범죄인은 그 범죄적 소질로 말미암아 필연적으로 죄를 범하게 된다고 말했다. 또한 천재와 정신병자의 유사점을 논한 「천재론(으로도 유명하다. 『두산세계대백과 사전 9』, 주식회사 두산동아, 1996, 264쪽.

　　　　　　　　해도 괜찮군요. (모두 잠시 침묵)

(芥川　ニイチェも精神病でしたね。

式場　ええ。天才には隨分あります。

芥川　さうすると精神病など予防どころか大いに養成すべきですね。齋
　　　藤君も自分は早發性痴呆になりさうでなど云つてました。ロ
　　　ンブローゾの說はおかしいですね。(中略)

式場　私は錯覺の一部分を調べたのですが、子供が一番少なく、次
　　　はノーマルな成人で、精神病者は一番大きかつたです。頭
　　　のいい人や想像力の豊かな人ほど大きいと云つてゐる人が
　　　あるのですね。

芥川　さうでせうなあ。精神病者は最も進んだ人間だと云つていい
　　　ですね。

　　　　　　　　　　　　　　　　　－皆な暫く沈默[6](강조－인용자)

　　아쿠타가와는 이 자리에서 자신의 불면증이나 신경쇠약을 천재의 증
거로서 롬브로조의 학설[7]을 부정하고 있다. 그러나 같은 해 7월 자살
로 생을 마감한 아쿠타가와는 평생 동안 그의 생모인 후쿠(フク)의 광기
에 의한 죽음이 자신에게도 유전될 것을 두려워하였던 점[8]을 생각해

---

6) 葛卷義敏,『芥川龍之介未定稿集』, 岩波書店, 1968, 428-432쪽.

7) 롬브로조가 주장하고 있는 「<생래성범죄자설(生來性犯罪者說)>은 3가지 가설로
　이루어져 있다. (a) 범죄자는 태어날 때부터 범죄를 저지르도록 운명되어졌고 인
　류학상의 돌연변이(범죄인류)이다. (b) 범죄자라는 신체적 혹은 정신적 특징을 갖
　고 있어 이것으로 일반인과 식별할 수 있다. (c) 범죄자는 야만인으로 되돌아간
　다. 혹은 퇴화된 자이다. (중략) 이러한 범죄자의 신체적 특징을 들면서 롬브로조
　는 오랜 기간의 동물연구 성과를 덧붙여 원숭이, 다람쥐, 쥐, 뱀 등의 동물의 형
　상적 특징을 상기시켰다. 또 범죄자의 정신적 특징으로서 ① 도덕감각 결여 ②
　잔인성 ③ 충동성 ④ 태만 ⑤ 낮은 지능 ⑥ 고통의 둔감 등을 지적하였다. 김상
　균,『범죄학개론』, 청목출판사, 2010, 44-45쪽.

8) 이 점에 관련해서는 윤상현,『神이 되고자 했던 아쿠타가와 류노스케』, 지식과
　교양, 2011, 38쪽 참조.

본다면, 이러한 롬브로조의 학설에 대한 부정은 오히려 강한 긍정이라고 보아야 할 것이다.

사실 아쿠타가와가 살던 당시 19세기 말 영국에서는 찰스 다윈의『종의 기원』(1859)이 간행된 이래, 변이·적자생존·생존투쟁과 같은 여러 개념이 자연과학의 이론 분야를 넘어 모든 학문 영역에 영향을 미쳤으며 일본에도 유입9)되었다. 그 중 하나가 다윈의 진화론에 나타난 적자생존 원리를 인간 사회에 적용한 사회진화론10)이 있다. 이것은 생물의 진화론이 단순히 자연뿐만이 아니라 인간 사회 또한 유전을 통한 인간이라는 종이 진화 혹은 퇴화한다고 보았는데, 특히 여기서 인종 퇴화란 진화론적 부적자(예를 들면 동일인종 사회 안에서 부적자에 해당하는 부류에는 광인, 정신박약자, 범죄자, 결핵 환자 동성애자, 매춘부 등이 이에 속한다)를 가리키는 말로, 롬브로조는 이러한 인종 퇴화와 관련해서 격세유전(隔世遺傳 : 한 생물의 계통에서 우연 또는 교잡 후에 선조와 같은 형질이 나타나는 현상)을 주장하면서, 범죄자를 포함한 부적자들은 원시인이나 미개인의 소질, 더 나아가 하등동물의 성질까지 현대에 재생한다고 말했으며, 인간의 범죄는 유전되어 외형적, 신체적으로 확인 가능하다고 주장하였다. 구체적으로 생래적 범죄자는 시민사회와 생활에 잘 적응하지 못하며, 적절히 예방하지 않는다면 불가피하게 사회규범과 법

---

9) 사회진화설과 일본유입에 관련해서 고모리 요이치,『나는 소세키로소이다』, 한일문학연구회, 이매진, 2006 참고.

10) 사회진화설과 관련해서 당시 영국에서는 허버트 스펜서(Hebert Spencer, 1820~1903)는 진화 원리에 따라 조직적으로 서술한『종합철학체계』나 벤자민 키드(Benjamin Kidd, 1858~1916)가 인간의 사회를 진화론적으로 파악하여 그 발전과 퇴폐의 요인을 언급한『사회의 진화』, 그리고 막스 노르다우(Max Simon Nordau, 1849~1923)가 진화론에 관점에서 퇴화를 논한『퇴화론』 등이 있다.

을 위반하게 된다. 또한 생래적 범죄자의 외형적, 신체적 특징을 살펴
보면 원시인의 체격, 정신능력, 본능을 지니고 있으며, 눈에 보이는 어
떤 표시, 예를 들면 얼굴이나 머리의 비대칭, 원숭이 같은 큰 귀, 두꺼
운 입술, 들어간 턱, 뒤틀린 코, 튀어나온 광대뼈, 긴팔, 많은 주름살,
정상보다 많은 수의 손가락이나 발가락 등에 의하여 파악[11]된다고 말
한다. 하지만 현대에 와서는 부정[12]되고 있는 롬브로조의 <생래성범죄
자설>은 당시 일본 메이지 시대부터 다이쇼 시대에 있어서는 확고한
학설로 받아들이고 있었다.

그 예로 아쿠타가와의 초기 문학 작품(주로 역사소설군)에 등장하는 주
인공들의 모습에 나타난 특징을 살펴보면 나이구(內供, 「코(鼻)」)의 그로
테스크한 긴 코[13]나 고이(五位, 「마죽(芋粥)」)의 열등한 신체,[14] 혹은 헤이

---

11) 예를 들어 롬브로조는 「56개의 두개골을 조사하면서 나는 13개가 특히 심각한
   비정상성, 즉 두개골 밑바닥에 후두부 중앙 함몰 형태가 있는 것을 발견했다. (중
   략) 이러한 뇌는 고등 영장류가 아니라 하등 설치류나 여우원숭이, 아니면 서너
   달 된 영아의 뇌임을 암시해 준다. (중략) 범죄자의 두개골이 유색인종이나 열등
   인종의 두개골 특징을 가지고 있다는 점만은 지적하지 않을 수 없다」고 서술하고
   있다. 체자레 롬브로조, 이경재 옮김,『범죄인의 탄생』, 법문사, 2010, 70-71쪽.
12) 롬브로조의 등의 범죄인류학은 지지자를 증가시키는 한편 혹독한 비판대상도 되
   었지만, 이 후 롬브로조, 페리 및 가로팔로의 범죄인류학은 20세기에 들어와 독
   일, 미국을 중심으로 범죄생물학으로 한층 발전했다. 범죄생물학이란 범죄자는
   생물학적으로 결정되어 있다는 전제하에 범죄행동의 요인과 메커니즘을 유전학,
   체형학 및 생리학의 지식을 응용해 가면서 설명하는 학문이다. 김상균,『범죄학
   개론』, 청목출판사, 2010, 58쪽.
13) 「젠치 나이구의 코로 말할 것 같으면 이케노오(池の尾)에서 모르는 사람이 없다.
   길이는 대여섯 치로 윗입술 위에서부터 턱까지 늘어져 있으며, 모양은 처음도 끝
   도 똑같이 굵직하다. 말하자면 가늘고 긴 순대 같은 물건이 얼굴 한복판에 대롱
   대롱 매달려있는 꼴이다.」(「코」・全集1, 140쪽)
14) 「고이는 풍채가 아주 볼 품 없는 남자였다. 무엇보다도 키가 작다. 그리고 빨간
   딸기코에다 눈 꼬리가 쳐져 있다. 콧수염은 물론 옅다. 볼에 살이 없어 하관이
   빠져 뾰족하게 보인다. 입술은─하나하나 세고 있자면 한이 없다. 고이의 외모는

키치(平吉, 「광대탈(ひよつとこ)」)의 술버릇15)은 롬브로조의 <생래성범죄
자설>과 유사한 신체적 특징을 가진 진화론적 부적자라는 사실을 알
수 있다. 물론 이것은 아쿠타가와가 자신의 예술적 이상을 실현하기 위
해 의도적으로 주인공을 그렇게 설정한 것도 있겠지만, 한편으로는 주
인공들을 이러한 생래적 범죄자의 외형적, 신체적 특징을 갖게 함으로
써, 그 결과 그들의 운명 또한 자연스럽게 비극적 서사 구조로 맺게 하
거나 아니면 반전의 효과를 노리는 장치로서 이용하였다고도 유추해
볼 수 있다.

이와 같이 아쿠타가와는 당시 시대적 배경에 따른 롬브로조의 <생
래성범죄자설>을 직, 간접적으로 접하였으며, 나아가 이것은 자신의
운명16)뿐만 아니라 자신의 문학 창작에 있어서도 적지 않은 영향을 주
었다고 생각해 볼 수 있다. 그리고 그러한 영향 관계를 그의 대표작인
「라쇼몽」에 나타난 등장인물의 외형적, 신체적 특징을 통해서 구체적
으로 살펴보고자 한다.

그 만큼 특이하고 볼품없게 생겨 먹었다.」(「마죽」・全集1, 203-204쪽)
15) 「헤이키치는 둥근 얼굴에다 머리가 약간 벗겨졌으며 눈 꼬리에 주름이 져 있다.
어딘지 익살스러운 면이 있는 사내로서 누구에게나 겸손했다. 도락은 술을 마시
는 일이고 술은 다 좋아한다. 다만 취하면 반드시 바카오도리(馬鹿踊り)를 추는
버릇이 있다.」「광대탈」・全集1, 116쪽)이외에도 기독교소설군, 예를 들어 「기독
교 신자의 죽음(奉教人の死)」(1918), 「스님과 지장(尼と地藏)」(1918, 未定稿), 「그리
스도호로 상인전(きりしとほろ上人傳)」(1919), 「줄리아노 키치스케(じゆりあの・
吉助)」(1919), 「남경의 그리스도(南京の基督)」(1919), 「왕생 그림책(往生繪卷)」(1921),
「선인(仙人)」(1922)에는 바보스러운 주인공 모습을 나타나 있다.
16) 아쿠타가와의 운명과 관련해서는 윤상현,『神이 되고자 했던 바보 아쿠타가와 류
노스케』, 지식과 고양, 2011 참조.

Ⅲ. 여드름(혹은 다른 어떤 것) 하인과 원숭이 노파

「라쇼몽」에 등장하는 인물에는 하인과 노파가 있다. 사실 하인의 외형적, 신체적 특징은 작품 전체를 살펴봐도 그다지 묘사되지 않다. 그나마 주목해야 할 점이 있다면 그것은 바로 하인의 오른쪽 뺨에 난 빨갛게 고름이 든 여드름(面皰)이다.

> 하인은 일곱 계단으로 되어있는 돌계단의 맨 윗단에, 많이 빨아서 색이 바랜 감색 겹옷 차림으로 걸터앉아, 오른쪽 뺨에 돋아난 큰 여드름에 신경쓰면서 비가 오는 것을 멍하니 바라보고 있었다.
> (下人は七段ある石段の一番上の段に、洗ひざらした紺の襖の尻を据ゑて、右の頬に出來た、大きな面皰を氣にしながら、ぼんやり、雨のふるのを眺めてゐた。)
>
> —「라쇼몽」, 全集1, 128쪽

이제까지 하인의 여드름과 관련해서는 그다지 연구가 진행되어 있지 않다. 다만 가츠쿠라 도시카즈(勝倉壽一)는 '정력적인 젊은이의 이미지'[17]를 암시한다고 말하고 있지만, 과연 여드름이 젊음을 상징하는가에 대해서는 의문의 여지가 많다. 왜냐하면 첫 번째로 단순히 젊음만을 상징한다는 여드름이 굳이 작품 전체에 걸쳐 네 번이나 나타날 필요가 있었겠는가 하는 점이고, 두 번째는 과연 하인의 얼굴에 난 것이 여드름인가 하는 점이 명확하지 않기 때문이다. 사실 「라쇼몽」은 1인칭 관찰자 시점으로, 작품 속 '작가'가 자신의 눈에 비친 '하인'을 관찰하면

---

17) 勝倉壽一, 『芥川龍之介の歷史小說』, 興英文化社, 1983, 30쪽.

서 이야기가 전개되고 있다. 다시 말해서 작가의 눈에 비친 하인의 모습은 단지 작가의 주관적 묘사라고 말할 수 있으며, 이로 인해 하인의 내면은 물론 그의 외형적 모습을 정확하게 묘사했다고는 보기 어렵다. 그러한 의미에서 작가 자신 또한 하인의 얼굴에 난 것이 여드름인지 아니면 그 외 다른 어떤 것이 난건지 잘 알지 못한다는 표현이 오히려 타당할지 모른다.

그렇다면 하인의 얼굴에 생긴 것은 무엇인가? 이에 관련해서 롬브로조는 질병과 격세유전이 범죄의 주된 두 가지 원인이라 주장하면서 다음과 같이 말하고 있다.

> 나는 생래적 범죄인의 기괴함을 격세유전과 질병을 결합하여 설명했다. 질병은 생래적 범죄인이 가지고 있는 많은 비정상성을 말해 준다. 예컨대, 비대칭적 두개골, 뇌경화증, 뇌막 협착증, 뇌 연화 및 경화증, 연약한 심장판막, 간암 및 간결핵, 위암, 신경세포의 이상증식, **분류** 등이다.[18]
>
> (강조-인용자)

물론 여드름과 분류[19](혹은 나병과 같은 다른 이름의 종양)는 외형상으로 구분하기 어려우며, 만일 하인의 오른쪽 뺨에 생긴 것이 여드름이 아니라 분류라고 한다면, 그리고 질병에 의해 분류가 하인의 얼굴에 생긴 것이라면 하인은 롬브로조가 언급한 생래적 범죄인으로 생각해 볼 여지가 있다. 특히 하인이 라쇼몽 문 위로 올라가는 모습에서는 이

---

18) 체자레 롬브로조, 이경재 옮김, 『범죄인의 탄생』, 법문사, 2010, 254쪽.
19) 분류(粉瘤, 아테롬 atheroma) 피부에 생기는 일종의 종양으로, 죽종(粥腫)이라고도 한다. 네이버 백과사전 참조.

러한 생래적 범죄인들이 가지는 외형적, 신체적 특징인 야만적이거나 동물적 행동이 두드러지게 나타나 있다.

> 라쇼몽의 누각 위로 올라가는 폭이 넓은 사다리 중간쯤에서 한 사내가 **고양이**처럼 몸을 움츠리고 숨을 죽이며 위쪽의 동태를 엿보고 있었다. 누각 위에서 비치는 불빛이 희미하게 그 사내의 오른쪽 뺨을 적시고 있었다. 짧은 수염 속에 빨갛게 고름이 든 여드름이 난 뺨이다. (중략) 하인은 **도마뱀붙이**처럼 발소리를 죽이고 가파른 사다리를 맨 윗단까지 기듯이 하며 간신히 올라갔다. 그리고는 **몸을 될 수 있는 대로 납작하게** 하고서 **목을 가능한 한 앞으로 내밀고** 조심조심 누각 안을 들여다보았다.
>
> (羅生門の樓の上へ出る、幅の廣い梯子の中段に、一人の男が、猫のやうに身をちぢめて、息を殺しながら、上の容子を窺つてゐた。樓の上からさす火の光が、かすかに、その男の右の頰をぬらしてゐる。短い髭の中に、赤く膿を持つた面皰のある頰である(中略)下人は、守宮のやうに足音をぬすんで、やつと急な梯子を、一番上の段まで這ふやうにして上りつめた。さうして体を出來る丈、平にしながら、頸を出來る丈、前へ出して、恐る恐る、樓の內を覗いて見た。)
>
> ―「라쇼몽」, 全集1, 130쪽(강조―인용자)

하인이 누각 위로 올라가는 모습, 예를 들어 '고양이'나 '도마뱀붙이' '납작하게' '목을 가능한 앞으로 내민' 모습은 흡사 동물의 행동과 비슷하다. 이러한 하인의 행동과 관련해서 요시다 토시히코(吉田俊彦)는 "의도적으로 통일된 동물적 이미지 형상의 배후에는 사회적인 규범이나 일상적인 생활습관 혹은 합리적인 사고 판단을 넘어선 원초적 인간 생명의 본 모습"[20]이라고 서술한 바와 같이, 하인의 '동물적 이미지'는 하인이 선천적으로 가지고 태어난 외형적, 신체적 특징―신체적·정신적 질환—에 기인한 것으로 볼 수가 있다. 이와 같이 하인의 여드름—여드름일 수도 있지만 그와 유사한 분류로 명명해도 의미의 차이가 없는—과 동물적 행동은 그가 생래적 범죄자형 외형적, 신체적 특징을 가지고 있다고 볼 수 있으며, 나아가 그의 행동에 있어서도 범죄를 행할 가능성이 높다는 것을 시사해 주고 있다.

그렇게 본다면 작품 도입부분에 작가가 하인이 4, 5일 전 주인집에서 해고된 이유를 교토(京都)의 지진이나 화재, 기근과 같은 재앙으로 인한 피폐 때문이라고 서술하였다. 하지만 이것 또한 정말로 작가가 말한 대로 교토의 황폐에 따라 해고된 것인지, 아니면 하인의 질병—종양—이나 그의 선천적 동물적 행동에 의해 쫓겨난 것인지(혹은 격리된 것인지)는 재고의 여지가 있다고 보며, 다음 장에서 구체적으로 언급하고자 한다.

한편, 노파의 경우는 하인보다는 확연히 동물에 가까운 특징을 가지고 있음을 알 수 있다. 그 예로 노파가 누각 위에서 죽은 여자의 시체에서 머리카락을 뽑고 있는 행위를 다음과 같이 묘사하고 있다.

> 시체의 목에 양 손을 대더니 마치 어미 **원숭이**가 새끼 원숭이의 이를 잡듯이 그 긴 머리카락을 한 개씩 뽑기 시작했다. 머리카락은 손이 움직이는 대로 빠지는 것 같았다.
> (死骸の首に**両手**をかけると、丁度、猿の親が猿の子の虱をとるやうに、その長い髪の毛を一本づゝ抜きはじめた。髪を手に從つて抜けるらしい。)
>
> —「라쇼몽」, 全集1, 131쪽(강조—인용자)

---

20) 吉田俊彦, 『芥川龍之介—「偸盗」への道』, 櫻楓社, 1987, 41쪽.

‘노송나무 껍질 색깔의 옷을 입고, 키가 작고 마른, 머리가 하얗게 센 원숭이 같은’ 노파의 모습은 이 이외에도 ‘닭다리처럼 뼈와 가죽뿐인 팔’이나 ‘육식조와 같은 날카로운 눈’ ‘주름살로 거의 코와 하나가 된 입술’ ‘가느다란 목에서 튀어나온 결후(結喉)’ ‘까마귀가 우는 듯한 목소리’에서 묘사된 바와 같이, 말 그대로 ‘보통 사람(唯の者)’이 아니다. 바꾸어 말해 노파의 원숭이같은 행위는 롬브로조가 말한 유전 또는 진화론의 사상을 근거로 범죄자가 될 사람은 처음부터 결정되어 있으며, 그 증거는 ‘조상회귀’의 특징으로 신체에 나타난다고 말한다. 즉 여기서 ‘조상회귀’의 특징이란 침팬지 등 유인원의 특징을 말하며, 그 예로 턱이 크고 머리의 크기에 비해 얼굴이 눈에 띄며, 팔이 길고, 어려서도 이마에 주름이 많다든가, 통증에 둔감하다든가 하는 것[21]이다. 이러한 원숭이[22]로 대표되는 노파의 이미지는 「지옥도(地獄変)」(1918)의 주인공인 요시히데(良秀)와 비교해 보면 더욱 분명하게 알 수 있다.

보기에는 그저 **작은 키에 뼈만 앙상한 성질 사나워 보이는 노인**이었습니다. (중략) 성품이 극히 비열한데다 왠지 나이에 어울리지 않게 **입술이 유난히 붉은 것**도 더할 나위 없이 비위에 거슬리는 너무나 **동물적인 느낌이 들게 하는 자**였습니다. (중략) 그보다는 특히 입이 건누군가는 요시히데의 행동이 마치 **원숭이** 같다고 하여 ‘원숭이 히데’

---

21) 크리스 라반·쥬디 윌리암스 지음, 김문성 옮김, 『심리학의 즐거움』, 휘닉스, 2009, 155쪽.

22) 후두부 중앙 함몰 현상은 원숭이의 하위 부류에서 가장 많이 나타나는 특징이며, 오랑우탄이나 긴팔원숭이와 같은 발달된 유인원에서 30마리 중 하나 꼴로 드물게 나타난다고 한다. 이러한 두개골의 비정상성은 뉴질랜드이나 아이마라족과 같은 몇몇 야만인들의 특징이기도 하다. 우리는 범죄자가 범한 범죄가 특정한 비정상성에 의해 특징지어진다고 결론지을 수 있다. 체자레 롬브로조, 이경재 옮김, 『범죄인의 탄생』, 법문사, 2010, 350쪽.

라는 별명을 붙이기도 했습니다.

（見た所は唯、脊の低い、骨と皮ばかりに痩せた、意地の惡さうな
老人でございました。(中略)人がらは至つて卑しい方で、何故か年よ
りらしくもなく、唇の目立つて赤いのが、その上に又氣味の惡い、
如何にも獸めいた心もちを起させたものでございます。(中略)尤もそ
れより口の惡い誰彼は、良秀の立居振舞が猿のやうだとか申しまし
て、猿秀と云ふ諢名までつけた事がございました。)

—「지옥도」, 全集2, 184쪽(강조—인용자)

카사이 아키후(笠井秋生)는 "요시히데의 예술은 가장 사랑한 딸을 태워 죽인다고 하는 매우 비도덕적인, 비인간적인 행위에서 완성된 것이다"[23)]라고 언급하고 있는데, 노파와 마찬가지로 요시히데의 동물적인 특징—작은 키에 뼈만 앙상한, 유난히 붉은 입술, 원숭이와 같은 행동—은 단순히 환경적, 생물학적 특이성뿐만 아니라, 자신의 예술을 위해 사랑하는 딸마저 죽음으로 몰아 넣은 요시히데의 광기(狂氣) 또한 기존의 사회 질서를 파괴하는 도덕적 정신이상자라고 말할 수 있다.

이와 같이 하인과 노파의 외형적, 신체적 특징에서 살펴본 여드름(혹은 분류나 다른 어떤 종양)과 동물적 모습이나 행동은 롬브로조가 주장한 질병이나 격세유전이 범죄의 주된 두 가지 원인이라는 점에서 앞으로 논할 하인의 행동에 결정론적 영향을 줄 것이라 볼 수 있다. 따라서 다음 장에서 논할 하인과 노파의 만남에 있어서 하인의 양자택일, 즉 '굶어 죽을 것이냐 도둑이 될 것이냐'하는 결정은 어느 정도 이미 예정되어져 있다고 보아야 할 것이다.

---

23) 笠井秋生, 「地獄変」, 『芥川龍之介』, 淸水書院, 1994, 131쪽.

IV. 하인, 그 범죄자로서의 숙명

하인은 하룻밤을 지새우기 위해 누각 위로 올라간다. 그리고 거기서 죽은 여자의 머리카락을 뽑고 있는 노파와의 만남을 갖게 된다. 하인에게 있어 이러한 노파와의 만남은 그가 문 아래에서 굶어 죽지 않기 위해 '도둑이 되는 것 외에는 도리가 없다'는 것을 긍정하는, 다시 말해 도둑이란 범죄자가 되려는 용기를 갖는 계기가 된다.

> 오른손으로는 빨갛게 고름이 난 뺨의 큰 여드름에 신경을 쓰면서 듣고 있는 것이다. 그런데 이 이야기를 듣고 있는 동안에 하인의 마음에는 어떤 용기가 솟아 올라왔다. (중략) 하인은 굶어 죽을 것이냐 도둑이 될 것이냐로 방황하지 않게 되었을 뿐만이 아니다. 그때 이 사내의 마음가짐으로 말한다면 굶어 죽는 것 따위는 거의 생각조차 할 수 없을 정도로 의식 밖으로 밀려나 있었다.
>
> (右の手では、赤く頬に膿を持つた大きな面皰を氣にしながら、聞いてゐるのである。しかし、之を聞いてゐる中に、下人の心には、或勇氣は生まれて來た。(中略)下人は、餓死をするか盜人になるかに、迷はなかつたばかりではない。その時の、この男の心もちから云えば、餓死などと云ふ事は、殆、考へる事さへ出來ない程、意識の外に追ひ出されてゐた。)
>
> —「라쇼몽」, 全集1, 134-135쪽

누각 위에서 하인의 감정 변화를 살펴보면 처음 노파를 봤을 때의 공포나 호기심이, 노파가 자신의 행위에 대해 이렇게 하지 않으면 굶어 죽으니까 어쩔 수 없이 한다는 이야기를 듣는 동안 점차 증오심에서 안도감과 만족감으로, 그리고 이야기가 끝난 뒤에 오는 실망과 모멸감으로 전이되고 있다. 요시다 토시히코(吉田俊彦)는 "「라쇼몽」에 나타난 하인의 마음에는 '60퍼센트의 공포와 40퍼센트의 호기심', '모든 악에 대한 반감' '노파의 생사'를 완전히 '지배'할 수 있었던 '득의와 만족', 평범한 대답을 한 노파에의 '격렬한 증오'와 '차가운 멸시' 그리고 '노파를 붙잡을 때'에는 '반대 방향으로 움직'이는 '용기' — 이것들의 모순을 가진 다양한 심정이 반사적으로 기복(起伏)하고 있다. 이것은 사회적인 규범이라든가 일상적인 생활습관, 합리적인 판단을 뛰어넘는 반사적(反射的)인 자연적인 정서라고 바꾸어 말할 수 있다"24)고 서술한 것처럼, 하인의 히스테리25)적 정신이상은 롬브로조가 말한 대로 범죄자와 유사점26)을 찾아 볼 수가 있다.

더욱이 하인은 노파의 이야기를 듣고 '용기'를 얻어 도둑이 되고자 결심하고 있는데, 여기서 말한 '용기'는 사전상에 서술된 용기(씩씩하고 굳센 기운. 또는 사물을 겁내지 아니하는 기개)와 같은 의미라고 보기 어렵다. 다시 말하면 문 위에서 하인이 느꼈던 '용기'란 바로 그가 들었던 노파의 행위인 범죄 행위 — '이미 용서할 수 없는 악' — 가 외형적, 신체적 특징에서 비롯되었다는 사실 — '어차피 보통 사람이 아니다' — 을 인식

---

24) 吉田俊彦, 『芥川龍之介 —「偸盗」への道』, 櫻楓社, 1987, 38-39쪽.

25) 히스테리(Hysterie)라는 말이 정신병 또는 이상성격의 한 형으로 사용되는 경우는 자기중심적으로, 항상 남의 이목을 집중시키는 것을 바라고, 오기가 있고, 감정의 기복이 심한 성격, 또는 현시성(顯示性)인 병적 성격을 가리키는 일이 많다. 네이버 백과사전.

26) 정신이상의 유형은 매우 다양하기 때문에 정신이상에 걸린 범죄자의 모습을 한 가지로 묘사하기는 어렵다. (중략) 특히 정신이상자들은 선을 행하기는 어렵지만 악을 행하기는 쉽다. 정신이상은 도덕심을 상실케 하거나 적어도 이를 감소시켜 일반인들에게는 당연한 범죄에 대한 혐오감, 동정심, 정의감, 양심의 가책 같은 것들을 무디게 만든다. 체자레 롬브로조, 이경재 옮김, 『범죄인의 탄생』, 법문사, 2010, 312-313쪽.

하기 시작한 것과 동시에, 하인의 말 − 정말 그래? − 과 같이, 자신 또한 노파와 동일한 특이성으로 말미암아 범죄 행위를 할 수밖에 없다는 사실을 인정하는 것이라 하겠다.

즉 하인은 누각 아래에서 '굶어 죽을 것이냐' '도둑이 될 것이냐' 하는 양자택일에 있어 누각 위에서 노파와의 만남은 하인 스스로가 선천적으로 범죄(악)가 내재되어 있다는, 앞으로 자신의 미래 모습27) − 범죄자 − 을 자각하였다고 보아야 한다. 그러한 의미에서 하인이 도둑이 되는 것은 그의 의지적 선택 문제가 아니라 그의 외형적, 신체적 특징, 즉 <생래적범죄자설>로 의해 이미 범죄자 − 도둑 − 로 정해져 있었다고 말하지 않으면 안된다.

나아가 이와 같은 라쇼몽 누각 위에서 벌어진 하인과 노파와의 사건을 통해 라쇼몽이라는 공간 또한 일반 보통사람들로부터 격리된 하나의 공간으로 생각해 볼 수 있다.

요 2∼3년 동안 교토에는 지진이나 회오리바람, 화재나 기근 같은 재앙이 계속해서 일어났다. 그래서 장안의 피폐상은 이만저만이 아니었다. (중략) 그러자 그렇게 황폐해진 것이 잘됐다고 생각하는 **여우나 너구리**가 살고 도둑이 살았다. 드디어 마침내는 인수할 사람이

---

27) 에비이 에이지는 「아쿠타가와의 『노트(ノート)』에 수록된 『라쇼몽』 초고에는 주인공 이름으로서 '가타로 헤이로쿠(交野の平六)'가 보인다. 그렇다면 이 이름은 『라쇼몽』의 주인공이 '하인'이라고 일반명사화된 이전에 가지고 있던 고유명사이며, 그것이 '하인'으로 바뀌고, 더욱이 『투도』로 옮겨 '세키야마 헤이로쿠(關山の平六)'→'가타로 헤이로쿠'로 와전된 끝에 재생된 것으로 말할 수 있을 것이다. (중략) 아쿠타가와의 창작의식상 두 작품의 연속성이 밝혀진 것처럼 생각되어진다」(海老井英次, 『芥川龍之介論攷』, 櫻楓社, 1988, 142쪽.)와 같이 서술하고 있는데, 이것은 「라쇼몽」의 끝 부분인 누각 아래로 내려간 하인이 「투도」(1917)에 와서는 도둑이 된다는 것을 보여주고 있는 것이라 하겠다.

없는 송장을 이 문으로 가져와서, 버리고 가는 관습까지 생겼다. (중략) 그 대신 이제는 어디서 왔는지 **까마귀**가 많이 몰려왔다.

　(この二三年、京都には、地震とか辻風とか火事とか饑餓とか云ふ災がつゞいて起つた。そこで、洛中のさびれ方は一通りではない。(中略)するとその荒れ果てたのをよい事にして、狐狸が棲む。盗人が棲む。とうとうしまひには、引取り手のない死人を、この門へ持つて來て、捨てゝ行くと云ふ習慣さへ出來だ。(中略)その代りに又鴉が何處からか、たくさん集つて來た。)

－「라쇼몽」, 全集1, 127-128쪽(강조－인용자)

히라오카 토시오(平岡敏夫)는 "교토 마을이라는 일상생활에서 그 문 밖이라는 또 다른 세계를 방황, 떠도든가, 아니면 이 문에서 재차 교토의 마을로 돌아간다고 해도 이미 그것은 정주자(定住者)의 생활이 아닌, 도둑·거지·유랑 등등 '제삼자(異人)'로 있을 수밖에 없다. 어찌하였든 하인이 라쇼몽이라는 두 개의 세계에 있어 경계에 있는 것은 상징적이다"28)고 서술하고 있는데, 사실 라쇼몽는 해가 저물면 누구(여기서 '누구'는 작품 속의 작가와 같은 일반 보통사람을 말한다)라도 불쾌한 기분이 들어 좀처럼 접근하기 싫어하는 것에 반해서, 여우나 너구리, 도둑, 시체 그리고 까마귀가 살고 있는 곳으로 서술되고 있다. 그런데 노파의 외형적, 신체적 특징을 원숭이로 묘사한 것처럼 여기서 여우, 너구리, 까마귀 등도 각각 퇴화된 사람들을 동물적으로 이미지화한 것은 아닌지 의심해 볼 필요가 있다. 바꾸어 말하면 교토 사람들은 기존 사회 질서를 유지하기 위해 라쇼몽이라는 공간을 중심으로 하여, 생래적으로 비인간이고, 야만적인 인간을 추방시킨 것은 아닐까 유추할 수 있다. 아니

---

28) 宮坂覺 編, 平岡敏夫, 『芥川龍之介－理智と抒情』, 有精堂, 1993, 117쪽.

면 미셸푸꼬가 언급한 격리(隔離), 즉 "광인의 격리는 광인의 감금이 되어야 한다. 만약 광인이 (성문이라는) 문턱 자체나 다른 감옥을 갖지 못하거나 갖지 않아야 한다면 그는 항해 중에 있어야 한다. 그는 내부에서 외부로 추방된다"29)라고 말한 바와 같이, 소위 이성적, 도덕적 사회를 유지하기 위해서는 이러한 격리된 장소(혹은 감금된 수용소)가 필요하며, 그러한 차원에서 라쇼몽이라는 격리된 장소에서야말로 비이성적인 범죄와 죽음이 가득한 것이 오히려 자연스러운 현상일지도 모른다.

V. 결론

이상과 같이 작품에 나타난 하인의 신체적 특징과 범죄와의 상관관계를 롬브로조의 관점에서 살펴보았다. 본문에서도 언급한 것처럼 현재 롬브로조의 주장은 대부분 부정되고 있다. 하지만 당시 메이지 시대부터 서양에서 유입된 롬브로조의 <생래적범죄자설>이나 격세유전이나 골상학 같은 학문은 당시 문학뿐만 아니라, 인종이나 문화 등 여러 분야에 걸쳐 많은 영향을 미쳤다. 특히 광기와 천재에 관한 문제는 아쿠타가와 자신이 광기에 의한 죽음을 맞이한 생모의 유전에 대한 공포는 물론이고, 그 공포에서 벗어나기 위한 노력의 일환인 그의 문학 창작ー예술지상주의ー에도 커다란 영향을 주었다고 본다. 그러한 의미에서 「라쇼몽」의 등장인물인 하인과 노파, 즉 그들의 외형적, 신체적 특징에 나타난 질병이나 동물적 이미지는 라쇼몽 누각 위에서 벌어진 일

---

29) 미셸푸꼬, 김부용 옮김, 『광기의 역사』, 인간사랑, 1999, 29쪽.

련의 사건을 통해 그들이 선천적으로 범죄자가 될 수밖에 없다는 것을 보여주고 있으며, 동시에 공간적 배경인 라쇼몽 또한 일상 세계와는 다른 이질적인 공간으로 형상화된 것을 알 수 있다. 더욱이 하인의 경우 노파의 옷을 빼앗은 후, 「투도(偸盗)」(1917)에서 다시 도둑으로 등장하는 함으로써, 그의 바뀔 수 없는 운명의 한계를 엿볼 수가 있다. 이것은 달리 말하면 작품의 등장인물의 특징에 관련된 고찰은 결과적으로 소설의 구성 요소 중 사건이나 배경은 물론 플롯 전개에 있어서도 상당히 영향관계가 있음을 알 수 있었다.

이처럼 「라쇼몽」의 등장인물 외형적, 신체적 분석은 당시 메이지 시기에 유행하던 롬브로조의 <생래성범죄자설>이나 사회진화론이 어떻게 문학에 구체적으로 투영되었는가를 살펴볼 수 있는 것은 계기가 되었으며, 그와 동시에 이러한 작품론적 접근이야말로 앞으로도 「라쇼몽」이라는 텍스트가 열린 상태로 끊임없이 반복되면서 재생산되리라 본다.

제2부

시선과 상상의 수사학

<센과 치히로의 행방불명>
노자(老子)의 시선으로 읽기

유 강 하

Ⅰ. 들어가는 말

미야자키 하야오(宮崎駿) 감독의 <센과 치히로의 행방불명(千と千尋の神隱し; The Spiriting Away of Sen and Chihiro)>(2001)은 영화사상 여러 가지 진기록을 세운 애니메이션 작품 가운데 하나이다. 애니메이션 최초로 베를린 영화제(Berlin International Film Festival)에서 금곰상을 수상하였고, 2003년에는 아카데미 시상식(Academy Award)에서 장편 애니메이션상을 수상하는 등 개봉 이후 세계적으로 손꼽히는 영화제에서 크고 작은 상을 수상하는 영예를 누렸다.

미야자키 감독에게 있어서 이 작품이 차지하는 의미와 상징성은 결코 작지 않다. 무엇보다 이 작품은 미야자키 돌풍을 일으켰던 <모노노케 히메(もののけ姫; Princess Mononoke)>(1997)를 끝으로 돌연 작품 제작에서 은퇴를 선언했던 그가 은퇴를 번복하고 영화계로 복귀한 첫 작품이라는 점에서 눈길을 끈다.

단순한 휴식이 아니라 지난 작품에 대한 은퇴, 그것의 번복과 복귀라는 극단적인 선택과 결정만으로도 변화를 감지할 수 있는데, 이전의 작품과는 달리 "이제부터 일본적인 작품을 만들 것"이라는 미야자키 하야오의 선언대로 이 작품은 기존의 작품과 뚜렷한 차이점을 보인다.

이 영화는 기존 연구에서 언급된 바와 같이 일본적 요소가 부각된 한편, 동양적 요소가 두드러지는데, 이 글에서는 이 영화를 노자(老子)의 시선으로 읽어내고자 한다. 이는 미야자키 하야오 작품의 분석틀로 제시되었던 기존의 서구적 이론에 근거한 분석과 차별된 시각을 제시함으로써, 해석의 폭을 넓히고 작품의 풍부한 함의를 읽어내는 또 다른 시선을 제시할 수 있을 것이다.

II. 만족을 아는 만족(知足之足)

만족을 아는 만족은 언제나 만족한다[1]

인간은 기본적으로 욕망을 가진 존재이고, 그것이 때로 인간을 더 나은 삶으로 안내하는 추동력이 된다는 점에서 '욕망'은 욕망은 인간의 삶에 필수적 부분이라고도 할 수 있다.

그러나 지나치게 욕심을 낸다는 의미의 '탐욕(貪慾)'은 기본적 욕구 또는 욕망과는 차이를 가지는데, 이는 '만족'이라는 경계를 무시하거나 지

---

1) "知足之足, 常足矣"(『老子』 第46章)

나침으로써 파멸이나 비극을 초래할 수 있기 때문이다. 탐욕은 <센과 치히로의 행방불명>을 이끌어가는 중요한 요소 가운데 하나로서, 갈등을 만들고 인간의 본질을 시험하는 형체 없는 주인공으로 등장한다.

탐욕이 경계의 대상이 되는 것은 누구나 욕구의 팽창을 제어하지 못해 '만족'이라는 경계를 쉽게 지나칠 수 있기 때문이다. 이 영화도 바로 이 지점에서 시작된다. 새로운 곳에 이사 온 치히로의 가족은 매우 평범해 보인다. 새로운 곳으로 이사 온 날, 길을 잘못 들어 숲 속의 허름한 건물 앞에 도착한 치히로의 부모는 건물 안으로 성큼성큼 걸어간다. 테마파크의 잔해일 것으로 추정되는 건물 안쪽으로 넓은 들과 버려진 듯한 마을이 보이는데, 갑자기 음식 냄새가 나자 아빠는 급하게 뛰어간다.

폐허처럼 보이는 고요한 골목이지만, 길거리 식당에 막 요리된 듯한 음식이 즐비한 것을 본 치히로의 부모는 주인의 허락도 받지 않고 음식을 허겁지겁 먹어치우는데, 감독은 먹는 것에 집중하는 부모와 안절부절 못하는 치히를 한 프레임 안에 담아냄으로써 문제의 시작을 조용히 알린다. [그림 1]

[그림 1] 음식을 먹는 치히로의 부모

[그림 2] 돼지로 변한 치히로의 아빠

주인이 오면 먹자는 치히로의 말에 돈도 있고 카드도 있다며 오히려 치히로에게도 음식을 권하는 부모의 모습은 대다수의 현대인들이 앓고 있는 문질만능주의를 선명하게 보여준다. 순서를 무시한 채 신들의 음식을 탐욕스럽게 집어삼킨 부모는 결국 돼지로 변하고 만다.[2] [그림 2] 배가 부른 것도 모르고 끊임없이 음식을 삼켰던 부모가 돼지로 변하는 모습은 충격적이다. 이는 단순한 변신 이야기가 아니라 인간이 아닌 '동물'로 변한다는 데 의미가 있다. 탐욕 때문에 스스로 어떤 모습으로 변해가는 지도 몰랐던 치히로의 부모는 결국 그들이 인간이었다는 것도 모르게 되는 지경에 이르게 된다. 인간이었다는 기억조차 잃어버린 모습, 이는『노자』에서 언명하는 '가장 큰 화(禍)' 그 자체이다. 생명은 있지만 인간성을 상실한 존재, 이는 곧 인간이 인간으로서의 존재 의미를 상실한 것을 의미하기 때문이다. 스스로 인간임을 인지하지 못하고 깨닫지 못하는 존재로 변화하는 것보다 더 큰 화는 없을 것이다.

> 화는 만족할 줄 모르는 것보다 큰 것이 없으며, 허물은 욕심내어
> 얻으려는 것보다 큰 것이 없다.
>
> ―『노자』제46장[3]

꼭 필요한 것이 아니라 여분의 것에 대한 욕심, 즉 '만족을 모르는 만족'은 제어하기 어렵다. '여분의 것'에 애초 한계 같은 것은 존재하

---

2) 시미즈 마사시는 치히로의 부모를 "어린 치히로가 안 보여도 신경 쓰지 않고 그저 탐욕스럽게 자신들의 욕망만 채우려는" 탐욕스런 인간으로 묘사한다. 시미즈 마사시, 이은주 옮김,『미야자키 하야오 세계로의 초대』, 서울 : 좋은책 만들기, 2004, 98쪽.

3) "禍莫大於不知足, 咎莫大於欲得."(『老子』第46章). 이 논문에서 인용한『노자』의 번역은 기본적으로 다음을 참고하였음을 일러둔다. 老子, 이강수 옮김,『노자』, 서울 : 길, 2007.

지 않기 때문이다.

결국 부모의 탐욕이 불러
온 화 때문에 치히로는 본인
의 의지와 무관하게 신들의
세계에 남겨지게 되었다. 팔
백만(八百萬)의 신들이 쉬었다
가는 일본의 신화적, 종교적

[그림 3] 온천장

공간인 온천 여관.4) '헤아릴 수 없는 깊고 높은 세계'를 뜻하는 '치히
로'라는 이름을 빼앗기고, 아무 의미 없는 '센(千)'으로5) 불리게 된 주

---

4) '야오요로즈노가미'라고 불리는 팔백만신(八百萬の神)은 일본 신화 속에서 유래를
   찾아볼 수 있다. 아마테라스에게 천상계를, 쓰쿠요미에게 밤의 세계를, 스사노오
   에게 바다의 세계를 다스리게 한 이자나기의 결정에 불만을 품은 스사노오가 아
   마테라스의 통치 영역에 들어가 난동을 피우자, 아마테라스가 동굴로 숨어버리
   는 사건이 발생했다. 아마테라스가 사라짐에 따라 세상이 어둠에 휩싸이는데, 아
   마테라스가 숨은 동굴 앞에 모든 신들이 모여든다. 그들이 바로 야오요로즈노가
   미, 즉 팔백만신이다. 박규태, 『아마테라스에서 모노노케 히메까지 ─ 종교로 읽는
   일본인의 마음』, 서울 : 책세상, 2006, 28-29쪽 참조. 영화 속 온천 여관이 신화적
   공간이라고 하는 점은 마녀 유바바의 입을 통해 직접 언급된다. "[여기는] 팔백
   만 신들이 피로를 풀기 위해 오는 온천장이다.(八百万の神樣達が疲れをいやしに
   來るお湯屋なんだよ.)"
   한편 이병담은 환상적인 신비스런 공간에 온갖 요정이나 정령을 등장시킨 것은
   일본 특유의 애니미즘적 요인과 잘 맞아떨어진다고 설명하면서, 이어 일본의 『고
   지키(古事記)』나 『니혼쇼키(日本書紀)』에서도 정령 이야기는 문화나 이야기의 소
   재가 되어왔다고 언급하였다. 李鉼蓓, 「미야자키 하야오(宮崎駿) 애니메이션의 상
   상력 ─ ≪千と千尋の神隱し≫를 중심으로」, 『日語日文學』(29), 2006, 299쪽. 논의
   를 종합해 본다면 팔백만 신들이 피로를 풀러오는 공간은 지극히 일본적이고 신
   화적인 공간이라고 볼 수 있다.
5) 박기수, 『애니메이션 서사 구조와 전략』, 서울 : 논형, 2004, 307쪽. 치히로가 본
   래의 이름을 빼앗기고 '센'이라는 이름을 갖게 된 의미는 심대하다고 할 수 있는
   데, 이 논문에서는 따로 다루지 않는다. 센의 이름에 관한 논의로는 다음의 연구
   를 참고하시오. 같은 책, 303쪽 ; 시미즈 마사시, 『미야자키 하야오 세계로의 초

인공이 일하게 된 온천장은 마녀 유바바(湯婆婆)의 명령에 따라 일사분란하게 움직이는 공간으로서, 일정한 규칙과 질서를 지닌 공간이다.[그림 3]

　탐욕스러운 부모 때문에 이상한 세계에 남겨져 부모까지 구해야 되는 신세가 된 치히로는 다시 '탐욕'으로 시험을 받게 되는데, 이는 탐욕의 내밀하고 끈질긴 속성을 보여주려는 감독의 의도이다. 미야자키는 가오나시(無顔し)라는 독특한 캐릭터를 창조함으로써 이를 더욱 성공적으로 표현하였다. 검은 자루를 뒤집어 쓴 기괴한 차림에 가면을 착용한 모습의 가오나시는 걷거나 말하거나 스스로의 감정을 드러낼 때 조차도 그 얼굴 표정에는 아무런 변화가 없다. 살아있지 않은 것 같아서 스스로 경계를 풀게 만들거나 또는 아무도 주목하지 않는 존재, 그러나 누구보다 강력한 파괴력을 지닌 존재가 바로 가오나시이다. 가오나시는 현대사회와 인간의 마음 곳곳에 숨어있는 욕망과 그 작용을 드러내는 상징적 존재이다.6)

　센의 호의로 온천장 안으로 들어올 수 있었던 가오나시는 약수용 팻말이 필요했던 센의 환심을 얻기 위해 많은 약수용 팻말을 훔쳐 센에게 건넨다. 그러나 하나뿐이면 된다는 센의 대답에 가오나시는 몸의 형체를 잃으며 사라진다.

　여분의 약수용 팻말이 필요하지 않다는 센의 대답은 '만족을 아는

대』, 108쪽 ; 박규태, 『애니메이션으로 보는 일본소녀와 마녀 사이』, 파주 : 살림, 2006, 72쪽 등.
치히로가 아부라야에 도착해 마녀와 계약을 맺은 순간부터 그녀는 '센'이라는 새로운 이름을 얻게 된다. 이 논문에서는 '마녀와의 계약' 전후로 나누어 치히로와 센으로 부르기로 한다.
6) 시미즈 마사시, 『미야자키 하야오 세계로의 초대』, 150쪽.

만족'의 직접적 표현이기 때문에, 무한한 욕망의 상징인 가오나시의 소멸은 자연스러운 귀결일 것이다. 그러나 인간의 욕심이 완전히 사라지지 않는 것처럼 가오나시의 소멸 역시 일시적이다. 미야자키는 영화 곳곳에 보일듯 말듯 가오나시를 배치하고 있는데, 이는 현대 사회와 인간의 마음속에 무정형의 상태로 포진되어 있는 욕망의 모습을 전략적이고 효과적으로 보여준다.

센이 일하는 공간은 신들의 세계, 즉 신화적 공간임이 분명하지만 그들은 치히로가 살던 원래 세계에 사는 인간들과 마찬가지로 욕망에 지배되고 있다.[7] 얻기 어려운 재화, 즉 금은이나 보석 따위가 가치의 척도가 된다는 것은 온천장의 주인인 유바바의 여덟 손가락에 끼워진 화려한 보석 반지를 통해서도 또렷하게 나타난다.

> 얻기 어려운 재화를 귀히 여기지 아니하여 사람들이 도적질하지 않게 할 것이며, 욕심낼 만한 것을 보이지 아니하여 사람들의 마음을 어지럽히지 말아야 할 것이다.
>
> —『노자』 제3장[8]

화려한 유바바의 모습을 통해 '욕심낼 만한 것'을 보아온 종업원들은 이미 무의식 중에 재화에 대한 욕망을 키워왔는지도 모른다. 유바바의 지시대로 일사불란하게 움직이던 온천장의 종업원들이 갑작스러운 사금(砂金)의 출현에 우왕좌왕하는 모습은 "욕심낼 만한 것을 보이지 말아서 사람들의 마음을 어지럽히지 말라"는 노자의 경고를 그대로 노출

---

7) 시미즈 마사시, 『미야자키 하야오 세계로의 초대』, 124쪽.
8) "不貴難得之貨, 使民不爲盜; 不見可欲, 使民心不亂."(『老子』 第3章)

시킨 장면이라고 할 수 있다.

온천장의 종업원들이 '얻기 어려운 재화(難得之貨)'인 사금에 열광하는 모습을 본 가오나시는 사금을 만들어 사람들을 유혹하고, 갑작스런 사금의 출현으로 온천 여관은 순식간에 아수라장이 되고 만다. 『노자』에서는 욕심내어 얻으려는 것과 만족할 줄 모르는 것을 죄와 허물이라고 단정하는데, 이 노자적 사유는 영화 속에 분명하게 드러날 뿐만 아니라, 영화를 이끌어가는 중요한 요소가 된다.

수많은 종업원들 속에서 사금을 얻지 못한 자와 이미 사금을 얻은 자의 구별이 보이지 않는다. 얻지 못한 자는 얻기 위해, 이미 얻은 자는 더 얻기 위해 혈안이 되어 있기 때문이다. 노자는 '얻기 어려운 재화'는 사람의 행실에 해를 끼치게 한다고 말하는데, 실제로 온천장의 종업원들은 유바바 '몰래' 해야 할 일까지 미루면서 한밤중의 소란을 만들어낸다.

> 얻기 어려운 [금은과 주옥과 같은] 재화가 사람의 행실에 해를 끼치게 한다.
>
> —『노자』 제12장[9]

가오나시의 손에서 계속 만들어지는 사금에 눈이 먼 사람들은 한밤중에 일어난 '비정상적' 소란이라는 것도 잊고 음식을 만들어 바치지만, 가오나시의 배고픔은 아무리 먹어도 해소되지 않는다. 왜냐하면 가오나시의 배고픔은 바로 인간의 "만족을 아는 만족(知足之足)"과 상치되는 탐욕을 상징하고 있기 때문이며, 이 탐욕이 채워질 수 없는 근원적

---

9) "難得之貨, 令人行妨."(『老子』 第12章)

이유는 가오나시의 욕망이 애초 채워질 수 없는 외로움에서 비롯된 것이기 때문이다.[그림 4] 따라서 눈에 보이지 않는 결핍의 근원인 외로움을 가시적 재화로 채우려는 시도는 번번이 실패하게 된다.

[그림 4] 거대하게 변한 가오나시

[그림 5] 센을 뒤　는 가오나시

가오나시는 '만족을 모르는' 탐욕이 불러오는 결과를 직접 보여준다. 사금을 얻기 위해 거짓 웃음을 보이고 춤을 추며 음식을 바쳤던 종업원이 잡아먹히게 되는 극단적 결과로 이어지게 된 것이다.

숭배와 열망의 대상이던 가오나시는 순식간에 공포의 대상이 되었다.[그림 5] 이는 탐욕에 젖은 인간은 결국 탐욕의 제물이 된다는 메시지를 충격적으로 보여주면서,10) 얻기 어려운 재화에 눈먼 욕망은 결국 사람에게 해(害)가 되고, 허물이 될 것이라는 노자의 목소리를 효과적으로 전달한다.

그렇다면 이 욕망은 어떻게 해소할 수 있을까. 미야자키는 욕망에 지배되지 않는 소녀 주인공인 통해 대안을 제시하고 있다. 미야자키는 두 손에 가득한 사금, 눈이 휘둥그레진 사람들과 사금을 거절하는 센을 한 장면 속에 포착함으로써 탐욕에 온전히 지배되지 않는 이상적 인간

---

10) "자신들마저 집어삼키는 가오나시의 탐욕과 욕망은 또 다른 방향감을 잃은 현대 일본의 모습으로 보이기도 한다." 김윤아, 『미야자키 하야오』, 파주 : 살림, 2006, 49쪽.

상을 제시하고 있다.[그림 6]

가오나시 : 아, 아, 아. 에, 에….
센 : 필요 없어요. 됐어요.
가오나시 : 에, 에….
센 : 저는 바빠서, 실례하겠습니다![11]

[그림 6] 가오나시가 주는 사금을 거절하는 센

여주인공인 센은 욕망의 덫을 비껴가는 유일한 존재로서 욕망의 문제를 해결하는 또는 문제 해결방식을 보여주는 이른바 '성인(聖人)' 캐릭터이다. 노자는 "만족을 아는 만족은 언제나 만족한다"고 말하고 있는데, 센은 사금과 여분의 팻말을 스스로 거절함으로써 "말로 설명하지 않는 가르침(不言之敎)"(『노자』 제43장)[12]인 노자적 실천을 보여준다.

가면을 쓰고 표정을 감춘 욕망의 상징체 가오나시는 센이 여분의 약수용 팻말을 거절할 때 일시적으로 사라지고, 센이 사금을 거절할 때

---

11) カオナシ：あ、あ、あ. え、え、….
　　千：欲しくない。いらない！
　　カオナシ：え、え….
　　千：私忙しいので、失禮します！
12) "不言之敎, 無爲之益, 天下希及之."(『老子』第43章)

놀라고 당황해하는데, 미야자키는 이 장면을 구체적이고 생동감 넘치게 묘사함으로써 채워지지 않는 욕망의 끝없는 바다, 그 깊이를 되묻는다.

어린 소녀 센의 모습은 『노자』의 핵심적 내용이기도 한 여성과 물의 이미지를 동시에 포함한다는 점에서 눈여겨볼 만한데, 여성(소녀)과 물의 상징이 영화 속에서 어떻게 표현되고 있는지 살펴보기로 한다.

Ⅲ. 유약한 것은 생명의 길(柔弱者生之徒)

유약한 것은 생명의 길이다[13]

미야자키 하야오 작품에서 '여성'은 불변의 주제로서, 작품 속 '여성'의 이미지에 대한 연구는 다각도로 이루어져 왔다. '여성'이라는 주제는 노자적 사유, 이미지라는 점에서도 중요하다.

> 곡신은 죽지 않고 영원하다. 이를 일러 현빈이라고 하고, 현빈의 문을 천지의 근원이라고 한다. 면면히 끊어지지 않고 존재하는 듯하며 그 작용이 무궁무진하다.
>
> —『노자』 제6장[14]

죽지 않고 영원하며, 천지의 근원으로도 일컬어지는 곡신의 정체는

---

13) "柔弱者生之徒"(『老子』 第76章)
14) "谷神不死, 是謂玄牝. 玄牝之門, 是謂天地根. 綿綿若存, 用之不勤."(『老子』 第6章). 『노자』 제6장의 번역은 다음을 참조하였다. 任繼愈, 금장태・안유경 옮김, 『임계유의 노자 풀어 읽기』, 서울 : 제이앤씨, 2009.

여성성과 깊이 연관되어 있다. 곡신(谷神)과 현빈(玄牝)을 여성으로 보는 것은 보편적으로 받아들여지는 해석 가운데 하나로서, 『노자』에서는 여성을 천지의 근원이라고 언명하고 있는데, 이는 여성의 생명력과 직결되는 해석이기도 하다.[15] '곡(谷)'을 비어있는 계곡으로 받아들일 경우[16] 여성의 생식기의 은유로서 여신 숭배라는 해석이 가능하고,[17] '곡(谷)'을 곡식으로 볼 경우 곡식과 식물을 길러내는 대지모(大地母)로서의 '땅'과 결부된 해석도 가능하다. 해석의 갈래는 다르지만 '곡신(谷神)'은 줄곧 여성성이라는 해석으로 귀결되어 왔다. 『노자』에서 여성은 "언제나 고요함으로써 수컷을 이기는"[18] 존재로서, 힘의 과시로 얼룩진 세상의 대안으로 제시되고 왔다. 남성을 중심축으로 하는 물질문명과 여성을 한 축으로 하는 자연 문명의 대립적 구도는 최근 유행하는 생태학적 구도를 설명하는 데도 손색이 없지만, 미야자키 작품 속의 소녀 주인공을 '남성/여성'의 대립 구도로 설명하기에는 여전히 미진한 구석이 남는다.

　미야자키 하야오 영화의 경우, 같은 여성이라 할지라도 이들 사이에는 성인 여성과 소녀와의 대립점 혹은 차이점이 선명하게 부각되기 때

---

15) '빈(牝)'은 본래 암컷의 의미를 가지고 있으며, 현빈(玄牝)은 모성과 생명력(생식)과 관련된 것으로 해석되어 왔다. 老子, 이강수 옮김, 『노자』, 55쪽 ; 馮達甫 撰, 『老子譯注』, 上海 : 上海古籍出版社, 1998, 13쪽.

16) 王弼도 谷을 비어있는 것 '虛'로 해석하였다. "谷神이란 골짜기 가운데의 빈 곳이다. 형태나 그림자가 없고, 거스르거나 어기지 않으며, 낮은 곳에 처해 움직이지 않고, 고요함을 지켜 시들지 않"는다. 王弼, 임채우 옮김, 『왕필의 노자주』, 서울 : 한길사, 2005, 67쪽.

17) 谷食과 玄牝은 생식 숭배, 여성 숭배와도 관련이 있다. 최인숙, 「에코페미니즘(Ecofeminism)의 철학적 배경과 老子 철학의 상관관계 연구」, 서강대 석사학위논문, 2004, 55-56쪽.

18) "[牝]常以靜勝牡, 以靜爲下."(『老子』第61章)

문이다. 가령 <모노노케 히메>의 에보시와 산, <바람 계곡 나우시카>의 크샤나와 나우시카, <천공의 성 라퓨타>의 도라와 시타, <센과 치히로의 행방불명>의 유바바와 치히로는 같은 여성이지만 서로 다른 입장을 대표하는 인물로 그려지고 있다. 즉 성인 여성인 에보시와 크샤나는 근대적 기계문명과 테크놀로지에 의한 무기로 자연을 지배하려는 캐릭터[19]로 그려지고 있는 한편 도라와 유바바(또는 제니바)의 경우는 마녀, 악당으로 그려지고 있다.

반면 영화 속의 산이나 나우시카는 이러한 성인 여성과는 달리 철저히 생태적 입장을 대표하고 수호하는 캐릭터로 설정되고 있다. 따라서 이들 소녀 주인공들을 '여성'이라는 큰 범주로 환원하여 설명하는 데 무리가 따르는 것이 사실이다. 때문에 서구의 '페미니즘' 이론을 분석틀로 했을 경우, 이러한 점은 분명 한계로 남을 수밖에 없다.

실제로 수많은 미야자키의 영화 속에서도 구원자, 영웅적 역할을 하는 것은 성인 여성이 아니라 소녀이다. 소녀는 어린아이도 아니고 성인도 아니며, 남성과 여성적 요소를 두루 갖춘 존재이다. 박규태는 소녀를 '틈새의 존재'라는 용어로 설명하면서,[20] 이어 "흔히 소녀 시대 하면 아기자기하고 일상적인 것에 세심한 주의와 애정을 기울이는 시기이지만, 미야자키 감독은 이런 소녀들에게 철학적, 종교적, 이데올로기적인 사명을 부여"[21]했다고 설명한 바 있다.

---

19) "자연(숲)과 공존하고 조화를 이루려는 캐릭터와 근대적 기계문명과 테크놀로지에 의한 무기로써 자연을 지배하려는 캐릭터가 함께 등장합니다. 이때 전자는 종종 자연과의 공감능력 및 동물들과의 의사소통 능력을 가지고 있는 소녀로 설정되어 나옵니다." 박규태, 『애니메이션으로 보는 일본』, 80쪽.
20) "소녀는 틈새의 존재입니다. 그 틈새는 매우 미세하고 애매하고 불투명하면서 어딘가 신비롭게 느껴지기도 합니다." 박규태, 『애니메이션으로 보는 일본』, 80쪽.
21) 박규태, 『애니메이션으로 보는 일본』, 7쪽.

이런 거대한 사명을 짊어진 소녀들 가운데서도 <센과 치히로의 행방불명> 속 치히로는 산, 나우시카와는 또 다른 형태의 소녀이다. 키리도시 리사쿠는 후자가 전투력이 있는 미소녀로 묘사되고 있는 반면, 치히로는 예쁘지도 않을 뿐만 아니라, 심지어 둔해 보이기까지 하는 열 살짜리 평범한 소녀에 불과하다며 차이점을 언급한 바 있는데,22) 키리도시가 '평범함의 극치'를 보여주는 소녀 캐릭터에 주목한 이유는 치히로(센)가 기존의 소녀들과는 확연히 다르기 때문일 것이다. 미야자키의 작품에서 소녀는 네 살짜리 메이(<이웃집 토토로>)로부터 열아홉 살의 소피(<하울의 움직이는 성>)까지 다양한데, 연령의 다양함에도 불구하고 소녀들은 '여성성'이 부각된 존재라는 점은 공통적이었다. 그들은 하나같이 짧은 스커트를 입고 있으며, 귀엽거나 성적 판타지를 불러일으키는 매력적인 소녀들이었다.[그림 7 · 8 · 9]

[그림 7] 사츠키와 메이   [그림 8] 포뇨   [그림 9] 나우시카

그런데 <센과 치히로의 행방불명>의 소녀 주인공 치히로는 기존의

---

22) 키리도시 리사쿠(切通理作)는 "『센과 치히로의 행방불명』에서의 주인공이 지금까지와는 달리 미소녀가 아니며, 다소 둔해 보이고 쾌활하지 않은 소녀라는 부분이 눈길"을 끈다고 언급하며, 기존과는 '다른' 소녀 치히로를 언급하고 있다. 키리도시 리사쿠, 남도현 옮김, 『미야자키 하야오論』, 서울 : 써드아이, 2003, 407쪽.

주인공과는 사뭇 다른 모습이다. 우선 센은 소녀들의 그 흔한 스커트를 입고 있지 않다. 짧은 스커트에 어울리는 긴 부츠나, 발에 꼭 맞는 가벼운 운동화 대신 흰 양말에 투박한 운동화를 신고 있으며, 몸매가 드러나지 않는 헐렁하고 긴 티셔츠에 반바지를 입고 있다. 게다가 포니테일의 헤어스타일은 앞에서 볼 경우, 성별을 구별할 수 없을 정도이다. [그림 10·11] 치히로에게서는 네 살짜리 메이, 다섯 살의 포뇨(<벼랑 위의 포뇨>)에게서도 발견되던 소녀 특유의 귀여움도 찾아볼 수 없을 뿐만 아니라,[그림 7·8] 나우시카나 피오, 소피 등 10대 소녀들에게서 표현되었던 여성성도 찾아볼 수 없다. 질끈 뒤로 묶은 긴 머리와 목소리를 통해 치히로가 소녀라는 것을 알 수 있을 정도이다.

[그림 10] 터널 앞의 치히로

[그림 11] 반바지 차림의 치히로

실제로 열 살짜리 소녀 치히로에게서는 여성임을 알게 하는 단서, 즉 이차 성징의 징표라 할 만한 것은 아무것도 발견되지 않는다. 미야자키는 소녀 주인공에게서 여성성을 노골적으로 드러내지 않고 있는 것이다. 엉덩이를 덮는 길이의 헐렁한 티셔츠는 치히로의 여성성을 무화(無化)시키는 것처럼 보이는데, 티셔츠의 유일한 무늬인 연두색23) 줄무늬는 치히로의 '중성성'을 더욱 부각시킨다. 이러한 표현방식은 이미

'여성'이라는 성정체성을 가진 치히로에게 따로 여성성을 부각시키지 않겠다는 감독의 의도로 볼 수 있을 것이다.

그렇다면 미야자키는 왜 여성성이 드러나지 않는 소녀를 주인공으로 내세운 것일까? 줄곧 서구적 관점에서 영화를 만들어오던 감독의 새로운 시도를 반영하기 위한 장치라고 보아도 좋을까. 단언하기는 어렵지만 어떤 면에서도 특별함을 갖추지 못한 소녀의 창조, 다시 말해 소녀 이미지를 전폭적 전환은 그의 의도가 반영되어 탄생한 존재라는 것만큼은 분명해 보인다.

박규태가 지적하는 것처럼 '틈새'의 존재인 소녀 치히로는 『노자』에 두루 표현된 이상적 존재와 겹치는 부분이 적지 않다. 우선 살펴볼 것은 여성성으로, 이는 치히로의 성정체성이 '여성'인 만큼 부연 설명이 필요해보이지 않는다. 또 하나 눈여겨 보아야할 것은 나이가 어리기 때문에 가질 수 있는 '유연성'이다. 이 유연성은 '남성/여성'의 대립 구도보다는 '성인/어린아이'의 구도에 초점이 맞추어져 있는 것으로서, 『노자』에서는 "천하에서 지극히 부드러운 것으로 천하에서 지극히 단단한 것을 뚫는다"(제43장)[24]고 역설하며, '어린 것'의 생명력을 극찬한 바 있다.

> 비록 무엇이 강함인지 깊이 알지만, 도리어 약한 암컷에 편안해하면 기꺼이 천하의 골짜기가 된다. 기꺼이 천하의 골짜기가 되면, 영원한 덕이 영원히 떠나지 않고, 거듭 갓난아이같은 단순한 상태가 된다.
>
> ─『노자』 제28장[25]

---

23) 연두색(Yellow Green)은 보라색처럼 한색(寒色)이나 난색(暖色)에 속하지 않는 '중성적' 색상이다.
24) "天下之至柔, 馳騁天下之至堅."(『老子』 第43章)

사람이 태어날 때는 몸이 유연하고 그가 죽을 무렵에는 굳고 단단
해진다. 만물과 초목도 생겨날 때는 부드러우면서도 여리고 그것들
이 죽어갈 무렵에는 말라비틀어진다. 그러므로 뻣뻣한 것은 죽음의
길이요, 부드러운 것은 삶의 길이다.

—『노자』 제76장26)

『노자』 제28장의 내용은 "암컷에 편안해 하면 골짜기가 되고 → 영
원한 덕이 떠나지 않으며 → 곧 어린아이 같은 상태"가 된다는 순서로
기술되어 있고, 제76장에서는 "사람이 태어날 때는 유연하다 → 만물
도 생겨날 때는 부드럽고 여리다 → 부드러운 것은 삶의 길"이라는 순
서로 기술되어 있다는 것을 알 수 있다. 제28장에서 "암컷(여성 또는 여
성성), 골짜기, 갓난아이의 [단순한] 상태"를 말하고 있다면, 제76장에서
는 "탄생, 유연함, 삶의 길"을 말하고 있다. 이는 곧 '영원한 도' 또는
'삶의 길'로 연결되고 이는 도(道)를 얻는 방법 또는 도를 얻기 위한 궁
극적인 목표로 직결된다.

 '여성, 갓난아이와 같은 상태, 탄생의 때와 가까운 존재'를 종합하면
'소녀'라는 독해가 가능해진다. 특히『노자』 속에서 갓난아이, 즉 '영아
(嬰兒)'는 남성성이나 여성성이 부여되지 않은 상태로 묘사되곤 한다는
점을 염두에 둘 필요가 있다. 어린아이는 어린아이일 뿐, 애초 성별의
구별이 없는 것처럼 보이기 때문이다. 실제로『노자』에서는 '영아'라고
만 기술할 뿐, 갓난아이의 존재에 대해서는 성(性)의 구분을 전혀 하고 있

---

25) "知其雄, 守其雌, 爲天下谿, 爲天下谿, 常德不離, 復歸於嬰兒."(『老子』 第28章) 이 문장
    의 한글 해석은 다음의 번역을 따랐다. 任繼愈, 금장태·안유경 옮김,『임계유의
    노자 풀어 읽기』, 97쪽.
26) "人之生也柔弱, 其死也堅强, 萬物草木之生也柔脆, 其死也枯槁, 故堅强者死之徒, 柔弱者
    生之徒."(『老子』 第76章)

지 않다. 즉, 갓난아이는 일종의 중성적 상태로 존재하고 있는 것이다.

앞서 언급한 것처럼, 치히로는 '여성성이 드러나지 않는 소녀'라는 점이 특징인데, 이런 점에서 본다면, 어릴 뿐만 아니라 여러 모로 중성적 코드를 갖춘 치히로는 '이상적 인물'이 된다고 말할 수 있다. 물론, 『노자』에서 '소녀'라는 직접적 표현은 하고 있지 않지만, 부드럽고(柔) 약한(弱) 존재이면서 여성성을 동시에 갖춘 존재는 소녀뿐이라는 중첩적 지점에서 노자적 독해가 가능해진다.

이처럼 <센과 치히로의 행방불명>은 '어린 것'과 '암컷(여성)'의 상징성을 동시에 갖춘 소녀 치히로를 전면에 내세운 점, 다시 말해 노자적 상징성이 짙은 소녀 치히로를 문제 해결의 대안적 존재로 묘사하고 있다.

'부드럽고 여린 것(柔脆)'과 '마르고 뻣뻣한 것(枯槁)'의 대비적 묘사는 삶과 죽음이라는 단어로 직접 이어지는데, 이는 상생(相生)과 공멸(共滅)의 알레고리이다. "부드럽고 여린 것은 곧 생명의 길(柔弱者生之徒)"이라는 표현은 상생의 방식이며, 상생을 위한 대안이기도 하다. 『노자』에서 언급하는 '약하고 부드러움'의 핵심은 많은 경우 '물'의 이미지와도 맞닿아 있는데,27) '물'에 대한 이해는 영화의 주인공인 '소녀'에 대한 이해를 심화시키는 데 필요한 작업이 될 것이다.

---

27) "天下莫柔弱於水"(『老子』第78章)

IV. 최고의 선은 물과 같다(上善若水)

최고의 선은 물과 같다[28]

미야자키 하야오의 작품이 전반적으로 생태주의를 표방하고 있다는 것은 널리 알려진 사실이다. 생태주의는 초창기부터 미야자키가 견지하고 있는 관점 가운데 하나로서, 이미 기존의 연구에서 수차례 언급된 바 있다. 최근에는 이 영화를 생태학과 페미니즘을 동시에 포괄하는 '에코페미니즘'[29]의 각도에서 분석하고 해석하려는 시도가 있었고,[30] 이는 미야자키 영화의 생태학적 주제를 분석하는 데 있어 적절한 분석 틀로 평가받고 있다.

특히 〈바람계곡의 나우시카〉, 〈천공의 성 라퓨타〉, 〈이웃집 토토로〉는 에코페미니즘적 분석의 주요한 대상으로 꼽히는데, 이는 여성과 '숲'을 대표로 하는 자연을 중요한 축으로 삼아 설명할 수 있기 때문이다.[31] 따라서 에코페미니즘은 기존의 작품을 설명하는 데 손색이 없다.

---

28) "上善若水"(『老子』 第8章)

29) 에코페미니즘(Ecofeminism)이란 생태학(Ecology)와 페미니즘(Feminism)의 합성어로서, 여성의 억압과 상태계의 위기를 다같이 가부장적 남성문화의 산물로 보고, 그 대안으로 생태·여성적 시각을 제공하는 것을 의미한다. 에코페미니즘의 설명과 갈래에 대해서는 다음의 연구가 참고할 만하다. 이소영·정정호·강규한·김경한, 『자연, 여성, 환경 : 에코페미니즘의 이론과 실제』, 서울 : 한신문화사, 2000 ; 최인숙, 「에코페미니즘(Ecofeminism)의 철학적 배경과 老子 철학의 상관관계 연구」, 4-31쪽.

30) 미야자키 하야오 감독의 영화를 에코페미니즘적 관점에서 분석한 연구로는 다음을 참조하시오. 진은경, 「미야자키 하야오의 영화에 나타난 에코페미니즘」, 『비교문학』(39), 2006 ; 엄윤희, 「에코페미니즘적 관점에서 바라본 미야자키 하야오의 작품연구」, 중앙대 석사학위논문, 2008.

31) "인간에 의해 자연이 황폐해지고 무너져가는 상황을 만들고 그것을 치유할 수

미야자키 하야오의 작품은 여성을 자연과 동일시하는 뚜렷한 입장을 견지하고 있는데, 이 가운데서도 자연은 숲과 나무를 주요한 상징으로 하고 있으며, 이때 숲은 중요한 배경이 되거나 지향점으로 묘사되곤 한다.32)

이런 점을 염두에 둔다면, 미야자키가 그리고자 했던 이상적 공간은 에코토피아(ecotopia)라 할 수 있을 것이다. 자연 중심적 유토피아를 의미하는 '에코토피아'는 생태계를 의미하는 '에콜로지(ecology)'와 '이상향'을 뜻하는 '유토피아(utopia)'의 합성어로서33) 생태적 이상향을 나타내는데, 미야자키의 여러 작품에서 에코토피아의 모습을 쉽게 발견할 수 있다. 토토로의 숲이나, 나우시카에 표현된 마을 공동체, 하늘에 떠 있는 전설의 섬 라퓨타에 구현된 공간이 대표적이다.34)

<센과 치히로의 행방불명>이 이전의 영화들과 차이를 가지는 점은 바로 이 지점이다. 이 영화에서는 숲에 대한 강조가 두드러지지 않는다. 물론 센과 부모님이 나무가 무성한 숲(森)으로 길을 잘못 들어 신들의 세계로 진입하면서 영화가 시작되는 것이 사실이지만 영화의 곳곳

있는 것으로 여성을 내세운다는 점에서 에코페미니즘과 같은 특징을 보여준다." 엄윤희, 「에코페미니즘적 관점에서 바라본 미야자키 하야오의 작품연구」, 41쪽.

32) 생태학의 입장에서 다룬 연구도 크게 다르지 않다. 김용민, 「생태영화의 가능성 — 미야자키 하야오의 『바람계곡의 나우시카』와 『원령공주』」, 『문학과 환경』 (8:1), 2009, 183-206쪽.

33) '에코토피아'의 용어를 '에콜로지'와 '지역 또는 공간'을 의미하는 '토피아 (utopia)'의 합성어로 보기도 한다.

34) 특히 그의 영화 「이웃집 토토로」는 숲에 대한 자각과 각성 운동으로 이어졌다. 1990년 토토로의 숲을 지켜야 한다는 시민들의 의지가 "토토로의 고향 기금위원회"를 발족시켰고, 1년 반 후에는 '토토로의 숲 제1호'라 할 수 있는 잡목림을 구입할 수 있었다. 이것이 바로 "내셔널 트러스트(National Trust)"운동이다. 진은경, 「미야자키 하야오의 영화에 나타난 에코페미니즘」 150쪽 ; 엄윤희, 「에코페미니즘적 관점에서 바라본 미야자키 하야오의 작품연구」, 67-68쪽.

에는 숲보다는 '물(水)'이 두드러지게 나타난다.[35]

　'물'이 전 세계 신화와 종교에서 보편적으로 나타나는 중요한 상징이기는 하지만 기존의 작품에서 나무와 숲의 묘사에 중점을 두었던 미야자키 작품 속에서 '물'의 묘사는 새로운 발견이다.[36] 하쿠의 도움을 받아 이상한 세계에서 빠져나가려던 치히로는 물 때문에 탈출에 실패하고,[37] 결국 신들의 세계에 남게 된 치히로는 '아부라야(油屋)'라는 간판이 걸린 거대한 온천여관에서 일하게 된다. 온천을 배경으로 설정한 것은 일본적인 내용을 그리겠다는 작가의 포부가 드러난 대목으로, 기존의 연구에서는 이를 일본 신도(神道)의 물과 관련해 심도 깊은 논의가 이루어진 바 있다.[38] 그런데 물은 노자의 핵심적 사유라는 점도 간과

---

35) "「센과 치히로의 행방불명」은 물과 불에 관한 영화이다." 하재봉, 「미야자키 하야오의 영화에 나타난 불교적 세계관」, 『석림』(37), 2004, 194쪽.
36) 이 영화에서 '물'이 지니는 상징성은 여러 연구에서 다루어지는 주제이기도 한데, 송찬호는 물을 네 가지로 나누어 분석하고 있다. "①새로운 세계와의 경계로서의 물 ② '고난'과 '시련', 그리고 '정화', 새로운 '탄생' ③'통로', '길', '만남'을 상징하는 물 ④사랑으로서의 물" 송찬호, 「미야자키 하야오(宮崎駿)의 작가성 분석 ―센과 치히로의 행방불명을 중심으로」, 서강대 석사학위논문, 2007, 51-56쪽.
37) 시미즈 마사시는 이 장면에 대해, 치히로가 필사적으로 도망치지만 어떤 이유에서인지 낮에 물이 없던 곳엔 강이 흐르고 있다. 치히로는 결국 강을 건너려는 계획을 단념하고 만다고 설명한다. 시미즈 마사시, 이은주 옮김, 『미야자키 하야오 세계로의 초대』, 서울 : 좋은책만들기, 2004, 77쪽.
38) 박규태는 온천에 대해 다음과 같이 설명하였다. 온천은 일본 문화를 대표하는 공간이면서 일본 신화와 종교적 의미도 담고 있는데, 일본인에게 목욕 혹은 온천욕이란 단지 신체를 깨끗하게 하는 일상적 행위에만 그치지 않고, 신체적 쾌락뿐만 아니라 정신적 쾌락을 수반하는 일종의 종교적 의식과도 맞닿아 있고, 물로 몸을 씻어내는 행위는 '미소기(禊)'라는 신도(神道) 의식으로 나타난 바 있다. 박규태, 『애니메이션으로 보는 일본』, 65쪽. "미소기란 몸을 씻는 것 즉 몸의 더러움을 씻어버리는 것을 뜻하고, 하라이는 먼지와 더러움을 털어내는 것을 뜻한다. 이들 모두는 죄와 허물을 정화하는 방법으로 믿어졌다. 하라이는 총칭이며 미소기가 그 일종이라 할 수 있는데, 사실 모든 하라이에는 미소기가 수반되었다." 무라오카 츠네츠구(村岡典嗣), 박규태 옮김, 『일본 신도사』, 서울 : 예문서원, 1998, 34쪽.

해서는 안 될 것이다.

유바바와 계약을 맺음에 따라 유야에서 일하게 된 센에게 주어진 첫 번째 임무는 초대형 오물신인 '오쿠사레신(オクサレ神)'의 목욕 시중을 드는 일이다.[그림 12·13] 악취가 진동하는 '오쿠사레신'에게 약수를 붓고 몸의 가시를 뽑아내자 온갖 폐물이 쏟아져 나온다.[그림 14] 오쿠사레신의 몸에서 나온 쓰레기는 인간의 편리를 위해 만들어진 것들로, 인류 문명과 탐욕의 상징물이라 할 수 있다.39) 폐물을 씻어낸 물은 신도의 '정화'를 잘 설명해준다. 일본의 신도라는 종교적 요소를 생각할 수 있지만 한 가지 간과할 수 없는 사실이 있다. 센의 도움으로 오쿠사레신이 더러움을 씻어낸 것은 사실이지만, 이것이 더러움의 연장선상에서 이해되는 '죄와 허물'로 자연스럽게 연결되지 않는다는 점이다. 다시 말해, 오쿠사레신이 씻어낸 더러움의 정체, 근원은 문명과 탐욕이 만들어낸 쓰레기기 때문에, 허물과 죄를 씻어내야 할 진정한 대상은 오쿠사레신이 아닌 '인간'인 것이다. 따라서 오쿠사레신이 원래의 모습을 회복하는 것이, 곧 인간의 죄와 허물의 씻어냄과 직결되지 않는다. 더욱이 '물을 통한 정화'는 일본 신도에서만 발견되는 것이 아니라, 물의 보편적 속성이라는 점도 고려할 필요가 있다.40)

---

39) 오물을 뒤집어 쓴 '강의 신'의 몸에서는 자전거를 비롯하여, 가구, 양변기 등이 쏟아져 나온다. "근대문명의 혜택을 받아 생활해 온 현대인은 거대한 쓰레기, 폐기물을 만들어 왔다는 가책을 가지고 있다. 언제까지나 감추고 싶은 문명 문화가 짊어진 부분을 오물신이 구체화된 모습으로 출현한 것이다." 시미즈 마사시, 『미야자키 하야오 세계로의 초대』, 122쪽.

40) "전 세계 여러 종교에서 물은 중요한 부분이다. 기독교 세례식에서 물은 정화와 원죄의 씻김을 상징한다. 힌두교에서도 물은 세례를 하고 신의 성상을 깨끗하게 씻을 때 사용되었다." 미란다 부르스 미트포트(Miranda Bruce Mitford)·필립 윌킨스(Philip Wilkinson), 주민아 옮김, 『기호와 상징』, 서울 : 21세기북스, 2010, 32쪽.

이런 점을 염두에 두었을 때, 오쿠사레신의 '씻김'은 여러 모로 생각할 거리를 던져준다. 이때 '물'을 관찰 대상으로 삼아 철학적 사유를 심화시켰던 노자의 시각은 참고할 만하다.41)

『노자』에 언급된 물의 특징은 매우 연약하지만 무엇보다 강한 속성을 가진 존재이다. 또 하나 눈여겨보아야 할 점은 기꺼이 사람들이 싫어하는 곳에 거할 수 있다는 언급이다.

천하에는 물보다 더 유약한 것이 없지만, 강한 것을 공격하는 힘으로는 물보다 나은 것이 없으니, 왜냐하면 무엇도 그것을 대신할 수 없기 때문이다.

—『노자』 제78장42)

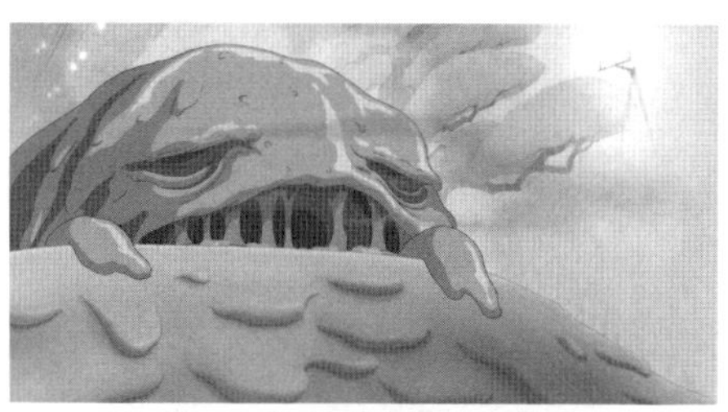

[그림 12] 온천탕에 들어간 오물신

[그림 13] 오물신의 목욕 시중을 드는 센

[그림 14] 오물신에게서 쓰레기가 나오는 장면

---

41) "온갖 자연만물을 빌어 사물의 이치를 궁구했던 고대인들에게 있어 '물' 역시 인식 대상이었다. 공자도 '물'을 말했지만, 물에 대한 찬양을 가장 먼저 표현한 것은 단연 노자였다. "노자 사상은 형초(荊楚) 문화에 근원하고 있는데, '형초'는 물의 고향으로, 물이 만물을 자양(滋養)시킨다는 인상이 북방 지역보다 훨씬 강하였다." 任繼愈, 금장태 · 안유경 옮김,『임계유의 노자 풀어 읽기』, p.280. 아울러 임계유는 "노자의 물에 대한 칭송과 이해는 북방 지역의 鄒魯에서 생활하던 孔子보다 훨씬 뛰어났다."고 언급하였다. 任繼愈, 금장태 · 안유경 옮김,『임계유의 노자 풀어 읽기』, 280쪽.

42) "天下莫柔弱於水, 而功堅强者, 莫之能勝, 以其無以易之."(『老子』 第78章)

물은 선해서 온갖 사물을 이롭게 하기를 좋아하지만 그들과 다투
지 않으며 사람들이 싫어하는 곳에 깃든다. 그러므로 도에 가깝다.
— 『노자』 제8장[43]

『노자』의 "사람들이 싫어하는 것 또는 곳(處衆人之所惡)"라는 구절에
대해 펑다푸(馮達甫)는 "물은 아래로 흘러간다. 낮고 비천한 것은 사람들
이 싫어하는 것"이라고 설명하였는데,[44] 사람들이 싫어하는 것, 기피하
는 대상 또는 상태를 받아들인다는 해석도 가능해 보인다. 가장 깨끗하
고 유연하기 때문에 더러운 것을 흡수할 수 있는 능력이 부여된 것인
지도 모른다. 가장 성스러우면서 가장 더러운 것을 품는 물의 양면적
속성은 영화 속에서도 그대로 이어진다. 미야자키가 기존의 영화에서
생명과 회복을 상징했던 '산'의 이미지 대신 취한 물의 이미지, 즉 온
갖 사물을 이롭게 하면서도 사람들이 싫어하는 상태(것)를 기꺼이 받아
들이는 '물'은 『노자』에 언급된 '물'과 매우 흡사하다.

원래의 모습을 찾은 강의 신은 거대하고 투명한 용으로 변해 사라진
다.[45][그림 15] 깨끗해진 신은 원래 자리의 자리로 돌아갈 것이고, 문
명의 쓰레기와 폐물을 다시 떠안게 될 것이다. 강의 신은 더러움을 깨

---

43) "水善利萬物而不爭, 處衆人之所惡, 故幾於道."(『老子』 第8章)
44) "水向卑下處流, 卑下, 衆人所惡." 馮達甫 撰, 『老子譯注』, 16쪽.
45) '강의 신'이라는 이미지는 다분히 일본적인 것이기도 하다. "옛날 전설에는 '강'
    에는 '강의 주인'이 있는데, 그것은 '물의 신'이며, '물의 신'은 '용'의 모습을 하
    다고 전해져왔다. 용은 회오리바람처럼 물을 하늘로 빨아올림과 동시에, 지상에
    자비의 비를 내려준다. 물은 이런 의미에서 식수로서 뿐만 아니라 초목을 영글게
    하는 데 없어서는 안 되는 중요한 것이었다. 그리고 이러한 귀중한 '물'을 지키
    는 '물의 신'은 신들 중에서도 가장 위대하고 강한 신으로 예로부터 숭상되어 왔
    다." 무라세 마나부(村瀨學), 정현숙 옮김, 『미야자키 하야오의 숨은그림찾기』, 파
    주 : 한울, 2006, 193-194쪽.

끗하게 씻어준 센에게 작은 경단(ニガダンゴ)을 선물로 주는데,[그림 16] 그것은 오쿠사레신이 원래의 모습을 되찾을 수 있었던 것처럼, 회복·치유의 능력과 더불어 생명력까지 가진 기적의 경단으로 표현되었다.46)

[그림 15] 원래의 모습을 되찾은 강의 신   [그림 16] 강의 신이 선물로 준 경단

오쿠사레신이 센에게 남겨준 경단은 마법에 걸려 죽어가는 하쿠를 살리고, 종업원을 셋이자 집어삼킨 가오나시가 삼켰던 것을 모두 토해내게 만들었다. '물'의 생명력이 집약된 경단은 하쿠와, 탐욕에 눈이 멀었던 종업원들, 그리고 가오나시까지도 죽음에서 살아나도록 했을 뿐만 아니라 원래의 모습까지 회복하게 하였다. 특히 소요(騷擾)의 근원을 제공한 주인공이자 탐욕의 상징인 가오나시가 삼켰던 모든 것을 토해내고 원래의 모습을 회복하는 과정은 '근원적 힘'을 가진 물의 생명력과 치유력을 동시에 보여주며, '탐욕의 시대'라 할 수 있는 현대 문명의 치유를 상징하는 의미심장한 장면이라고 할 수 있다.47)

---

46) "내부에 가득 쌓아둔 더러운 폐물들을 바닥에 토해낸 뒤 본래의 모습을 찾은 강의 신은 치히로에게 선물을 주고 사라진다. 그것은 보은의 표시이면서 동시에 물의 이미지 한복판으로 치히로를 초대하는 행위이다." 하재봉, 「미야자키 하야오의 영화에 나타난 불교적 세계관」, 『석림』(37), 2004.

47) "신의 숨결이 태초의 물을 갈라 우월한 무정형과 열등한 정형의 잠재적 물질로

‘만족을 모르는 만족’이 만들어낸 온갖 더러운 것들은 ‘물’로 분리되고 정화되었으며, 더 나아가 원래의 모습을 찾도록 도와주었다. 이러한 정화·회복의 능력은 약하지만(弱) 부드러운(柔) 힘을 가진 ‘소녀’ 센 덕분에 발휘된 것이라는 것도 간과해서는 안 될 것이다.[48]

인간의 탐욕은 스스로 진화하고 팽창되어 “굳고 강한(堅强)” 속성을 가지고 있지만, 투명하고 일정한 형체도 없는 물은 ‘약하고(弱)’ ‘부드러운(柔)’ 것의 상징이다. 굳고 강한 것을 남성의 상징으로, 약하고 부드러운 것을 여성의 상징으로 보는 것은 『노자』의 기본적인 시각이라 할 수 있다.[49] 성인이 갖추어야 할 속성으로 언급되는 ‘물’은 “굴욕을 견뎌야 하고, 때로 재앙도 기꺼이 받아야(受) 하는 존재”(『노자』 제78장)로 언급되고 있다는 점에도 주목할 필요가 있다. 낮은 곳에 처해 온갖 폐물을 받아들이는 ‘강의 신’ 오쿠사레신의 모습과도 닮아있기 때문이다.

천하에는 물보다 더 유약한 것이 없지만, 강한 것을 공격하는 힘

분리했을 때, 구름과 이슬 그리고 비는 축복이었다. 땅이 받아들이는 물은 삶의 근원이기 때문이다.” 뤽 베노아(Luc Benoist), 박지구 옮김, 『기호·상징·신화』, 대구 : 경북대학교 출판부, 2006, 63쪽.

48) “자연과 생명을 존중하는 생태의식과 도가의 자연관은 일맥상통한다.” 張嵐, 「道家文化資源與女性和解人生-論女性和諧人生-論女性創作的道家思想傳承與文化啓迪」, 『浙江社會科學』(11), 2008, 113쪽. 생명윤리와 과학론 연구자인 모리오카 마사히로(森岡正博)는 여러 작품 가운데서도 나우시카를 여성이 아닌 소녀의 범주로 규정하면서 모성이 세계를 구원하는 세계로부터 소녀가 세계를 구성하는 시대로 이행했다고 언명하면서, 이어 나우시카를 탄생시킨 미야자키는 생태학과 치유의 키워드를 통해 문화인으로 불리는 존재가 되었다고 언급하였다. 키리도시 리사쿠, 남도현 옮김, 『미야자키 하야오論』, 28쪽. 나우시카 이후의 영화에서 소녀는 줄곧 생태학과 치유의 이미지를 동시에 표방한 존재로 묘사되고 있다.

49) ‘물’은 본래 전세계 신화와 종교에서 여성성과 연관되어 이해되어 왔다. “욕탕에 가득 찬 대량의 온천물, 별세계에 내리는 비, 끝없이 펼쳐진 바다’에서 여성성을 발견할 수 있다” 시미즈 마사시, 『미야자키 하야오 세계로의 초대』, 176-177쪽.

으로는 물보다 나은 것이 없으니, 왜냐하면 무엇도 그것을 대신할
수 없기 때문이다. 약한 것이 강한 것을 이길 수 있고, 연한 것이 단
단한 것을 이길 수 있다는 것을 천하에 모르는 사람이 없지만, 실행
하는 사람은 없다. 이 때문에 '성인'은 말하기를 온 나라의 굴욕을
견뎌내야 국가의 군주라 할 수 있고, 온 나라의 재앙을 맡고 나서야
국가의 군왕이라 할 수 있다. 바른 말은 반대로 말하는 것 같다.

―『노자』 제78장50)

대국은 온갖 시냇물이 흘러드는 강과 바다처럼 하류에 있으니 천
하 사람들이 귀의하는 곳이며, 천하의 암컷이다.

―『노자』 제61장51)

물론 『노자』에 언급된 '암컷(牝)'이 소녀라는 대상만을 지칭하지는
않는다. 여성을 포괄적으로 설명하고 있다고 말할 수 있지만, 『노자』에
서 강조하는 '부드러움(柔)'과 '약함(弱)'은 성인과는 멀다. 소녀는 여성
과 유약함을 동시에 포함한다는 점에서 보았을 때, 소녀는 누구보다 노
자의 도에 가까운 존재라고 할 수 있을 것이다.52)

---

50) "天下莫柔弱於水, 而功堅强者, 莫之能勝, 以其無以易之, 弱之勝强, 柔之勝剛, 天下莫不知, 莫
能行, 是以聖人云, 受國之垢, 是謂社稷主, 受國不祥, 是謂天下王, 正言若反."(『老子』 第78章)
이 문장의 한글 번역은 다음을 참조하였다. 任繼愈, 금장태·안유경 옮김, 『임계
유의 노자 풀어읽기』, 218쪽. "受國之垢, 是謂社稷主, 受國不祥, 是謂天下王"에 대한
다른 번역도 참고할 수 있다. "나라의 온갖 궂은 일들을 받아들이는 이를 사직의
주인이라고 하고, 나라의 온갖 나쁜 일들을 감수하는 이를 천하의 왕이라고 이른
다." 王弼, 임채우 옮김, 『왕필의 노자주』, 309쪽.
51) "大國者下流, 天下之交, 天下之牝."(『老子』 第61章)
52) "노자는 부드럽고 약한 것일수록 생명력이 충만하다고 보았다. 도는 끊임없는 생
성작용을 통해 만물의 생명을 유지시킨다. … 노자는 갓난아기로 도의 경지를 묘
사한다. 갓난아기는 아직 손상되지 않은 생명의 부드러움을 지닌 존재이기 때문
이다." 이권, 「노자의 여성성」, 『한국여성철학』(창간호), 2001, 34쪽.

전투력과 리더십을 갖춘 소녀 전사 나우시카나 산과는 달리, 센은
가족과 공동체에 대한 고민과 걱정이 없는 전형적인 열 살짜리의 투정
쟁이 소녀이다. 유바바와 제니바처럼 마법을 쓸 수 있거나, 하쿠처럼
변신이 가능한 것도 아니다. 그런데 역설적으로 '유약함'의 가치는 더
욱 빛을 발한다. 소녀 치히로의 힘은 '굳고 단단함(堅强)'이 아닌 '약하
고 유연(柔弱)'함에서 비롯된 것이다.

미야자키 하야오는 표면적으로 유연함과 약함의 이미지를 담고 있는
소녀와 물을 주인공으로 설정함으로써 문명의 이기심과 탐욕으로부터
벗어나 상생(相生)하는 방법을 제시하고 있다. 이는 노자적 삶의 지향점
과 일치하는 것으로, '소녀 여전사'가 아닌 평범하고 어린 소녀 '센'은
이상적인 삶의 방식을 보여주는 노자적 가치관을 표방하는 상징이자
알레고리라 할 수 있다.

V. 나오는 말

영화의 마지막은 치히로가 들어가기를 꺼려했던 건물의 입구 밖으로
나오는 장면으로 마무리된다. 표면적인 변화는 없지만, 치히로는 분명
성장해 있다. 응석받이 치히로가 치히로가 이상한 신들의 나라에서 얻
은 것은 무엇일까? 그것은 촘촘하게 얽힌 관계망 속에서 살아갈 수 있
는 힘일 것이다.[53] 이 힘은 타인을 조종할 수 있는 마법의 장악이 아니

---

53) "이 실천의 원천이 되는 것이 미야자키 하야오의 다른 작품들에서도 반복적으로
　　강조되어 온 '살아갈 힘 찾기 혹은 만들기'인데, … 이렇게 현실 세계로 성장하
　　여 돌아올 수 있었던 것은 디즈니 애니메이션처럼 악을 물리쳐서가 아니라 오히

라, "부드러움을 지키는 것이 곧 강함(守柔曰强)"(『노자』 제52장)이라는 노자의 언명처럼, 부드럽고 유연한 마음을 가지고 있기 때문에 유지되는 힘이다.

약한 것이 강한 것을 이길 수 있고 이를 모르는 사람이 없지만, 정작 실행할 수 있는 사람이 없다던 노자의 탄식은 '갓난아이와 같은 상태'를 유지할 수 있는 사람이 없다는 맥락에서 이해할 수 있을까. 그렇다면 유연하고 약하지만, 대가를 바라지 않고 스스로 세운 공(功)에 안주하지 않는 '어린 소녀' 센은 강함을 유지하는 이상적인 존재로 독해될 여지가 충분하다.

대표적 여성이라 할 수 있는 온천장의 주인인 유바바는 마술적 힘과 권력을 모두 가졌음에도 불구하고 '구원자'의 역할을 할 수 없다. 노자적 의미에서 보았을 때 그녀는 소유에 대한 열망을 가지고 있고, 수하의 모든 사람들을 간섭·지배하려고 하며, 모든 일에 보답 또는 대가를 바라기 때문이다. 이는 『노자』에서 말하는 '성인(聖人)'과는 정반대의 인물 유형이다.

> 성인은 무위로써 일을 처리하고 말없이 행동으로 본보기를 보이고, 만물이 그에 의해 생장·변화할지라도 간섭·지배하지 않고, 생기게 하여도 소유하지 않고, 위해주고서라도 그 보답을 바라지 않으며, 공이 이루어지더라도 그것을 자기가 차지하지 않는다.
>
> ―『노자』 제2장54)

려 치히로 스스로 살아갈 힘과 원리를 배우고 깨달았기 때문"이다. 박기수, 『애니메이션 서사 구조와 전략』, 309쪽.

54) "聖人處無爲之事, 行不言之敎, 萬物作焉而不辭, 生而不有, 爲而不恃, 功成而弗居. 夫唯弗居."(『老子』第2章). 이와 유사한 내용이 『노자』 제10장에도 보인다. "그들을 생기

반면 센은 소유도 바라지 않고, 스스로 베푼 호의에 보답을 바라지 않으며, 그녀 자신에 의해 공이 이루어졌다 하더라도 계속 그것을 차지하려고 연연해하지 않는다. 이런 점에서 볼 때, 센의 행위는 매우 노자적이다. 또한 센은 『노자』의 자신의 생명을 도외시함으로써 그 생명을 보존할 뿐만 아니라 이런 과정을 통해 오히려 스스로의 사사로움을 이룰 수 있다는 『노자』의 역설을 그대로 보여주는 캐릭터이다.

> 성인은 자신을 뒤로 하지만, 도리어 자신이 앞서게 되고, 그 자신을 도외시하므로 자신의 생명이 보존된다. 그에게 사사로움이 없기 때문이 아닐까? 그러므로 그의 사사로움을 이룰 수 있다.
>
> —『노자』 제7장[55]

본래 평범한 인간에 불과했던 센 역시 돼지로 변한 부모를 사람으로 되돌리려는 사사로운 목적을 가지고 있었다. 그 목적을 이루기 위해 고군분투하던 센이었지만 오히려 그녀는 숱한 관계 속에서 자기 자신과 욕심을 버리는 연습을 함으로써 더욱 중요한 가치들을 얻게 된다. 끝내 이 가치들을 체득한 센은 치히로라는 원래의 이름을 회복하게 되고, 긴 터널을 빠져나와 원래의 세계로 회귀하게 된다. 센은 사사로움을 잠시 미루는 연습을 함으로써 결국 사사로움까지 얻는 노자적 가치를 실현할 뿐만 아니라, 강과 바다가 온갖 시냇물의 왕이 되는 것처럼 삶의 진정한 주인공이 될 수 있었던 것이다.

게 하고 그들을 번식하게 하되 생기게 하면서도 소유하지 아니하고 위해주면서도 그 보답을 바라지 아니하며 어른이로되 주재하지 않으니 이를 일러 현덕이라고 한다.(生之, 畜之; 生而不有; 爲而不恃; 長而不宰. 是謂玄德.”(『老子』 第10章)
55) “是以聖人後其身而身先, 外其身而身存. 非以其無私邪? 故能成其私.”(『老子』 第7章)

'조선미'를 서사하는 〈조선민족미술관〉

양 지 영

Ⅰ. 들어가며

　야나기 무네요시(柳宗悅, 1889~1961)는 시라카바(白樺)파1)의 맴버이고 종교철학자, 민예운동가, 그리고 '조선미'의 발견자로 알려져 있다. 야나기와 조선과의 인연은 1916년 조선여행을 통해 시작되고 1919년부터 이루어지는 조선 문화활동을 통해 깊어진다. 이러한 야나기의 조선 문화활동은 1919년에 일어난 3·1독립운동이 계기가 되어 시작된 다이쇼(大正)기의 문화운동과 〈문화정치〉라고 하는 일본제국의 새로운 식민지정책과도 병행하고 있었다. 당시 시라카바파로 활동하고 있었던 야나기는 이때부터 활동의 영역을 조선으로 넓히게 된 것이다.

---

1) 『시라카바(白樺)』는 1910년 4월부터 1923년 8월 까지 160호가 간행된 다이쇼시대를 대표하는 교양잡지이다. 시라카바파는 문예, 미술, 음악, 연극, 사상, 종교 등 다방면으로 활동을 하면서 종래와는 다른 관점에서 미술론을 전개하였다. 혼다슈고(本多秋五), 『『시라카바파』의 문학(『白樺』派の文學)』, 講談社, 1955.

다이쇼시대는 동양의 독자적인 문화와 보편적인 가치를 추구하는 경향이 강해지는 시기였다.[2] 이 시기에 활동을 하고 있던 시라카바파는 다이쇼시대 문화운동의 선두에 서 있었다. 그들은 예술을 보편적인 애(愛)로 이해하려 하고, 작품을 '마음(心)'과 '정신(精神)'을 통해 감화하는 것으로 소개하며 예술을 문학적으로 감상하는 새로운 감상법을 제시하였다.[3] 그러나 그들이 관심을 가지는 대상은 주로 서양미술이었다. 이러한 서양미술이 중심을 이루고 있었던 잡지 『시라카바』에 동양미술을 적극적으로 소개한 것이 야나기였다.

야나기는 일본의 문화와 예술의 원점을 조선과 중국에서 추구하며 새로운 보편의 미를 동양의 작품에서 찾아내려고 했다. 그러한 실천의 하나가 1919년부터 조선의 불상과 도자기 등의 사진을 『시라카바』에 실으며 '동양의 미'를 소개한 것이고, 또 하나가 조선의 미적인 가치를 전하기 위하여 조선으로 건너 간 것이다. 당시 조선에서는 동경에서 유학을 마치고 돌아온 지식인들이 중심이 되어 3·1독립운동이 일어나고 조선총독부는 무단정치에서 이루어지고 있었던 동화정책에서 조선인을 일본인과 '일시동인(一視同仁)'으로 하는 문화적인 동화정책으로 전환하여 <문화정치>를 시작한다. 이러한 정책과 더불어 조선에서는 여러가지 제약을 받으면서도 문화운동의 공간이 형성되어 다소간의 언론과 출판의 자유가 허용된다. 야나기의 조선 문화활동은 이러한 시대를 배경으로 하고 있었던 것이다. 야나기는 저술만이 아닌 음악회와 강연회,

---

2) 이쿠마쓰 게이조(生松敬三), 『다이쇼기의 사상과 문화(大正期の思想と文化)』, 靑木書店, 1971.
3) 도마자와 나리미(富澤成實), 「『시라카바』와 근대 유럽미술—「복제」에 의한 미술운동(『白樺』と近代ヨーロッパ美術—「複製」による美術運動)」, 『일본수의산대학연구보고(日本獸医産大學硏究報告)』, 1988, 79-85쪽.

전람회를 개최하는 등 다양한 문화활동을 전개한다. 이러한 활동에는 조선의 문화와 예술을 보호하기 위한 공간인 〈조선민족미술관〉을 설립하고자 하는 목적이 있었는데, 그것은 조선의 미디어를 통해 일본과 조선에 널리 알려지게 된다.

1920년대 이후의 문화운동은 일본이 제국화를 강화해 가는 과정과 대응하고 있었고, 일본으로의 귀속의식과 조선민족의 아이덴티티의 모색이라는 양면성을 드러내는 거울과 같았다. 특히 다이쇼시대 '문화주의' 가 조선에 파급하고 있었던 1920년대에 국가를 초월한 야나기의 문화활동을 기점으로 한 조선의 미디어 담론은, 식민지 지배의 논리에 대항하며 조선인 자신들의 주체성을 회복하기 위한 새로운 담론으로 전개해 가고 있었던 것이다.

이러한 야나기 연구가 지금은 한국과 일본에서 공유되면서, 특히 2000년대부터 시작된 연구는 야나기를 중심으로 한 시라카바파와 1920년대의 조선 문단까지 주목하면서 연구범위를 확장해 가고 있다.4)

---

4) 【한국】
　① 1970년대 : '비애의 미' '선의 미' '백색의 미' 등 미학론을 중심으로 식민사관의 입장에서 부정적으로 파악하는 견해. ex) 문명대「1930년대의 미술진흥운동」(1978)
　② 1980년대 : '비애의 미' '선의 미' '백색의 미'를 '무작위한 미' 로 다시 해석하여 극복 ex)미술사연구자인 조선미「야나기 무네요시의 한국미술에 대한 비판과 수용」(1988)
　③ 1990년대 : 학문의 장을 기반으로 한 야나기의 연구가 본격적으로 이루어지고 미술사학자들이 동양의 미학이라고 하는 보다 넓은 개념을 통해 야나기의 미학론을 재검토 하려고 함.
　　ex)이인범『조선예술과 야나기 무네요시』(1999)
　④ 2000년대 부터 : 조선에서 이루어진 야나기의 활동에 관한 다면적인 연구.
　　ex)이병진, 『「白樺派」における他者としての＜朝鮮＞－柳宗悅と淺川巧の場合』(2002년)
　　; 김희정, 『韓國近代文革成立期における大正期日本文學の受容－『白樺』派を中心

단 이러한 선행연구에서는 1920년대 '문화정치' 문맥과의 관계에 대한 고찰이 불충분하고 야나기 활동에 찬동했던 조선지식인들이 근대문화 수용의 문맥 속에서 야나기의 활동을 수용했다는 일방적인 측면만 강조하고 있는 것을 지적할 수 있다.

본고에서는 이러한 연구를 비판적으로 계승하면서 1924년에 <조선민족미술관>이 설립할 때 까지 나타나는 야나기의 조선미술론을 둘러싼 미디어의 장(場)을 재검토한다. 그리고 다양한 층위의 해석을 시도하면서 '조선미' 담론이 형성되는 장을 재현하여 조선지식인에게 있어 <조선민족미술관>을 둘러싼 문화활동이 어떤 의미를 가지는 것이었는지를 밝히고자 한다.

II. 야나기 무네요시의 조선예술론

야나기 무네요시는 1919년 3·1운동을 계기로 조선에 관한 글을 써

に』(2003) ; 정귀련, 「もう一つの旅行記—柳宗悦の朝鮮紀行をめぐって」(2003) ; 한영대, 『柳宗悦と朝鮮—自由と芸術への獻身』(2008) 등.

【일본】 야나기의 마학·사상·민예운동·조선과의 관계·시라카바파와의 관계 등 다면적인 연구가 보여짐.

조선과의 관계 ex)幼方直吉, 高崎宗司, 水尾比呂志, 鶴見俊輔, 中見眞理, 梶谷崇 등. 梶谷崇, 「朝鮮における柳宗悦とその報道をめぐって」(2004) ; 「京城の音樂會—『朝鮮民族美術設立後援柳兼子音樂會』の諸相」(2004)은 1920년대 야나기의 조선활동과 그것과 관련하는 조선 지식인의 언설을 대조 분석하여 야나기의 조선 관련 연구에 새로운 지평을 열고 있다. 幼方直吉(「日本人の朝鮮觀—柳宗悦を通して」, 『思想』, 岩波書店, 1961년 10월) ; 高崎宗司(『「妄言」の原形—日本人の朝鮮觀』水犀社, 1990년) 水尾比呂志(『評伝柳宗悦』, 筑摩書房, 1992) ; 鶴見俊輔(『柳宗悦』, 平凡社ライブラリー, 1994) ; 中見眞理(『柳宗悦—時代と思想—』, 東京大學出版會, 2003)

서 일본 언론에 발표하기 시작한다. 가장 처음 글은 3·1운동 직후인 1919년 5월 『요미우리 신문(讀賣新聞)』에 발표한 「조선인을 생각한다」이고 1920년 6월에는 잡지 『가이조(改造)』에 「조선의 벗에게 드리는 글」을 기고한다. 이러한 조선에 관한 글은 동시에 한국어로 번역이 되어 1920년 4월 12일부터 20일까지 『동아일보』에도 게재되어 조선의 지식인들에게 큰 반향을 일으키며 야나기라는 인물에 대한 관심을 가지게 하는 계기가 된다. 야나기의 글을 한국어로 번역해 『동아일보』에 게재한 염상섭이 쓴 번역문의 서두에는 야나기를 다음과 같이 소개하고 있다.

> "석굴(경주불국사의 석굴암)의 불상을 본 것은 지금까지도 잊지 못하는 행복한 순간 이었다." (중략) 이것이 이 논문('조선인을 생각한다')를 쓴 젊은 신비주의자가 조선의 예술에 경탄하고 동경하여 던진 첫 마디이다. 씨(야나기 무네요시)가 나와 담화 한 내용이 하나같이 조선예술의 장래를 걱정하는 것이었던 것을 생각해 봐도, 씨가 얼마나 조선의 예술을 사랑하고 조선민족이 가지고 있는 예술적 재능의 풍부함에 대해 기뻐하는지를 알 수 있다.[5]

염상섭은 불국사의 불상에 감동하는 야나기를 소개하면서 야나기가 예술이외 것은 화제로 삼지 않을 정도로 조선예술에 애정을 가지고 있다는 것을 밝히며 야나기와 일본 제국주의자와는 관계가 없다는 것을 강조한다. 그리고 "고려자기의 곡선미! 이것이야말로 조선민족의 상징이다"라고, 야나기가 조선 고유의 미로 발견한 '곡선미'를 조선민족이 가지고 있는 예술적 재능으로 받아들이고 있는 것이다. 이렇게 야나기

---

5) 「조선인을 생각하다」, 『동아일보』, 1920년 4월 12일.

는 미디어를 통해 일반적인 일본인(제국주의자)과는 다른 조선에 대한 이 해자로 소개되고 있었다.

그렇다면 다른 일본인과는 차이를 두면서 조선인들에게 수용되었던 야나기의 예술론이라는 것은 어떤 것일까? 먼저 「조선인을 생각한다」 의 일부분을 보면 다음과 같다.

> 어느날 나는 이조초기 작품이라고 생각되는 오래된 우수한 자수 를 구했다. 명백하게 명나라 작품의 영향을 받은 것이기는 하나 그 **색채와 선** 그리고 그림에서도 **옛 조선의 미**를 볼 수가 있었다. 그 것 을 구하고 얼마 지나지 않아 조선인의 고등여자학교를 참관하게 되 었다. 학생들이 만든 작품을 보다가 우연히 벽에 걸려있는 자수로 된 작품을 보고 이상하다는 생각이 들었다. 그것에는 어느 한 구석 도 **조선 고유의 미**가 보이지 않는 현대 일본풍의 작품ㅡ즉 반 서양화 되어 취미도 기품도 없는 그림과 색채로 만들어진 작품이었다. 그러 나 선생님의 설명에 따르면 그것은 아주 교육이 잘 된 놀라운 수공 솜씨를 보여주는 우수한 작품이라는 것이다. 나는 내가 가지고 있는 오래된 자수를 생각하면서 잘못된 교육을 생각하고 그 교육으로 인 해 고유의 미를 잃어가는 조선의 손실을 생각하며 안타까운 마음을 금할 수가 없었다. (중략) 이것이 소위 동화의 길이라면 그것은 두려 워해야 할 동화이다.6)

일본의 근대적 교육으로 인해 조선 고유의 미가 사라져 가고 서양화 되어 가는 것에 대해 안타까운 심정을 드러내고 있는 이 글에는 제목 에서 보이는 것처럼 조선인을 생각하는 야나기의 마음이 전해지고 있 다. 계속해서 야나기는 1920년에 「조선의 벗에게 드리는 글」을 통해서

---

6) 「조선인을 생각하다」, 『요미우리 신문(讀賣新聞)』, 1919년 5월 20일~24일.

는 다음과 같이 쓰고 있다.

> 생각해보면 내가 조선과 그 민족에게 누를 수 없는 애정을 느낀 것은, 그 예술에서 느낀 충격에 의한 것이었다. **예술의 미는 언제나 국경을 넘는다.** 그곳은 언제나 마음과 마음이 만나는 장소이다. 그곳에는 인간의 행복한 교감이 있다. 항상 편하게 이야기하는 소리가 들린다. 예술은 **두 개의 마음**을 이어준다. 그곳은 애(愛)의 회당이다. 사람은 예술에 있어 싸움을 모른다. 서로가 자신을 잊는 것이다. 다른 마음으로 사는 자신만이 있는 것이다. **미(美)는 애(愛)이다.** 그 중에서도 조선 민족의 예술은 이러한 정(情)의 예술이 아닌가. 그것은 내 마음을 부른다.[7]

인용문을 보면 야나기는 다른 문화에 속해 있어도 서로 대등한 타자로서 두 개의 마음이 만나고 교감하는 장소로 예술을 제시하고 있다. 즉, 인간의 마음이 통할 수 있는 장소가 예술에 있다고 하는 것을 알 수 있다. 또한 예술의 미는 국경을 초월하여 두 개의 마음이 만나는 장소이고 그것은 타자를 이해하는 '애(愛)'로 생기는 것이라고 규정한다. 왜냐하면 야나기에게 있어 미(美)라는 것은 타자를 이해하는 '애'에서 생기는 것이기 때문이다. 그리고 이러한 '애'를 실현하기 위해서는 개인과 개인이 서로를 평등한 존재로 인정하는 것이 전제되어진다. 이러한 '애'의 감정을 일으키는 조선의 민족 예술이야말로 '정(情)'의 예술이고, 따라서 '애'를 가지고 조선민족을 고유하고 개별적인 미를 가지고 있는 존재로서 이해하고 있는 것이다. 또한 야나기가 사용하고 있는 '애' '정'이라고 하는 단어는 타자를 이해와 심퍼시를 통해서 인식하는

---

7) 「조선의 벗에게 드리는 글」, 『가이조(改造)』, 1920년 6월.

시라카바파가 공유하고 있던 부분이라고 할 수 있다. 야나기가 조선예술에 관해 논할 때 빈번하게 사용하는 단어, 특히 '두개의 마음' '애' '정' '고유성' 등은 야나기 자신이 의식하는지 아닌지는 명확하지 않지만, 이것은 "일시동인(一視同仁)"의 동화정책의 실현을 꾀하는 동시대의 제국주의의 문맥과는 거리를 두고 있었던 것이라고 볼 수 있다.

1920년대부터 시작된 <문화정치>라는 식민정책은 조선인과 일본인을 차별하지 않는 내지 동화주의이고 이를 위해서는 조선인의 전통문화와 관습을 존중하며 조선인을 일본인과 대등한 제국 일본의 "문명적 정치"구축에 참가시키는 것이었다.8) 그러나 이러한 정책의 궁극적인 목적은 일본이라는 "부모(親)"의 동정으로 관계를 맺는 "동포애"가 근간을 이루는 "내지연장주의"이며, 결국은 일본제국의 문화적인 가치 속에서 차별화와 서열화를 형성하는 것이었다. 즉 "일시동인"이라는 제국의 지배의 논리를 실현하기 위한 새로운 지배정책이었던 것이다. <문화정치>는 외면적인 생활조건을 일본인과 평등화하는 것처럼 보이게 할 뿐 피식민자의 생활조건을 향상시키는 것은 아니었다. 예를 들어 제도적인 평등화를 위해 행해졌던 교육정책을 보면, 문화정책의 방침아래 1920년에는 학교제도의 개혁이 행해지고 조선에서도 일본의 보통소학교의 교과내용과 동등한 교육이 실행된다. 특히 미술계에 있어서는 "예술상의 일선융화를 도모한다" 라고 하는 문화정치의 방침에 따라 1921년에는 <서화협회 미술전람회 창립전>이 개최되고, 1922년에는 <조선미술 전람회>(선전(鮮展))이 창설된다. 선전의 실무부서는 총무부학무국으로 일본의 제국미술원 미술전람회을 모델로 한 것이었지만 문화정

---

8) 조선총독부편(朝鮮總督府編), 『조선총독부관보(朝鮮總督府官報)』, 조선총독관방서무(朝鮮總督府官房庶務部), 1919년 9월 4일.

책 중에서는 가장 전시효과가 있는 사업이었다. [9]특히, 서예를 제외한 심사원의 대부분이 동경미술학교 교수인 일본인이었고 이들의 심사제도는 선전화풍의 경향을 결정지었다.

이렇게 예술의 영역에 있어서도 식민자의 지배가 작용하고 있는 시기에 야나기는 예술을 통하여 이러한 지배의 논리와는 다른 조선의 담론을 만들어 가고 있었던 것이다. 즉 식민지통치의 정당성을 "반도적 성격론" "정체론" "일조동조론"을 가지고 체계화하고 있었던 일본관학자들과는 다른 시선으로 조선의 예술을 해석하며, 야나기 자신이 추구했던 작품을 통해서 조선 민족의 심리에 접근하려고 했다. 그리고 이러한 조선예술에 대한 야나기의 발언은 조선여행을 통해 행동으로 옮겨지면서 구체화된다.

Ⅲ. '조선미'의 발견

야나기 무네요시가 조선예술을 처음으로 소개한 것은 그가 중심 멤버로 활동하고 있던 『시라카바』였다. 『시라카바』는 윌리엄 블레이크와 세잔느, 고호, 로뎅과 같은 서양 예술가를 중심으로 그들의 작품과 인생을 소개하고 세계 예술계와 리얼타임으로 접촉을 가능하게 하며 다이쇼시대 지식청년층의 지식 욕구를 충족시키는 문화적 역할을 하고 있던 잡지이다. 특히 다양한 서양화복제판 그림을 소개하여 서양미술의 감상이라는 유행을 만들어 내기도 했다.[10] 야나기는 이러한 『시라

---

9) 김혜신, 『한국근대미술연구(韓國近代美術研究)』, ブリュッケ, 2005, 67-68쪽.
10) 혼다슈고, 앞의 책, 27-28쪽.

[그림 1] 『시라카 바』 1914년 4월호

카바』에 1919년부터 동양의 미술을 소개하기 시작한다.[11] 그는 『시라카바』에 동양의 미술을 소개하며 동양미술의 가치를 서양과 동등한 것으로 이해하려고 하였고 서양을 근본으로 하는 것이 아닌 서양과 동양을 융합하여 그 안에서 보편성을 찾으려고 하였다. 이렇게 해서 1920년 2월호 『시라카바』에 조선의 미술을 소개하면서 관심의 대상을 서양에서 동양으로 옮기게 된다.

야나기가 처음으로 조선의 도자기를 본 것은 1908년 어느 골동품 가게였고, 그 후 1914년에 아사카와 타쿠미형제[12]에게 조선 도자기를 선

---

11) 야나기 무네요시(柳宗悅), 「이번 그림에 대해서(今度の挿繪に就て)」, 『시라카바(白樺)』, 1919년 7월.
   "今迄何人も見なかつた東西の美と眞とを新しい目によつて共に見る喜びを味ひ始めた. 吾々は全然新たな要求からして西洋を見たのと同じ樣に今迄何人も持たなかつた目によつて東洋を見る事を始め出した. 眠つてゐると思はれた過去が再び現在の生長に甦る時期が到來した. そうして吾々は新しい東洋を理解し始めた. 然しそれは在來の人々がなした樣に固定した伝習的な見方によるのではない. それは普遍的な意味に於ける東洋の理解云い換えれば東洋であり乍ら然も普遍な価値に於て東西の差別をすら超える眞理の理解である. 吾々は西洋を排する事に東洋の美を保とうとするのではない. 第一義なるに於てどこに東西の區別があるであらう. 二にして然も不二である"
12) 아사카와 노리다카(淺川伯敎), 타쿠미(巧)형제는 야나기의 조선활동과 깊은 관계를 가지고 있는 사람이다. 특히 아사카와 타쿠미(1891~1931)는 각별히 조선을 아끼고 사랑했던 일본인으로 알려져있다. 타쿠미는 1914년에 조선으로 건너가 조선

물로 받게 되면서 본격적으로 조선 도자기에 대한 관심을 가지게 된다. 이러한 관심이 1916년 8월 처음으로 조선과 중국여행을 실현시킨다. 1910년대 한일합병기 일본 언론계에서는 조선에 대한 화제가 큰 비중을 차지한다.[13] 그와 더불어서 조선여행자수도 늘어나기 시작한다. 이러한 여행자들은 총독부와 출판사에서 간행된 출판물을 통해서 조선에 대한 정보를 얻고 있었다.

야나기의 첫 조선 여행은 당시의 다른 여행자들과 다를 바 없는 메인 관광코스[14]를 도는 것이었다. 그러나 야나기는 첫 조선여행에서 돌아와 3년 후인 1919년에 「불국사의 조각에 대해서」[15]라는 조선의 미를 논한 최초의 논문을 발표하여 불국사의 예술적 가치를 높이 평가한다. 미즈오 히로시(水尾比呂志)가 "무네요시는 이 상을 통해 처음으로 동양의 종교조형미가 질적으로 뛰어난 것에 놀라고 (조선)민족의 예술적 자질에 강한 경애가 끓어오르는 것을 느꼈다"[16]고 언급하고 있는 것처럼 이 논문은 야나기가 처음으로 동양의 미에 대해 본격적으로 쓴 것이다.

총독부 농상공부산림과 임업시험소에 고용되어 일하면서 조선어를 배우고 조선옷을 입는 등 조선적인 생활을 했다. 아사카와 형제와 야나기의 만남은 1916년 로댕의 조각을 보기위해 야나기의 집을 방문하면서 시작이 되는데 그 때 선물로 이조도자기를 가지고 간다. 이후 아사카와 형제는 야나기의 조선활동에 있어 중요한 조력자가 된다.

13) 강동진(姜東鎭), 『일본언론계와 조선 1910~1945(日本言論界と朝鮮1910~1945)』, 法政大學出版局, 1984, 6쪽.
14) 부산-진주-해인사-불국사-석굴암-경성-북경-남경-텐진
15) 야나기 무네요시, 「불국사의 조각에 대해서(石仏寺野彫刻について)」,『예술(芸術)』, 1919년 6월.
16) 미즈오 히로시(水尾比呂志), 『평전 야나기무네요시(評伝 柳宗悅)』, 筑摩書房, 2004, 98쪽.

문화에 의한 식민정책이 강해진 1920년 전후 일본에서는 고대조선의 미술에 대한 관심이 높아지는 시기였다. 그 이유는 예술성의 규명이 그대로 민족성과 문화의 규명으로 이어지고 그것이 일본과 조선의 동조론을 설명하는데 가장 적합한 방법이었기 때문이다. 조선 고대미술에 대한 관심은 건축사학자이고 미술사와 고고학에 정통한 세키노 다다시(關野貞)가 편집한 「한국건축조사보고(韓國建築調査報告)」를 계기로 시작된 것이다. 이것은 정부의 명령으로 1903년 6월부터 8월까지 조선에 머물면서 현지의 건축을 조사하고 다음해인 1904년에 그 결과를 정리해서 쓴 것이다.[17] 이 보고서는 조선의 건축양식 등을 기술적인 면에서 논한 것인데, 많은 양의 사진이 실려 있으며 경주에 대한 다양한 정보를 본격적이고 구체적으로 소개하는 최초의 책이었다. 특히 이 보고서는 고고학자인 하마다 고사쿠(浜田耕作)가 말하는 것처럼 조선의 경주라는 존재를 일본의 나라와 필적하는 곳으로 알린 역할을 했다.[18] 이후 경주는 불상을 중심으로 하여 종교상의 유사성을 통해 조선과 일본을 자매로 연결하는 것을 가능하게 하고, 또한 정치적 담론으로 일본과 조선의 동조론과도 이어졌다. 이러한 담론을 통해 조선예술의 기원을 중국에 두고 중국을 모태로 하여 일본의 예술과 형제(자매)문화로 기술되어 가면서 일반적인 조선예술에 관한 담론이 형성된다. 그러나 야나기는 「불국사의 조각에 대해서」를 통해 조선고유의 미를 다른 시각으로 논하고 있었다.

---

17) 세키노 다다시(關野貞), 『한국건축 조사보고(韓國建築調査報告)』, 1904.
18) 하마다 고사쿠(浜田耕作), 「나라와 경주(奈良と慶州)」(『나라문화(奈良文化)』1924년 11월)『백제관음(百濟觀音)』, 平凡社, 1969, 62쪽.

어떤 비평가는 지나(支那)예술에 대한 조선예술의 독립을 의심하
는 모양이지만, 그러나 이것은 미에 대한 통찰이 없는 비평이다. 거
기에 깊은 역사적 관계가 있다고 해도 오히려 나는 명확한 차이가
그들의 미적 표현에 존재한다고 생각한다. 지나(支那)의 강력한 形
Form의 미는 조선에서는 보기 드물다. 그런데 조선의 흐르는 것과
같은 線 Line의 미는 조선만이 소유하고 있다.19)

여기에서 보이는 "선의 미"
만이 아닌 "비애의 미"론은
어떤 의미에서든지 야나기 무
네요시 조선예술론의 핵심적
내용으로 인식되어 비판의 중
심이 되어왔다. 그러나 그것은
학문적 영역보다는 식민지라
는 시대의 상황 속에서 식민
지 시대의 근대 조선민족의
현실을 유력하게 재현한 것으
로 받아들여져 야나기 연구에
있어 특히 "비애의 미" 론의

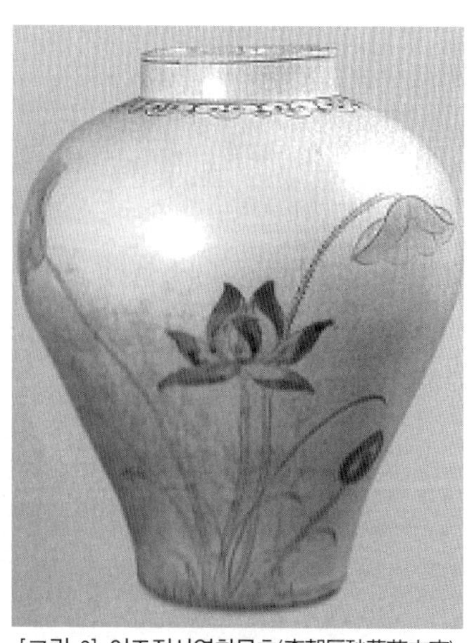

[그림 2] 이조진사연화문호(李朝辰砂蓮花文壺)

시비를 묻는 것이 많았다. 거기에는 항상 식민지사관으로 조선의 예술
을 보는 일본인의 시선과 피식민자로 보여지고 있는 조선인이 있었다.
그러나 그러한 지배자와 피지배자의 이분법적인 틀에서 벗어나서 보면
이러한 미의 개념들은 단지 비판의 대상만이 아닌 서양미술에 대한 조

---

19) 「불국사의 조각에 대해서(石仏寺の彫刻について)」, 『예술(藝術)』, 1919년 6월.

예가 깊었던 야나기였기에 조선의 독자적인 미로서 승화시킬 수 있었던 것으로 보는 것도 가능하게 한다. 이러한 야나기의 조선예술론의 비판에 대해 이토 데쓰(伊藤徹)는 "만드는 것의 주체" 에 초점을 맞춰 『시라카바』시대부터 전후 민예이론과 운동에 대해 논하고 있다. 이토는 1920년경에 야나기가 행한 '조선미'의 해석은 「혁명의 화가」20)에서 표명하고 있는 천재찬미와 개성의 표현이라는 예술의 이해가 후퇴하고, '민족'이 천재를 대신하여 정신적 내면을 표현하는 것으로 이해하려 하고 있다. 그리고 1930년경부터 조선의 공예를 둘러싼 야나기의 저술에서 구체적으로 나타나는 "애상(哀傷)"에서 "건강"으로의 변화는 종래 전해오는 1920년 전후 야나기의 체험에서 기인하는 것이 아니라, 1920년 12월에 쓴 「도자기의 미」에서 이미 나타나고 있다고 한다. 즉 이토는 야나기가 말하는 "조선도자기의 미"라는 것은 1922년에 쓴 조선의 미술에서 보이는 조선인의 역사에서 생겨나는 "애상의 미"라고 하는 역사학적인 해석이 아니라, 야나기의 정신적 내면의 표현이고 "직관의 미"라고 명명한 비역사적인 것이라고 한다.21) 즉, 야나기가 발견한 "비애의 미" 나 "선의 미"는 식민지라고 하는 역사적인 문맥에서 보면 피지배자의 상황을 동정하는 지배자의 시선에 의한 것이라고 볼 수도 있지만, 이토가 설명하는 것처럼 그러한 역사적인 틀을 벗어나 보면 야나

---

20) 야나기 무네요시가 1912년 1월 시라카바에 집필한 미술가 소개문의 하나로 세잔느, 고호, 고갱 등을 논의 한 논문이다. 야나기의 날카로운 감수성과 냉정한 비판력으로 그들의 본질을 파악하고 예술의 의미를 표명하려고 시도한 것으로 예술가에게 있어 자기를 표현하는 비범함은 반드시 필요하고 자연과 자아, 자연과 개성이 합해졌을 때 그 예술은 위대해지고 거기에서 미가 나타나는 것이라고 생각하면서 근대 미술가의 평가 기준도 거기에 두고 있다. (미즈오 히로시, 위의 책)
21) 이토 데쓰(伊藤徹), 『손을 가진 인간(手としての人間)』, 平凡社, 2003, 88-100쪽.

기 내면의 문제로 귀결이 되며, 당시 슬픈 것이 아름다운 것이고 예술적 가치가 있는 것으로 인정하는 미적 가치기준의 변화와도 무관하다고 할 수 없는 것이다. 이러한 야나기의 조선예술에 대한 생각은 도자기를 통해 더욱 구체화 되고 심화된다.

> 나는 그들(도자기)에 애(愛)의 성질이 느껴짐에 따라 도공이 얼마나 애를 가지고 그것들을 만들었는지 생각하지 않을 수 없다. 도공이 하나의 도자기와 마주앉아 그의 마음을 도자기에 담고 있는 것을 상상할 수 있다. (중략) 도자기는 그와 살고 그는 도자기와 산다. 둘 사이에 애(愛)가 흐르고 있다.[22]

야나기는 조선의 도자기는 제작자의 애(愛)로 만들어지고 따라서 조선의 "도자기의 미"에는 '애(愛)'가 나타난다고 한다. 그리고 한국고유의 미를 도자기의 '선'에서 찾아내어, 그 '선'은 조선민족이 "마음의 미를 의탁" 하고 있는 "마음의 표현"이라고 한다. 이것을 통하여 개개의 차이와 가치의 동일성을 인정하고 일본의 예술(미술), 조선예술의 가치가 중국의 것과 대등하다고 보고 있는 것이다. 이러한 '조선미'의 발견은 기존의 미술사에서 보이는 가치의 차별을 없애는 것이기도 하다. 다시 말해서 야나기는 조선미술을 통해 '조선미'의 독자적인 가치를 발견하여 미를 서열화 하고 차별화하는 인식에서 벗어나 개개의 차이를 인정하며 가치를 동등하게 볼 수 있게 한 것이다.

이러한 '조선미'의 발견은 서양을 중심으로 한 『시라카바』에 동양으로 시선의 전환을 가져온 것에서도 큰 의미를 가진다. 그것은 서양과는

---

22) 「도자기의 미(陶磁器の美)」, 『신쵸(新潮)』 1920년 1월.

다른 동양의 독자적인 고유성의 발견이기도 하기 때문이다. 특히 동양 미술의 고유성은 조선의 도자기에서 미를 발견한 것에서 비롯된 것이고 그러한 고유성이 <민예>23)로 이어진다. 이러한 민예개념과 사상의 성립에는 '애(愛)'와 '정(情)'으로 이상화 된 "조선예술의 미"라고 하는 것이 있었다.

IV. '조선미'를 둘러싼 담론의 장(場)

'조선미'를 둘러싼 야나기의 발언은 어떻게 표현되고 발신되었을까? 다시 말해서 어떻게 담론화되었을까? 원래 야나기에게 있어 예술의 본질이라는 것은 '정(情)' '애(愛)'라는 감성을 통해서 이해되고 있던 것이고 조선예술의 미는 마음의 표현이기도 했다. 그리고 야나기는 조선예술의 독자성을 통해 총독부의 정치적 의도와는 거리를 두고 있었다.

그러나 '정'과 '애'라고 하는 단어는 사이토 마코토(齋藤實)의 연설에서 나타나는 문화정치의 선전에 있어서는 부모와 동포의 애라고 하는 것과 표면적으로는 일치하고 있다.24) 따라서 야나기의 조선에 대한

---

23) 야나기 무네요시는 1924년에 <조선민족미술관>을 설립하고 잡기의 미를 발견해 1925년에는 "민중적인 공예"의 약자로 <민예>라는 조어를 만들어 본격적인 민예운동을 펼친다. 이렇게 하여 미적인 대상이 도자기에서 잡기로 변하게 되는데, 그것은 기존의 예술(미술)을 개념을 초월한 생활미의 추구이기도 했다. 야나기로서는 잡기미의 발견은 "일본의 미"를 새롭게 구축하는 데에 있어 중요한 기반이 된 것이다. 즉 잡기라는 것은 야나기의 사고전환을 통해서 발견되고 개념화 된 것인데 그 잡기라는 개념에 공예를 더하는 것이 지금의 민예라고 하는 개념의 성립을 완성시킨 것이다. 이렇게 해서 <민예>라는 "하나의 새로운 미의 표준"을 제시할 수 있었던 것이다.

24) 하라 다카시(原敬), 「조선통합사견 (朝鮮統合私見)」, 『齋藤實關係文書(사이토 마코토

'정'과 '애'라고 하는 단어는 야나기 고유의 문맥에서 분리되는 순간 식민정책에 회수될 가능성을 가지고 있다는 것에도 주의해야 한다. 즉 이러한 단어들은 예술을 통해서 조선을 이해하려고 하는 어떻게 보면 야나기의 명확하지 못한 문장의 성격으로 인해 서로 다른 정치적 입장에서 자신들의 문맥에 맞춰져 이용되고 있었다. 또한 그러한 이용가능성이 식민지 조선을 중심으로 한 야나기의 문화활동을 가능하게 한 면도 있다.[25] 야나기는 조선에서 음악회와 강연회 전람회 등의 활동을 하면서 '조선미'에 관한 담론과 그리고 〈조선민족미술관〉을 통해 구체화해 갔다.

1. 조선미가 공유된 음악회와 강연회

야나기 무네요시가 부인가네코[26]와 함께 조선을 찾은 것이 1920년5월 1일로 22일까지 약 달의 반 이상을 조선에서 머물렀다. 그들은 조선에 체재하는 동안 음악회와 강연회 그리고 전람회 등 다양한 문화활동을 한다.[27] 이러한 야나기부부의 활동은 당시 조선의 문화운동을 선두하고 있던 『동아일보』의 도움이 있어 가능한 것이었다. 야나기는 조

관계문서)』, 1919.
25) 이러한 논점에 대해서는 졸고, 「문화정치를 걷는 야나기 무네요시(文化政治を歩く柳宗悦)」,『比較文學』 제50호(日本比較文學會)를 참조해주기 바란다.
26) 야나기 가네코(柳兼子)는 메이지 말기에 동양음악학교(현 동경예술대학 음악학부)에서 성악을 배우고, 1989년 타계할 때까지 성악가로서 활동한 근대 일본을 대표하는 성악가이다.(고이케 시즈코(小池靜子),『야나기 가네코의 생애 노래에 살고(柳兼子の生涯　歌に生きて)』, 勁草書房, 1989.)
27) 자료로 확인을 해보면 1920년부터 1924년까지 음악회는 1920년 7회, 1921년 7회, 1923년 4회, 1924년 4회로 약 22회이고, 강연회는 20년과 21년에 걸쳐 약 7번 정도이다.

선으로 가기 전에 조선에서 음악회를 개최하려고 하는 이유를 다음과
같이 말하고 있다.

> 나는 이번에 조선에 대한 나의 정(情)을 피력하기 위해 하나의 음
> 악회를 당신들에게 드리고자 합니다. 음악회는 5월 초순 경성에서
> 열릴 것입니다. 나는 이것이 당신들에 대한 애정과 존경의 표시가
> 될 것을 바랍니다. 또한 예술에 대한 천부적인 소질을 가지고 있는
> 조선민족에 대한 신뢰의 표시이기도 합니다. 이 민족이 특히 음악에
> 대해 민감한 감정을 가지고 있다는 것을 익히 들어 알고 있습니다.
> 당신들이 이 음악회를 받아들여 줄까요? 나와 나의 부인은 이 음악
> 회를 통해서 당신들과 만나게 될 것을 기다리고 있습니다. 만약 마
> 음과 마음이 통할 수 있다면 얼마나 행복할까요?[28]

이 글은 1920년 4월 아비코(我孫子)에서 쓰여져 같은 해 6월에 『가이
조(改造)』에 실린다. 한국어 번역은 4월 19일, 20일 날짜로 『동아일보』
에 게재된다. 즉 조선에 오기 전에 조선의 미디어를 통해 발표된 이 문
장에는 음악회를 개최하기 전에 그 취지를 조선인들에게 전달하고자
하는 의도가 있었다고 추측할 수 있다. 이러한 음악회의 취지는 조선인
들의 천부적인 예술적 기질을 조선인 자신들에게 알리기 위한 것이기
도 했고, 조선에 대한 자신의 생각을 일본만이 아닌 조선에도 발신하고
자 하는 의도도 있었다고 보인다. 즉 음악회를 통해 "두 개의 나라"가
"내면적"으로 교감할 수 있기를 기대하여 "마음과 마음이 교감할 수
있는" 장소를 음악회로 기획한 것이다. 뿐만 아니라 음악회에는 강연
회가 적극적으로 활용이 되어 야나기의 생각을 조선지식인에게 전달할

---

28) 「조선의 벗에게 드리는 글」, 『가이조(改造)』, 1920년 6월.

수 있게 하였다.

야나기가 조선에서 활동하는데 있어 유력한 조력자였던 『동아일보』
는 이러한 야나기부부의 활동을 적극적으로 소개한다.

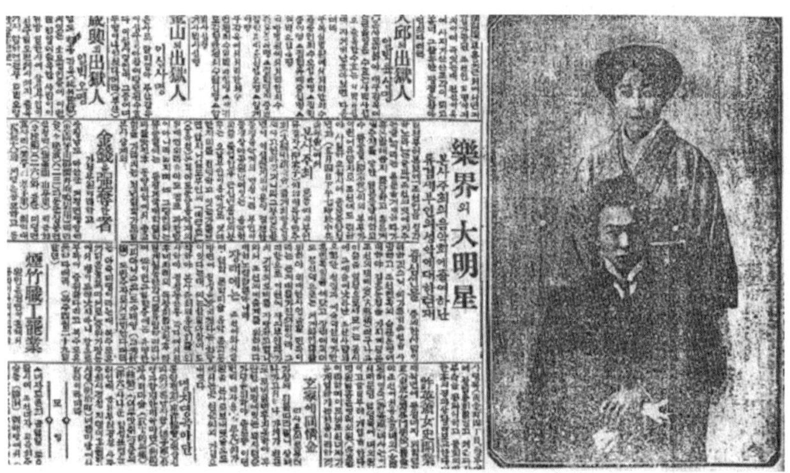

[그림 3] 『동아일보』 1920년 5월 1일 기사

이전에 본지를 통해서 「조선인을 생각한다」와 「조선의 벗에게 드
리는 글」이라는 논문을 써서 게재금지를 당하기도 했던 일본 동양대
학교 교수 야나기 무네요시씨 부부가 조선에 왔다. 그리고 4일 오후
7시에 종로 중앙 청년회관에서 야나기 가네코 부인의 독창회를 본사
주최로 개최하는 것에 대해서는 이미 보도했었다. (중략) 야나기 무
네요시씨는 동경제국대 철학과을 졸업하고 동양대학교에서 종교학
을 가르치고 있는 청년철학자로 일본사상계의 중심인물 중 한명이
다. 씨는 특히 조선을 사랑하고 조선민족의 슬픈 운명에 대한 깊은
동정을 가지고 있다. 그 이유는 조선의 고(古)미술을 사랑하고 그 미
술에서 조선인의 온화한 성질이 나타나며 조선인은 예술적 기질의

천재가 많은 민족인 것을 알기 때문이다. 그리고 장차 정신적인 면
에서는 세계와 인류를 위해 위대한 사업을 이루어낼 민족이라고 기
대하고 있기 때문이다.[29]

이 기사는 1920년 5월 4일 종로에서 처음 음악회가 개최되었을 때,
그것을 주최한 동아일보가 야나기부부를 소개한 것이다. 그러나 이러
한 기사는 음악회의 내용보다는 야나기가 조선의 예술을 찬미하는 내
용을 소개하는 것에 더 많은 비중을 두고 있다. 『동아일보』에서는 이
러한 야나기의 조선예술에 대한 생각을 소개하면서 조선이 "정신적으
로는" 일본과 대등한 위치에 있다는 것을 강조하고 있는 것이 보인다.
즉 야나기가 조선인은 "예술적인 감성"이 뛰어나고 조선의 미술품에
"슬픈 아름다움"이 있다고 한 말을 받아 그것을 '정신'으로 승화시켜
보다 높은 차원의 개념으로 바꾼 것이다. 이렇게 하여 또 다른 기사를
통해 "한이 많은 조선 사람들에게 슬프고 깊은 인상을 줄 것이 분명하
다"[30]고 소개하며 조선민족이 이해하고 공감하기 쉬운 '한'이라는 개
념을 사용하여 조선민족이 놓여 있는 현실 속에서 야나기의 말을 받아
들이고 있는 것이다. 당시 음악회는 민족의 정서를 표출하는 방법으로
이용되고 있었고 『동아일보』는 그런 문맥 속에서 야나기의 활동을 지
지하고 있었던 것으로 볼 수 있다.

음악회는 야나기의 강연회와 병행하여 이루어지는데 조선 지식인을
눈앞에 두고 행해진 강연회는 야나기의 생각을 보다 구체적으로 전할
수 있는 장으로 조선의 청중을 야나기에게 공감할 수 있게 했다. 가네

---

29) 「악계의 대명성」, 『동아일보』, 1920년 5월 1일.
30) 「본사 주최의 야나기 가네코 부인의 독창회」, 『동아일보』, 1921년 5월 24일.

코의 독창회 형식으로 이루어진 음악회는 1920년에 7회, 1921년에 7
회, 1923년에 4회, 1924년에 4회로 1936년까지 32회에 걸쳐 열린다.
그 중에서 1920년 5월부터 〈조선민족미술관〉을 설립하는 1924년 4월
까지 약 4년간은 22회나 있었다. 김희정은 이러한 음악회가 성공한 이
유는 음악회가 일반적으로 가지고 있는 대중성과 가네코의 음악회가 조선
문화 진흥이라고 하는 문화적 사명으로 인식되고 있었기 때문이라고 한
다. 한편 야나기의 공연회장소는 야나기에게 친숙함을 가지게 하고 〈조
선민족미술관〉 설립에 협력하는 조선청년을 육성하기에 효과적인 역
할을 하였다고 논하고 있다.31) 그러나 김희정은 가네코의 음악회와 야
나기의 강연회라고 하는 장이 조선지식인에게 수용된 것에 대해서는
논하고 있어도 왜 이런 야나기부부의 문화사업의 장이 당시 지식인들
에게 특수한 공간이 되고 있었는지에 대해서는 밝히지 않고 있다. 그렇
다면 가네코의 음악회가 야나기의 강연회와 어떤 관계를 가지면서 특
수화 되고 있었을까?

　이미 설명한 것처럼 가네코의 음악회는 야나기의 강연회와 병행해서
이루어졌고 야나기는 그것을 계획할 때부터 『동아일보』의 지면에 조선
인에 대한 연대감을 표명하고 있었다. 그리고 앞에서도 잠깐 언급한 것
처럼 조선에서도 「조선인을 생각한다」와 「조선인의 벗에게 드리는 글」
등을 통해 조선에 오기 전부터 야나기의 존재를 알고 있었다. 그리고 『동
아일보』는 야나기부부가 조선에 오는 것을 대대적으로 보도한다. 또한
이러한 『동아일보』의 기사를 통해 다른 일본인과는 다른 야나기부부가
개최하는 음악회에는 특별한 의미가 부여되었다. 이렇게 야나기 가네

---

31) 김희정, 「조선에서의 야나기 무네요시 수용양상」, 『일본어문학연학』, 한국일본어
　　문학회, 2004년 12월.

코의 음악회는 조선 미디어가 구성한 야나기상과 더불어 구성되고 있었던 것이다. 당연히 가네코 음악회를 소개할 때에는 조선에 전해지는 야나기의 사상과 미적 관점이 큰 테마가 되고 있었다. 야나기의 강연회는 1920년부터 1921년에 걸쳐 10회 이상 개최되는데 그것은 조선의 청년그룹이 주최한 것이 많았다. 야나기가 공연을 하는 내용은 주로 조선과 예술을 테마로 한 것이었는데, 주최자와 청중의 다수는 고등교육을 받은 청년층이었다. 처음에 열린 강연회는 휘문고등학교의 졸업생이 조직한 <문우회>가 주최한 것으로 1920년 5월 3일에 휘문고등학교에서 열렸다. 이 강연회의 자세한 내용을 확인하기는 어렵지만 당시『동아일보』의 기사에는 " 야나기씨는 「사람은 종교와 예술에 의지해서 살아가야한다」라는 테마로 약 한 시간동안 이야기를 하고 이백명 정도의 청중은 그의 강연에 감동하고 강연은 성황리에 끝났다"라고 전하고 있다. 32)이 기사에서 먼저 확인할 수 있는 것은 5월 1일에 조선에 온 야나기 부부가 조선에 도착하자마자 강연회를 개최했다는 사실이다. 강연 내용은 조선예술을 중심으로 하고 있었는데, 야나기부부가 일본에 돌아오기 전날인 1920년 5월 21일에 <경성광남기독교회>에서 개최된 강연회에서는 다음과 같이 말하고 있다.

나는 이번에 일개 개인의 취미로 온 것이 아닙니다. 오히려 예술에 대한 깊은 동경을 가지고 그 독특한 미술품을 만드는 작자의 후예인 여러분들과 만나기 위한 것이 목적이었습니다. 작년이후 많은 비평가가 여러 가지 방면에서 의견을 발표했지만, 그 대다수는 여러분의 진정한 괴로움을 모르며 이해하려고 노력하지도 않고 강 건너 불처

---

32) 「종교와 예술을 의지하라」,『동아일보』, 1920년 5월 16일.

럼 보고 있는 것 같았습니다. 그래서 여러분의 이야기를 듣고 여러분
의 마음에 가까워지려고 하는 것이 조선에 온 큰 목적입니다.[33]

야나기는 조선에 온 목적을 조선의 독자적인 미술품의 제작자인 조
선인과 만나고 그들의 이야기를 듣고 그들의 마음과 어울리기 위해서
라고 한다. 그리고 "평소에도 조선의 미에 대해 마음으로부터 존경하
고" 있으며 "내가 조선에 대해 가지고 있는 감정이 거짓 없는 애(愛)인
것을 알아갈 것이라고 생각한다"고, 조선예술 또는 민족에 대한 존경
과 애의 감정을 표명하고 있다.

선생님의 본의를 충분히 전달할 수 있는 능력이 없는 것을 안타깝
게 생각합니다. 또 선생님의 의미심장하고 절실한 감상을 독자에게
충분히 전달 할 수 없는 것을 대단히 죄송하게 생각합니다. 여러분
이 문자 뒤에 숨어있는 의도를 알아주시기를 간절히 바랍니다. 선생
님과 같은 뜻을 가진 벗을 일본에서 얻을 수 있게 되어 기쁘기 그지
없습니다. 우리들에게 과거의 위대함을 회고하게 해준 것에 대해 더
욱 관심을 가지고 독자 여러분들과 함께 생각해 갈 것을 약속합니
다.[34]

위 기사를 보면 강연을 들은 기자가 얼마나 감동을 하고 있는지 추
측할 수 있다. 기자는 먼저 강연 내용을 제대로 번역하지 못하는 것에
대한 안타까움을 느끼면서 야나기의 의도를 독자들에게 이해시키려고
하고 있다. 그리고 강연을 통해서 조선민족의 "과거의 위대함"을 자각

---

33) 야나기 무네요시, 「조선에 온 감상」, 『서광』, 1920년 9월.
34) 야나기 무네요시, 「조선에 온 감상」, 『서광』, 1920년 9월.

하게 된 것을 통해 강연회장을 특별한 장소로 설명하고 있다. 조선지식인들은 동경제국대학을 졸업하고 당시 일본 동양대학 교수였던 야나기의 강연을 "학자다운 열변"이라고 평가하며 그것을 지적인 측면에서 이해하고 수용하고 있었던 것이다.35) 이렇게 해서 조선의 지식인들은 강연회를 통해 야나기에게 공감하고 가네코의 음악회는 문자 그대로 '공감'하는 장소가 될 수 있는 기반을 형성하고 있었다.

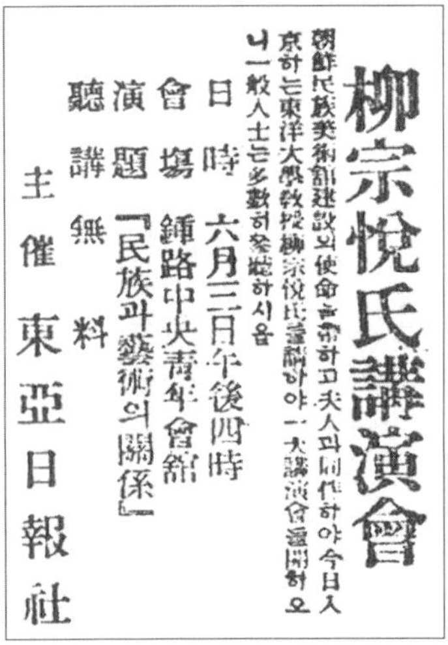

그럼, 조선지식인은 야나기부부의 음악회를 통해 구체적으로 무엇에 공감하고 있었던 것일까? 먼저 확인해 둘 것은 야나기가 조선의 예술을 말할 때 강조한 것이 '선의 미'와 '비애의 미'였다는 것이다. 이것은 야나기 강연회의 중심 내용이기도 하다. 야나기는 음악회를 개최하기 전날인 1921년 6월 3일 「조선기독교청년회관」에서 「조선민족과 예술의 관계」라고 하는 제목으로 강연회를 한다. 그리고 『동아일보』1921년 6월 6일 기사에 강연 내용이 게재된다.

柳宗悅氏講演會

朝鮮民族美術館建設의 使命을 帶하고 夫人과 同伴하야 今日入京하는 東洋大學教授柳宗悅氏를 歡迎하야 一大講演會를 開하오니 一般人士는 多數히 參集하시옵

日時 六月三日午後四時
會場 鍾路中央靑年會舘
演題 「民族과 藝術의 關係」
聽講 無料
主催 東亞日報社

[그림 4] 「조선민족과 예술의 관계」
『동아일보』 1921년 6월 6일

선(線)을 말하자면 선은 유장(悠長)을 의미한다. 끊어질 것 같으면서도 끊어지지 않는 미가 여기에 있다. 그러나 이 선의 미는 조선미술의 특색이다. 원래 조선은 지리상, 역사상, 타민족의 압박을 받아

---

35) 「독창적인 조선예술─야나기 무네요시씨의 학자다운 열변, 3일 본사주최강연의 성황」, 『동아일보』, 1921년 6월 6일.

참담한 상황에 놓인 적이 많았다. 조선인은 이런 역사상의 비애를 영원하고 유장한 선에 맡겨 표현한 것이다. 조선 역사의 빛이 예술에 있는 것처럼 조선민족의 장래도 예술에 있다.[36)]

기사를 보면 야나기가 조선예술의 특징을 '선의 미'로 하고 그것 조선의 과거의 역사적인 경험을 통해 자연스럽게 나타난 것으로 조선의 과거에 찬란한 영광이 있다고 강조하고 있는 것을 알 수 있다. 이러한 내용은 야나기가 조선미술을 언급할 때 사용했던 중요한 테마이고 『동아일보』도 "선의 미" "비애" "역사" "예술"이라고 하는 야나기의 말을 자신의 문맥 속에서 보도하는 것을 통해 야나기에 대한 공감을 구하고 있었다.

음악회도 비슷한 문맥 안에서 보도하고 있었는데, 동아일보의 기사에는 "한이 많은 조선 사람들에게 뜨거운 눈물과 따뜻한 정을 가지고 동정하는 동양대학 교수 야나기 무네요시씨가 조선민족미술관을 위해서 가네코 부인과 조선에 왔다" 라고 조선에 대한 야나기의 감정과 가네코의 목소리가 조선인에게 깊은 인상을 줄 것이라고 소개하고 있다. 가네코 부인의 음악회는 『동아일보』를 통해 한이 많은 조선민족이 정서를 공감하고 공유할 수 있는 장소로서 소개되고 있었던 것이다. 그리고 '정'이라고 하는 말의 선택에서 알 수 있는 것처럼 『동아일보』에서는 야나기의 말을 받아들이고 있었다. 이러한 말은 강연회의 기사에서 본 내용과 비슷한 것이고 이러한 야나기와의 공감이 야나기 가네코 음악회에 대한 흥미를 더욱 높인 것으로 볼 수 있다. 『동아일보』의 기사 내용이 청중을 불러들이는데 얼마나 큰 영향력이 있었는지는 모르지만,

---

36) 「朝鮮民族과 芸術의 關係」, 『동아일보』, 1921년 6월 6일.

단지 이 음악회가 대성황을 이룬 것은 아래의 사진에서도 확인할 수 있다. 이러한 가네코 음악회가 다른 음악회와 차별을 둘 수 있었던 것은 야나기의 말이 강연회와 미디어를 통해 전해지는 것을 통해 조선민족을 이해하는 야나기에게 조선의 청중이 공감하는 것을 가능하게 했기 때문이 아닐까? 이러한 가네코 음악회는 조선예술의 독자성을 인정한 야나기의 강연회와 다른 형태인 또 하나의 강연회의 장소였다고 할 수 있다. 그리고 야나기가 강연회에서 이야기한 내용은 조선미디어의 담론을 통해 가네코의 음악회라고 하는 장소를 다른 음악회와는 차별을 둔 특별한 공간으로 형성하고 있는 것이다.37) 거기에는 음악회라고 하는 장소에서 행해지는 '음악'이라고 하는 것 보다는 야나기의 '말'이 공유되어지고 있다고 할 수 있다. 이렇게 해서 야나기부부는 그들의 활동의 지지자를 얻고 그것이 「조선민족미술관」의 실현이라는 결과로 이어진 것이다.

[그림 5] 1921년 6월 4일에 개최된 야나기 가네코 독창회의 성황을 전하는 기사

---

37) 당시의 음악회에 관련된 기사를 보면 주로 자선음악회 등에 관련된 것이 많고, 야나기 가네코의 음악회처럼 어떤 특정인물을 중심으로 계속해서 선전하고 있는 음악회 별로 없다.

2. 현실과 이상이 교차하는 〈조선민족미술관〉

야나기는 「그의 조선행」[38]을 통해 조선예술에 대한 이해와 애정이 그 만이 가지고 있는 독특한 미의식에 바탕을 둔 것이 아니라는 것, 조선예술의 가치가 세계와 이어지는 보편성을 가지고 있는 것이라는 것을 밝히고 있다. 야나기의 이러한 조선예술에 대한 평가는 무엇보다도 조선지식인들의 관심을 끄는 것이었다. 특히 『동아일보』를 통해 조선인에게 알려지는 〈조선민족미술관〉 설립이라는 계획은 조선민족이 주체가 되는 공간의 실현이라는 기대로 많은 조력자를 얻게 되면서 1924년에 실현된다. 야나기는 1920년 『시라카바』 9월호의 「6월 잡기」에서 〈조선민족미술관〉 설립에 대한 활동을 밝히고 있다. 이 글에는 "예술에 대한 이해가 그 민족을 이해하는 근본적인 길이라는 것과 예술이 나라의 차별을 넘어 우리들을 결합하는 기쁨을 이끌어낼 힘이라고 하는 오래전부터 가지고 있는 신념을 구체화할 결심을 했다"고 언급하고 있다.[39] 그리고 4개월이 지난 1921년 1월에 「조선민족미술관 설립에 대해서」라는 취지문을 써서 『시라카바』에 게재한다.

> 나는 먼저 여기에 민족예술 Folk Art로서 조선의 맛이 우러나는 작품을 수집하려고 한다. 어떠한 의미에 있어서도 나는 이 미술관을 통해 사람들에게 조선의 미를 알리고 싶다. 그리고 조선민족의 정을 눈앞에서 재현하고 싶다. 뿐만 아니라 나는 지금부터 사라지려고 하는 민족예술의 사라지지 않는 지속력과 새로운 활동의 계기가 될 것을 기대한다. (중략) 나는 여러 가지로 생각한 끝에 그 미술관을 동

---

38) 야나기 무네요시, 「그의 조선행(彼の朝鮮行」, 『가이조(改造)』, 1920년 10월호.
39) 야나기 무네요시, 「6월잡기(6月雜記)」, 『시라카바(白樺)』, 1920년 9월.

경이 아닌 경성의 땅에 세우려고 한다. 특히 그 민족과 자연과 밀접
한 관계를 가지고 있는 조선의 작품은 조선사람들 사이에 영구히 보
존되어야 한다고 생각한다. (중략) 또한 내가 희망하는 것은 이 미술
관을 차갑고 운치가 없는 진열관처럼 하고자 하는 것은 아니다. 나
는 충분한 고려를 통해 그 방의 배치와 빛의 위치에도 조선의 미에
손색이 없도록 하고자 한다. 사람들이 그곳을 생각하고 느끼기 위해
서 가는 것이 아니라 친숙해지기 위해서 가도록 하고 싶다.40)

이 글에서 보이는 것처럼 야나기는 자신이 인정하는 조선고유의 미
를 널리 알리고자 하는 의욕을 나타내고 있다. 물론 야나기가 취지문에
쓰고 있는 것과 같은 조선에 대한 친화와 공감의 표명이 동화주의를
표방하는 제국주의적 문맥에 회수될 가능성이 있다는 것도 주의해야
한다. 하지만 야나기는 '정'과 '애'라고 하는 대상을 향한 심퍼시를 가
지고 조선민족예술의 독자성과 보편성을 사람들에게 인정하게 하려고
한 것도 부정할 수 없다. 거기에는 내셔널리즘이 고양하는 시대와는 부
합하지 못하는 시라카바파로서의 이상이 있고, 또한 야나기의 한계라는
것이 나타난다. 왜냐하면 시라카바파가 구상했던 「시라카바미술관」41)은
구상으로 끝나면서 이상적인 형태로 '애' 가 보유되었지만, <조선민족
미술관>은 실현됨과 동시에 현실적인 이데올로기를 내포하면서 '애'

---

40) 야나기 무네요시, 「조선민족미술관 설립에 대해서(朝鮮民族美術館の設立について)」,
　　『시라카바(白樺)』, 1921년 1월.

41) 사라카바파는 1917년부터 그 들의 예술에 대한 인식을 구체화할 수 있는 공간으
　　로 애를 느낄 수 있는 미술관인 시라카바미술관을 구상했다. 시라카바 미술관 계
　　획은 시라카바 창간 10년을 기념하는 일로 기획되어 시라카바를 통해 소개되었
　　다. 그리고 자금을 모으기 위해 음악회와 강연회도 열었다. 당시는 아직 개인 콜
　　렉션을 공개하는 시설이 없었고 따라서 이러한 시라카바 미술관설립 활동은 많
　　은 관심을 끌었다. 그러나 결국 충분한 자금이 모이지 않아 1921년에 시라카바
　　미술관설립은 중단된다. (후쿠자와 나리미 앞의 논문)

의 파탄이 일어나게 되었기 때문이다. 그렇다면 〈조선민족미술관〉은 어떠한 담론 속에서 실현된 것일까?

〈문화정치〉라고 하는 식민정책을 배경으로 한 조선미술계의 상황을 대략적으로 살펴보면 1920년경 조선에서는 미술을 포함한 여러 가지 분야에서 오래된 사상을 버리고 서양의 새로운 사상을 수용하는 것을 통해 식민지 조선사회를 개조하려고 하는 기운이 고양되고 있었다. 미술가를 지망하는 청년들은 기회가 있으면 일본으로의 유학을 시도하고 서양지상주의적인 입장에서 진보를 꿈꾸는 문화운동가들은 서양근대적인 미술이야말로 문명의 진보에 맞는 높은 정신을 가진 표현이라고 생각했다. 그리고 아직 서양미술에 대한 인식이 희박했던 대중은 무지하고 비문명적이라고 비판하는 경향도 있어 전통폐기론과 조선비하론에 빠져 있었다. 그러한 상황이 1923년경이 되면 단지 전통문화를 비판하면서 서양의 근대문화를 수용하는 것이 아닌 쇠퇴하는 조선미술을 다시 세우려고 하는 움직임이 나타난다. 특히 1923년부터 1924년 사이의 조선미술계에서는 미술에 대한 인식을 넓히기 위해서 전람회와 교육운동이 활발하게 일어난다.42) 그 중에서도 1921년에 창립전을 개최한 〈서화협회미술전람회〉와 1922년에 창설된 〈조선미술전람회〉는 식민지기의 대표적인 공모전이었다. 강동진(姜東鎭)은 이러한 문화정치기에 행해진 미술전람회는 입선작품 심사와 입선자의 표창에도 민족차별주의가 관철되어 있어 조선인의 민족적 감정을 자극하는 것이라고 한다.43) 그 중에서도 조선지식인이 주최가 되어 1921년 3월에 열린 〈라

---

42) 최열, 『한국근대미술의 역사』, 열화당, 1998, 146쪽.
43) 강동진(姜東鎭), 『일본의 조선지배정책사 연구－1920년대를 중심으로(日本の殖民
　　支配政策史研究－1920年代を中心に)』, 東京大學出版會, 1979, 46쪽.

혜석의 개인 서양전람회>와 4월 <서화협회전람회>, 그리고 특히 1921년 12월 4일과 5일에 야나기 주도하에 경성에서 열린 <서양미술전람회>는 일반사회에 미술사상을 보급하기 위해 중요한 의미를 가지고 있는 전람회였다.

> 이제 一年을 다 보내는 이때를 當하야 過去 一年間에 우리藝術界는 어떠케 우리를 속엿스며 또 어떠케 우리가 속혀왓는가. 적어도 記者는 懇切히 바라는 그 마음으로 昨年보다 今年은 반듯이 一大進步가 잇슬줄 알앗고 놉흔 向上이 보일줄 알앗스나 畢竟 그것도 한갓 속음에 지나고 말앗다. 勿論文運이 넉넉지 못한 우리이 社會에 잇서서는 이러한 現狀이 常態일지는 모르겟스나 바라는바에 넘우도 섭섭한 일이만타. 모든 文藝方面이나 藝術方面으로 보아 記者의 腦裏에 記憶되어 잇는 것으로 지나는 말이나마 말할거리에 드는 것을 거두어 보면 美術界로는 羅蕙錫女史의 洋畵展覽會가 今年初에 京城日報社 樓上에 開催되엇고 그 뒤를 이어 봄에 書畵美術協會의 書畵展覽會가 中央學校校舍에 開催된 것이 잇섯다. 이두 展覽會에 바라는 바 두터운 향응은 업섯슬지라도 우리이 현사회의 未備한 거긔에 對하여서는 자못 조흔 消息이라고 하지 안을수가 업섯다.

이러한 조선예술계의 동향과 더불어 1920년경부터 시작된 야나기의 문화사업은 쇠퇴해가는 조선예술계의 활동을 자극하는 것으로 받아들여지고 있었던 것이다. 무엇보다도 야나기가 주도해서 1922년 조선귀족회관에서 열린 이조도자기 전람회는, 조선에서 처음으로 이조도자기가 예술품으로 전시되었던 것으로 중요한 의미를 가지면 또한 이러한 전람회가 <조선민족미술관> 설립계획과 직접적으로 연결되는 구체적인 활동이었던 것이다. 앞에서 언급한 것과 같이 조선지식인은 야나기

가 주최하는 전람회를 청년남녀들의 정신교육에 큰 영향44)을 줄 수 있
는 반면 〈문화정책〉적인 공간이 될 가능성을 내포하고 있는 것으로
보고 있었다.

[그림 6] 1921년 4월 1일부터 3일까지 개최된 서화협회전람회 기사

[그림 7] 1921년 12월 4일에 개최된 서구명화복제전람회 기사

특히 이조도자기 전람회는 『동아일보』, 『매일신보』 그리고 『동명』에

---

44) 졸고, 「시라카바와 민예사이의 조선의 위상」, 『일본학보』 제79집 참조.

서도 주목하고 있었는데, 『동아일보』에서는 이 전람회를 조선지식인 자신의 주체성을 자각시키는 문화운동의 일환으로 보고 민족계몽운동의 논리와 연관시키고 이었다.45) 한편 어용신문인 『매일신보』에서는 조선의 도자기를 예술품으로서 평가하는 전람회가 조선민족의 사상을 일본제국의 틀에 맞는 형태로 감화할 수 있는 좋은 방법이라고 보도하고 있다.46) 이렇게 이념을 달리하고 있는 두 개의 미디어가 야나기의 <서양명화복제 전람회>를 언급할 때는 오래된 사상을 개선하는 교육의 장이라는 관점을 가지고 비슷한 의견을 논하고 있다는 것은 흥미로운 부분이다. 그에 반해 <이조도자기전람회>는 민족신문인 『동아일보』와 어용신문인 『매일신보』의 의도가 명확하게 나타나고 있는 것이다. 그러나 이러한 갈등 속에서 잡다한 것을 미술품으로 또는 조선의 민족미술로서 인식해 가고 있었다.

그러한 과정 속에서 <조선민족미술관>은 많은 사람들의 지지를 얻어 실현되는데, 그러나 <조선민족미술관>은 야나기라는 일본인이 주체가 되는 이상 필연적으로 일본이 주체가 되는 지배논리, 또는 식민주의와 제국주의가 침투하는 논리에 빠지기 쉬운 부분도 내포되어있다. 그러나 단순히 야나기의 <조선민족미술관>에 관한 담론이 제국의지배의 논리에 부합한다고는 할 수 없다. 조선과 일본민족의 대등한 관계를 주장하고 각각의 국가와 민족의 독립성을 선언한 야나기의 의도와 제국일본이 식민지정책을 가지고 지배와 관리를 하려고 하는 정치적인 힘은 시대와 병행하는 형태로 모순과 갈등도 낳고 있었다. 어쨌든

---

45) 「이조도자기전람회」, 『동아일보』, 1922년 9월 26일.
46) 「역사적이고 기교적인 진열을 한 이조도자기전람회」, 『매일신보』, 1922년 10월 6일.

1924년에 설립된 〈조
선민족미술관〉은 거기
에 수장된 조선의 미가
일본인인 야나기에게
있어서는 타자의 미술
이었기 때문에 보다 복
잡한 정치적인 문제를
안고 있다. 즉 〈조선민

[그림 8] 1924년, 조선민족미술관전시실

족미술관〉은 미와 이데올로기가 뒤엉켜 때로는 주체가 교차하고 있어
야나기 무네요시, 조선의 지식인(특히 민족계의 미디어), 총독부가 그들
의 의도와 주장을 내포하면서 담론을 생산하는 것만이 아니라 그러한
담론들이 뒤엉키기도 하고 통합되기도 하였다. 이러한 문제를 내포하면
서도 〈조선민족미술관〉은 1924년에 실현된다. 이것은 야나기의 이상
의 실현이기도 하면서 한편으로는 제국의 논리를 내포하는 박물관으로
서의 기능도 병행하고 있었기 때문에 이미 순수한 야나기 개인의 이상
을 투영하는 장소가 될 수는 없었던 것이다.

　현재의 시점으로 볼 때 조선에 있어서의 야나기의 활동은 당시 〈문
화정치〉라고 하는 식민지정책과 무관하다고는 할 수 없는 부분도 있
다. 특히 당시 조선총독부였던 사이토 마코토와의 관계는 종종 비판이
되기도 한다. 왜냐하면 야나기가 미술관건물로 경복궁의 관풍루와 위
경전을 총독부로부터 빌린 것이나 〈이조도자기전람회〉와 〈조선민족
미술관〉을 개설할 때 사이토 마코토가 방문한 것뿐만 아니라 기부까
지 받았다는 것이 사실로 남아있기 때문이다. 이러한 총독부의 조력이
없었다면 재정에 관한 것 등 현실적인 문제에 부딪혀 〈조선민족미술

관>의 실현은 불가능 했을지도 모른다. 따라서 야나기의 활동을 총독 부와 공모한 <문화정치>의 일환으로 보고 비판하는 논자도 있다.

그러나 한영대(韓永大)는 이러한 비판에 대해 야나기가 활동했던 당시 의 혹독한 시대환경에 주의하면서 이러한 비판은 역사를 무시한 체제 측의 입장만을 고수하기 위한 논리라고 주장하고 있다.47) 확실히 한영 대의 주장은 야나기의 어떤 특정한 면만을 도려내서 비판하는 논의에 대해 야나기라고 하는 인물의 성질에 주목해서 개인의 활동을 시대와 의 관계 속에서 재해석 하려고 하는 것이고, 보다 객관적인 해석에 가 깝기 때문에 평가할 만한 부분이 크다. 그러나 <조선민족미술관>은 그 실현과 더불어 현실 속에서 야나기의 이상을 뛰어넘어버린 사실도 인정해야한다.

야나기가 <조선민족미술관> 설립에 있어서 총독부의 강한 요청에 도 불구하고 '민족' 이라는 두 글자를 지켜온 것은 잘 알려져 있는 사 실이다. 야나기에게 있어 민족이라는 것은 미의 고유성을 나타내는 것 과 동시에 보편성으로 이어지는 것이었기 때문이다. 즉 '조선' '민족' '미술관'은 그 하나하나가 조화를 이루는 것이어야지만 보편이라고 하 는 야나기의 주장이 관철되어질 수 있는 명칭이 될 수 있었던 것이다. 거기에는 '조선'이라는 개인을 인정하고 민족이라는 보편적인 개념으 로 조선을 정당하게 위치 지으며 '미술'이라는 국경을 초월하여 서로 를 이해하고 심퍼시를 가지는 것이 가능한 세계가 실현된다고 하는 야 나기의 기대가 포함되어있다. 이렇게 해서 '고유성'이 '보편성'으로 이 어진다고 하는 야나기의 이상은 실현되었다. 또한 거기에는 동서가 조

---

47) 한영대(韓永大), 『야나기 무네요시와 조선－자유와 예술에의 헌신(柳宗悅と朝鮮－ 自由と芸術への獻身)』, 明石書店, 2008, 240쪽.

화를 이루는 보편의 완성이라는 논리도 포함되어 있으며 정치성을 초월하는 보편성의 실천과 실현이기도 하다.

그러나 일단 야나기의 의도와는 별개로 〈조선민족미술관〉이라고 하는 공간을 보면, 이러한 전시공간은 조선의 미술을 보는 것으로 구체화하는 것을 통해 조선의 이조 도자기를 미술품으로 인식하게 하는 역할은 하지만 거기에는 조선의 역사를 재편해 온 식민지주의의 지배의 논리가 작용하고 있는 것도 부정하지 못한다. 즉 「조선미족미술관」에는 야나기의 이상과 식민지적인 현실이 교차하고 있는 것이다. 그리고 당시 조선의 지식인은 야나기의 이상에 공감하고 그의 활동에 관계되면서 그 활동을 통해서 자신들의 독자적인 문제의식을 기르고 자신들의 방법으로 주체형성을 모색하고 있었던 것이다.

야나기의 활동을 둘러싼 조선미디어의 담론에는 조선의 현실을 이상으로 올리려고 하는 야나기에는 보이지 않았던 식민지적 현실이 밝혀지고 있었다. 야나기가 '애'와 '정'을 피력하면서 피식민지인 조선에서 행한 활동에는 야나기가 이상적으로 생각하는 조선과 일본과의 관계가 있었다. 야나기는 그 이상이 실현 될 가능성을 믿고 그러한 신념을 가지고 조선문화활동을 한 것이다. 거기에는 조선민족의 고유성을 인정하는 조선에 대한 야나기의 일관된 생각이 있었다. 그러나 1920년대를 살고 있는 조선인에게 있어서는 야나기의 생각을 그대로 받아들일 수 있는 상황이 아니었다. 조선인은 매일 식민지라고 하는 현실과 부딪혀야했고 당연히 피식민지로서 놓여진 현실에서 눈을 돌릴 수는 없었다. 따라서 야나기가 조선에 호의를 가지고 조선을 위해서 〈조선민족미술관〉 설립에 힘을 다한다 해도 조선의 지식인들은 그 배후에 있는 총독부의 지배력에 대항하면서 야나기를 보고 있었던 것이다. 즉 조선 지식인들에게는 야나기에게는 보이지 않는 또는 보려고 하지 않았던 식민지의 현실을 응시하면서 미디어의 활동을 통해 그들의 생각을 전하고 있었던 것이다.

이러한 야나기의 문화사업의 장(場)은 일본인인 야나기를 수용하고 비판하면서 '우리'라고 하는 주체를 자각해가는 조선지식인들의 갈등의 장이기도 했다. 그리고 이러한 조선지식인의 갈등에는 야나기의 이상과는 다른 식민지라고 하는 현실이 내포하고 있는 여러 가지 문제가 드러나고 있었다.

V. 나오며

조선에서 행해진 야나기의 문화활동은 시라카바파의 활동 중에 키워진 예술적 소양에서 형성된 것이다. 거기에는 서양과 대등하게 위치 지어지는 동양의 발견, 그리고 서양과 동양이 조화를 이루는 것을 통해 완전한 보편이 실현되는 것을 생각한 야나기가 있었다. 야나기는 시라카바적인 감성으로 조선의 미를 '애(愛)'라고 하는 보편성을 가지고 이해하려고 했고 이러한 '조선미'의 해석은 기존의 미술사에서 나타나는 가치의 차별을 없애는 것이기도 했다.

<문화정치>와 병행하여 이루어지는 야나기의 '조선미'의 발견과 조선문화활동은 다이쇼시대의 <문화주의>가 가진 서양중심주의를 초극하려고 하는 것이었다. 그리고 그것은 조선과의 관계 속에서 일본을 상대화시키는 것이기도 했다. 특히, 이러한 문화활동의 결실인 <조선민족미술관>은 '애'와 '정'을 강조하는 시라카바적 이상의 실현이긴 하

지만 현실은 야나기의 의도와는 관계없이 당시의 정치적 시류(時流)와 부합했기 때문에 가능했던 것이다. 현실과 맞물려있었기 때문에 관심을 모을 수 있었고 실현가능했던 〈조선민족미술관〉은 필연적으로 지배자와 피지배자의 문맥 속에서 그들의 이념에 부합하도록 해석되고 이용되고 있었다. 따라서 우리들은 서로 다른 입장과 이데올로기의 뒤엉킴 속에서 〈조선민족미술관〉이 설립되고, 몇 번이나 정치적 문화적으로 이용되고 전용되어 온 다면성이 있다는 것을 인식해야한다. 그리고 그러한 다면성이야말로 〈조선민족미술관〉이 존재해 온 증거인 것에 주의해야한다.

티베트 영화에 대한 소고(小考)
―〈티베트에서의 7년〉을 중심으로―

박 성 혜

Ⅰ. 들어가는 말 : 영화를 통한 티베트 이해의 문제제기

영화는 누구나 쉽게 즐겨 볼 수 있다는 대중적이면서도 오락적인 특성으로 인해, 미지의 문화권으로 들어가는 가장 빠르고도 간편한 길이다. 영화의 주요 기능은 관객들에게 현실을 재현시켜 주는 것이기 때문에, 관객들은 그 가운데 제작―배급―상영 과정이라는 복잡한 과정이 내재되어 있음을 알고 있으면서도, 영상으로 재현된 일부분을 마치 그 문화권의 '온전한 진실'로 착각하곤 한다. 특히 티베트처럼 1900년대 초까지 지도의 공백지대였던 곳, 오늘날에도 선뜻 발걸음을 향하기 어려운 지역일수록 더욱 그러하다.

티베트에 대한 연구를 해오면서 발견한 흥미로운 현상은 바로 매우 상반되면서도 극단적인 두 가지 인식이 공존한다는 것이었다. 하나는 기독교적 입장에서 바라보는 미신에 사로잡힌 '악마의 이미지'이고, 다른 하나는 인류의 마지막 희망이나 낙원으로서의 '천사의 이미지'이다.

특히 할리우드 영화에 막강한 영향력을 행사하고 있는 '긍정적 오리엔
탈리즘'은 서구뿐만 아니라, 우리가 티베트를 보는 프리즘이 된지 오래
다.[1] 복합성을 무시해버리는 타자에 대한 일차원적인 이해, 이 또한 일
종의 폭력이라는 생각이 본고의 출발점이다. 티베트에 대한 단일화·
획일화된 이미지가 자리잡게 된 원인으로는 무엇보다도 파급력이 큰
미디어의 책임이 크다. 이에 본고는 그 중에서도 가장 대중들이 손쉽게
접할 수 있으면서도 파급력이 큰 <티베트에서의 7년>이라는 영화를
중심으로, 감상 방법의 한 예를 제시하고자 한다.

II. 문제점

1. 현황 및 접근성 문제

'영화는 티베트를 가장 쉽게 알 수 있는 창문'이라고 앞서 언급했지
만, 사실 한국에서 티베트 영화들을 극장에서 만나기란 직접 가는 것만
큼 쉽지 않다. 우선 아직까지 한국에서 제작된 본격적인 티베트 관련
영화는 없으며,[2] 모두가 해외에서 제작된 것이다. 영화라는 것이 예술

---

1) 박노자, 『우리가 몰랐던 동아시아』, 한겨레출판사, 2007, 383쪽.
2) 이는 티베트 영화의 범주를 '전적으로 티베트를 중심 소재로 다루고 있는 영화'
   라고 설정했을 경우에 해당된다.(주석1번 참고) 티베트 관련 다큐멘터리는 2000
   년대 이후 <티벳대탐사>(2003), <소금계곡의 마지막 마방>(2005), <아시아의
   오지, 중국 극서부 2만km를 가다>(2006), <1400년 전의 혼례길 당번고도를 가
   다>(2006), <차마고도 1000일의 기록, 캄>(2007), <차마고도 5000km를 가
   다>(2007), <인사이트 아시아 : 차마고도>(2007), <차마고도 다이어리>(2007),
   <사향지로>(2008), <영혼의 땅, 티베트>(2008), <환생불을 찾아서>(2008) 등
   국내에서 꾸준히 제작되고 있다.

인 동시에 손익분기점을 따지는 하나의 산업인 이상, 흥행성이 의심되는 영화는 절대로 제작되거나 수입되지 않는다는 사실 가운데, 환경자체가 이미 티베트에 대한 균형감 있는 이해를 허락하지 않음을 알 수 있다. 이로 인해 티베트에 대한 대다수 사람들의 인식이 단순화되었고, 그릇된 고정관념이나 편견이 생겨난 것은 당연한 결과이다.

그럼에도 불구하고, 한 편의 영화 안에는 역사와 사회, 그리고 그와 유기적으로 얽힌 문화 양상에 대한 구체적인 흔적이 드러나 있기 때문에, 영화 속에 숨겨진 코드를 찾아 그 문화를 이해하는 것은 여전히 의미 있는 작업이라 하겠다. 그렇다면 우선 국내에서 접할 수 있는 티베트 영화로는 어떤 것들이 있을까? 극장에서 상영되었거나 DVD, 또는 각종 영화제를 통해 국내에서 접할 수 있는 티베트 영화들을 정리하면 다음과 같다.

[표 1] 티베트 영화 현황

할리우드의 티베트 영화	Frank Capra <잃어버린 지평선(*Lost Horizon*, 1937)> Bernardo Bertolucci <리틀 부다(*Little Buddha*, 1993)> Jean-Jacques Annaud <티베트에서의 7년(*Seven Years in Tibet*, 1997)> Martin Scorsese <쿤둔(*Kundun*, 1997>
중국의 티베트 영화	李俊 <농노(農奴, 1963)> 馮小寧 <홍하곡(紅河谷, 1997)> 陳沖 <슈슈(天浴, 1998)> 謝飛 <티베트의 노래(益西卓瑪, 2000)> 陸川 <커커시리(可可西里, 2004)> 萬瑪才旦 <고요한 마니석 / 성스러운 돌 靜靜的嘛呢石, 2005)> 萬瑪才旦 <쿤덴을 찾아서(尋找智美更登, 2009)>

기타 지역의 티베트 영화	Khyentse Norbu[부탄] <컵(*The Cup*, 1999)> Eric Valli[영국], <히말라야 : 지도자의 어린 시절(*Himalaya : L'Enfance D'Un Chef / Caravan*, 1999> Pan Nalin[인도] <삼사라(*Samsara*, 2001)> Khyentse Norbu[부탄] <나그네와 마술사(*Travellers & Magicians*, 2002)> Ritu Sarin[인도] <꿈꾸는 라싸(*Dreaming Lhasa*, 2005)> Neten Chokling[부탄] <밀라레파(*Milarepa*, 2006)> －다큐멘터리 영화 Clemens Kuby[독일] "불교 3부작(Buddhism Trilogy)" <옛 라다크(*Das Alte Ladakh*, 1986)>, <살아있는 부처(*Living Buddha*, 1994), <티베트의 저항정신(*Tibet : widerstand des geistes*, 1989) Paul Wagner[독일] <바람의 말(*Windhorse*, 1998)> Rasmus Dinesen & Arnold Krolgaard(덴마크) <금지된 축구단(*The Forbidden Team*, 2003)> Vitali Mansky[러시아] <달라이라마의 위대한 하루 : 선라이즈 선셋(*Sunrise Sunset Dalai Lama 14*, 2008)> Makota Sasa[일본/미국] <티베트의 불꽃(*Fire Under the Snow*, 2008)>

표 안에 제시된 영화들 가운데 직접 극장 및 영화제에서 또는 정품 DVD를 통해 감상한 것이 몇 편이나 되는가? 이것이 한국 내 소개된 티베트 영화의 현주소이다. 1차적인 어려움은 우선 접근부터가 용이하지 않다는 것이다.

서구에서 제작된 티베트 영화는 그나마 양호한 편이다. 특히 전 세계 영화 시장을 석권하는 할리우드에서 제작된 티베트 영화들은 그 배급력 만큼이나 우리의 인식에 절대적인 영향력을 미치고 있다. 프랭크 카프라(Frank Capra, 1897~1991)의 <잃어버린 지평선>에서 시작된 '티베트 찬양'은 장 자크 아노(Jean Jacques Annaud, 1943~)의 <티베트에서의 7년>과 마틴 스콜세지(Martin Scorsese, 1942~)의 <쿤둔>에 이르러 만개하면서, 할리우드 내 티베트 불교 침투도를 가장 확실하게 보여주고 있

다.3) 또한 베르나르도 베르톨루치
(Bernardo Bertolucci, 1941~)의 '오리
엔탈 3부작' 중 하나인 <리틀 부
다> 역시 거장과 명배우의 만남으
로 주목받았는데, 그 맥락은 앞의
작품들과 같다.4) 이밖에 직접적으
로 티베트를 다루지는 않았지만,
주의 깊게 살펴보면 할리우드 영
화 가운데 티베트의 잔재를 찾아
볼 수 있는 작품들도 상당수 있
다.5) 최근의 할리우드 블록버스터
로는 '인류 멸망'을 소재로 한
<2012>를 예로 들 수 있는데,6)

[그림 1] 영화 〈2012〉 포스터 中
티베트 승려

중국의 티베트 지배를 인정하여 많은 비난을 받기도 했지만, 세계의 지

---

3) 이시하마 유미코 편저, 김한웅 역, 『티베트, 달라이라마의 나라』, 이산, 2007, 263쪽.

4) <골든 차일드(The Golden Child, 1986)>, <방탄승(Bulletproof Monk, 2003)>,
   <미이라3 : 황제의 무덤(The Mummy : Tomb of the Dragon Emperor, 2008)>과
   같이 과장된 표현으로 티베트에 대해 오해를 불러일으키는 영화들은 여기에서는
   논외하도록 한다.

5) 예를 들어 <인디펜던스 데이(Independence Day, 1986)> 가운데 미국 대통령의
   책상 위에 달라이라마와 함께 찍은 사진이 장식되어 있는 것, <버티칼 리미트
   (Vertical Limit, 2000)>에서 진언(眞言, Mantra) '옴 마니 밧메 훔'을 외우는 것 등,
   자세히 살펴보면 제작자가 티베트 지지자라는 것을 드러내는 작품이 적지 않다.
   이시하마 유미코, 앞의 책, 266쪽.

6) 영화진흥위원회 통계에 따르면, <2012, 2009>는 11월 비수기에 개봉했음에도
   불구하고 외국 영화 흥행작 2위, 전체 흥행작 4위, 국내 관객수 530만이라는 흥
   행 성적을 올렸다.(http://www.kofic.or.kr/「2009년 한국 영화산업 결산」) 통계조차
   나와 있지 않은 다른 영화들과 비교해볼 때, 일반 관객들의 인식에 미치는 영향
   력을 충분히 짐작하고도 남는다.

붕이자 인류의 마지막 생존 공간으로서의 티베트를 다시 한 번 상기시
킨 바 있다. 이 가운데 '오리엔탈리즘 논쟁'을 불러일으키면서, 티베트
에 관심 있는 사람이라면 누구나 한번쯤은 보았을 <티베트서의 7년>
에 대해서는 다음 장에서 좀 더 자세히 살펴보도록 한다.

중국 내 티베트 영화는 주지하다시피 검열문제로 인해 자유롭지 못
하다.[7] '티베트'라는 화두에 대한 중국 정부의 공식적인 입장을 보여주
는 리쥔(李俊, 1922~)의 <농노>는 1951년 서장해방(西藏解放) 및 1959년
라싸 진압의 정당성을 피력하고 있으며, 펑샤오닝(馮小寧, 1954~)의
<홍하곡>은 중국을 티베트 침략자로 매도한 비슷한 시기에 제작된 할
리우드 영화들―<티베트에서의 7년>과 <쿤둔>―에 대해, 영국을 대
표로 하는 서구인들이야말로 제국주의 침략자였다고 반박하고 있다.
이후에 만들어진 중국 내 티베트 관련 영화들은 최대한 정치색을 배제
한 채, 당국의 심기를 건드리지 않는 선에서 제작 및 소개되고 있다.[8]
'중국 영화는 촌스럽고 재미없다'는 인식으로 인해 국내에 수입되는 중
국 영화의 숫자부터 많지 않은 현실 가운데,[9] 그 중에서도 티베트 영
화를 만나기란 쉽지 않다. 그나마 국제 영화제에서의 수상경력을 자랑
하는 루촨(陸川, 1970~)의 <커커시리>와 뻬마체덴(萬瑪才旦, 1969~)의

---

7) 廣電總局의 검열 가운데 '애국심'과 '민족주의'는 중요한 기준이 된다. "중국 영화
   의 미래에 관한 문제는 검열에 있다." http://cinema.chosun.com/site/data/html_dir/
   2000/12/16/20001216000034.html 「검열 귀신 사라져야 중국 영화 발전한다」 강
   문(姜文), 시네마 조선과의 인터뷰 중.
8) 당국의 철저한 통제 속에서도 티베트 문제를 다룬 정치적인 영화들이 끊임없이
   제작되고 있으나, 이는 '국가전복죄'에 해당한다. http://news.kbs.co.kr/world/2010/
   01/08/2024613.html 「中, 티베트 영화 제작자에 징역형 선고」 KBS 2010년 1월 8
   일자 뉴스.
9) 「중화권 영화 국내에서 맥 못추는 까닭」, 『연합뉴스』, 2007년 3월 5일.

<고요한 마니석>은 주한 중국문화원의 홍보용 영상물로 쓰이는데,[10] 곧 중화민족의 다양함을 선전하기 위한 도구로 중국정부에서 두 편의 영화를 적극 지지하고 있음을 뜻한다.

기타 지역의 영화들은 1959년 이후 세계 각지로 전파된 티베트 불교가 근대성에 회의를 느낀 서구인들에게 영향을 준 현상과 맞물린다. 티베트 불교에 대한 존경심에서 시작된 이들의 관심은 티베트 지원으로까지 이어지고 있는데, '다큐멘터리 영화'라 하더라도 그 속에는 기본적으로 많든 적든 티베트에 대한 연민이 큰 부분을 차지하고 있음을 간과해서는 안 된다. 이 가운데 부탄의 티베트 영화는 같은 티베트 문화권 내의 전설, 민담, 종교 성자 등 공유되는 소재들을 다루고 있지만, 중국을 의식해서인지 이웃나라의 정치적인 문제에 대해서는 별다른 언급이 없다는 점이 아쉽다.

마지막으로 투박한 영상의 다큐멘터리 영화들은 다양한 국가에서 제작되면서 관찰자의 입장에서 티베트를 보다 직접적으로 보여준다. 주로 중국 내 티베트인의 인권, 중국의 티베트 지역 자연 파괴, 티베트 독립과 주권, 달라이라마 등 중국정부에서 예민하게 생각하는 부분들을 다루고 있기 때문에, 국제적인 이해관계상 할리우드 영화처럼 손쉽게 접할 수는 없다. 그러나 오락성보다는 설득과 계몽을 강조하여 딱딱하다는 다큐멘터리 영화의 단점에도 불구하고, 약간의 관심을 기울이면 충분히 찾아보고 감상할 수 있다. 표에 언급된 작품들 이외에도,

---

10) 중국 6세대의 대표주자인 루촨 감독의 <커커시리>는 2004년 대만 금마장 영화제 '최우수작품상'과 도쿄 국제영화제 '심사위원 특별상'을 수상했으며, 2004년 『디스커버리』가 선정하는 신인 감독 중 한 명으로 뽑힌 뻬마체텐 감독의 <고요한 마니석>은 2004년 한국의 아시아나 국제 단편영화제(Asiana International Short Film Festival : AISFF)에서 '심사위원 특별상'을 수상했다.

2010년 3월 13~14일에 열렸던 제1회 프리 티베트 영화제[11]는 보다 다채로운 티베트 관련 다큐멘터리 영화를 만날 수 있었던 기회였다.

이상에서 살펴본 것처럼, 티베트 영화는 서구, 중국, 기타 지역에서 제작되었으며, 일부 몇몇 작품들을 제외하고는 쉽게 감상할 수 없음을 알 수 있다. 무엇보다 아쉬운 것은 티베트 영화를 제작한 감독들이 모두 외부인이며, 아직까지 티베트인 스스로 자신들의 다양한 경험과 견해를 자유롭게 충분히 반영한 영화가 없다는 것이다.

2. 대사 및 자막 문제

소리 없이 지나가는 소수의 극장개봉, 영화제, DVD(amazon이나 alibris 등을 통한 구매), 심지어 인터넷에 떠도는 동영상을 통해 어렵사리 티베트 영화를 보게 되었다고 치더라도, 이어서 겪게 되는 2차적인 난관은 바로 '언어의 장벽'이다. 티베트 영화의 대사 및 자막은 다음의 몇 가지 상황으로 나눌 수 있다.

---

11) 2010년 3월 14일~15일 랑쩬에서 주최한 제1회 프리 티베트 영화제 「티베트, 낯설은 진실」에서의 상영작은 다음과 같다. <티베트, 자유를 향한 외침(Tibet's Cry for Freedom)>, <행진(The return march to Tibet)>, <왜곡된 선전(Distorted Propaganda)>, <녹아내리는 티베트(Meltdown in Tibet)>, <오픈 로드(The open road)>, <아시에무트(Asiemut)>, <환생을 찾아서(Un mistaken Child)>, <꿈꾸는 라싸(Dreaming Lhasa)>, <금지된 축구단(The forbidden team)>, <모모 이야기(History of Momo)>, <기도에 답하다(Prayers answered)>, <두려움, 그 너머(Jigdrel : Leaving fear behind)>, <나는 페마(I am Pema)>, <망명지의 예술(Art in exile)>, <빛나는 영혼(Shining spirit)>, <담녜 : 류트(Dramgyem : The lute)>, <티베트의 비극(Eclipsed : The tragedy of Tibet)>, <두 가족(Spot the difference)> http://www.freetibet.or.kr/

① 영어 대사
② 영어+티베트어 대사 [티베트어 부분 영어자막]
③ 중국어 대사
④ 중국어+티베트어 대사 [티베트어 부분 중국어자막]
⑤ 티베트어 대사 / 영어자막
⑥ 기타 언어 대사 / 영어자막

①②③④는 각각 할리우드(①②)와 중국(③④)에서 제작된 티베트 영화인데, 몇몇 소수의 작품은 한국어로도 자막이 번역되어 그나마 감상이 용이하다. 영화 대사라는 것이 경제적 효과 및 제작 지역의 정치 세력과 밀접한 관련을 맺고 있는 이상, 초기에는 ①③의 형태가 많았다. 그러나 점차 영화 속에서 티베트인 배우들이 티베트어를 사용하는 사실성이 강조되고 있는 추세이다. 그런데 여기서 생각해 볼 점은 '티베트 배우들이 티베트 옷을 입고 티베트어 대사를 사용한다고 해서 사실적인 영화라 할 수 있는가'라는 점이다. '티베트인들 스스로가 자신들의 다양한 경험과 견해를 충분히 반영한 영화'를 진정한 티베트 영화라고 정의내려 본다면, <쿤둔>의 경우 '거장 스콜세지가 만든 작품답게 사실성을 대폭 높였다'는 평이 지배적이지만,12) 여전히 외부 제작자의 시각으로 티베트를 바라봤다는 점에서 한계를 드러낸다. 중국 영화사상 최초의 티베트인 감독으로 유명한 뻬마체덴의 작품들도 같은 의문점을 던진다. 티베트인 감독이 티베트인 배우와 함께 티베트어를 대사를 사용하여 만든 작품 <고요한 마니석>과 <쿤덴을 찾아서>를 과연 순수한 사실적인 영화라고 할 수 있을까? 그의 영화에 과연 중국

---

12) 김성진, 『야만의 시대』, 황소자리, 2004, 82쪽.

정부의 개입이나 중국정부의 심기를 건드리지 않기 위한 조심스러움이 전혀 없다고 말할 수 있을까? 그의 활발한 해외 활동과 한국에서의 순조로운 개봉만을 보더라도,[13] 감독의 의도와는 별개의 정치적인 목적이 있음을 쉽게 알 수 있다. 바로 중국은 티베트를 비롯한 소수민족의 문화를 존중한다는 것이다. 같은 예로 2004년 장이머우(張藝謀, 1951~) 감독의 <연인(戀人)>보다 후한 평가를 받은 6세대 감독 루촨의 대표작 <커커시리> 역시 환경 영화로 크게 부각되면서 '중국의 티베트 영양 사랑'의 도구로 이용되고 있는 현실이다.[14]

⑤⑥은 기타 지역에서 제작된 경우인데, 기타 해당 언어와 영어에 능통한 사람이라 할지라도 외국인으로서 이를 온전히 이해하기란 쉬운 일은 아니다. 큰 줄거리는 대강 알 수 있을지 몰라도, 다른 섬세한 부분들은 그냥 놓칠 수밖에 없다. 더욱이 보통 사람들의 경우에는 해당언

---

13) <고요한 마니석>은 2004년 아시아나 단편영화제 및 2006년 CJ 중국영화제에서, <쿤덴을 찾아서>는 2009년 시네마디지털 서울영화제에서 소개된 바 있다. 중국의 압력으로 달라이라마의 방한조차 어려운 국내 사정상, 그의 선전은 중국 정부의 전폭적인 지지를 뜻한다. 중국경영보(中國經營報)의 조사에 따르면, <고요한 마니석>은 평단과 해외 영화제에서의 호평에도 불구하고 중국 국내 흥행수입이 단 100위엔(元)에 불과했다고 한다. 「중국형 블록버스터의 명과 암 : 영화산업 양극화 갈수록 심화」 KOTRA, 2006년 12월 26일자 보고.

14) 티베트 영양은 2008년 베이징 올림픽의 다섯 개 마스코트 중 노란색 잉잉(迎迎)으로 표현될 정도로 중국정부가 애호하는 상징적인 동물이다. "<커커시리>가 중국 내에서 높은 평가를 받고 있는 이유는 물론 해외영화제의 수상과 근래 제작된 자국영화와 비교해 높은 완성도가 큰 작용을 했지만, 애타게 새로운 피의 수혈을 기다리며 침체일로를 걷고 있던 중국 영화계의 과대 포장이 아니겠느냐는 견해도 나오고 있다. … 중국영화의 위상을 높여줄 새로운 영화 세대의 출현을 목말라하는 중국 영화계에서 루촨 같은 감독은 가뭄 끝에 단비 같은 존재인 것이다." 「신예 감독 루촨의 환경영화 <커커시리>―중국영화계의 총애 속에 장기 상영」, 『시네21』, 2004년 12월 2일. 커커시리는 샹그리라(Shangri-La : 雲南省 中甸)처럼 또 하나의 관광 상품이 되어버렸다. 「동물의 왕국 커커시리, 드디어 개방」, 『헤럴드경제신문』, 2010년 3월 29일.

어 대사를 못 알아듣는 상황 가운데 얕은 영어지식만으로 어렵게 감상하기에, 무지로 인한 변형과 왜곡의 가능성이 크다. 무엇보다 심각한 문제점은 이러한 영화들을 옥석이 가려지지 않은 인터넷 동영상의 상태로 접하는 경우가 많다는 것이다. 전반적으로 원작과는 다른 부실한 감상이 될 가능성이 크며, 심한 경우 전혀 다른 방향으로 이해할 위험성마저 있다.

Ⅲ. 〈티베트에서의 7년〉을 중심으로

'샹그리라'의 이미지를 깊이 각인시킨 소설 및 영화 <잃어버린 지평선>이 어디까지나 허구였다면, 하인리히 하러(Heinrich Harrer)의 기행문(1954년 출판)을 토대로,[15] 베키 존스톤(Becky Jhonston)의 각색을 거쳐 영화화된 <티베트에서의 7년>은 사실성에 좀 더 무게를 싣고 있다. 같은 해 제작된 <쿤둔>보다 여러 가지 면에서 가볍다는 혹평을 받았음에도 불구하고,[16] 티베트 영화를 떠올릴 때 맨 먼저 생각나는 이유는 브래드 피트(Brad Pitt)라는 할리우드 스타급 배우의 인기와 트라이스타

---

15) 하러의 원작에 대한 국내 번역본으로는 한영탁(수문출판사, 1989)본과 박계수(황금가지, 1997)본 두 종류가 있으며, 베키 존스톤의 각본을 토대로 번역한 박천기(맑은소리, 1997)본이 있다. 본고에서는 독일어 판본을 기초로 번역한 박계수 번역본을 참고했다. 영화는 Madalay Entertainment에서 제작한 DVD를 참고했으며, 대사도 여기에서 인용했음을 밝힌다.

16) <쿤둔>이 1997년 제23회 LA 비평가 협회 음악상, 제62회 뉴욕 비평가 협회 촬영상 및 1998년 제32회 전미 비평가 협회 촬영상을 수상한데 비해, <티베트에서의 7년>은 18개월간 3개 대륙에서 진행된 방대한 사전작업을 거쳤음에도 불구하고 평론가들의 냉대를 받았다.

픽쳐스(TriStar Pictures)라는 거대 영화사의 제작 및 배급으로 접근성이 쉽기 때문이다.

원작 자체가 20세기 가장 위대한 기행문학의 고전으로 꼽히는 만큼, 관객들은 영화 속의 장면들이 모두 사실일 것이라는 기대감을 안고 출발한다. 그러나 장 자크 아노의 주특기인 '그림 같은 풍광'에서부터 이 영화는 실제 티베트라고 볼 수 없다. 이 영화는 중국의 압력으로 비밀리에 찍은 20분 분량을 제외하고는, 대부분 티베트 고원지대와 환경이 유사한 아르헨티나와 칠레의 국경에 위치한 안데스 산맥에서 촬영했다.17) 또한 베트남계 디자이너 앗 후앙(At Hoang)이 재현한 '포탈라 궁', 이탈리아 디자이너 엔리코 사바티니(Enrico Sabbatini)가 제작한 '티베트 전통의상' 등18) 티베트인 고문의 도움을 받았더라도 외국인 제작자들이 만들어낸 티베트가 얼마나 실제와 가까울지는 상당부분 의심스럽다. 겉으로 드러나 보이는 시각적인 측면에서부터 이 영화는 이러한 사실을 염두에 두고 감상에 들어가야 한다.

이어서 내용적인 측면에 대해 말하자면, 대개 문학작품을 영화로 각색할 경우 상영시간의 한계로 인해 가장 극적인 장면들만 재현되기 마련이다. 하러가 영국의 포로수용소를 탈출하여 티베트로 도망가 7년을 보냈다는 이야기의 전체적인 골격은 유지되었지만, 원작과는 다른 적

---

17) 때문에 크리스티앙 조베르티와의 인터뷰에서 장 자크 아노는 "프랑스에 살면서, 아시아와 아프리카를 꿈꾸고, 할리우드를 위해 아르헨티나에서 티베트를 필름에 담은 사람"으로 소개되고 있다. 「장 자크 아노 식 방법론」, 『프리미어(Premiere)』 1998년 1월호(박장배, 「영화 속에 나타난 티베트의 풍경과 역사」, 『동아시아 역사 연구』 7집, 2000, 주석 17번 재인용)

18) <티베트에서의 7년> 제작 정보 http://www.us.imdb.com/title/tt0120102/fullcredits #cast

지 않은 부분들이 변화되었다. 원작에는 전혀 없는 가족(특히 아들)의 등장, 동료 페터 아우프슈나이더와 티베트 현지인들과의 비교를 통해, 주인공 하러는 개인에서 전체로 확대되었다. 또한 본고를 쓰며 여러 자료들을 접하는 가운데, 영화 속의 티베트와 중국에 대한 묘사에 있어서도 오해의 소지를 불러일으키는 장면이 있음을 알게 되었다. 이에 본 장에서는 기행문과 영화의 비교라는 방법과 더불어 이 시기를 다룬 다른 자료들을 참고하여, 어떤 부분들이 사실과 다르게 '만들어진' 것인지 알아봄으로써, 영화를 통한 티베트 이해 방법의 한 예를 살펴보고자 한다.

1. 하러(Heinrich Harrer)와 주변인들

기행문과 다른 영화의 가장 큰 특징은 먼저 가족의 등장과 이에 대한(특히 아들에 대한) 끊임없는 언급이다. 기행문은 인도 데라둔 포로수용소에서 탈출하여 중국의 침입으로 티베트를 떠날 때까지의 기록이지만, 영화는 고향 오스트리아에서 낭가파르밧(Nanga Parbat)으로 출발하는 장면에서 시작하여 아들과 함께 등반하여 정상에 올라 티베트 깃발을 꽂는 장면으로 끝난다. 곧 영화는 앞뒤로 '가족'이 덧붙여진 구조를 보이는데, 특히 아들에 대한 부정(父情)은 영화를 관통하는 중요한 테마이다. 기행문의 하러가 원정에 참가한 이유는 단 하나, 바로 어린 시절부터 가득했던 미지의 세계에 대한 모험심과 명예욕 때문이었다. 그러나 영화 속의 하러에게는 '아이를 가지는 것이 싫었기 때문'이라는 가족에 대한 부담감이 더 추가된다. 만삭의 아내의 배를 비춰주는 카메라의 시선, 눈물로 만류하는 아내를 뿌리치고 기차에 오르는 장면을 통해 감독이 보여주고자 했던 바는 가족마저 거부하고 귀찮아하는 현대인(서구인)의 '이기심'이다. 이랬던 그가 탈출 직후부터 아들이 태어난 지 얼마나 되었는지 날짜까지 계산해서 일기에 적고, 끊임없이 편지를 보내며, 심지어 "그 아이 없이 어떻게 살지 막막하다(I can't even imagine how I pictured the world without him in it)"며 달라이라마 앞에서 눈물 흘리는 모습 등은 낯설기까지 하다. 왜 영화에서는 원작에 없는 이러한 장면들을 삽입했는가? 감독의 의도대로 티베트에서 보낸 성찰의 시간들을 겪으며 '가족 거부'에서 '가족 사랑'으로 한 인간이 변화되었음을 드러내는 것이라면, 티베트에 도착하기 전부터 보인 아들에 대한 집착은 어떻게 설명할 것인가? 영화는 거부→집착→사랑으로 변화되는 심리묘사에 대한 설명이 미흡하다.

그럼에도 불구하고, 아내와 아들의 삽입 및 부각은 하러를 확대시키는 첫 번째 장치이다. 기행문의 하러가 철저히 한 개인이었다면, 영화 속의 하러는 현대인(서구인)을 대표하는 전형성을 띤 인물로 확대되었다. 감독이 만들어낸 확대된 하러에게는 모험심 및 명예욕과 더불어, 현대인들의 부정적인 모습들—독선, 이기심, 무책임, 냉혹함, 자만심 등—을 동시에 갖춰져야 했는데, 이를 가장 효과적으로 드러내는 방법이 바로 가족의 삽입이었던 것이다. 마지막 부분에 달라이라마의 선물 '오르골'을 통한 아들과의 화해는 티베트 불교야말로 현대인(서구인)의 비뚤어진 삶을 치유하는 길이라는 메시지로 해석할 수 있다.

하러를 현대인(서구인)의 표상으로 만들기 위한 두 번째 도구는 동료 페터 아우프슈나이더(Peter Aufschnaiter)19)와의 대비이다. 그의 배려심과

---

19) 그에 대한 기록은 Martin Brauen의 *"Peter Aufschnaiter's Eight Years in Tibet"* (Ochid Press, 2002)에서 찾아볼 수 있으며, 하러가 떠난 뒤에 걍쩨에 머물러 있다가 10

하러의 이기심 및 자만심을 효과적으로 대조시키기 위해, 영화에는 원작에 없는 '시계 사건'과 라싸의 재단사 뻬마와의 '삼각관계 이야기'가 더해졌다. 특히 전반부의 시계 사건은 이기심과 외로움 속에 고립된 현대인의 자화상을 보여주며,[20] 이후 하러의 변화를 알려주는 중요한 소재라 하겠다.

세 번째 도구는 바로 14대 달라이라마, 재단사 뻬마, 귀족 차롱, 토목 공사장의 인부들 등으로 대표되는 티베트 사람들이다. 선뜻 자기 집에 이방인들을 들이는 차롱,[21] 등반과 금메달을 자랑하는 하러에게 "당신들은 어떤 방법으로든 자신들의 야망을 실현하려고 하고, 우린 그런 자아를 버리려고 하죠(You admire the man who pushes his way to the top in any walk of life, while we admire the man who abandons his ego.)"라고 말하는 뻬마, 흙 속의 작은 생명체(영화에서는 지렁이)까지도 하나하나 살려내며 공사하는 토목 공사장의 인부들은 하러와 대조적인 모습을 보이며, 특히 소년 14대 달리이라마와의 개인교습을 통한 우정은 그를 바꿔놓은 결정적인 계기가 되었다. 원작에 없던 이러한 '영혼의 성장이야기'를 담기 위해, 영화 속의 하러에게 티베트 불교에 의해 치유받고 있는 현대인(서구인)들의 모습을 투영한 것이다.[22] 그리고 그를 전형적인 인물로 만들기 위해, 원작에는 없는 사람들, 원작에 있지만 좀 더 뚜렷하게 대조를 이루며 각색된 인물들이 영화 곳곳에 배치된 것이다.

개월 후 티베트를 떠났다.
20) "외롭다는 이유를 알 만해, 누가 너 같은 놈을 좋아하겠어(No wonder you are always alone, No one can stand your miserable company)" 영화(45:55).
21) "남을 돕는데 이유가 있습니까?(Must one have reason to help those in need?)" 영화(58:19).
22) 이시하마 유미코, 앞의 책, 264쪽.

　　반대로 원작에서는 매우 중요하지만, 영화에서는 등장하지 않는 인물들도 있다. 그 대표적인 인물이 바로 달라이라마의 셋째 형 롭상삼텐(1933~1985)인데, 이는 앞에서 언급한 티베트 사람들로 충분히 표현되었기 때문에, 더 이상 등장인물을 늘릴 필요가 없었기 때문으로 보인다.

2. 티베트

[그림 2] 하러가 직접 찍은 당시 라싸의 전경
출처 : Heinrich Harrer Limited Edition Portfolio

　　<쿤둔>과 달리 <티베트에서의 7년>이 혹평받는 가장 큰 이유는 서구인의 시점으로 티베트를 바라봤다는 것, 바로 오리엔탈리즘의 한계를 뛰어넘지 못했다는 점이다. 정말로 이들(하러와 아우프슈나이더)이 티베트인들과 융합되지 못하고 서구의 습관을 버리지 못한 채 '우월과 비하'의 관점으로 티베트를 바라봤다고 말할 수 있을까? 영화 속의 하러는 분명 양복을 입은 채 라싸 시내를 돌아다니고(자세히 보면 티베트 옷을 입은 장면도 있다), 마지막까지 버터차에 익숙지 않은 모습을 보인다. 또한 달라이라마에게 영어나 과학을 가르치는 부분에서는 자칫 우월한 서구문명을 전하는 것으로 비춰질 수도 있다. 그러나 이러한 단편적인 부분만으로 영화 속의 하러가 서구문화의 잣대로 티베트를 평가하고, 티베트 문명을 비하하는 오리엔탈리즘에 빠져있다고 보기는 어렵다.23) 또한 영화 속의 아우프슈나이더가 티베트 문화를 이해하기 위해 노력하는 장면들도 놓쳐서는 안 된다. 영화의 결정적인 문제점은

이보다는, 낭만적 소비로서의 '긍정적 오리엔탈리즘'으로 티베트를 바라보며, 감상자의 머릿속에 이를 깊게 심어놓은 점이다.24) 티베트는 '폭력이 존재하지 않는 윤리적 사회'이자 '진리의 낙토'이며, 티베트 불교야말로 '지구를 구할 진리'라고 생각하는 현상에 대해 박노자는 '우리(서구)'에게 저항한 적이 없는 그들을 영적 스승으로 받아들이기에 거리낌이 없었기 때문이라고 설명하고 있다.25)

또한 라싸에 기거하면서 하러가 주로 접했던 사람들은 차롱, 아왕직메, 달라이라마와 그 가족들 등 귀족 중에서도 최고위층으로 지극히 제한적이다. 부정부패의 온상으로 비난받는 승려 계층이나 기타 중·하층 계층과의 깊이 있는 교류는 영화 속에 등장하지 않는다. '꿈속이 아니고선 상상도 못할 곳, 평화의 상징, 순박하고 정화된 사람들, 천국'

---

23) 원작에 비춰보면 실제 하러는 포로수용소에서부터 티베트어와 문화를 공부했으며, 라싸에 도착했을 때는 이미 어느 정도 의사소통이 가능했던 상태였다. 그는 영국공사관의 편리함을 부러워하기도 했지만, 티베트 옷을 입고 티베트식 가옥에 살면서 그곳 사람들과 문화를 이해하려 애썼다. '아우프슈나이더와 나는 항상 중용을 취하려고 노력했다. … 많은 티베트 사람들이 우리가 전생에 그들의 나라에서 살았다고 확신할 정도로 우리는 이곳 생활에 잘 적응했다. 우리의 티베트어 실력과 그들 관습에 잘 적응하는 것을 그들은 우리의 전생에 대한 증거로 제시했다.' 하인리히 하러, 박계수 역, 『티베트에서의 7년』 2권, 황금가지, 1997, 231-232쪽.

24) "<티베트에서의 7년>은 대중들의 뇌리 속에 '신비롭고 평온한 영혼의 나라' 티베트의 인상을 깊이 각인시켰다. 이는 사실 역사와 현실 속에 존재하는 티베트라기보다는 자신들의 환상을 타자에 투영한 것이라고 해야 옳을 것이다." "그들이 왜, 하고 많은 문제 중에 티베트 문제를 즐겨 이용하는지 이해할 필요가 있다. 그것은 아마도 영혼의 귀의처를 상실한 서구인들에 대한 티베트의 어떤 흡인력 때문일 것이다. 그것은 티베트의 실상이 아니라 그들 스스로 만들어낸 환상 때문이지만 이러한 환상이 엄연히 현실에서 작동하고 있다는 점을 알아야 한다" 황희경, 「이것은 티베트가 아니다」, 『플랫폼』(통권11호), 2008.

25) 박노자, 「악마에서 천사로」, 『우리가 몰랐던 동아시아』, 한겨레출판사, 2007, 383-388쪽.

등의 영화 속의 묘사는 당시 티베트 사회의 빙산의 일각일 뿐이다.[26] 기득권자의 입장에서 보면 어느 사회든 행복한 천국이 아니겠는가. 승려들의 비리, 사찰의 고리대금업, 귀족과 승려의 수족이었던 농노들, 사회 유지 및 도망간 농노를 잡기위해 존재했던 군대, 권력 암투 속에서 희생된 역대 달라이라마 등 티베트는 분명 우리가 생각하는 해맑은 샹그릴라가 아닌, '유럽의 중세 암흑시대와 놀랍도록 유사한 면'을 보인다.[27] 그러나, 영화는 이에 대한 언급이 전혀 없다.

티베트인들이 모여 놀던 넓은 땅이 중국 장성 세 명을 맞이하기 위한 비행기 활주로로 변하고 있다. 한쪽에서는 이들의 **군대가** 기동 연습을 하고 있다. 턱도 없는 군복을 걸친 채. **평화의 상징이던 이 나라가** 헛되이 전쟁이 몰두하다니. 내 친구의 얼굴에도 전쟁의 두려움이 깊이 배어 있다. ⋯ 신념을 좇아 한때 당원 활동을 했던 나, 지금 생각해 보면 **포악한 중국**과 하나 다를 바 없다.

On the same field where Tibetans traditionally gathered for picnics groud was cleared to build airstrip, so that the plane carrying three Chinese generals could land. Nearby, the Tibetan army practiced its maneuvers. Some of the soldiers wear ancient mesh armour. They bring old muskets and spears are artillery. The spectacle of a peace-loving nation, vainly attempting to create military. The fears of war on my friends' faces strike a deeply buried personal chord. (Echoes of aggressions of my own country the will to overpower weaker peoples bring shame to

---

26) '하러가 본 풍경과는 달리, 니시가와는 티베트 특유의 계급차가 심한 풍경을 본다. ⋯ 그는 당시 티베트에 시급한 개혁과제가 산적해 있다는 것을 밝히고 있다.' 박장배, 앞의 논문, 190쪽 재인용.

27) www.michealparenti.org/Tibet.html 자세한 내용은 Michael Parenti, *"Friendly Feudalism : The Tibet Myth"*를 참고하시오.

me.) I shudder to recall how once long ago I embraced the same beliefs
how at one time I was, in fact no different from these intolerant Chinese.

−<티베트에서의 7년> 영화 (1:39:20)

　군대는 '평화'라는 단어와 상충된 이미지를 떠오르게 한다. 때문에
영화는 볼품없고 허술한 군대로 묘사하여 군대의 강한 이미지를 희석
시키고 있다. 그러나 분명 원작에서 하러는 티베트 군대에 대해 '잘 짜
여진 용감한 군대라는 인상을 받았다'고 언급하고 있다. 하러는 티베트
군대가 그 숫자는 적었지만 중국의 협박 때문에 갑작스럽게 조직된 것
이 아니라 원래부터 존재해 왔으며, 장교들은 인도에서 복무한 경험이
있었기에 현대식 무기도 매우 잘 다뤘다고 기록했다. 그러나 영화에서
는 제각각의 군복과 군모를 걸치고 총도 제대로 다루지 못하는 오합지
졸로 묘사된다.28) 아무것도 모르는 평화롭고 순박한 티베트 군대와 산
전수전 다 겪으면서 조직적으로 정비된 중국 군대를 대조시키기 위함
이지만, 감독의 상상 속에서 변형되어 재현된 이러한 장면은 수정하여
이해할 필요가 있다.

　영화 속의 달라이라마의 대사처럼(It is why we are a peaceful people who
reject violence on principle) 그들은 천성이 선한 국민이고 폭력과는 거리가

---

28) 영화 속의 장면 및 하러가 직접 찍은 사진(150쪽)과 원작의 기술(151쪽)을 함께
　　보기 바란다. '그물 갑옷'을 입고 '구식 소총'과 '창'을 들고 있었다는 영화의 설
　　명과는 달리, 원작에서는 '군복은 여름에는 카키색 면으로, 겨울에는 티베트산
　　호두 껍질로 물들인 초록색 모직으로 통일했다. 그 군복은 티베트의 전통 의상
　　스타일과 일치했다. … 여금에는 챙이 넓은 모자를 써서 강한 햇빛을 막았고, 겨
　　울에는 털모자로 추위를 막았다. 밀집 대형으로 한데 모인 군대는 잘 짜여진 용
　　감한 군대라는 인상을 주었다. 물론 유럽이나 미국의 군대와 비교해서는 안 된
　　다.'라고 묘사했다. 박계수 역, 앞의 책 2권, 151쪽.

멀었을까? 과거 티베트는 과연 '폭력이 존재하지 않는 윤리적 사회'였을까? 이에 대한 답은 상슝, 라다크, 몽골, 네팔 공격의 역사 가운데 이미 나와 있다. 특히 투뵈 왕조가 무너진 이후 티베트는 신권통치 가운데 엄격한 계급질서가 강조된 사회였다. 승려들과 귀족 집단, 상인들과 자유농, 다수의 농노들로 이루어진, 아래층이 두꺼운 피라미드 형태의 사회구조 가운데, 특히 사찰이나 귀족들에게 예속된 농노들은 다음 생을 기약할 뿐이었다. 범죄자나 도망간 농노에 대해 눈알이나 혀를 뽑고, 수족을 절단하는 처벌이 있었다는 점은 원작에도 언급된 바 있으며,29) 손과 발에 쇠고랑을 찬 채 구걸하는 범죄자의 모습은 영화 <쿤둔>에도 담겨 있다. 이러한 사회가 오랫동안 유지된 까닭은 지리적으로 고립된 환경과 더불어 '현재의 고난은 업보, 반대로 행운은 선행에 대한 보상'이라는 불교 관념이 뿌리 깊기 때문이다. 그곳에도 분명 부조리와 사회악은 존재하고 있었으며, 그 정점이 사실상 사원이었다는 사실은 부인할 수 없는 사실이다. 티베트 불교가 미신적인 뵌뽀교를 누르고 이성적으로 접근하면서 티베트를 문화강국으로 만든 긍정적인 면이 분명 있지만, 역시 그 속에도 부조리와 문제점은 상당부분 있다는 점을 기억해야만 한다. 영화 속의 '신비롭고 평온한 이미지'는 어디까지나 티베트를 '마지막 낙원' '진리의 낙토' '정신적 발전의 별천지'로 바라보고자하는, 외부인(서구)들의 상상 속에서 만들어진 낭만적 소비로서의 긍정적 오리엔탈리즘의 반영30)이다.

---

29) '범죄자들은 항상 공개적으로 벌을 받았다. … 사람들이 내게 이야기해 준 한 남자의 예를 들어보자. 그 남자는 기롱 주위의 어떤 사원에서 버터 램프를 훔쳤다. … 그는 유죄로 확정되었는데, 사람들이 보는 앞에서 손이 잘린 뒤 불구가 되었으며 산 채로 젖은 야크 가죽에 둘둘 말려서 깊은 협곡 밑으로 던져졌다.' 박계수 역, 앞의 책 1권, 120쪽.

3. 중국

　중국 점령 당시 100만의 티베트인이 죽었고 6000여 곳의 사원이
파괴되었다.

　One million Tibetans have died as a result of the Chinese occupation
of Tibet. Six thousand monasteries were destroyed.

ㅡ<티베트에서의 7년> 영화 (2:11:08)

　<티베트에서의 7년>으로 인해 주연 브래드 피트와 장 자크 아노 감
독은 영원히 중국 입국금지 블랙리스트에 오르는 불이익을 받았다. 또
한 개봉 당시 중국이 아무런 이유도 밝히지 않은 채 제11회 동경영화
제에 출품했던 작품들을 갑작스럽게 철회하며 보이콧한 에피소드는 누
가 봐도 이 영화에 대한 불쾌감 및 강력한 항의 표시였다. 이는 이 영
화가 명백하게 중국을 '침략자'로 규정하고 있기 때문이며, '침략이냐
합병이냐'의 관점에 예민한 중국으로서는 당연한 반응이었다. 앞에서
영화 속에 비춰진 일부 상류층의 단면을 전체 티베트로 확대하면 안
된다고 말했다면, 이제 영화 속의 중국이 얼마나 객관적이고 사실적으
로 묘사되었는지 살펴볼 필요가 있겠다. 먼저 1950년 하러가 라싸를
떠난 시점을 중심으로 실제 역사 기록[31]과 영화 속 흐름을 대조하여
정리해보면 [표 2]와 같다.

---

30) 박노자, 앞의 책, 한겨레출판사, 2007, 387쪽.
31) 王貴의 『西藏歷史地位辨』(民族出版社, 1995)와 김한규의 『티베트와 중국』(소나무,
　　2000) 가운데 인용된 반프라그와 샤캅파의 서술을 참고했다.

[표 2] 실제 역사 흐름과 영화의 흐름 비교

역사 흐름	영화 속 흐름 및 묘사
1949년 초 주장판사처(駐藏辦事處) 구축 사건(驅逐事件) : **'구한사건(驅漢事件)'** 이라고도 하며, 티베트 정부가 라싸의 중국 대표부를 폐쇄한 것을 말한다.	마오쩌둥(毛澤東)이 지도자로 선출되었다는 라디오 뉴스 : 새 정부의 첫 번째 임무는 옛 영토의 회복 '티베트 합병' 천명 ↓
1949년 9월~11월 펑더화이(彭德懷)가 이끄는 제1야전군 티베트 동북부 **암도(靑海省) 공격**(이어서 덩샤오핑(鄧小平)과 류바이청(劉伯承)이 이끄는 제2야전군이 동남부 캄(四川省 및 雲南省) 공격)	중국공사 추방 [국민당 깃발, 중화민국 대표부 간판 내리는 장면] ↓
1950년 10월 19일 장궈화(張國華)가 이끄는 인민해방군(人民解放軍, 4만명)이 **참도(四川省) 공격** : 이 전투에서 8천 명의 티베트 군대가 2주만에 패배하면서, 티베트로 향하는 관문이 뚫림	중국의 암도 공격 [달라이라마의 예지몽으로 먼저 처리한 후, 중국이 암도를 공격했다는 소식을 접하도록 함] ↓
1950년 11월 17일 **14대 달라이라마 친정(親政) 시작**[당시 15살] [** 이 당시 하러는 이미 라싸를 떠나 간쩨에 있던 중, 달라이라마의 즉위식을 직접 보지 못했음]	티베트 군대 정비, 중국 장성 3명(장징우, 장궈화, 탄관산)이 라싸에서 달라이라마 접견 : 자치권과 종교적 자유 보장 ↓ 장징우 장군의 지휘 아래 캄 지역 데게(德格) 공격했다는 소식 ↓
1951년 2월 아포 아왕직메를 단장으로 한 티베트 대료단 15명이 참도를 경유하여 북경에 도착, 5월 23일 **'17조 협의'** 체결	중국의 참도 공격, 아왕직메를 총사령관으로 한 티베트 군대 패배 ↓ '17조 협의' 체결 ↓
1951년 십팔군전사부대(十八軍前司部隊) **라싸 무혈 입성** (9월 9일 왕치메이(王其梅)가 이끄는 3000명이 먼저 라싸이 들어왔으며, 10월 26일 장궈화(張國華)·탄관산(譚冠山)이 이끄는 20000명이 라싸에 들어왔음)	중국군의 라싸 입성 ↓ 14대 달라이라마 즉위식, 친정 시작

중국은 영화 후반부에 등장하기 때문에 그 분량이 많지 않지만, 영화는 뚜렷하게 '착한 티베트와 나쁜 중국'이라는 이분법을 사용하고 있

다. 특히 순박하고 선량한 티베트 사람들과 대조시키기 위한 인물의 전형화가 필요했는데, 바로 '중국 장군들'과 매국노 '아왕직메'이다.

영화에서는 장징우(張經武), 장귀화(張國華), 탄관산(譚冠山) 장군이 달라이라마를 접견하러 가면서 평화의 모래 만다라를 발로 짓이기며 티베트 문화를 무시하는 장면을 삽입했다. 또한 "아래쪽엔 앉지 않겠소(We do not sit lower than he does)"라며 달라이라마에게 무례하게 굴고, 아왕직메에게 "종교는 아편이요(Religion is poison)"라고 충고하는 장면32)은 포악하고 무례한 중국으로서의 이미지를 구축하는 첫 단계이다. 이들의 딱딱한 표정 앞에 시종일관 미소를 잃지 않는 달라이라마의 표정은 매우 대조적으로 보인다.

또한 아왕직메 한 사람에게 집중적으로 책임을 전가하면서 매국노로 전형화시키기 위해, 영화는 중화민국 대표의 예언33)과 참도 전투 탈출 장면을 삽입했다. "힘이 약할 땐 적을 껴안기도 해야죠, 환영하는 두 손에 총을 들이대진 않죠. 그게 정치의 기본 원리요(When you are not strong enough to fight, you should embrace your enemy. With both arms around you, he cannot point a gun at you. Nothing in politics is matter of honor.)"라는 대사처럼, 아왕직메는 실제로 '17조 협의'를 체결한 티베트 대표였으

---

32) 이 대사는 영화 <쿤둔>에도 똑같이 나타난다. 마오쩌둥은 달라이라마에게 "그런 자세가 좋소. 저는 당신을 잘 이해합니다. 하지만 이것을 알아야 하오. 종교는 독이오. 인민을 나약하게 만들고, 마약처럼 정신과 사회를 흐리게 하고 인민을 미혹케 하오. 티베트인들은 종교에 절어 있소.(Your attitude is good, you know. I understand you well. But you need to learn this : religion is poison. It undermines the race and it retards the progress of the people. Tibet has been poisoned by religion.(1:31:32))"라고 말한다.

33) "당신 같은 인재를 일개 비서관이나 시키다니, 애석한 일이오. 그 재능을 우릴(중국을) 위해 써주면 좋을텐데. … 오래오래 살겠소, 다른 사람과 달리." 영화 (1:25:30).

며, 1965년 9월 9일 서장자치구 의장의 자리에까지 오르며 중국 지배 이후까지 지도자의 지위를 유지한 유일한 인물이었다.[34] 어느 정도 사실과 일치하는 부분이 있으나, 그는 영화에서처럼 참도 전투의 총사령관은 아니었고, 참도를 포기하고 스스로 무기를 폭파한 적도 없었다.

이처럼 정확한 고증의 부족으로 영화에서는 잘못 묘사된 장면이 적지 않은데, [표 2]를 통해서도 알 수 있듯이, 첫째 실제 역사의 흐름과 영화의 흐름이 일치하지 않는다.

둘째 장궈화, 탄관산 장군이 이끄는 2만여 명의 18군 전사부대(十八軍前司部隊)는 비행기가 아닌 육로로 라싸에 입성했으며,[35] 이때 장징우 장군은 함께 있지 않았다.

셋째 아왕직메를 대표로 한 티베트 사절단과 중국대표들(李維漢, 張經武, 張國華, 孫志遠)이 '17조 협의'을 체결한 곳은 라싸가 아닌 '북경'이다. 또한 반프라그와 샤캅파의 설명에 의하면 이들 대표단은 중국의 압력에 굴복하여 선택의 여지없이 서명한 것이지,[36] 영화에서처럼 발 빠른 처세술을 부린 것이 아니었다.

이밖에, 1950년 하러는 이미 라싸를 떠났기 때문에, 이후에 일어난

---

34) 김한규, 앞의 책, 371쪽.

35) '떠오르는 별 아왕직메 장관이 영접하는 가운데 비행기를 타고 중국의 장징우 장군이 도착하는 장면은 장 자크 아노 감독이 중국의 티베트 통치 문제를 너무 가볍게 생각하지 않는가 하는 의문을 자아낸다. 장징우 장군을 가볍게 비행기를 타고 온 것이 아니라, 필자가 아는 한 그는 하늘이 아니라 땅을 통해 티베트에 들어왔다' 박장배, 앞의 논문, 193-194쪽 재인용.

36) '티베트인들은 가혹하고 모욕적인 말을 들었고, 개인적으로 폭행으로 협박을 받았으며, 사실상 구금상태에 놓여 있었다. 더 이상의 토론은 허용되지 않았고, 지시를 받기 위해 본국 정부와 접촉하는 것도 용납되지 않았다. 그들은 단지 서명을 하든지, 아니면 라싸로의 즉각적이고 무조건적인 진군에 대해 책임을 지든지, 둘 중의 하나만을 선택할 수 있었다.' 김한규, 앞의 책, 307쪽.

일련의 사건들-달라이라마의
즉위식 및 친정 시작, 17조 협
의 체결, 중국군의 라싸 무혈
입성-을 직접 보지 못했다.
또한 라싸에 걸린 마오쩌둥(毛
澤東)의 사진이나 오성홍기(五星
紅旗)도 원작에서는 유럽 신문
을 통해 보았다고 말하고 있지
만, 영화는 모두 그가 직접 본
것으로 묘사하고 있다.

[그림 3] 북경에서의 '17조 협의 체결' 장면
출처 : 中國網, 앞줄 오른쪽부터 리웨이한(李維漢),
장징우(張經武), 장궈화(張國華), 쑨즈위안(孫志遠)

　이상을 종합하자면, 한 편의 영화가 역사, 사회, 문화에 대한 지식을
제공해 줄 수는 있지만, 그것이 얼마나 피상적이며 단편적인지를 알 수
있다. 그 속의 정보들을 아무런 여과 없이 수용하는 것은 또 다른 상상
의 세계를 만드는 것이다.

IV. 맺는 말

　이상 <티베트에서의 7년>을 중심으로 영화 속에 나타난 티베트 이
해 방법의 한 예를 살펴보았다. <티베트에서의 7년>은 피상적인 이해
와 접근으로 많은 비판을 받기도 했지만, 티베트 문제를 전 세계에 알
리고 상기시키는데 큰 역할을 했다. 티베트를 소재로 한 다른 영화들,
특히 '사실성'을 내세우는 영화들일수록 더욱 치밀하게 사실과 허구를
구분하는 작업이 필요하며, 이러한 균형감 있는 감상과 이해를 통해,

우리 사회의 티베트 인식이 한 단계 성숙해지기를 소망한다. 이밖에 티베트를 소재로 한 기타 영화들 및 이미지 형성이 큰 영향을 미친 또 다른 영역인 출판과 방송물에 대한 분석은 차후의 과제로 남겨두도록 한다.

다케히사 유메지와 관동대지진 그리고 조선
―회화의 사상성―

김 지 연

Ⅰ. 들어가며

다케히사 유메지(竹久夢二, 1884~1934 : 이하 유메지라고 함)는 메이지(明治), 다이쇼(大正), 쇼와(昭和) 3대에 걸쳐 활약한 대표적인 화가이며 문인이다. 1906년 고향인 오카야마를 떠나 도쿄로 상경한 이후, 신문과 잡지에 삽화를 그리며 실력을 인정받기 시작한 유메지는 한 번도 정식으로 그림을 배운 적이 없었다. 그의 그림은 아카데믹한 권위주의와는 거리가 있어 비평가에 의한 인정을 받지는 못했으나, 1909년 출판한 첫 번째 화집『봄 이야기(夢二畵集 春の卷)』가 일 년 사이에 7판(版)을 발행하는 폭발적인 인기를 얻어 대중 화가로서의 입지를 굳히게 되었다. 특히, '눈이 크고 슬픈 여성'을 그린 그의 미인화는 <유메지식 미인>이라 불리며 다이쇼의 우타마로(歌麿)[1]라는 평을 받았고, 현재까지도 화가

---

1) 에도시대에 우키요에(浮世繪)를 그린 대표적인 화가 기타가와 우타마로(喜多川歌麿). 섬세하고 유려한 선의 미인화로 명성을 떨쳐 국제적으로도 널리 알려졌다.

다케히사 유메지를 상징하는 대표적인 키워드로 꼽히고 있다.

유메지는 당시 관심이 낮았던 생활미술, 산업디자인 분야의 향상에도 힘을 기울여, 기모노, 잡화, 문구류 등의 일용품에서 포스터, 악보 표지, 그래픽 디자인, 북 디자인에 이르기까지 순수예술에 국한되지 않고 대중예술에서도 큰 활약을 펼쳤다.[2] 또, 화가로서 뿐만 아니라 '그림과 시의 만남'이라는 색다른 세계를 통해 시, 가요, 동요, 동화 등 폭넓은 문필 활동으로 작가로서도 뚜렷한 족적을 남기는 등 다양한 분야에서 미(美)를 창조해냈다.

예술가로서의 뛰어난 감수성 못지않게 유메지는 사회에 대한 날카로운 통찰력을 가지고 있었고, 그 예로 들 수 있는 것이 바로 관동대지진(關東大震災)[3]에 대한 그의 문제의식이다. 관동대지진은 1923년 9월 1일 오전 11시 58분에 도쿄, 요코하마를 시작으로 주변 각지를 덮친 대지진으로, 피해는 1부(府) 8현(縣)에 이르고, 파괴되고 불탄 주택 68만 호, 사망자 9만 명, 부상자 10만 명, 행방불명자만 4만 3천여 명에 달하는 큰 재해였다.[4] 대지진은 메이지유신 이후 일본이 쌓아온 근대 문명을 일순간에 무너뜨리고, 일본인들을 정신적인 공황상태로 몰아넣었다. 어떤 일이 어떻게 벌어지고 있는지 현재의 상황을 정확히 알 수 없는 혼란 속에서 일본인들은 불안에 떨었다. 그리고 문제는 대지진이 일어난 다음 날부터 시작되었다. 조선인이 폭동을 일으키고 있다, 폭탄을 소지

---

2) 1914년, 유메지가 디자인한 잡화, 의류, 판화 등을 판매하는 미나토야(港屋繪草紙店)를 도쿄 니혼바시(日本橋)에 개점. 미나토야의 제품을 소유하는 것은 당시 여성들의 동경이었을 정도였으며, 공급이 부족할 만큼 큰 인기를 얻었다.

3) '간토대지진', '간토대진재'라고도 하나, 본고에서는 '관동대지진'이라고 번역하겠다.

4) 三田英彬, 『<評傳>竹久夢二-時代に逆らった詩人畵家』, 藝術新聞社, 2000, 234쪽.

하고, 방화를 하고, 우물에 독극물을 집어던지고 있다는 이상한 소문이 떠돈 것이다.5) 물론 이것은 언급할 가치도 없는 유언비어에 불과했지만 그 파장은 실로 대단해서 이로 인해 무고하게 희생된 조선인이 무려 6천명 이상이나 되었다. 죽창, 칼, 일본도, 톱과 같은 무기들이 대부분이라 더 잔인했으며, 개인이 아닌 단체행동이었기에 죄책감은 그만큼 줄어들었음을 짐작할 수 있다. 결국 천재(天災)에 인재(人災)가 더해져 참혹한 결과를 낳은 것이다.

이런 대혼란에 휩싸인 도쿄의 모습을 최초로 사실적으로 담은 작가가 바로 유메지이다. 글과 그림 형식의 이 르포르타주는 1923년 9월 14일부터 10월 4일까지 21회에 걸쳐 『도쿄재난화신(東京災難畵信)』이라는 이름으로 『미야코신문(都新聞, 훗날 東京新聞)』에 실린다. 도처에 위험이 도사리고 누구나가 생명에 위협을 느끼고 있는 거리를 유메지 자신이 직접 걸으며 스케치하고 관련 정보를 얻었던 것은 분명 단순한 호기심 때문은 아닐 것이다. 그렇다면 유메지는 왜 위험을 무릅쓰고 재난의 현장을 전달하려고 했던 것일까.

본고에서는 관동대지진 속의 또 하나의 피해자인 조선인 학살에 관해 유메지가 가졌던 사회 비판적인 사상을 『동경재난화신』을 중심으로 분석해보고, 나아가 유메지의 사회주의 사상은 어디에 근원하는지 살펴보겠다.

---

5) 朝鮮人が暴動を起こしている、爆彈を保持し、放火し、井戸に毒物を投げ込んでいる。(上田周二, 『私の竹久夢二』, 沖積舍, 1999, 479쪽.)

II. 관동대지진 속의 조선인

메이지유신 이후 일본이 축적해 온 근대문명을 한순간에 빼앗아간 관동대지진 앞에서 일본인들은 망연자실했다. 그리고 조선인 관련 유언비어로 인해 지진 발생 다음 날 오후부터 계엄령이 선포되었다. 군대, 경찰이 출동하고 각지에서 자경단[6]이 조직되어 죽창과 일본도 등으로 무장한 후 조선인을 찾아서 죽였다.

쓰보이 시게지(壺井重治)는 「쥬고엔 고쥬센(15엔 50전, 十五円五0錢)」이란 시에서 '쥬고엔 고쥬센 말해보아라,/지목당한 그 남자는/병사의 심문이 너무나 엉뚱해서/그 의미를 좀처럼 파악하지 못하고/한동안 멍하니 있었는데/곧 뛰어난 일본어로 대답했다.//쥬고엔 고쥬센/좋아// (중략) 「쥬고엔 고쥬센」을 「츄고엔 코칫센」/이라고 말했다면 그는 그 곳에서 곧바로/연행될 테지/나라를 빼앗기고/주장을 빼앗기고/최후에 생명까지 빼앗긴 조선의 희생자여'[7]라며, '쥬고엔 고쥬센'의 발음이 자연스럽지 않으면 조선인으로 간주하여 때려죽였던 당시의 비참한 상황을 한탄했다. 일본인조차도 그 질문이 무엇을 뜻하는지 금세 알아차리지 못할 정도로 체계화되지 못한 억지였음을 알 수 있다.

---

6) 일반시민들이 적극적으로 조직하여 일정한 자위력을 갖춘 집단을 표방하였으나, 실제로는 계엄사령부가 유도한 단체로, 일본도, 죽창, 도끼 등으로 무장하고 있었다고 한다. (姜德相, 『關東大震災・虐殺の記憶』, 青丘文化社, 2003, 135쪽.)

7) 「十五円五0錢」十五円五0錢言わせてみろ、/指をさされたその男は/兵隊の訊問があまり突飛なので/その意味がなかなかつかめず/しばらくの間、ぼんやりしていたが/やがて立派な日本語で答えた。//ジュウゴエンゴジュセン/よし//(中略)「ジュウゴエン　ゴジュセン」を/「チュウゴエン　コチッセン」/と發言したならば彼はその場からすぐ/引き立てられていったであろう/國を奪われ/主張を奪われ/最後に生命まで奪われた朝鮮の犧牲者よ(關東大震災85周年シンポジウム實行委員會編, 『震災・戒嚴令・虐殺』, 三一書房, 2008, 37-38쪽 재인용)

그러나 결국 조선인에 관한 유언비어는 일본 정부가 흘린 선동적 허위 정보였음이 밝혀졌다. 정부는 피해 대책에 대한 미진으로 여론이 험악해지고 이에 대한 불만이 곧 민중폭동으로 이어질 것에 지레 겁을 낸 것이다. 그리고 민중의 불만을 돌리기 위한 돌파구를 찾기 위해 무고한 조선인을 이용했다.

재일교포 사학자 금병동(琴秉洞, 1927~2008)은 그의 저서 『일본인의 조선관(日本人の朝鮮觀)』에서 일본인 57명의 조선관에 대해 제시하였는데, 그 중 미즈노 렌타로(水野鍊太郎, 1868~1949)에 관한 부분을 살펴보면, "미즈노는 관동대지진 당시 내무대신으로서 조선인학살에 레일을 간 장본인(內務大臣として朝鮮人大虐殺のレールを引いた張本人)"이라고 표현했다. 미즈노는 지진으로 인한 소동이 가져올지도 모르는 일본인 군중의 폭동을 두려워한 나머지, 전쟁에 의한 외적 침입이나 내란의 요건이 없으면 선포할 수 없는 계엄령을 선포하였다. 그러나 지진은 외적침입이나 내란이 아니므로 이 요건을 채우기 위해서 조선인 폭동을 생각했다. 이렇게 해서 군대, 경찰만이 아니고 자경단이라는 이름의 일반 일본인까지 가세하여 6천명 이상의 재일조선인이 일대학살된 것이다.[8] 여기서 눈여겨 볼 것은 군대, 경찰이 아닌 일반 시민들이 그 학살의 선두에 서 있다는 점이다. 물론 정부의 주동이 있었고, 자신들의 목숨과 삶의 터전을 위협하는 상대(조선인)에 대한 보복 심리에도 원인이 있겠지만, 평소 일본인들이 재일조선인에 대해 얼마나 차별된 의식을 가지고 있었는지 짐작이 가능하다.

---

8) 琴秉洞, 『日本人の朝鮮觀－その光と影』, 明石書店, 2006, 218-220쪽 참고. 번역은 『일본인의 조선관 일본인 57인의 시선, 그 빛과 그림자』(논형, 2008, 234-236쪽)에서 인용했다.

우치무라 간조(內村鑑三, 1861~1930)는 "신이 이 허영의 거리를 멸하셨다고 해도, 잔인 무자비를 갖고 그들을 책망 할 수는 없다"며, "국민에게 평안을 주기 위한 군대라고 생각하면, 존경하지 않을 수 없다, 사랑하지 않을 수 없다"고 조선인 학살에 대한 비판은커녕 오히려 자경단과 그들이 저지른 야만적인 범죄를 두둔하기까지 한다. 또 그는 군대 출동은 "조선인 폭동을 진압하기 위한 계엄령에 의거한 것"이라는 명분하에 간조 자신이 자경단에 들어가 야경을 서기도 했다.9) 유메지는 와세다실업학교(早稻田實業學校) 시절, 간조가 아베 이소오(安部磯雄)와 함께 아시오 광독사건10)에 대해 연설하는 것을 듣고 깊이 감화하여 존경하던 인물이었다.

야마다 쇼지는 "조선인이 폭동을 일으키지 않았다는 것이 판명되자 관헌은 학살의 책임을 면하기 위해 다양한 수단으로 조선인학살의 국가책임 은폐공작을 전개했고, 이것은 말하자면 조선인학살의 사후 책임이라고 해야 할 일"이라고 했다.11)

---

9) 神が此虛榮の街榮の街を滅び給ひたれとて、殘忍無慈悲を以て彼を責むる事は出來ない/民に平安を与ふる爲の軍隊であると思へば、敬せざるべからず、愛せざるべからず/朝鮮人暴動を鎭壓のための戒嚴令に據ったものである。(위의 책, 217쪽) 그러나 금병동씨는 간조의 조선관에는 상당히 굴절이 있어서, 평가를 하기에는 좀처럼 정하기 어려운 측면이 있다고 덧붙이며, 반대인 예증도 많으나 관동대지진에 대해서는 유독 실망스럽다고 했다.

10) 足尾鑛毒事件. 메이지 후기 도치기(栃木)、군마(群馬)현에 위치한 일본 최대의 구리 생산지 아시오광산에서 발생한 일본의 첫 공해사건이다. 도치키 현의원(縣議員)이었던 다나카 쇼조(田中正造)가 광독사건을 인권문제로 보고 정부의 책임을 추궁하였으나, 정부는 적극적으로 나서지 않고 이에 농민들이 항의운동을 일으켜 많은 사람들이 체포되기도 한다. 결국 다나카는 의원직을 사임하고 일왕의 마차를 기다려 직소(直訴)하는 극단적인 방법을 택하게 뇌는데 이 때 식소분의 조안을 쓴 사람이 고토쿠 슈스이(幸德秋水, 1871~1911)였다. (湯本豪一,『図說 明治事物起源事典』, 柏書房, 1998, 90-92쪽 참고)

관동대지진은 일본 근대 문학의 주요 제재로 적지 않게 등장하지만 극악무도한 야만적인 범죄인 조선인 학살 사건을 직접적으로 다루고, 과오를 인정하거나 책임을 통감하는 일본 문인은 그다지 많지 않다.12) 그런 점에서 유메지가 관동대지진을 제재로 한 글과 그림의 르포르타주를 최초로 발표13)한 문인이었고, 가장 빨리 독자들에게 전달했다는 점을 주목해야 할 것이다.14)

---

11) 朝鮮人が暴動を起こしていないことが判明すると、官憲は虐殺責任をさまざまな手段によって朝鮮人虐殺の國家責任隱蔽工作を展開した。これはいわば朝鮮人虐殺の事後責任と言うべきもの (山田昭次)・또한 야마다는 학살의 책임을 은폐한 사후 책임에는 다음의 4가지 유형이 있다고 했다. ① 가공의 조선인 폭동의 날조. ② 조선인을 학살한 자경단원의 일부에 대하여 형식적인 재판을 실시함으로써 국가책임을 완수한 것 같은 외관을 꾸몄다. 한편, 조선인 폭동 유언비어를 흘린 관헌이나, 조선인을 학살한 군대의 죄는 전혀 추국되지 않았다. ③ 학살된 조선인의 시체를 조선인에 인도하지 않고 이를 감춤으로써 학살 수나 학살 상황을 철저히 은폐했다. ④ 관헌이 편찬한 간토대진재에 관한 역사서는 조선인 학살의 원인을 조선인 자신과 일본인 민중에게 밀어붙여 조선인 학살의 국가책임을 은폐했다.(「간토대진재 시 조선인학살 사건에 대한 일본의 국가책임」, 『관동조선인학살 진상규명을 위한 제4차 국제심포지엄 자료집』, 2009, 27쪽) 자료명과 단체명, 본문의 번역은 자료집(17쪽)에서 인용.

12) 금병동씨에 의하면 관동대지진 당시 잡지나 작가의 전집 등 약 2천점에 가까운 작품들을 조사한 결과 대지진에 관해 작품을 썼다하더라도 학살문제를 다루지 않은 지식인이 과반수를 차지하고 있다고 했다.(上田周二, 앞의 책, 482쪽)

13) 槌田滿文, 「解說－夢二の東京災難畫信」, 『夢二と花菱・耕花の東京災難畫信ルポ』, クレス出版, 2003, 107쪽.

14) 이에 관해 조경숙은 아쿠타가와 류노스케가 관동대지진과 관련하여 10편의 기록이나 문장을 남기고 있고, 그 중에서도 『김장군(金將軍)』은 아쿠타가와가 관동대지진을 통해서 처음으로 조선을 테마로 한 작품이며 유일하다고 하였으나(「아쿠타가와 류노스케와 관동대지진」, 日本學報 第77輯, 2008. 5), 『김장군』은 1924년 1월에 발표된 작품으로 관동대지진이 발생한지 4개월이 지난 후이다. 또, 양동국에 의하면 관동대지진 속의 조선인 학살사건과 관련된 문학작품으로 당시 구어자유시의 완성자로 이름을 떨쳤던 하기와라 사쿠타로의 「近日所感」과, 프롤레타리아 작가 미야지마 스케오의 「眞僞」 등이 있지만 유메지가 가장 빨리 문학화, 예술화하였다고 했다.(양동국, 「하기와라 사쿠타로(萩原朔太郎)와 한국」, 日本研究

Ⅲ. 유메지의 『도쿄재난화신(東京災難畵信)』[15)과 조선인

유메지의 『도쿄재난화신』은 『미야코신문(都新聞)』에 총 21일 동안 21회에 걸쳐 게재한 것으로,[16) 시골에 사는 지인에게 보내는 편지 형식을 하고 있다. 여기에는 유메지가 직접 스케치북을 들고 재난지역을 돌며 그린 그림과 글이 반전 화가답게 직설적으로 묘사되어있다. 유메지는 『도쿄재난화신』 첫 회에 "과학도, 종교도, 정치도, 한동안 망연자실한 것처럼 보인 것도 무리는 아니었다. 대자연의 의도를 누가 알리오. 자연은 문화를 하루아침에 흔들어 한순간에 먼 옛날로 돌려놓았다"고 대지진이 휩쓸고 지나간 도쿄의 모습을 전하고 있다. 또, "바로 어제까지만 해도 소위 다이쇼문화의 모범도시로 보였던 긴자가 단숨에 몇 리나 초토화 됐다"며[17) 피해의 정도가 얼마나 심각했는지를 전하며, 더불어 『도쿄재난화신』이 물질문명의 붕괴에 대한 풍자로 전개되어 갈 것을 암시하고 있다.

第26輯, 2009, 220-221쪽 참고)

15) 예문의 텍스트는 『유메지와 가료·고카의 도쿄재난화신 르포(夢二と花菱·耕花の東京災難畵信ルポ)』라는 제명으로 2003년 クレス出版에서 간행한 것으로, 한자는 신자(新字)를 사용하고 있다. 인용문은 필자 번역. 이하 본문 인용은 같은 책이며 『도쿄재난화신』으로 표기한다.

16) 당시 도쿄의 신문사 15개사 중 지진에 의한 피해를 면한 곳은 미야코신문사(都新聞社), 호치신문사(報知新聞社), 도쿄니치니치신문사(東京日日新聞社) 3곳뿐으로, 이중 미야코신문사는 전기, 가스, 수도가 끊기고 활자 케이스가 넘어져서 간신히 수작업으로 호외를 냈다. 1945년 5월, 공습에 의해 신문사 사옥이 불타게 되어 필자가 텍스트로 삼은 『도쿄재난화신』에도 이로 인해 소실된 9월 3일자는 입수 불가, 총 21회 중 20회만 실렸다. (槌田滿文,「解說」, 위의 책, 107-108쪽)

17) 科學も、宗教も、政治も、暫く呆然としたやうに見えたに無理はなかつた。大自然の意図を誰が知つてゐたらう。自然は、文化を一朝一搖りにして、一瞬にして太古を取り返した。(中略)所謂大正文化の模範都市と見えた銀座街が、今日は一躍數里焦土と化けた。(『東京災難畵信』, 4쪽)

대지진이 일어난 날, 유메지는 자신의 일기에 다음과 같이 기술하고
있다.

9월 1일부터.
자연이 인간과의 약속을 완전히 해제했다. 그런데도 인간은 아직 그
약속을 무용지물로 하지 않으려고 한다. 인간끼리의 약속도 역시 —18)

유메지는 관동대지진이 일어난 9월의 일기를 자연이 인간과의 약속
을 저버렸다는 말로 시작한다. 자연재해는 인간의 힘으로 어찌할 방법
이 없지만, 모든 것이 엉망이 되어버린 현실 속에서도 자연 재해에 굳
세게 맞서고 있는 인간의 의지에 대한 경외심을 엿볼 수 있다. 그러나
몇몇 위정자들의 유언비어와 무지한 대중의 만행이 삶의 터전을 지키
려는 안간힘조차도 송두리째 빼앗아 버렸는지도 모른다. '인간끼리의
약속'마저 저버리려고 하는 인간들 속에서도 인간으로서의 약속을 지
키려는 유메지와 같은 일본인이 있었다. 유메지는 조선인 내습(來襲)에
의한 폭동 발생이라는 유언비어가 거의 동시에 각지에서 발생했던 것
으로 미루어 볼 때 피난민 사이에서 자연적으로 발생한 것이 아니라
관헌의 어떠한 수단에 의해 흘려진 것이 아닐까 의심하며 유언비어를
처음부터 믿지 않았다. 여기서 사회현상을 냉철히 바라보는 그의 비평
정신을 감지해낼 수 있다. 학살이라고 하는 비인도적인 행위를 앞에 두
고 침묵하는 지식인이 많은 가운데, 유메지는 신문의 지면을 빌려 발로

---

18) 自然が人間との約束をすっかり解除した。それだのに人間はまだその約束を反古
にしないやうにしやうとしている。人間同志の約束も—(竹久夢二, 『夢二日記 3』,
筑摩書房, 1987, 91쪽)

직접 걸으면서 얻은 정보를 그림과 문장으로 남기고 있다. 아키야마 키요시는 "재해를 당한 일본에서 치안유지를 위해서라며 행해진 다수의 살육사건이었다. 이 사실을 혼란 속에서, 아무도 비판의 목소리를 아직 내지 않았을 때, 유메지의 「재난화신」은 가장 빠른 것"[19]이었다고 했다. 재난으로 얼마나 많은 것을 잃었고, 다시는 찾을 수 없는 것이 무엇이었는지를, 그리고 그들이 잃은 것은 눈에 보이는 피해가 아니라 눈에 보이지 않는 인간의 가장 기본적인 도리라는 것을 이 르포를 통해 말하고 있다.

『도쿄재난화신』 중에 특히 주목하는 것은 6번째 화신인 「자경단 놀이(自警團遊び)」이다.

[그림 1] 「자경단놀이(自警團遊び)」(『東京災難畫信』)

---

19) 誰も批判する聲をまだ擧げなかった時、夢二の「災難畫信」はそのもっとも早いものであった。(秋山淸, 『鄕愁論－竹久夢二の世界』, 靑林堂, 1971, 32-33쪽.)

그림에서 아이들은 장난처럼 모여서 놀고 있는 것처럼 보이지만, 6명의 아이들의 표정과 더불어 유메지 스스로가 덧붙인 사실적인 문장에 주목할 필요가 있다.[그림 1][20)

"만군, 네 얼굴은 아무래도 일본인이 아니야"두부집의 만군을 붙잡고, 아이 하나가 그렇게 말한다. 교외의 아이들은 자경단놀이를 시작한 것이다.

"만군을 적으로 하자"

"난 싫어, 죽창으로 찌를 거잖아"만군은 뒷걸음질을 쳤다.

"그런 짓 안한다니까. 우리들은 그냥 흉내를 내는 거야"그렇게 말해도 만군은 허락하지 않아서 개구쟁이 대장이 나와,

"만공! 적이 되지 않으면 때려죽일 거야"라고 겁을 주어 억지로 적으로 만들어 뒤쫓다가, 정말로 만군을 울 때까지 계속 때려버렸다.

아이들은 전쟁을 좋아하지만, 당시는, 어른들까지도 순사나 군인 흉내를 내며 우쭐해하고, 막대기를 휘두르면서 지나가는 만군을 괴롭히는 것을 본다.

여기서 잠깐, 너무나 진부한 선전표어를 시도해 본다.

"아이들아. 몽둥이를 가지고 자경단놀이를 하는 것은, 이제 그만두자"[21)

---

20) 『도쿄재난화신』 [그림 1], [그림 2]의 출처는 모두 關谷定夫, 『竹久夢二－精神の遍歷』(東洋書林, 2000, 149쪽)이다.

21) 「萬ちやん、君の顔はどうも日本人ぢやあないよ」豆腐屋の萬ちやんを攝まへて、一人の子供がさう言ふ。郊外の子供達は自警団遊びをはじめた。/「萬ちやんを敵にしやうよ」/「いやだあ僕、だって竹槍で突くんだらう」萬ちやんは尻込みをする。/「そんな事しやしないよ。僕達のはたばた眞似なんだよ」さう言つても萬ちやんは承知しないので餓鬼大將が出てきて、/「萬公！敵にならないと打殺すぞ」嚇かしてむりやり敵にして追かけ廻してゐるうち眞實に萬ちやんを泣くまで毆りつけてしまつた。/子供は戰爭が好きなものだが、当節は、大人までが巡査の眞似や軍人の眞似をして好い氣になって棒切を振りまはして、通行人の萬ちやんを困

어린 아이들의 놀이에서조차 일본인이 아닌 얼굴, 즉 조선인 역할을 하면 피해를 입는다는 것을 알고 있다. 실제로 당시 일본인 중에서는 조선인으로 오인 받아 피해를 입은 사례가 적지 않았다. 처음에는 단순히 놀이로 시작했으나 무리의 대장이 주도하자 분위기가 달라지기 시작한다. <놀이>임을 완전히 망각한 채, 조선인 역할을 거부하는 친구를 협박하고, 급기야 폭력을 휘두르며 우쭐해하는 모습은 사실 파악도 제대로 못한 채 군중심리에 휩쓸려 잔인한 행동을 자행하는 어른들의 모습 그대로이다. 어른들의 인종차별, 권력 지향적 태도가 어떤 결과를 초래하는지를 경고하고 있다. 바꿔 말해 유메지는 관동대지진 당시 자아를 잃어버린 일본인의 집단 심리와 그로 인한 야만성을 천진난만한 아이들의 놀이문화로 담아 오히려 풍자성을 내세우며 비판하고 있는 것이다. 이러한 사실적인 내용과 그 비판성을 또 다른 르포 기사에서도 찾을 수 있는데, 본 논문의 텍스트로 삼은 『관동대지진 르포』에 유메지의 『도쿄재난화신』과 함께 실려 있는 『대지진인상기 다이쇼 무사시 아부미(大震災印象記 大正むさしあぶみ)』가 그것이다. 가와무라 가료(川村花菱)가 글을 쓰고, 야마무라 고카(山村耕花)가 그림을 그린 것으로 유메지의 『도쿄재난화신』보다 16일 늦게 연재를 시작,[22] 관동대지진 당시의 비참한 피해 현장을 기록으로 남기고 있다. 여기에도 「자경단」이라는 제목의 르포가 등장하는데 유메지의 「자경단놀이」에서 직접적인 모티프, 혹은 적지 않은 영향을 받았을 것으로 보이므로 함께 비교해 보도

らしてゐるのを見る。/ちよつとここで、極めて月並の宣伝標語を試みる、/「子供達よ。棒切を持つて自警団ごつこをするのは、もう止めませう」(『東京災難畫信』, 14쪽.)

22) 1923년 9월 30일부터 11월 1일까지 『夕刊報知新聞』에 게재되었다.

록 하자.

　　문화는 자경단을 만들어냈다. 동네의 채소가게, 주류 취급점의 주
인은 죽창을 사들이고, 약장수 같은 큰 칼을 허리에 차고는 태어나
서 처음 얻은 권리를 더욱 이용하여 쓸모없게 만들지 않겠다는 심사
가 유감없이 드러나 있다. 그들은 지나다니는 사람들을 되는 대로
힘껏 붙잡았다. 모두 조선인이라 생각했다. 모자도 쓰지 않고 훌쩍
외출한 형을 찾는다는 젊은이는 행선지를 대답하지 못했다는 이유
로 조선인 취급을 받고 파출소에 끌려갔다. (중략) 시즈오카 주변의
자경단은, 수상하게 보이면 「기미가요」를 부르게 하고, 우리 동네에
서는 「유행가」를 부르게 했다.23)

　가료는 「자경단」에서 생각지도 않은 권력을 맛보게 된 인간이 그것
을 잃지 않기 위해 얼마나 무모한 행동을 하는 지를 기록하고 있다. 지
나가는 사람이라면 누구나 이들의 경계 대상이 되었고, 같은 일본인을
조선인으로 오인하는 경우도 많았던 경우를 사실적으로 담고 있다. 가
료·고카가 당시 자경단의 모습과 분위기를 이렇듯 약간의 풍자를 곁들
여 보다 사실적으로 전달하는데 치중했다면, 앞에서 본 유메지의 「자
경단놀이」는 자경단을 어린이들의 놀이에 빗댄 전형적인 풍자적 표현
으로 일관하고 있음을 알 수 있다. 그것은 등장 대상이 '어른과 소년'

---

23) 文化は自警団を生んだ。町内の八百屋酒屋の大將は、竹ヤリをかいこみ、源水のや
　　うな日本刀をたばさんで、生まれはじめて得た權利を、いやが上にも利用して、
　　ろうづにしまいといふ心事が遺憾なく現れて居た。彼等は、通行の人々を、でた
　　らめにひつ捕へた。皆鮮人だと思つた。帽子もかぶらずにぶらりと出た兄貴をさ
　　がすといつて居る若者は、行く先が答へられないといふ理由で交番につれられ
　　た。(中略)靜岡辺の自警団は怪しと見れば「君が代」をうたはし、私の近所は都々逸
　　をうたはした。(『東京災難畫信』, 58쪽.)

의 묘사, 그리고 '일상과 놀이'라는 제재의 비교에서도 음미할 수 있다.

유메지의 현실 인식과 이를 풍자화 한 것은 그의 르포의 한 특징이었다. 유메지는 터무니없는 유언비어에 놀아난 일본인들의 부끄러운 모습을 '지극히 진부한 선전표어'를 빌어 그만두자고 말했다. 누구라도 당연하게 생각되는 행동이기에 표어로 만드는 것조차도 진부한 행동을 바로 자경단이 하고 있다는 반어적 표현으로 군중의 행위를 통렬하게 비판하고 있다. 유메지가 말한 진부한 표어는 『도쿄재난화신』에 삽입된 「포스터(ポスター)」라는 그림에서도 직접적으로 확인할 수 있다.

[그림 2] 「포스터(ポスター)」(『東京災難畫信』)

나무에 붙어있는 포스터에는 "있지도 않은 일을 알리고 다니면, 처벌 받습니다. 경시청"24) 이라는 문구가 있다. '조선인 내습'이라는 유언비어의 근원이 정확히 어디에 있는지를 간파하고 그 유언비어의 원흉

---

24) 有りもせぬ事を言い触らすと、處罰されます 警視廳(『東京災難畫信』, 32쪽.)

이 유언비어를 단속하겠다는 적반하장의 웃지 못 할 정경을 유메지는 적확하게 그려내고 있다. 특히, 황폐하고 음산한 이 포스터의 배경에는 비참함을 금치 못하는 그의 사상성의 일면이 담겨 있는 듯하다.

목사 가시와기 기엔(柏木義円, 1860~1938)은 조선인 참살 사건에 대해 "함부로 유언비어를 전하는 자와, 이것을 가볍게 믿는 자도 그 책임을 면하기 어렵다"며, 일본당국의 조사와 사죄를 요구했다.[25] 유메지 역시 관동대지진이 일어난 9월의 일기에서 야만적인 일본의 행위에 대해 다음과 같이 두려움을 서술하고 있다.

자기주의는 갈 데까지 가면, 변질된다. 무너지면 뒤로 뒤로 물러설 뿐이다. 두렵게도 끝을 모르는 인간의 □□의 밑바닥까지 떨어져버린다.[26]

당시 유메지는 '돈타쿠 도안사(どんたく 圖案社)'[27]라는 조직을 만들어 월간 『도안과 인쇄(圖案と印刷)』를 기획, 창간하려 하였으나 관동대지진으로 인해 모두 엉망이 되었다. 이 출판 기획사는 유메지가 그렇게 꿈꿔오던 유럽 외유의 기반이 될 계획이었으나 전부 물거품이 된 것이다. 그러나 그 대신 날카로운 사회비판을 담은 『화신』이 큰 호평을 받았다. 실제 지진을 체험하고, 유메지가 재해지역을 스케치하며 다니는 모습을 봤다는 아키야마 키요시는 "『화신』은 불안한 나날의 도쿄 시민에게

---

25) 漫に流言蜚語を伝へしものと、之を輕信せしもの亦其責を免れずと存候……(琴秉洞, 앞의 책, 231쪽.)
26) 自己主義はゆく所までゆけば形をかへる、敗頽は後へ後へと退くばかりだ おそろしい底のしれない人間の□□のどん底まで落ちてしまふ。(竹久夢二『夢二日記3』, 앞의 책, 91쪽.) □□는 원문 그대로 표기.
27) 포스터, 광고, 무대장치 등 상업미술을 맡은 디자인회사.

뜻밖의 평안함과 친밀감을 주었다. 시심(詩心)이 발하는 공덕(功德)이라고 할 수 있을 것이다”라고 함과 동시에, “그답게 사회를 보는 시각이 비판적 성격을 동반하여, 젊은 날부터의 반 권위적인 서민의 마음이 그려져 있다”고도 했다.28) 유메지의 문학작품에서 공통적으로 드러나는 친근함, 서민적인 정서는『도쿄재난화신』에서도 변함없이 볼 수 있다. 갑자기 덮친 재난 앞에서 우왕좌왕, 갈팡질팡하던 시민들은 매일매일 일간지를 통해 유메지의 글과 그림을 접했다. 때로는 사실적으로, 때로는 풍자적으로, 때로는 비판적인 유메지의 사상은 화려하지 않으면서도 시민들의 심금을 울렸다.

관동대지진으로 인해 상업 예술가로서의 대성과 유럽 외유라는 유메지의 꿈은 일시적으로 좌절되고 말았지만 조선인 학살 사건을 포함한 비야만적인 행위에 대한 직접적인 목격은 개인을 억압하는 집단과 국가를 향한 저항심을 강하게 만들었다. 유메지의 내면에 언제나 인간적 모습의 회복과 인간미에 대한 갈구가 끊임없이 존재했기 때문에 그가 강한 사회성을 지닌 예술가로 거듭났다는 것은 두말할 나위 없다.

IV. 유메지의 사회의식

젊은 시절의 유메지는 이상사회의 실현을 꿈꾸는 사회주의 청년 중

---

28) 「書信」は不安な日々の下の東京市民に意外な安らぎと親しみを与えた。詩心の發する功德といい得るものでそれはあっただろう/彼らしい社會を見る目の批判的性格を伴って、若い日からの反權威的な庶民の思いが描かれている。(秋山淸,『竹久夢二』, 紀伊國屋, 1994, 50쪽.)

하나였다. 그는 1905년 평민사29)의 기관지 『직언(直言)』에 아라하타 간손 (荒畑寒村)의 주선으로 삽화 「승리의 비애(勝利の悲哀)」30)를 게재하게 된다.

[그림 3] 「승리의 비애(勝利の悲哀)」 (『直言』제20호, 1905년 6월 18일)

팔에 붉은 십자가가 달린 흰 옷을 입고 머리 부분이 해골인 남자와 머리를 올린 한 여인이 울고 있는 작품으로, 간손의 말에 의하면 잘 그 린 그림이라고 할 수는 없지만 반전적(反戰的)인 우의(寓意)가 흥미로워서 『직언』에 의뢰했다고 한다.31)

---

29) 평민사는 러일전쟁을 앞두고 주전론(主戰論)으로 전환한 『요로즈쵸호(萬朝報)』에 서 퇴사한 고토쿠 슈스이, 사카이 도시히코(堺利彦, 1870~1933)그리고 무교회주 의자인 우치무라 간조와 같은 사회주의자들에 의해 1903년 10월 23일 도쿄 유락 쵸(有樂町)에 만들어진 신문사로, 비전론을 주장하고 사회주의 사상을 선전, 보급 하는데 주력했다.(간조는 러일전쟁에서는 비전론을 주장하지만, 청일전쟁(1894~ 1895)에서는 의전론(義戰論)을 주장한다.)
30) ノーベル書房編集部, 『惜しみなき青春－竹久夢二の愛と革命と漂泊の生涯』, ノーベ ル書房, 1976, 50쪽. [그림 3]의 출처도 같다.
31) 繪はまだうまいちはいえなうが、その反戰的な寓意を面白く感じたので、(中略) その發表を依賴して快諾を得た.(위의 책, 50쪽.)

「승리의 비애」라는 역설적인 제목에서처럼, 저녁노을과 하얗게 빛나는 강이 그려내는 동적(動的)인 이미지와 정지된 듯 고개를 떨어뜨린 채 나란히 서있는 부부의 정적(靜的)인 모습이 대조적으로 부각되어 시각적 효과를 극대화하고 있다.

당시는 러일전쟁(露日戰爭, 1904. 2~1905. 9)이 막바지에 이를 무렵으로, 이 삽화가 발표될 무렵에는 동해해전(東海海戰)32)의 승리로 모두가 기쁨에 취해있었다. 하지만 승리의 이면에는 이처럼 많은 국민들이 국가에 의해 희생되어 비참한 모습을 하고 있었다는 것을 유메지는 풍자와 대조적인 표현을 통해 날카롭게 포착하고 있다. 이것을 시작으로, 『평민신문(平民新聞)』에도 삽화를 계속 게재하게 되고, 1906년에는 『직언』의 뒤를 이은 평민사의 기관지 『빛(光)』에 반전화(反戰畵)를 게재하거나, 『법률신문(法律新聞)』에 법정스케치를 게재하는 등 각종 신문이나 잡지에 투서도 많이 하였다.33)

간손은 "유메지가 왕년에 사회주의 청년이었다고 하면 분명 놀라는 사람도 있을 것이라 생각되지만, 유메지도 역시 평민사의 단골 중 하나였다. (중략) 빵과 물만으로 지내는 날이 많았던 생활이었으나 그런 것은 개의치 않고 사회주의 실현의 공상에 잠겨 자유로운 논쟁을 벌였다"고 했다.34)

---

32) 동해해전은 1905년 5월 27일~5월 28일, 일본 연합함대와 러시아발트함대 사이에서 벌어진 전투로, 일본에서는 쓰시마해전, 일본해해전으로 불린다.

33) 당시 '투서'는 문학예술을 지망하는 청년들의 등용문 역할을 하는 것이었다(小倉忠夫, 「竹久夢二の生涯—畵家としての出發」, 『別冊太陽 竹久夢二』, 平凡社, 1977, 25쪽.)

34) 竹久夢二が往年の社會主義靑年であったといったら、きっと驚く人があるに違いないと思うが、彼もまた平民社の常連の一人であったのだ(中略)水とパンだけで過す日の多い生活をも意に介せず、社會主義實現の空想に耽って奔放な議論をたたかわせていた。(長田幹雄, 「車夫、書生、平民社のころ」, 위의 책, 32쪽.)

그러나 유메지는 1910년 대역사건35)을 계기로 표면적으로 드러나는 사회주의자에서 멀어졌다. 다시 말하자면, 더 이상 그의 작품에서 이전과 같이 사회주의적인 경향을 보이는 작품은 발견하기 힘들어졌다. 기무라 기(木村毅)가 쓴 『다케히사 유메지(竹久夢二)』에 의하면 대역사건으로 유메지도 경찰에 이틀간 구치되어 조사를 받았으며, 석방 후에도 그의 신변에는 장기간 사복형사와 순사에 의한 집요한 감시가 계속되었다.36) 사건의 주모자로 지목된 고토쿠 슈스이가 결성한 평민사에 출입을 하긴 했어도 설마 대역사건에 유메지 자신이 휘말릴 것이라고는 생각지도 못했기 때문에 큰 충격을 받았다. 반전(反戰)과 크리스트교적 인도주의에 공감하여, 작품 속에 사회성을 담아냈던 유메지가 이후 아웃사이더의 자세를 취할 수밖에 없었던 배경에는 결국 이러한 국가권력이 끼친 압력을 예로 들 수 있을 것이다. 대역사건을 계기로 유메지는 사회주의운동에서 완전히 이탈, 작품 면에서는 일반 서민이 공감하고 동경하는 서정적이고 아름다운 글과 그림이 주를 이뤘고, 사생활에 있어서는 여성 편력이 심해지고 한곳에 정착하지 못하는 등 방랑의 시기를 맞는다.

그렇다고 유메지가 사회에 무관심했던 것은 아니다. 관동대지진의 이면에 감춰진 폭력성을 일찍이 간파하고, 그로 인한 약자의 고통을 가감 없이 전달하려고 노력한 유메지의 사회의식은 이 후 유럽 외유에서

---

35) 1910년 5월 일본 각지에서 수많은 무정부주의자와 사회주의자가 메이지천왕의 암살계획을 이유로 검거·기소되어 그 중 26명이 처벌당한 사건. 평민신문을 창간했고, 메이지기의 사회주의자였던 고토쿠 슈스이가 주동자로 지목되어 사형된다.
36) 유메지는 자신이 이 사건으로 경찰 조사를 받은 소감이나 비평 등을 어디에도 기록으로 남기지 않았지만, 후배 화가인 만요(萬代)가 자신의 친구인 기무라에게 유메지가 이 사건에 연루되었다고 말해서 알게 됐다고 한다.

도 엿볼 수 있다.37)

1931년 5월, 오래 전부터 유럽 세기말 예술의 영향을 받아38) 외국에 대한 꿈을 안고 있었던 유메지는 화가로서는 늦은 나이라고 할 수 있는 48세에 미국, 유럽 외유를 떠난다.39) 대역사건에 대해서는 함구했던 유메지였지만 외유 중에는 일본 국내에서보다는 자유로웠던 탓인지 자

---

37) 『주간 아사히(週刊朝日)』 편집장인 오키나 규인(翁久充)으로부터 구미(歐美)행을 제안 받고, 우여곡절 끝에 그 해 5월 출국, 미국 캘리포니아로 향한다. 오랜 염원이었던 외유였지만, 규인과의 마찰과 작품의 판매 부진으로 경제적 곤란을 겪게 된다. 약 2년 4개월 동안 미국과 유럽 등지를 돌며 전시회를 여는 등의 활동을 하였으나 전반적으로 순조롭지 못했고, 건강까지 악화되어 결국 1933년 9월 고베를 통해 귀국한다. 귀국 후 얼마 지나지 않아 병원에 입원, 결핵으로 영면한다.

38) 유메지는 『겨울 이야기(冬の卷)』 서문에 "고갱과 세잔느의 사진판이 일본에 건너왔다. 결코 풍류나 특이함을 꾀하는 것은 아니었다. 그런데도 홍분이 되어 가슴이 두근거림을 느꼈다"고 했다.(ゴーガンとセザンヌ寫眞版が日本へ舶來した。風流や異常が畵いてあるのでは決してなかった。それでも胸が高鳴りするのを覺えた。) 자연을 직시하는 세잔느의 작품을 보고 눈물을 흘린 적도 있는 유메지는 이 밖에도 세기말미술을 이해하는데 있어 특히 잡지 『시라카바(白樺)』의 도움을 받은 것으로 보인다. 『시라카바』는 라쿠요토(洛陽堂) 출판사에서 1910년 4월에 창간, 1923년 8월에 폐간된 잡지로 1909년 12월에 나온 유메지의 『봄 이야기』의 인기로 출판사에 경제적인 여유가 생기자 간행이 가능하게 되었다. (荒木瑞子, 『竹久夢二の異國趣味』, 創文社, 1995, 143쪽.) 유메지는 서양미술을 소개하는 잡지의 내용은 물론이고 같은 세대의 젊은 예술인들과의 교류에도 홍미를 가진 것으로 보인다. 아라키 미즈코는 "유메지는 라쿠요토와 관련이 있었을 때 『시라카바』의 영향을 받아 유메지만의 학식으로 『시라카바』가 거론한 서양화가의 작품을 감상하고 자력으로 체득했다. (夢二は、洛陽堂荒と關わる中で『白樺』の影響を受け、彼なりの才覺で、『白樺』がとりあげた西洋の畵家の作品を鑑賞し、自力で學んでいったのある。)"고 했다. (위의 책, 165쪽.)

39) 유메지는 구미여행을 앞두고 미츠코시 백화점 경성점(京城店, 現신세계백화점 본점)에서 1931년 4월 21일부터 26일까지 작품 전람회를 열었다. (上田周二, 앞의 책, p.564) 필자가 유메지향토미술관(夢二郷土美術館, 岡山소재)에 직접 문의한 바에 의하면 "전람회 개최 시에 유메지는 도쿄에서 지낸 것으로 보이고(『유메지 서간(夢二書簡)』 참고), 서울에 갔다는 자료가 따로 발견되지 않았다"고 한다.(2009. 3. 10. 현재) 이 답변으로 볼 때 전람회 기간 동안 유메지가 서울에 직접 오지는 않은 것으로 추정된다.

신의 일기에 정치, 사회적인 언급을 하기도 했다. 특히 유메지가 베를린에 갔을 때는 히틀러가 수상이 되어 일당독재의 지배체제를 확립하던 험난한 시기였는데, 이 무렵 유메지는 일기에 유태인에 관한 감상을 담았다.

3월 21일

지역적 쟁투, 민족투쟁, 인권투쟁, 계급투쟁 모두 해결의 날은 있을 수 없지만 우선 안정될 날이 있을 것은 예상할 수 있다.[40]

4월 1일

어디엔가 유태인이 살 토지는 없을까. 유태국의 건설을 보고 싶다.[41]

유메지는 유태인들이 많이 사는 곳에 거주하고 있어서, 자연스럽게 유태인들의 생활을 접할 수 있었던 것으로 보인다. 나치가 유태인 상점에 붉은 전단을 붙여 불매운동을 벌이고, 상점과 백화점이 하나씩 문을 닫는 것을 보며 유태인을 억압하는 나치의 폭력성을 비판하기도 했다. 당시 유메지는 그토록 열망하던 해외여행에서 금전적인 어려움과 외로움으로 심신이 모두 극도로 피폐한 상태였다. 실패를 모르고 성공가도를 달리던 유능한 인기 화가이자 시인이었던 그는 일생일대의 절망적인 상황에서도 약자의 삶을 그냥 지나치지 못했다. 그 자신도 힘든 상황에서 나치의 유태인 박해를 비난했고, 그저 동정에서 그치는 것이 아

---

40) 地域的爭鬪・民族鬪爭・人種鬪爭・階級鬪爭いづれ解決の日はあるまいが、まづ落ちつく日のあることは予想出來る。(竹久夢二, 『夢二日記 4』, 筑摩書房, 1987, 268쪽.)
41) どこか猶太人の住む土地はないか。猶太國の建設が見たい。(위의 책, 270쪽.)

니라 별개의 존재로서 인정했다는 부분이 놀랍다. 또, 유메지는 기독교 신자들의 모임을 통해 유태인 구원 센터에 연락이나 서류 등을 전달하는 역할을 담당했고, 외국으로 망명하는 유태인을 원조하는 위험한 일을 의뢰받아 도움을 주기도 했다.[42] 분위기에 휩쓸려 부화뇌동하거나 단순히 말로만 동조하는 방관자적 자세가 아니라, 유메지 자신이 추구하는 이상 사회를 위해 직접 일조하였다는 점에서 대중적인 인기화가이자 작가에서 벗어난 그의 새로운 일면을 엿볼 수 있게 한다.

[그림 4] 「한일합방 기념엽서」(『월간 유메지 카드』, 1910)

한편 유메지와 한국과 관련해서는 1910년 8월경, 4장의 그림엽서를 남기고 있는데, 임시증간 형태로 간행된 것으로 추정되는[43] 「한일병합기념(日韓合邦記念)」 엽서는 그의 사상적 인식을 뚜렷하게 그리고 있다는 점에서 매우 주목할 만하다. [그림 4][44]

---

42) 關谷定夫, 위의 책, 187-188쪽 참고.
43) 1910년 8월, 한일병합조약에 조인했고, 그에 맞춰 임시증간이라는 형태로 간행한 것이므로, 조인 후 얼마 지나지 않은 같은 해 8월경 발매되었다고 추측된다. (酒井不二雄 編, 『夢二えはがき帖』, 日貿出版社, 1993, 252쪽 참고)
44) 위의 책, 30쪽.

첫 번째 엽서에서는 일본 소년과 한복을 입은 소녀가 등장하는데, 소녀의 울고 있는 모습이 한일병합을 원하지 않는 조선인의 심정을 대변하고 있으며, 땅에 버려진 태극기가 병아리 모습으로 찢겨져 있어, 이 엽서가 한일병합을 풍자적이자 비판적으로 다루고 있음을 암시케 한다.

두 번째 엽서에서는 한복을 입은 여인이 칼을 찬 사무라이 복장의 일본 남성에게 어쩔 수 없이 손을 내밀고 있다. 그런데 이 그림의 제목이 「기나긴 혼약(長かりし婚約)」이다. 국권 피탈의 아픈 숙명을 남녀의 혼약에 빗대어 묘사한 유메지의 풍자성에 놀라지 않을 수 없다. 그러나 혼약임에도 불구하고 여인은 소복처럼 보이는 한복을 입고 있으며, 전혀 행복해 보이지 않다는 것을 느낄 수 있다. 일본을 상징하는 사무라이의 얼굴은 미소로 가득 차 있는 것과는 달리, 여인의 얼굴에는 구체적인 표정을 그리지 않아, 한일병합으로 국가를 잃은 조선의 상실감을 표정 없는 얼굴로 효과적으로 보여주고 있다.

세 번째 엽서에서는 양복을 입은 서양인 신사와 기모노를 입은 일본 여인이 서로 사이좋게 바라보며 걸어가는 모습이 지구의 위에 커다랗게 그려져 있다. 여기에서 기모노를 입은 여인은 말할 것도 없이 일본을 의미하며, 더불어 지구의 위를 걷는 것은 제국주의의 길을 걷고 있음을 나타낸 것으로 보인다. 그런데 앞에 제시한 두 엽서에서는 남성이 일본을 상징하고 있는 것과는 달리, 여기에서는 일본을 기모노를 입은 여인에 비유하고 있다. 기모노의 태극문양에서도 알 수 있듯이 조선을 식민 지배하고 있는 일본이지만, 서양 강대국 앞에서는 나약한 여인이 모습에 불과하다는 것을 역시 풍자적으로 표현했다.

네 번째 엽서에서는 일장기를 든 소년과 치마저고리를 입은 소녀가 함께 뛰어가고, 뒤에는 미국, 영국, 독일과 러시아가 웃는 모습을 한 어른으로 그려져 있다. 일본이 제국주의의 길을 걸어간다고 해도 서구 입장에서 보면 아주 어리고 또 위태로운 소년일 뿐임을 보여주고 있다. 세 번째 엽서에서 일본을 여성으로 묘사한 것과 같은 맥락으로 볼 수 있을 것이다.

한편, 네 번째 엽서의 소녀는 지금까지와는 달리 웃는 얼굴을 하고, 소년과 다정하게 어깨동무를 하고 있다. 첫 번째, 두 번째 엽서에서 일본에 나라를 빼앗긴 민족의 설움을 이목구비가 없는 얼굴로 묘사한 것과는 대단히 대조적이다. 서양 강국에 맞서 아시아의 동반자로 함께 나아가자는 염원이 엿보이는 부분이며, 나아가 나라를 빼앗기고 자유를 빼앗긴 이들, 학대받는 약자들이 없는 세상, 그런 평화로움을 지향하는 유메지의 사상이 다정한 소년, 소녀의 그림에 투영된 것이 아닐까.

이상에서와 같이 「한일병합기념」이라는 제명으로 그린 4장의 그림엽서의 '기념'이라는 제명 또한 비판의식을 곁들인 유메지의 풍자였음을 확인할 수 있다. 통치권을 빼앗기고 나라를 잃은 슬픔을 치마저고리와 고무신으로 대표되는 조선의 이미지에 담아 소박하지만 세밀하게 지면에 투영시키고 있다는 점에서 유메지의 사회성을 음미할 수 있는 소중한 자료라고 할 수 있다. 그리고 그 사회성은 그가 예술가로서 출발할 때부터 이미 강하게 존재해왔다. 유메지가 관동대지진 때의 조선인 학살에 어느 누구보다도 빨리, 진한 사회의식으로 일본인들의 야만성을 파헤친 배경에는 바로 균형 잡힌 국제 감각과 권력에 대한 부정적 시각이 있었던 것이다. 그리고 그 기저에는 사회주의에 깊은 관심을 가지고 이상사회를 끊임없이 꿈꾼 그의 예술가로서의 혼이 있다고 할 수 있다.

V. 맺으며

유메지와 사회주의를 함께 논하던 간손은 훗날 『간손자전(寒村自傳)』에서 "유메지는 성공하게 되자 옛일은 편한 대로 잊어버리고 말았다"며[45] 젊은 시절에는 반전 화가로서 출발하였던 유메지가 사회주의를 쉽게 버리고 전향한 것을 비판한 바 있다. 그러나 사회주의를 버리고 전향하였다고 비판받아야 할까라는 의문이 든다. 본고에서 살펴본 바와 같이 비록 젊었을 때 그가 이상으로 삼았던 사회주의에서 벗어났다고 해도 그가 꿈꾼 인간 중심의 사회는 여전히 그의 마음에서 숨 쉬고 있음을 확인할 수 있다. 오히려 유메지는 어떠한 사상보다도 더 따뜻한 인간 사회를 꿈꾸었음에 틀림없다. 바꿔 말해 유메지는 인생의 마지막 순간까지 국가권력의 횡포나 집단 심리를 부정하였으며, 반 권력과 반 권위의 자세를 내부에 감추고 학대받는 약자와 자유를 빼앗긴 서민 대중의 마음에 꿈과 희망과 위안을 주기 위한 작품을 창작했다. 유메지는 현상을 개혁하려는 사람들과도 지키려고 하는 보수적인 사람들과도 어느 쪽에도 동조하지 못했지만, 그러면서도 오래된 것, 사라져가는 것에 대한 향수와 이국에 대한 동경을 늘 마음에 담고 있었다.

『도쿄재난화신』은 유메지가 사랑했던 일본, 도쿄서민의 동네, 전통에 의해 키워온 그의 서정이 순식간에 불타고 학살의 거리가 된 것을 주제로 삼아 예리한 시각과 비판적 사상으로 그려낸 르포 화첩이다. 대지진의 피해자 피난민들 속에 팽배해진 불안과 불만, 그리고 분노 등의 흉흉한 여론을 가라앉히기 위해 군경과 관은 일본 제국 내의 멸시의

---

45) 彼は成功につれて昔のことなど都合よく忘れてしまった。(ひろたまさき, 「竹久夢二研究序説」, 『近代日本社會と思想』, 1992, 183쪽. 재인용)

표적이 된 조선인에게 그 책임을 전가했다. 그러나 유메지가 혼란의 거리에서 본 것은 조작과 방조의 산물인 유언비어로 무력한 국민을 선동하는 권력이라는 존재였다. 그 역시 처음에는 화가로서의 본능이 작용하여 재난의 현장을 스케치하기 시작했을 것이다. 그러나 곧 혼란의 현장에서 무너져가는 인간과 문화를 개탄하게 되고 재해를 당한 거리에서 보고 들은 것을 폭로하게 된다.

대지진으로 인해 몰락한 도시와 그보다 더 타락하고 파괴되어버린 야만적인 인간의 모습을 기록으로 남기고자 하는 유메지의 냉철한 문제의식을 『도쿄재난화신』을 통해 엿볼 수 있었으며, 그 저변에 휴머니즘이 진하게 깔려 있음을 확인할 수 있었다. 그는 지진이 휩쓸고 지나간 도쿄를 인종적, 민족적 편견 없이 약자 편에서 공평하게 봤다. 특히, 『도쿄재난화신』의 「자경단놀이」와 「한일병합기념」 엽서에서 특유의 비판정신에 풍자성을 더해 실체적으로 제시되고 있음을 반드시 주목할 필요가 있다.

이전의 유메지에 대한 평전과 평론의 대부분은 유메지와 동시대를 살아가며 개인적인 경험을 부연하는 경향이 강하여,46) 주로 미인화가, 서정시인, 자유에 대한 갈구, 계급투쟁과 허무주의적인 모습이 강조되어왔다. 특히 국내에서의 유메지에 대한 학술적 연구는 안타깝게도 대단히 미진하다. 더군다나 관동대지진과 한일병합에서의 조선인 관련 연구에 이르러서는 거의 전무한 실정이다.

그러나 유메지는 대중화가나 문인으로서의 모습 이외에도 간과해서는 안 될 날카로운 사회의식을 가지고 있었던 사상가였다. 그는 항상

---

46) 評価はほとんど同時代人によるものであるからで、そこには多分に評者自身を夢二との接触や自分の個人的な時代経験を敷衍するきらいが見られる。(위의 책, 184쪽)

따뜻한 시선으로 약자를 바라봤고, 그 약자는 때로는 여성, 때로는 어린이, 때로는 유태인이었고 때로는 조선인이었다. 사회현상을 단순히 비판만 하는 것이 아니라 약자에 대한 관심과 따뜻한 시선으로 이어졌으며 나아가 작품과 생활에서까지 강한 사회성을 가지고 행동하였기에 다케히사 유메지의『도쿄재난화신』은 더욱 높게 평가받아야 할 것이다.

제3부

기억과 주체의 경계를 넘어서

'타락', 전후를 넘는 상상력
―사카구치 안고(坂口安吾) '타락론'에서의 문화·주체·역사―

서 동 주

Ⅰ. 들어가며 : 타락의 준거

패전으로부터 반 년, '멸사봉공'과 '금욕주의'로 상징되는 전시기의 가치체계가 암시장의 사리사욕과 해방된 육체가 조장하는 욕망의 자유로 '전락'해 버린 세태의 변화에 대해 사카구치 안고(坂口安吾)는 '타락론'[1]을 빌어 다음과 같이 말했다.

　　반년 사이에 세상은 변했다. … 젊은이들은 꽃처럼 졌으나 같은
　　젊은이들이 살아남아 암거래를 한다. … 갸륵한 심정으로 남자들을

---

1) 여기서 사용하는 '타락론'이란 1946년 4월 『신초(新潮)』에 발표된 「타락론(墮落論)」 과 같은 해 12월 『문학계간(文學季刊)』에 실린 「속타락론(續墮落論)」을 포괄하는 개념이다. 본문에서는 타락을 핵심 개념으로 한 텍스트를 의미하는 경우 '타락론'으로 표기하여 개별 텍스트와 구분하고 있다. 아울러 '타락론'을 인용할 경우에는 坂口安吾, 『坂口安吾全集 4』(筑摩書房, 1998)을 저본으로 했으며, 번역은 최정아 역, 『백치·타락론』(책세상, 2007)을 참고로 하면서 부분적으로 수정을 가하였다.

떠나보낸 여자들이 부군의 위패 앞에 머리를 조아리는 일도 반년의
세월이 흐르는 사이에 점점 사무적으로 변해갈 것이고, 이윽고 사모
하는 새 임의 얼굴을 가슴에 품게 되는 날도 멀지 않았다. 인간이 변
한 것이 아니다. 인간은 원래 그러한 것이며 변한 것은 세상의 겉껍
질일 뿐이다.

ㅡ「타락론」

인간이 변한 것이 아니고, 세상의 겉껍질이 변했을 뿐이라는 주장은,
현재가 전전(戰前)의 '타락'이 아니라, 전전이야말로 인간의 변하지 않는
본성에 대한 '타락'이라는 반전을 성립시킨다. 안고는 「속타락론」에서
'인간의 본성'이란, '원하는 바를 솔직히 원한다고 하며, 싫은 것은 싫
다고 하는 것', 달리 말하면 '대의명분 혹은 의리와 인정'의 구속을 거
부하는 '적나라한 마음'으로 정의하고 있다. '타락론'은 타락에 대한 의
미의 전도를 통해 패전 직후 국민의 도덕적 '퇴폐'를 비판하며 전전의
'건전한 도의(道義)'로의 복귀를 주장하는 보수주의자[2]를 향해 던져진
안고의 '반박문'이자, 한편으로 '모럴이 초토화'[3]된 당대의 혼란 속에
서 부유하는 사람들을 위한 '위안'이기도 한 것이다.[4]

---

2) 주지하는 바와 같이 패전 직후 보수 세력은 천황의 도덕적 권위를 유지하는 방식
을 통해 천황제적 국가의 '전통'을 유지하고자 했다. 그들은 쇼와 천황의 '종전
선언'은 국민의 희생을 우려한 천황의 '성단(聖斷)'으로 간주하고, 그러한 논리의
연장선에서 국민에게 천황에 대한 참회(일억총참회)를 통해 패전을 초래한 '도의
의 퇴폐'를 반성할 것을 요구하였다.
3) 이 개념은 오구마 에이지(小熊英二), 『민주와 애국(民主と愛國)』(新曜社, 2003)의 제
1장의 제목을 차용한 것이다.
4) 발표 직후의 '타락론'은 특히 당시의 젊은층에게 열광적인 지지를 받았다. '타락
론'이 발휘했던 영향력은 무엇보다도 패전 직후의 혼란을 욕망긍정의 관점에서
포용하려는 그의 태도에서 비롯하는 바가 적지 않았다. 예컨대 1960년대 고도성
장기를 통해 잊혀졌던 안고를 발굴해 내고, 전후 체계화된 안고문학연구의 기반

안고의 '타락론'은 이렇게 욕망의 자유를 긍정하는 입장에서 권위의 붕괴와 가치의 상실이라는 패전 직후의 상황을 끌어안으려는 지향을 표명하고 있다. 그런 점에서 그것은 반(反)도덕의 데카당스 혹은 니힐리즘의 성격을 갖는다. '타락론'은 일반적으로 '무뢰파(無瀨派)'에 속하는 문학자의 데카당스 선언으로 간주되어 왔는데, 실제로 안고는 '타락론'을 전후로 한 여러 글을 통해 순결과 정조의 관념 그리고 그것을 뒷받침하는 가정(家)이라는 제도를 비판하면서 자유로운 성(性)을 빈번히 주제화했다.

그렇다고 '타락론'을 도덕과 권위가 무너진 세태에 대한 데카당스적 옹호라는 맥락에 국한시킬 수는 없다. 그것은 또한 패전 직후의 정치적 담론에 대한 신랄한 비판을 담고 있는 일종의 '정치비평'이기도 하다. 예컨대 안고는 「속타락론」에서 천황제를 거론하며 '천황제가 존속하고 그 같은 조정장치가 일본의 관념에 계속 남아서 작용하는 한 일본에 인간과 인성의 참된 개화를 바라기 어렵다'고 말하고 있다. 또한 구속을 거부하는 인간의 '적나라한 마음'은 쉽게 변하지 않는다는 입장에서 '민주화'를 위한 어떠한 제도상의 개혁도 '한계'를 가질 수밖에 없다고 지적한다.5) 이렇게 '타락론'은 욕망긍정의 데카당스를 넘어 천황제의

을 마련한 것으로 평가받는 평론가 오쿠노 다테오(奧野健男)는 '타락론'이 안겨준 '위안'을 다음과 같이 술회하고 있다. '(그것을 통해) 전쟁기의 도덕과 관념으로부터 일거에 자유롭게 되었으며 암시장에 기생하여 살아가며 전쟁 중에 억압되어 있던 성을 추구하는 자신을 긍정하는 것이 가능했다' (奧野健男, 『坂口安吾』, 文芸春秋, 1972, 13쪽.)

5) 예를 들어 안고는 「타락론」에서 당시 GHQ의 주도 하에 진행되던 전후 민주화 조치를 의식한 듯 '정치상의 개혁은 하루만에 단행될 수 있지만 인간의 변화는 그렇게는 되지 않는다'고 말하고 있으며, 「속타락론」에서는 특별히 오자키 가쿠도의 '세계연방론'에 대해 '국가와 국가간의 대립이 사라진다 해도 인간과 인간간의, 한 사람 한 사람의 대립은 영원히 사라지지 않으며', 이러한 인간의 대립이

보존을 주장했던 보수주의와 '군국주의'로부터의 철저한 단절을 추구했던 전후 혁신파가 구축했던 이른바 '전후적 담론공간'에 대한 전면적인 거부로서 성립하고 있다.

'타락론'은 패전 직후의 도덕과 정치에 대한 '비판'으로서 존재한다. 그러나 여기서 간과할 수 없는 것은 '타락론'에서 비판의 대상이 분명한 반면, 비판의 준거가 되고 있는 '타락'의 의미가 생각처럼 분명하지 않다는 점이다. 안고의 타락은 무엇보다 욕망긍정의 관점에서 도덕관념과 같은 기존의 규약(제도)에 대한 '부정'을 의미한다. 그런데 동시에 안고는 타락을 규약과 제도에 대한 '복종'으로도 의미화 하고 있다. 예컨대 안고는 「속타락론」의 말미에서 '인간은 무한히 타락할 만큼 견고한 정신을 선사받지 못했다. 무언가의 장치로써 타락을 끌어 막지 않고는 견디지 못하게 될 것이다. 그 장치를 만들고 그 장치를 부수면서 그리고 인간은 나아간다'고 말한다. 바꿔 말하면, 안고의 타락은 규약에 대해 양가적(ambivalent)이다. 타락을 제도로부터의 일탈 혹은 자유에 국한시키지 않고, 그것을 제도가 발생의 계기와 관련시켜 파악한다는 점이 안고를 독특하게 만들고 있음은 분명하다. 그럼에도 불구하고 '타락론'이 보여주는 강렬한 비판은 타락의 양가성이 비판의 상대에 따라 편의적으로 적용됨으로써 발생하는 효과처럼 보이기도 한다. 그렇다면 '타락론'은 명확한 사상적 입각점을 갖지 못한, 오직 무엇에 대한 비판을 통해서만 성립하는 '상대적인' 텍스트에 불과한 것일까?

타락의 준거를 생각할 때, 안고가 타락을 일관되게 인간의 본성과 결부시켜 논하고 있다는 점이 중요하다.

라는 '최대의 심연을 잊고서 대립감정을 논하고 세계연방론을 주창하며 인간의 행복을 들먹여도' 소용이 없다고 말한다.

> 인간은 타락한다. 의사도 성녀도 타락한다. 그것을 막을 수 없거니
> 와 그럼으로써 인간을 구원할 수도 없다. 인간은 살고, 인간은 타락
> 한다. 그 진실 이외에 인간을 구원할 편리한 첩경은 없다.
>
> —「타락론」

이것은 타락이 기존의 담론을 비판하기 위해 잠정적으로 도입된 방법적 개념이 아니라 안고의 인간에 대한 고유한 이해로부터 연역되어 나온 개념임을 시사한다. 나아가 '타락론'이 세태비평과 정치비평의 영역을 넘어 인간에 대한 어떤 원리적 사유에 구축된 이른바 '인간론'의 위상을 갖고 있음을 보여준다. 따라서 안고의 인간론에 대한 이해는 '타락론'이 근거하는 비판의 준거에 대한 해명으로 이어진다.

여기서 주의해야 할 점은 안고의 인간론이 역사적 현실의 구속을 거부하는 추상적 인간과 같은 것을 전제함으로써 성립하는 담론이 아니라는 것이다. 이를 테면 안고가 인간은 천황제를 없애고 다시 만들 것이라고 주장한 것은 천황제 폐지를 둘러싼 논쟁의 무의미함을 지적하기 위함이 아니다. 후술하는 바와 같이, 그것은 제도의 발생과 주체의 형성이라는 문제에 관한 안고의 원리적 사유의 결과이다. 달리 말하면 그것은 제도에 관한 일체의 논의를 부정하는 것이 아니라, 오히려 인간은 제도와의 관계 속에서 이해해야 한다는 것을 의미한다. 나아가 '현재의 일본이 깊은 타락의 침윤에 빠져 있다'는 안고의 발언은 '타락론'이 전후 일본의 진로를 둘러싼 주의 깊은 비판과 연결되어 있음을 보여준다. 그렇다면 전후 일본의 거대한 타락을 질타하며, 동시에 타락 없이 일본의 구원이 없다는, 일견 모순되어 보이는 주장들을 통합하는 안고의 내적 논리란 무엇인가? 안고의 신들린 듯이 산발(散發)하는 비판

을 규제하며, 동시에 그것에 어떤 질서를 가능케 하는 인간론의 내적 논리에 대한 해명 작업, 이 글의 목적은 여기에 있다.

II. 타락의 양가성과 문화의 구축

타락은 우선 기성의 규약(제도)를 거부하는 것이다. 안고는 '우리는 규약에 순종하지만 우리의 거짓 없는 심성은 규약과 반대'라고 말한다. 따라서 타락이란, 천황제나 무사도나 내핍의 정신과 같은 대의명분을 벗어던지고 자신의 욕망을 충실히 따르는 '적나라한 마음'이 되는 것이다. 나아가 만약 인간을 구원(구제)할 길이 있다면, 그것은 이 적나라한 인간의 모습을 있는 그대로 응시하는 것에서 시작된다고 안고는 말한다.

> 천황제니 무사도니 내핍의 정신이니…하는 그런 온갖 거짓된 옷을 벗어던지고 알몸이 되어 여하튼 우선 인간이 되어 다시 출발해야 한다. 그렇지 않으면 우리는 다시금 어제의 기만의 나라로 되돌아갈 뿐이다. 우선 알몸이 되어 우리를 사로잡고 있는 터부에서 벗어나 진실한 자신의 목소리를 내어라.
>
> ―「속타락론」

여기서 안고가 제도와 욕망의 대립 속에서 타락의 의미를 끌어내고 있음은 분명 하다. 그러나 이러한 제도/욕망의 이분법이란 그다지 새로운 것이 아니다. 주지하는 바와 같이 그것은 일찍이 19세기 후반부터 출현했던 이른바 관능적 미학을 추구하는 데카당스(혹은 탐미주의)의 전형적인 논리였다. 오히려 안고의 타락을 고유하게 만드는 것은, 타락

을 제도로부터의 일탈만이 아니라, 제도에의 '굴복' 혹은 '복종'으로서
도 간주하고 있다는 점이다.

> 전쟁에 졌기 때문에 타락하는 것이 아니다. 인간이기에 타락하는
> 것이며 살아있기에 타락할 뿐이다. 하지만 영원히 타락하지는 못하
> 리라. 왜냐하면 인간의 마음은 고난에 대해 강철같지 못하기 때문이
> 다. 인간은 가녀리고 위약하며 그 때문에 어리석은 존재지만 끝까지
> 타락하기에도 너무 약하다. 인간은 결국 처녀를 살해하지 않을 수
> 없을 것이고, 무사도를 짜내지 않고는 못 배길 것이며, 천황을 받들
> 지 않을 수 없게 될 것이다.
>
> ─「타락론」

안고는 이렇게 타락의 의미를 이중적으로 구사하고 있다. 물론 그러
한 이중성은 인간의 본성이 갖는 이중성에서 비롯되는 것이다. 즉, 원
하는 것을 원한다 하고 싫은 것을 싫다고 하는 것이 인성의 '올바른 모
습'이라면, 거기서 타락이란 그러한 욕망을 구속하려는 일체의 대의명
분과 제도, 규약을 거부하는 것이 된다. 물론 이것은 타락에 대한 통념
적 이해와 다르지 않다. 그러나 동시에 안고에게 인간은 그러한 욕망에
철저할 수 없는 연약한 존재인 탓에 스스로 규약을 만들고 거기에 자
신을 복종시키는 존재이기도 하다. 안고의 타락은 이렇게 통념에 대한
부정의 계기도 포함한다는 점에서 특징적이다.

타락을 제도에 대한 인간의 양가적(이중적) 본성에서 설명하는 발상이
안고의 사유를 독특하게 만들고 있음은 분명하다. 그러나 그것은 불가
피하게 타락의 의미를 모순된 두 개의 주장으로 분산시킬 뿐만 아니라,
안고의 진정한 의도에 의문을 갖게 만들고 있음도 간과할 수 없다. 도

대체 타락을 통해 안고가 말하려 했던 것은 무엇일까? 그것은 도덕과 제도에 대한 거부인가, 아니면 도덕과 제도의 '형벌'에 갇힌 인간의 비극적 운명인가? 달리 말해 안고의 진의(眞意)는 모순되는 두 개의 명제에 대한 선택에 있는가, 아니면 둘 다를 포함하는가?

예컨대 재일타이완인 2세로서 '문학'의 본원적 상상력이라는 관점에서 일관되게 국가의 개개인에 대한 지배를 전복시키는 가능성을 탐색해 온 린슈쿠미(林淑美)는 안고의 '타락론'을 전후 보수파의 '도의론'을 겨냥한 비판의 전략이자, 나아가 지배 체제의 재생산에서 '도덕'이 수행하는 이데올로기적 역할6)에 대한 비판의 텍스트로서 파악한다. 특히 '타락론'에 대해 그녀는 흔히 '현실도피'로 이해되기 쉬운 데카당스로서의 타락이 어떻게 지배에 대한 전복적 논리로 전화(轉化)될 수 있는가를 보여주고 있다. 그러나 동시에 린슈쿠미의 논의는 타락에 관한 저항적(비판적) 담론화가 빠질 수 있는 해석상의 오류 또한 보여주고 있다는 점에서 문제적이다.

린슈쿠미에 따르면, '타락론'에서 전개되고 있는 비판의 초점은 제도에 안주함으로써 제도를 재생산하는 인간의 의식이라는 것이다.7) 즉, 그녀는 '인간은 완전히 타락하기에는 너무 연약하여 결국 처녀를 죽이

---

6) 린슈쿠미는 자신의 분석이 루이 알튀세르가 정식화 한 '국가의 이데올로기 장치'라는 개념에 근거하고 있음을 밝히면서, 자신이 사용하는 이데올로기의 의미를 다음과 정의하고 있다. 즉, 그녀가 정의하는 이데올로기란, 의식적인 신념과 정치적 관념을 가리키는 것이 아니라, 의식적이지 않은 감정과 관습, 혹은 지향과 가치관, 나아가 그것에 근거한 사람들의 제반 행위를 통해 현실화되는 것이다. 그리고 그녀는 알튀세르의 발상을 원용하여 지배는 이러한 이데올로기적 기능을 물질화하는 제도를 통해 행사된다고 덧붙이고 있다. 본론에서 언급하고 있는 것처럼, 그녀는 타락의 가능성을 공동체의 재생산에 관여하는 '도덕'의 이데올로기적 역할에 대한 비판에서 찾고 있다.

7) 林淑美, 『昭和イデオロギー：思想としての文學』, 平凡社, 2005, 347-348쪽.

지 않을 수 없고, 무사도를 만들어 내지 않을 수 없으며, 천황을 받들
지 않을 수 없다'는 안고의 주장을 거론하며, 안고가 무사도와 천황제
를 '인성의 필연'이라고 한 것은 천황제 혹은 무사도와 같은 '의식의
제도'에 안주하려는 인간의 가치관 자체를 깨부수는 것을 과제로 했기
때문이라고 말한다. 다시 말해 '타락론'은 정치제도로서의 천황제가 아
니라, 제도에 안주하여 제도를 재생산시키는 인간의 의식을 표적으로
하고 있다는 것이다.[8)]

　따라서 자연스럽게 그녀에게 있어서 '타락'의 의미는 사회제도의 재
생산 과정을 '절단(切斷)'시키는 계기라는 점에 맞춰진다. 재생산되는 제
도의 구속에서 벗어날 수 있는 방법이란 무엇인가를 자문하면서, 린슈
쿠미는 '타락' 속에서 '자유'의 길을 발견한다. '타락자체는 항상 보잘
것 없는 것이고 악에 지나지 않지만, 타락이 가진 성격의 하나에는 고
독이라는 위대한 인간의 실상이 엄연히 존재하고 있다. 즉 타락은 항상
고독한 것이고 다른 사람에게 배반당하며, 부모에게 배반당하고 다만
스스로에게 의지하는 것 이외에는 방법이 없는 숙명을 띠고 있다'(「속타
락론」)는 안고의 주장을 인용하며 그녀는 다음과 같이 말하고 있다.

　　사회제도로부터 벗어나기 위해서 혹은 제도로부터 자유롭게 되기
　위해서는 오직 하나의 방법 밖에 없다고 생각된다. 그것은 사회제도
　가 수반하는, 그것을 재생산하는 의식의 제도를 거스르는 것 이외에
　는 없지 않을까? 의식의 제도를 거스르는 가장 '편리한 지름길'이 타
　락이라고 안고는 말하고 있는 것이다. … 배덕 혹은 악덕 혹은 타락
　과 같은 말에서 초점화 되고 있는 것은 의식의 제도라는 것을 특히

---

8) 위의 책, 344쪽.

구성하고 있는 도덕의식을 깨부수는 의지이다.[9]

린슈쿠미의 타락론은 '타락론'을 데캉당스의 문학론 정도로 이해하는 기존의 인식에 대해, 그것을 '이데올로기 비판'이라는 관점을 도입하여 정치적으로 재해석하고 있다는 점에서 타락론 이해의 새로운 지평을 제공했다고 평가할 수 있다. 바꿔 말하면 린슈쿠미의 논의는 무뢰파라는 범주에 얽여 줄곧 문학의 영토에 구속되어 있던 안고를 정치적으로 '구제'했다. 그러나 앞서도 언급한 것처럼 그녀의 '구제'는 타락에 대한 '오독'에 근거하고 있다.

그녀는 천황제를 인성의 필연으로 간주하는 안고의 발언을 개개인에 대한 공동체의 지배로부터 인간의 자유를 확보하기 위한 정치적이고 실천적인 의도에서 나온 역설적 표현(레토릭)으로 간주한다. 안고가 천황제에 비판적이었던 것은 분명하다. 하지만 안고가 천황제를 인성의 결과로서 본 것은 그것이 초래하는 폐해를 강조하기 위함이 아니다. 제도적 개혁의 한계를 비판하는 시점이 보여주듯, 안고의 문제의식은 '폐지'라는 정치적 목적이 은폐하기 쉬운 천황제의 작동원리에 대한 인식을 겨냥하고 있다고 봐야한다. 그런 의미에서 '인성'이란 개념은 강조를 위한 수사학의 산물이 아니며, 거기에 개입하고 있는 것은 인간에 대한 이해 위에서 제도의 문제를 사고하려는 안고의 의지의 표현으로 읽어야 한다. 안고로부터 '자유'의 가능성을 찾는다면, 그것 또한 타락이 갖는 양가성 속에서 사고되어야 한다.

그런데 또 하나 주의해야 할 것은 타락이 제도에의 복종을 의미한다

---

9) 위의 책, 45-346쪽.

는 측면이 간과되기 쉬운 만큼, 제도로부터의 이탈도 너무 쉽게 가정되는 경향이다. 상식적인 관점에서 보아도 공동체적 존재로서의 인간이 공동체가 정한 규약을 거부하기란 말처럼 간단한 일이 아니다. 그것은 전시기의 일본이 금욕주의와 멸사봉공의 지배에 놓여져 있었으며, 일본인은 패전에 의해 그곳으로부터 겨우 벗어날 수 있었다는 역사가 방증한다.

따라서 거부와 일탈을 위해서는 외부적인 계기가 필요하다. 안고는 그 계기를 ‘위대한 파괴’에서 찾는다. ‘나는 위대한 파괴를 사랑했다. 운명에 순종적인 인간의 모습은 기묘하게도 아름다운 법이다. … 미국인은 종전 직후의 일본인은 허탈함과 방심(放心)에 빠져 있다고 말했지만, 폭격 직후의 이재민들의 행진은 허탈이나 방심과는 종류가 다른 놀라울 정도의 충만함과 무게를 지닌 무심(無心)이자 운명을 따르는 어린아이였다’(「타락론」). 위대한 파괴란 생에 대한 솔직한 집착에 다름 아니다. 그래서 안고는 이렇게 덧붙인다. ‘위대한 파괴, 그것은 놀라울 정도의 애정. … 거기에 비하면 패전의 표정은 단지 타락에 지나지 않는다’(「타락론」) 여기서 위대한 파괴란, 욕망에 충심하려는 인간의 본성을 억압해 왔던 기존의 규약(제도)이 일시적인 기능부전에 빠진 상태를 가리키고 있음을 알 수 있다.

하지만 안고는 위대한 파괴를 오직 긍정적으로만 보지는 않았다. 왜냐하면 거기에는 ‘운명은 있지만, 타락은 없기’ 때문이다. 예를 들어 안고는 공습 당시 느꼈던 자신의 감정을 다음과 같이 적고 있다. ‘나는 전쟁 아래서, 그러나 황홀하게 그 아름다움을 응시했다. 나는 생각할 필요가 없었다. 거기에는 아름다움이 있을 뿐, 인간은 없었기 때문이다. 실제 도둑조차 없었다. … 전쟁 중의 일본은 거짓말 같은 이상향이었고, 다만 허무한 아름다움으로 넘쳐나고 있었다. 그것은 인간의 진실한 아름다움이 아니다'(「타락론」) 이것은 욕망이 그것을 옭아매던 규약(제도)으로부터 해방되었으나, 생을 보존하는 것을 넘어 그 자신의 적극적인 충족에까지 나아가지 못했음을 지적하는 말이다. 그래서 위대한 파괴는 해방된 욕망을 드러냈다는 점에서 아름답지만, 욕망의 자유를 낳지는 못했다는 점에서 타락이 아니며, 그런 점에서 '물거품과 같이 공허한 환영'에 지나지 않는 것이다.

이렇게 보면 타락의 양가성은 단순히 타락의 두 가지 측면이 아니라, 어떤 연쇄관계 속에 위치하는 서로 구분되는 두 가지의 내적 계기라는 점을 알 수 있다. 예를 들면 다음과 같은 연쇄적인 도식을 설정할 수 있다.

[규약에의 종속(타락A)] － [규약의 기능정지(위대한 파괴)] － [규약의 거부(타락B)] － [규약에의 종속(A)]

이러한 연쇄관계가 중요한 것은 제도(규약)란 분명 욕망을 억압 혹은 구속하는 측면을 갖기는 하지만, 발생론적 관점에서 볼 때 제도 혹은 규약 자체가 욕망을 반드시 그 성립의 계기로 포함한다는 시점을 제공한다는 점이다. 이를 테면 가라타니 고진은 안고가 말하는 인간의 본성이란 '자연'이 아니라 '문화'라고 말한다.

이 <인간성>human nature이란 물론 자연nature의 의미가 아니다. 오히려 그것은 어떤 종류의 문화, 예를 들면 가족과 같은 사회제도을 가리키는 것이다. 즉, 속임수(カラクリ)이지만 우리가 그렇게 간

단히 부정하거나 제거할 수 없는 속임수이다. 그것은 부정해도 다른 형태로 혹은 좀더 나쁜 형태로 되돌아온다.[10]

패전 직후 보수세력은 암시장의 성행과 성적 규율의 약화를 ‘도의의 퇴폐’라 비난하며 도덕의 재건을 통해 전전의 가치를 유지하고, 그 위에서 자신들의 기득권을 보호하려 했다. 즉 ‘도의국가’와 ‘문화국가’를 소리 높여 외쳤던 보수주의자들은 ‘암시장’과 ‘성적 문란’을 문화에 대한 부정으로 간주했다. 그러나 안고의 문화는 독특한 위상을 갖는다. 보수세력의 통속적인 문화 이해와는 달리, 안고에게 문화는 욕망을 통과하지 않고는 성립될 수 없는 것이었다. 그래서 안고는 욕망의 표출을 통제하는 공동체의 규율을 속임수(カラクリ)이라고 말하면서도, 전후 일본인의 ‘구제’란 ‘건전한 도의’로의 복귀가 아니라 타락을 통해서만 가능하다고 말했던 것이다. 그런 의미에서 ‘건전한 도의’와 같은 보수적 담론에 대한 안고의 비판은 단지 데카당스를 긍정함으로써 공동체의 도덕률을 상대화하려는 수사학의 차원을 넘어선다. 안고의 시선은 인간적인 문화가 어떻게 가능한가라는 문제를 향하고 있었던 것이다.

이렇게 규약에의 종속이 또한 인간의 본성에 따른 것이라면, 타락을 통해 사회제도로부터 벗어난다는 린슈쿠미의 문제의 설정 자체는 성립할 수 없게 된다. 왜냐하면 인성의 필연에 의해 인간은 기존의 제도를 거부한 뒤에 다시 새로운 제도(규약)에 자신을 맡기게 될 터이기 때문이다. 안고는 기존의 도덕을 거부하는 태도와 함께 다시 규약에 복종하는 태도도 모두 ‘타락’이라 부르고 있다. 타락을 둘러싼 해석의 다양함과

---

10) 柄谷行人, 「安吾とアナーキズム」, 『坂口安吾論集Ⅰ－越境する安吾』, ゆまに書房, 2002, 11쪽.

오해는 아마도 여기서 비롯될 터인데, 그런데 중요한 것은 이렇게 모순적인 두 가지 태도가 모두 인성의 필연적 결과라는 점이다. 다시 말해 어느 하나를 선택할 수 있는 문제가 아니다. 린슈쿠미의 오독은 모순적인 두 가지의 태도를 포괄하는 타락에서 한 가지를 선택하여 거기에 '자유'를 향한 길을 발견한 후, 다른 하나의 계기를 자유의 절실함을 강조하기 위한 수사(레토릭) 정도로 간주하는 발상에 놓여져 있다. 거듭 말하지만 이것은 달리 말하면 안고가 말하는 타락과 인성에 대한 명백한 오독의 결과이다.

'타락론'을 단순히 데카당스나 무뢰파적인 문맥으로 한정할 수 없는 이유는 여기에 있다. '타락론'은 욕망(본성)의 자유를 단일한 주제로 하는 텍스트가 아니라 욕망과 규약을 둘러싼 인간의 모순된 태도에 관한 통찰 위에 성립하고 있다. 타락은 처음부터 규약을 배제하는 것이 아니라 규약과의 관계 속에서 의미를 갖는 다는 점에서 '사회적'이며, 당대의 규약은 변화하는 인간의 욕망과 기존의 규약 사이의 갈등의 결과라는 점에서 '문화적'이다. 그렇기 때문에 '우리들은 이러한 동물성을 질서의 망으로 건져 올릴 수 없기 때문에 악덕이라 말하지만, 그러나 그 사회생활의 폭, 문화라는 것이 발전 진보해 온 것은 질서에 의한 것이라기보다는 그 악덕에 기인하는 바가 크'[11]며, 그래서 타락은 '제도의 모태'(「속타락론」)가 되는 것이다.

---

11) 坂口安吾, 「欲望について」, 『坂口安吾全集14』, ちくま文庫, 1998, 539쪽.

Ⅲ. 타락과 초국가주의 : 천황제와 주체를 둘러싸고

「타락론」은 1946년 4월에 발표되었다. 그리고 다음 달 마루야마 마사오(丸山眞男)를 일거에 전후사상의 오피니언 리더로 격상시킨 「초국가주의의 논리와 심리」가 종합잡지 『세계』에 게재되었다. 잘 알려진 것처럼 여기서 마루야마는 이른바 국체(國体)의 전일적인 지배와 통제로 인해 근대 일본에서는 주체적 의식을 가진 개인이 확립되지 못했으며, 그 때문에 내발적인 책임의식이 뿌리내리지 못했다고 지적한다. 즉, 천황제 국가라는 과잉된 국가주의는 하나의 ‘병리적 현상’이자, ‘근대의 초극’에 의해 은폐되었던 근대 일본의 치부로서 간주되고 있다.

마루야마가 일본의 근대 국가를 ‘초국가주의(울트라 내셔널리즘)’로 보는 것은 유럽의 국가를 기준(이념형)으로 하여 도출된 것이다. 근대적 국가의 기준이 되는 유럽의 국가를 마루야마는 ‘중성국가’라고 부른다. 여기서 마루야마가 주목하는 것은 국가 주권의 이른바 ‘중립성’과 ‘형식성’이다. 마루야마는 중성국가를 다음과 같이 정의한다. ‘유럽의 근대국가는 중성국가였다. 중성국가란 진리라든지 도덕과 같은 내용적 가치에 관해서 중립적인 입장을 취하며… 국가 주권의 기초를 그러한 내용적 가치로부터 사상(捨象)시킨 순수하게 형식적인 법 기구 위에 두고 있는 것이다’.12)

중성국가의 등장이 중요한 이유는 그것을 계기로 하여 자유로운 내면(인격)을 갖춘 ‘근대적 주체’가 형성될 수 있는 계기가 주어졌기 때문이다. 마루야마에 따르면, 유럽의 근대는 ‘종교적 권위에 기초한 중세

---

12) 마루야마 마사오, 김석근 역, 『현대정치의 사상과 행동』, 한길사, 2004, 47쪽.

국가와 왕권신수설을 통해 지배의 내용적 정당성을 독점했던 절대군주
제에 대한 저항'이라는 역사적 경험을 통해 형성되었다는 것이다. 즉,
절대주의 국가에 이어 등장한 중성국가를 통해 '형식과 내용, 외부와
내부, 공적인 것과 사적인 것이라는 형태로 … 사상, 신앙, 도덕의 문제
는 '사적인 일'로서 그 주관적 내면성이 보증되고, 공권력은 기술적인
성격을 지닌 법체계 속에 흡수'[13]되었다는 것이다. 이렇게 국가로부터
독립된 '사적 영역'을 토대로 주관적인 내면성을 보증받은 개인이 근대
적 주체로 등장하게 된다.

마루야마는 이러한 유럽의 중성국가를 참조항으로 일본의 근대국가
를 '초국가주의'로 규정한다. 달리 말하면 유럽과 달리 일본의 천황제
국가는 중립적·기술적 성격을 갖지 못했다는 것이다.

그런데 일본은 메이지 이후 근대국가의 형성과정에서 그와 같은
국가주권의 기술적·중립적 성격을 표명하지 않았다. 그 결과 일본
의 국가주의는 내용적 가치의 실체라는 것에 어디까지나 자신의 지
배근거를 두려고 하였다.'[14]

이렇게 국가질서의 형식적 성격이 자각되지 않은 일본에서는 유럽의
경우와 같이 일반적으로 국가질서에 의해 포착되지 않는 사적 영역은
존재할 수 없다고 마루야마는 말한다. 예컨대 마루야마는 전시기 천황
제 국가에 의해 유포된 『신민의 도(臣民の道)』를 언급하며, '(이 책의) 저
자는 '우리는 사생활에서도 천황에게 귀일(歸一)하여 국가에 봉사한다는

---

13) 위의 책, 48쪽.
14) 위의 책, 48쪽.

생각을 잊어서는 안 된다'고 하였는데, 그런 이데올로기는 결코 전체주의의 유행과 더불어 나타난 것이 아니며 일본의 국가구조 그 자체에 내재된'15) 것이라고 지적한다. 국가의 전일적 지배는 공과 구분되는 사적 영역의 창출을 억압하였고, 그 결과로서 일본에서는 유럽과 같이 자유로운 내면성을 갖춘 근대적 주체가 형성될 수 없었다는 것이다.

그리고 마루야마에게 근대적 주체의 미형성은 자각적인 책임의식의 부재로 이어진다. 그는 천황제를 정점으로 하는 권력 구조 속에서 '독재'가 유산되고, 그 결과로서 책임의 부재가 정치 영역에 만연하게 되었다고 지적한다.

모든 국가 질서가 절대적 가치체인 천황을 중심으로 하여 연쇄적으로 구성되고 위로부터 아래로의 지배의 근거가 천황으로부터의 거리에 비례하는, 이른바 가치가 점차적으로 희박화 되는 곳에 독재 관념은 오히려 생겨나기 어렵다. 왜냐하면 본래의 독재 관념은 자유로운 주체의식을 전제로 하고 있는데, 여기서는 대체로 그 같은 규정되지 않은 개인이라는 것이 개인이라는 것이 위로부터 아래에 이르기까지 존재하지 않기 때문이다. … 여기서 주의해야 할 것은 사실 혹은 사회적 결과로서의 독재와 의식으로서의 독재를 혼동해서는 안 된다는 것이다. 의식으로서의 독재는 반드시 책임의 자각과 결부되는 것이다. 그런데 그 같은 자각은 군부에도 관료에도 결여되어 있었다.'16)

마루야마의 의도는 일본이 빠졌던 정신적 경위를 '구조적'으로 밝히

---

15) 위의 책, 50쪽.
16) 위의 책, 59쪽.

는 것이었다. 일본에 자유로운 내면과 자각적인 책임의식을 갖춘 근대
적 주체의 형성은 없었으며, 그것은 천황제 국가가 전 사회의 도덕과
가치를 규율하고 통제하는 권력구조의 결과로서 간주된다.[17] 주체와
책임이 부재하는 곳에 '독재'는 성립할 수 없다고 지적한 후, 마루야마
는 '억압의 이양'이라는 일본 특유의 병리적인 정신구조로 나아간다.

> 국법이 절대적 가치인 '국체'로부터 유출되는 한, (그것은) 스스로
> 의 타당한 근거를 내용적 정당성에 기초를 둠으로써 어떠한 정신영
> 역에도 자유자재로 침투할 수 있게 된다.
> 자유로운 주체적 의식이 존재하지 않고, 각자가 행동의 제약을 스
> 스로의 양심 속에 갖지 못하고, 보다 상위에 있는 자(따라서 궁극적
> 가치에 가까운 자)의 존재에 의해 규정되기 때문에 독재관념을 대신
> 하여 억압의 이양에 의해 정신적 균형을 보존하려는 현상이 발생한
> 다.[18]

즉 일본의 권력 구조에서 권력자의 주체의식이 결여된 것 탓에 '억
압의 이양에 의한 정신적 균형의 보존 혹은 유지'라는 일본만의 독특
한 사회심리가 생겼다는 것이다. 다시 말해 마루야마의 초점은 권력구
조의 상위에 있는 자가 하위자에게 순차적으로 권위를 이용하여 자의
적인 폭력을 행사해야 정신적 균형이 유지되는 일본의 집단적인 병리
를 향하고 있는 것이다.[19]

---

17) 자연스러운 논리적 귀결 마루야마에게 패전 이전의 일본은 근대의 정상적인 노
선에서 이탈한 '비정상'으로 표상된다. 그리고 이러한 일본의 병리에 대한 비판은
전후 일본의 국가적·국민적 진로를 유럽의 근대 국가를 열도에 토착화 시키는
것으로 이어진다. 여기에 '근대주의자'로서의 마루야마가 분명하게 드러나 있다.
18) 위의 책, 60쪽.

이러한 마루야마와 비교해 볼 때, 안고에게 천황제는 분명 '올바른' 제도는 아니지만, 그렇다고 일본적 '병리'를 상징하는 권력 구조도 아니다. 천황제 또한 앞서 언급한 인간 본성에서 유래하는 사회적 산물이다. 나아가 안고는 천황제를 일본 역사의 '창조적 작품'이라고까지 말한다. 린슈쿠미도 말했듯이 안고가 문제시 한 것은 천황제 자체라기보다는 자유롭고자 하는 인간의 욕망을 규제하기 위해 공동체가 부단히 만들어 내는 제도와 규약이다. 제도(규약)란 욕망과의 변증법 속에서 진화를 거듭한다고 안고는 말한다.

> 정치 그리고 사회 제도는 성긴 그물이며 인간은 영원히 그물에 걸리지 않는 물고기다. 천황제라는 장치를 타파하고 새로운 제도를 만들어도 그것도 어차피 사회적 조정 장치의 또 다른 진화에 불과하리라는 것은 피할 수 없는 운명이다. 인간은 언제나 그물에서 빠져나와 타락하고, 제도는 인간에 의해 복수 당한다.
>
> —「속타락론」

또 하나 주의해야 할 것은 마루야마에게 천황제는 일종의 주어진 것처럼 간주되고 있다는 점이다. 다시 말해 마루야마에게 일본이 왜 패배할 수밖에 없었는가의 물음은 있지만, 그 물음의 해답으로 제시되고 있는 천황제 국가의 등장에 대한 원인 해명은 결여되어 있다. 천황제 국가는 어느 날 일본에게 주어진 '소여'와 같다. 반면 안고는 천황제를 일본인의 극히 '주체적'인 작품으로 본다. 그것은 위정자의 정치적 감각과 일본인의 교활함이 만들어 낸 '합작품'이다.

---

19) 고야스 노부쿠니, 김석근 역, 『일본근대사상비판』, 역사비평사, 2007, 229쪽.

일본인처럼 권모술수를 업으로 삼는 국민에게는 권모술수를 위해서도 대의명분을 위해서도 천황이 필요하다. 개개의 정치가는 반드시 그 필요성을 느끼지 않더라도, 그것은 역사적인 후각으로써 그 필요성을 느끼려 하지 않고 또 자신이 처한 현실을 의심하는 일이 없기 때문이다. …

요컨대 천황제라는 것은 무사도와 같은 것이다. 여자의 마음은 변하기 쉬우니 '절부는 이부종사'라는 금지는 비인간적이고 반인성적이라 하겠으나, 통찰의 진리에 있어서는 인간적인 것처럼 천황제 자체도 진리가 아니며 자연스럽지 않지만 그것에 이르는 역사적 발견이나 통찰에 있어 가볍게 부정하지 어려운 심각한 의미가 내포되어 있으며, 단순히 표면적인 진리나 자연법칙만으로는 그 의미를 판정하기 어렵다.

─「타락론」20)

안고는 천황제를 일본인의 정치적 작품으로 보고 있다는 점에서 분명 천황제 분석에 '주체적'인 계기를 인정하고 있다. 그러나 보다 중요한 맥락은 주체적 계기로서 도입되고 있는 '권모술수' 혹은 '대의명분'에 대한 인간의 집착도 결국은 안고가 말하는 인간의 본성에서 비롯되는 성향이라는 것이다. 즉, 제도가 명령하는 금지가 욕망에 대한 통찰의 결과라면, 그러한 제도를 만드는 것은 철저히 타락할 수 없는 인간의 연약한 본성일 것이다. 그런 점에서 '자유'에 관한 다음과 같은 언

---

20) 이러한 주장은 천황제의 폐지가 불가능하다는 주장처럼 보인다. 그러나 앞서도 말했듯이 안고가 문제시 하는 것은 천황제 자체가 아니라 천황제를 포함한 제도 일반이다. 제도가 욕망에 대한 '통찰'에서 성립한다는 주장이 의미하는 것은 천황제는 없앨 수 없다는 패배주의가 아니라, 오히려 정치적인 입장에서 천황제를 폐지하자는 주장이 은폐하기 쉬운 천황제의 '인간적 본질'에 대한 인식이라고 할 수 있을 것이다. 안고의 '타락론'이 세태비평과 정치비평을 넘어 하나의 원리적 사유로서 간주되는 이유는 여기에 있다.

급은 현실의 정치적 개혁의 한계를 지적하는 것을 넘어 인간에게 '자유의지'란 것이 존재하는가에 관한 원리적 사유의 표명으로 읽힌다.

> 전쟁이 끝난 후 우리들은 온갖 자유를 허용 받았으나, 사람들은 자유를 허용 받았을 때 자신이 영문도 모를 제한 속에 있으며 여전히 부자유하다는 사실을 깨닫게 될 것이다. 인간은 영원히 자유로울 수 없다. 왜냐하면 인간은 살아있고 또 죽지 않으면 안 되며 그리고 인간은 생각하기 때문이다. 정치상의 개혁은 단 하루에 단행될 수 있지만 인간의 변화는 그렇게는 되지 않는다.
>
> —「타락론」

앞서 말했듯이 '타락론'의 인간 이해는 본성의 양가성에 기초를 두고 있다. 즉, 욕망은 본성적으로 제도의 속박을 거부하지만, 제도 자체는 그러한 욕망에 대한 '인간적' 통찰의 결과로서 나타난다. 그리고 이러한 모순되어 보이는 상호 작용을 가능케 하는 것은 '타락을 원하지만 끝까지 타락할 수 없는 인간의 연약함'이다. 이렇게 모든 것이 본성의 양가성에 귀착되는 논리 속에 주체가 들어설 자리는 존재할 수 없다. 인간은 욕망의 자유와 연약한 본성 사이에서 부단히 타락을 반복하는 존재일 수밖에 없다.

따라서 패전이 마루야마처럼 '일본의 새로운 출발'일 수 없다. 그것은 오히려 '새로운 타락의 시작'인 것이다.

> 일본 제국주의에 마침표가 찍힌 8월 15일은 동시에 초국가주의 전체계의 기반인 국체가 절대성을 상실하고 비로소 처음으로 자유로운 주체가 된 일본 국민에게 그 운명을 넘겨준 날이기도 했던 것이다.[21]

작년 팔월 십오일, 천황의 이름으로 전쟁이 종결됨으로써 천황에 의해 죽지 않고 살게 되었노라고 사람들은 말하지만, 일본 역사가 증명하는 바에 의하면 천황이란 언제나 그 같은 비상사태를 처리하기 위해 일본 역사가 고안해 낸 독창적인 작품이자 방책이며 비술이다. 군부는 이 비술을 본능적으로 알고 있으며 우리들 일본 국민 또한 이 비술을 본능적으로 기다리고 있다. 그리하여 군부와 일본 국민이 합작한 대단원의 일 막이 팔월 십오일이 되었다.

—「속타락론」

「초국가주의의 논리와 심리」를 집필할 당시의 마루야마은 '8월 혁명설'에 의거하고 있었다. 즉 '8월 15일'을 기점으로 전시기의 천황제 국가 체제가 붕괴하고, 새로운 시대가 열렸다는 발상이다. 마루야마는 전전과 전후를 철저히 분리하는 시점에 입각해 있으며, 나아가 시간을 <과거(전전)>을 <비근대>로 하고 <현재, 미래(전후)>를 <성취해야 할 근대>로 분절하는 비대칭적인 위상학에 근거하고 있다고 할 수 있다. 바꿔 말하면 마루야마는 '전근대에서 근대로'라는 일종의 발전론적 시간관념을 이용하여 일본의 근대로의 '도약'을 전망하고 있는 것이다. 그리고 이러한 근대로의 도약이 유럽의 계몽사상에서 유래하는 '이성적이고 합리적인 인간'에 대한 믿음에 기초하고 있음은 두말할 나위도 없다. 마루야마가 특히 패전 직후부터 '60년 안보투쟁'의 시기 동안 보여준 아카데미의 영역에 국한되지 않는 적극적인 계몽활동가로서의 면모는 그가 이성의 계몽적 가능성에 대한 깊은 신봉자였음을 상기시킨다.

그러나 안고에게 전전과 전후를 <비정상/정상>으로 구분하는 발상법은 존재하지 않는다. 따라서 안고는 패전 직후의 도덕적 혼란을 전전

---

21) 마루야마 마사오, 앞의 책, 64쪽.

의 '도의 타락'으로 간주하는 보수주의의 가치론적 구분은 물론, 정치적 개혁이 일본에 민주주의를 뿌리내리게 할 것이라는 전후파의 기대도 받아들일 수 없었다. 안고에게 '현재로서의 전후'는 부정적인 과거와 긍정적인 미래 사이에 놓은 경과점이 아니라, 그러한 가치 부여에 선행하여 현전(現前)하는 현실이며 인간이 숙명적으로 끌어안아야 할 시간일 뿐이다.

마루야마는 천황제에서 일본의 집단심리적 병리를 보았다. 따라서 전후의 과제는 그러한 뒤틀린 정신구조의 극복이 된다. 이와는 달리 안고는 천황제를 일본 역사가 낳은 속임수의 연속으로 보았지만 동시에 그것 또한 인간 본성에서 유래하는 피할 수 없는 결과로서 인식했다. 즉, 이것은 일견 정치적 허무주의처럼 보이지만, 오히려 계몽적인 정치적 주장이 놓치기 쉬운 일본에 대한 냉철한 '인식'을 요구하는 것으로 보아야 할 것이다. 그런 의미에서 안고는 정치적 허무주의(패배주의)가 인간에 대한 근본적 이해를 결여한 정치적 계몽주의에 의해 비롯되는 정치상 아이러니를 문제화하고 있다고 할 수 있다.22)

IV. 타락과 역사

'타락론'에서 안고는 구원의 가능성을 언급하고는 있지만 그 의미는 막연하며, 부활하는 천황제에 대한 강렬한 비판(전후체제의 보수주의적 재편에 대한 개입)은 보이지만 미래에 대한 비전은 부재하다. 그런데 1948

---

22) 실제로 마루야마는 고도 성장기를 통해 주체의 형성이라는 과제에서 일본문화의 변하지 않는 '고층'을 향해 '전향'을 감행했다.

년 이후 안고는 '평화의 귀결로서의 (세계)단일국가' 그리고 '신헌법 지
지'라는 형태로 전후체제의 장래에 대해 적극적인 의사표현을 시도하
고 있다.

> 나는 그러나 전쟁의 효능을 인정하고 있다. 왜냐하면 전쟁은 문화
> 를 교류시키고 점차로 그 규모가 전 세계에 미쳐 결국은 단일국가가
> 되며, 얼마간의 우여곡절 끝에(いくたびかの起伏の後に) 이윽고 최
> 후의 평화가 찾아올 것이기 때문이다.
> ―「戰爭論」, 『人間喜劇 第11号』, 1948. 11.

> 나는 패전 후의 일본에 두 가지의 **훌륭한 것이 있었다고 생각한다.**
> **하나는 농지의 해방이고 또 하나는 전쟁포기라는 신헌법 속의 항목이**
> 다. 농지해방이라는 무혈대혁명에도 불구하고 일본의 농민은 그 대
> 응 방법이 잘못되었다. 조직적이고 계획적인 대응을 잊고 단지 이기
> 적으로 각각 마음대로 처분해 버려 그 대혁명을 부의미한 것으로 해
> 버렸다. 여기에는 명백하게 공산당과 무산정당의 무능이 드러나 있
> 으며, 사람들에게 주어진 귀중한 것을 유효하게 섭취할 정도의 능력
> 을 결여하고 있었던 것이다. **전쟁포기라는 세계최초의 신헌법을 만들**
> **면서 최근에 자위권을 통해 이것도 이상한 것이 되어 버렸다."**
> ―「野坂中尉と中西伍長」, 『文芸春秋 第28巻 第3号』, 1950. 3.

이러한 주장은 일견 '타락론'의 주장과 배치되는 것처럼 보인다. 왜
냐하면 제도와 욕망의 모순에서 인간성을 파악하는 한, 그러한 인간에
게 대립(전쟁)이 종식되는 평화는 물론 신헌법과 같은 제도를 통해 인간
의 대립(전쟁)이라는 타락이 종언을 고하는 일은 있을 수 없기 때문이
다. 그렇다면 이러한 극히 계몽주의적으로 보이는 「전쟁론」에서의 주

장은 '타락론'의 수정 혹은 그것으로부터의 전환을 의미하는 것일까? 결론적으로 「전쟁론」은 「타락론」의 연장 위에 존재하며, 오히려 추상적이고 원리적인 인간론의 수준에 머물렀던 '타락론'이 전쟁과 평화라는 문제와 결부되어 구체적인 담론의 형태로 드러난 것이다.

무엇보다도 안고는 이렇게 말한다. "전쟁은 문화를 교류시키고 점차로 그 규모가 전 세계에 미쳐 결국은 단일국가가 되며, 얼마간의 우여곡절 끝에 이윽고 최후의 평화가 찾아올 것"이다. 즉 (영구적) 평화는 전쟁을 방지하려는 노력의 결과가 아니라 오히려 전쟁을 겪음으로써 가능하다고 말한다. 이것은 인간과 인간의 대립이라는 타락은 피할 수 없지만 또한 동시에 만약 구원이라는 것이 있다면 그것은 타락을 통하지 않을 수 없다는 '타락론'의 주장을 상기시킨다.

안고는 (세계) 단일국가의 등장이 우여곡절의 과정을 통해 이루어질 것이라고 내다보고 있는데, 그는 이 「전쟁론」의 말미에서 기존의 공동체(특히 가정(家)과 (국민)국가)를 대신하는 신질서의 실현은 지난하고 긴 시간을 필요로 한다고 덧붙이고 있다. '원래 나는 그러한 신질서가 급속히 실현되리라고는 생각지 않으며, 실현을 서둘러야 한다고도 생각지 않는다. 그러나 세계단일국가의 이상과 함께 가정(家)을 대신하는 사회질서의 확립을 이상으로 하여 긴 시간을 들여 서서히 향상(向上)하여 다가가고 싶다고 생각한다.' 그리고 이것이 명백하게 다음과 같은 '타락론'에서의 언급과 호응하고 있음은 두말할 나위도 없다. '우리가 할 수 있는 것은 단지 조금씩 나아지길 바라는 일이며 인간의 타락도 실은 그 같은 한도 안에서만 가능한 한계를 지닌다. 인간은 무한히 타락할 만큼 견고한 정신을 선사받지 못했다. 무언가의 속임수(규약, 제도)로써 타락을 끌어 막지 않고서 견디지 못할 것이다. 그 속임수를 만들고 그 속임수를 부수면서 인간은 나아간다.'(「속타락론」)

안고는 인간은 규약으로부터의 자유와 규약에의 복종이라는 서로 다른 타락을 무한히 반복하는 존재로서 그리고 있다. 그러나 이것은 결코 역사에 관한 비관주의를 의미하지 않는다. 다만 구원이라는 것도 이러한 타락의 과정을 거치지 않을 수 없다고 말하고 있을 뿐, 그는 문화의 '진보'와 역사의 '목적'을 결코 부정하지 않았다. 결국 「전쟁론」에서 안고가 표명하고 있는 '세계단일국가'라는 귀결은 무한한 타락이 도달해야할 역사적 목적이며, 아울러 '신헌법에 대한 지지'라는 정치적 태도는 이러한 목적을 위해 반드시 거쳐야 하는 '온전한 타락'의 내용이라 할 수 있다. 다시 말해 '세계단일국가'와 '신헌법'이란 '타락론'의 단계에서 모호한 상태로 존재했던 인간 역사의 목적에 대한 구체적인 형태인 것이다.

여기서 다시 한 번 타락이 규약을 둘러싼 인간의 태도만이 아니라 규율에의 복종에 관해서도 이중성을 띠고 있다는 것을 확인하게 된다. 예를 들어 안고에게 '천황제의 부활'은 피해야 하는 타락인 반면, '신헌법'이라는 새로운 규약에의 복종은 주체적으로 이루어져야 할 '타락'이다. 당연하게도 전자가 전쟁종언과 영구평화라는 역사의 목적(이상)의 실현에 위배되는 타락이라면, 전쟁의 포기를 담은 신헌법은 그러한 목적을 위해 반드시 고수되어야 할 규약이기 때문이다. 즉, 전자의 타락이 말 그대로 '퇴행'이자 과거로의 회귀라면, 후자는 '진보'이며 '문화'인 것이다.

V. 나오며

　'타락론'은 분명 패전 직후라는 상황 속에서 태어났다. 무엇보다도 타락이라는 말은 전전의 건전한 도의로의 복귀라는 보수주의 담론을 겨냥함으로써 울림을 갖는다. 그러나 '타락론'의 발상은 패전을 계기로 만들어진 것이 아닐 뿐더러, 그 사고의 폭은 세태와 정치에 대한 동시대적 비평이라는 성격을 넘어선다.23) 그것은 전전부터 준비된 안고의 광대한 '인간론'의 표현이다.

　흔히 욕망은 문화에 대한 부정으로 간주된다. 그러나 안고는 욕망과 제도의 변증법에서 문화의 구축을 보고 있다. 안고가 정식화 하고 있는 '타락의 양가성'은 그렇게 문화를 가능케 하는 욕망과 제도의 반복운동을 가리키는 다른 이름이라고 할 수 있다.

　한편 이렇게 부수고 다시 만드는 무한 운동을 연상시키는 논리 속에 역사, 특히 '진보'가 설 자리는 없어 보인다. 인간의 자유의지를 부정하는 안고에게 주체에 의해 개척되는 역사란 분명 '환영'에 지나지 않는다. 그러나 모든 가능성이 닫혀있는 것은 아니다. 그는 '올바른 타락'이라는 개념을 통해 앞으로 나아가는 역사를 향해 자신을 개방시켜 놓았다. 다만, 여기서 주의해야 할 것은 '올바르기' 위에서 주체의 의지가 요청되지만, 그것도 타락이라는 점에서 욕망과 제도의 변증법이란 무한운동을 벗어날 수 없다는 점이다. 그리고 올바른 타락에 대한 신념은 안고를 신헌법에 대한 지지로 이끌었다. 안고의 타락은 문화와 역사에 대한 부정이 아니라, 인간적인 문화를 위한 운동 속에서 역사를 보는

---

23) 안고는 1947년에 발행된 『타락론』의 후기에서, '타락론'의 구상은 전전에 쓰여진 「일본문화사관」에서 비롯되고 있다고 언급하고 있다.

태도라고 할 수 있다.

안고의 이러한 문화와 역사에 대한 태도는 전후 체제의 종언과 위기가 주창되는 현재에 새삼 주목을 요구한다. 역사수정주의자는 말한다. 일본인은 전후 역사인식의 '자학성'에서 벗어나 자신감을 되찾아야 한다고. 또 혹자는 전쟁 포기를 담은 헌법을 고쳐서 일본은 '보통 국가'로 만들자고 말한다. 즉, 전후 일본은 보통 국가의 입장에서 보자면 하나의 거대한 '타락'이었다는 것이다. 바꿔 말하면 전후 체제가 강요한 타락에서 벗어나 정상과 보통으로의 복귀가 필요하다는 것이다. 근대의 전쟁이 국가 간 전쟁이었고, 그 과정에서 자국의 우월감을 고취하기 위해 내셔널리즘이 이용되었다. 그런 점에서 일본의 타락을 외치는 사람들은 일본을 전쟁이 가능한 국가로 되돌리려 하고 있다는 의심에서 자유로울 수 없다. 무엇이 과연 타락인가? 전쟁의 종언과 국가의 지양에서 '올바른 타락'의 목적을 보았던 안고에게 그 답은 너무 분명하다. 오늘날 일본에게 필요한 것은 타락으로부터의 갱생이 아니라, 패전 직후 안고가 말한 다음과 같은 '타락'이다.

> 일본은 패했고 무사도는 망했지만 타락이라고 하는 진실의 모태에 의해 비로소 처음으로 인간이 탄생한 것이다. 살아라, 타락하라. 그 정당한 절차를 따를 것 외에 진실로 인간을 구원할 만한 편리한 첩경은 없다.
>
> —「타락론」

1930년대 안재홍의 '조선학 운동'과 민족사 서술

류 시 현

Ⅰ. 머리말

일반적으로 사학사(史學史)는 일정하게 구획된 시기의 역사가와 역사서를 분석해서 당대의 역사인식을 살펴보는 학문 분과이다. 그리고 사학사에 관한 검토는 사상사·지성사 연구와 밀접하게 연관을 맺고 있다. 구체적으로 한말·일제강점기 사학사는 역사학의 분과 연구이자, 당대 민족운동 세력의 분화와 연결된 사상사이며, 나아가 지식의 생성과 대중 전파를 고려하는 지성사의 영역과 연결된다.

예를 들면, 식민 지배에 반대했던 역사가들은 민족운동과 밀접한 관련을 맺고 있었으며, 당대 사학사적 지형도는 식민사학 대 반식민사학(민족주의사학과 마르크스주의사학)으로 분류되거나,[1] 역사학적 방법론을 범

---

1) 강만길, 「민족사학론의 반성」, 이우성·강만길 편, 『한국의 역사인식』 하, 창작과비평사, 1976, 538쪽. 강만길은 이후 반식민사학에 민족주의사학과 마르크스 사학 외에 안재홍, 손진태 등의 신민족주의사학을 포함시켰다(강만길, 「일제시기의 반

주화해서 민족사학, 실증주의 역사학, 사회경제사학으로 나뉜다.[2] 그런데 1930년대 이후의 사학사가 '조선학운동'으로 대표되는 학술운동 및 학맥을 중심으로 한 후대의 '계보 잇기'와 연결되면 그 구도는 더욱 복잡해진다.

'조선학운동'은 일반적으로 일본인이 주도하던 조선 연구에 대응하여 비타협적 민족주의 진영의 민족관·국가관이 반영된 조선 역사와 문화 연구와 관련된 학술운동으로 정의된다. 구체적으로 정인보, 안재홍 등이 정약용 연구란 공통분모 아래 1930년대 중반 새롭게 학문적 의미를 부여한 것이 '조선학운동'이었다.[3]

한편 1930년대 역사학 연구의 학문적 경향은 당대뿐만 아니라 해방 후 학계의 지형과 연동되어 분류되기도 한다. 조동걸은 1930년대 민족사학을 유심론사학, 문화사학(초기 문화사학과 후기 문화사학), 경제사학(역사주의 경제사학과 맑스주의 사학), 실증사학으로 구분했다.[4] 그리고 한영우는 우익(안확, 『진단학보』 참가자), 순정우익(신채호, 문일평, 안재홍, 정인보), 좌익으로 범주화했다.[5] 이 글에서는 1930년대 안재홍(1891~1965)의 '조선학운동'과 함께 그의 조선 역사와 문화에 관한 이해를 살펴보고자 한다.

식민사학론」, 한국사연구회편, 『한국사학사의 연구』, 을유문화사, 1985, 232쪽).
2) 김용섭, 「우리나라 근대 역사학의 발달」, 이우성·강만길 편, 『한국의 역사인식』 하, 창작과비평사, 1976, 474쪽. 이글에서는 민족주의 사학자로 정인보, 안재홍, 문일평을 언급하고, 이들의 역사학이 1940년대 홍이섭, 손진태, 이인영으로 연결된다고 보았다.
3) 이지원, 「1930년대 '조선학' 논쟁」, 『역사비평』 편집위원회, 『논쟁으로 본 한국사회 100년』, 역사비평사, 2000, 132-133쪽.
4) 조동걸·한영우·박찬승 엮음, 『한국의 역사가와 역사학』 하, 창비, 1994, 164쪽.
5) 한영우, 『역사학의 역사』, 지식산업사, 2002, 265-267쪽.

안재홍은 정치적으로 민족주의 좌파(혹은 비타협적 민족주의자)이며, 역사학의 영역에서는 민족사학자 혹은 '순정우익', '후기 문화사학자'로 분류된다. 또한 『조선일보』를 중심으로 한 언론활동으로 인해 그에 관한 많은 연구 성과가 축적되어 있다.6)

이만열은 1930년대 신채호의 민족주의 이념을 정인보, 안재홍, 문일평 등이 계승했으며, 이들의 공통 관심사는 조선 후기의 실학. 민족정신의 고취(정인보의 얼), 안재홍(신민족주의), 문일평(역사 대중화)에 있다고 보았다.7) 또한 박걸순은 신간회 해소 이후 안재홍이 "정치운동에 절망하고 역사 연구로 민족운동의 방향을 선회하고 조선학 운동을 주도"했다고 평가했듯이,8) 조선학운동은 문화운동의 차원에서 주창된 것으로 이해되어 왔다.

선행 연구의 성과에도 불구하고, 1930년대 정치운동에서 문화·학술 운동으로의 전환과정을 이해하기 위해서는 당대에 관한 보다 정치한 접근이 요구된다. 1930년대 정약용연구를 중심으로 진행된 조선 역사와 문화 연구인 '조선학운동'은 일제에 정치적 비타협의 입장을 지닌 '민족주의 좌파' 만의 운동은 아니었다. 후술하겠지만, 정약용 연구는 백남운도 참여했고, 같은 정치적 입장을 지닌 안재홍과 문일평 사이에도 '조선학'에 관한 이해에서 일정한 입장차이가 있었다.

이글에서는 1930년대 안재홍의 저술을 시계열적으로 살펴봄으로써,

---

6) 안재홍에 관한 최근까지의 연구 성과는 민세 안재홍선생 기념사업회, 『안재홍의 항일과 건국 사상』, 백산서당, 2010에 잘 정리되어있다. 특히 사학사적 접근은 같은 책의 이진한, 「민세의 한국 중세사 인식과 유물사관 비판」을 참조.

7) 이만열, 『한국근대 역사학의 이해』, 문학과 지성사, 1981, 92-94쪽. 이만열은 이들의 역사학이 박은식과 신채호의 사학을 계승했다고 보았다(이만열, 『한국근현대 역사학의 흐름』, 푸른역사, 2007, 600쪽).

8) 박걸순, 『국학운동』, 독립기념관 한국독립운동사연구소, 2009, 11쪽.

첫째, 문화운동론의 내용과 지향점 둘째, '조선학'의 정의와 정약용 연구의 의미 셋째, 민족사의 서술에 관해 살펴보고자 한다. 안재홍의 논리와 입장에 관한 검토는 1930년대 조선에 관한 '과학적', 체계적 연구를 표방한 '조선학운동'을 이해하기 위한 기초 작업으로서의 의미를 지닌다.

II. 신간회 해소 이후 문화운동론의 제기

과거의 경험은 미래를 위한 교훈을 주지만 비관적 전망을 제시하기도 한다. 1931년 5월 좌우통일전선에 입각한 신간회의 해소가 그러했다. 당시 사회주의 계열에서 대중조직을 기반으로 한 전위조직체의 재건을 도모했다면, 민족주의 계열에서의 대응은 조선 민족을 위한 '지도기관'의 결성에 집중되었다.

사회주의 진영에서는 신간회 해소에 적극적이면서 상대방을 '사회민주주의자', '민족개량주의적 노선', '비투적(非鬪的) 소부르주아'로 규정했다. 그리고 이러한 호명을 통해 자신들과 구별하고자 했다.9) 반면 신간회 해소와 관련해서 『동아일보』는 "사상적 동요를 방지하기 위하여는 현재의 민족주의자는 자립적 입장으로서의 권토중래의 준비"가 필요하다고 당부했다.10) 이런 상황 속에서 어떠한 조직체를 어떻게 건설할 지 여부에 관해 많은 논의가 존재했다.

구체적으로 새로 조직되는 민족주의자의 단체가 '급진적' 성격을 지

---

9) 권승덕, 「사상전선의 보고 민족운동과 사회운동」, 『혜성』 1-4, 1931. 6, 55쪽.
10) (사설) 「신간회 해소 가결」, 『동아일보』, 1931. 5. 18.

닐 수 있을 것인지? 혹은 우경화하지는 않을 것인지 여부가 중요한 물음으로 제기되었다. 특히 해소파의 주장 앞에 대중적 기반이 약했던 민족주의 계열의 입장이 그러했다.

민족주의 계열 내부에서는 신간회 해소이후의 정세 대응에 관련해서 다양한 논의가 대두되었다. 우선 '민족적 단체'의 결성과정에 관련해서 민족주의 좌파의 일부에서는 비관론이 대두되었다. 설태희는 "민족주의 좌익이라고는 앞으로 있을 것 같지 않고 필경은 우경화할 것이 아닌가 합니다"라고 전망했으며, 한용운도 "해소파의 주장과 같이 앞으로 잠정적 협동기관이 생긴다 하더라도 그것은 아무 생명과 힘이 없는 것밖에 아니되겠지요"라고 부정적인 관점을 피력했다.[11]

한편 민족주의 우파에서도 신간회를 대신할 조직을 결성하고자 했다. 이광수는 안창호와 동우회를 염두에 두고서 1931년 7월에 "조선에는 아직 지도단체가 없다. 신간회가 그것으로 자임하였으나 해소라는 것으로 무위(無爲) 중에 자진(自盡)해버렸다. … 조선민족이 합리적이요 강력적인 중심지도단체가 생기는 날이 진실로 조선민족이 민족적 신운동, 신생활과 신기원을 여는 날"이라고 밝혔다.[12] 이러한 비관적·비판적 전망 속에서, 신간회 해소에 반대 입장을 표명했던 안재홍은[13] 민족주의 좌파 입장에서 새로운 조직을 결성하는 데 주력했다.

안재홍은 민족주의 진영을 중심으로 한 단체 결성을 해소 직후부터 시도했다. 그는 신간회가 해소된 다음 달 잡지 『혜성』을 통해 "협동전

---

11) 황강, 「신간회 해소와 운동선의 전망」, 『동광』 23, 1931. 7, 18쪽.
12) 이광수, 「지도자론」, 『동광』 23, 1931. 7, 9쪽.
13) 신간회 해소에 반대했던 안재홍의 논의에 관해서는 김명구, 「1920년대 부르주아 민족운동 좌파 계열의 민족운동론」, 『한국사학보』 12, 2002, 194-197쪽 참조

선이 필요한 만큼 민족운동가로서의 진영을 따로 가지고 나아가는 것
은 자타가 공인할 바이지요"라고 밝혔다.[14] 즉 민족주의 계열과 사회
주의 계열 사이의 '협동전선'이 필요함을 지속적으로 인정하면서도, 그
는 당대의 상황 속에서 민족주의 진영의 다른 조직체가 필요함을 제기
한 것이다. 실제로 그는 경성지회 대회 직후 이종린 외 4, 5인과 함께
모여 이 대회를 불법이라 하여 부인하고, 경성지회를 새롭게 '부활'시
킬 것을 협의하기도 했다.[15]

이러한 안재홍의 움직임은 1932년에도 이어졌는데, 사회주의 계열에
서는 "금일과 같이 계급의 대립이 객관적 제조건에 의하여 첨예화해
있는 시기에 있어서 … 계급적 조화의 기도는 전혀 불가능할 뿐만 아
니라 이것은 도리어 지배계급의 이익을 옹호하는 무기가 되는 것과 같
이 … 민족주의적 표현단체의 수립을 주장하는 것은 너무도 대중의 기
대를 무시하는 바"라고 비판했다.[16] 민족주의 계열 진영의 시도에도
불구하고, 이광수의 주장은 물론 안재홍의 '표면단체'를 수립하고자 하
는 움직임도 제대로 성사되지 못했다.

식민지 상황 속에서 대중적 영역에서 정치 활동이 제한될 때, 비타
협적 민족주의자가 택할 수 있는 실천 활동은 무엇이 있을 수 있을까?
1930년대 중반의 '조선학운동'이 제기된 것은 신간회 해소와 밀접하게
연결된다. 이지원은 민족협동전선의 정치운동이 불가능한 정세 하에서
현실적으로 선택한 차선책이 '조선문화운동론'이며, 조선인의 문화적
순화, 심화, 정화를 궁극적 목적으로 '조선학' 수립을 천명했다고 보았

---

14) 안재홍, 「민족운동자의 진영은 필요」, 『혜성』 1-4, 1931. 6, 11쪽.
15) 박한식, 「신간최후 전선대회기」, 『혜성』 1-4, 1931. 6, 43쪽.
16) 박만춘, 「안재홍씨의 표현단체재건론을 박(駁)함」, 『혜성』 2-2, 1932. 2, 70쪽.

다.17) 그렇지만 안재홍의 삶과 행적은 역사학자와 민족운동가로 선명하게 이분법적으로 나누어 살펴볼 수 없다는 점이 고려되어야 한다.18) 나아가 정치적 민족운동인 신간회와 문화·학술운동인 '조선학운동'의 관계도 분리해서 볼 수 없다.

식민지하에서의 학술·문화운동 역시 정치적인 담론이 내재해 있었다. 아울러 안재홍의 글 대부분이 신문 논설 형태로 발표되었던 점도 주목해야 한다. 왜냐하면 이러한 형식의 글은 신문 독자를 대상으로 당대 현실 문제와 밀접한 관련을 맺고 있기 때문이다. 따라서 이러한 시대 상황 속에서, 조선 역사와 문화 연구가 지닌 의미가 무엇인가에 관해 살펴보기 위해서는 당시 안재홍의 논설을 시계열적으로 살펴보아야 한다.

일본 유학생 출신인 안재홍에게 '근대적' 물질문명은 조선 역사·문화 연구와 병행해서 진척되어야 할 요소였다. 신간회 해소가 논의되던 1931년 3월 시점에서, 그는 조선 학생들에게 "조선과 같이 현대에 있어 사회적 후진성을 보다 많이 가진 사회에서는 진보적인 문화운동·계몽운동이 다른 무엇과 쌍행 병행되어야 하는 것"이라고 주장했다. '진보적인 문화운동·계몽운동'이 무엇을 의미하는지는 선명하지 않지만, 그는 같은 글에서 실천 방안으로 문자보급, 지식 상식 및 일상 관리의 여러 지식, 소비조합·협동조합 등의 지도 등을 제시했다.19) 문자

---

17) 이지원, 『한국 근대 문화사상사 연구』, 혜안, 2007, 329-330쪽.

18) 안재홍의 정치사상과 역사연구를 연동해서 살펴보아야 한다는 시사점에 관해서는 이진한, 「민세 안재홍의 조선사 연구와 신민족주의론」, 『한국사학보』 20, 2005, 317-319쪽 참조.

19) 안재홍, 「업(業)을 마치고 사회의 투사가 되려는 졸업생 제위에 대한 선배 제씨의 기대」, 『청년』, 1931. 3 ; 안재홍선집 간행위원회 편, 『민세안재홍선집(이하 『선집』으로 약함)』 6, 지식산업사, 336-337쪽.

보급 및 상식의 보급은 1920년대 후반 '문자보급운동'의 연장선상에 있는 것이며, '조합운동'의 강조는 자본주의 체제의 폐해를 극복하기 위한 방안제시였다.

한편 안재홍이 진단한 '후진 조선 사회'가 '진보'를 통해 지향할 바는 정치운동 조직체의 결성이었다. 안재홍은 1935년 1월에 쓴 글에서도 지속적으로 "전 민중적 결성체도 없이 또는 그를 통하여 수립 구현되는 민중적 총의를 파악함이 없이 절제적, 통제적 및 기획적인 시국에 적응하면서의 정상(正常)한 통과가 불가능한 것이니, 집중·결성의 필요성은 의연 긴절(緊切)한 것"이라고 밝혔다.[20] 이렇듯 그는 정치적 혹은 민족적 조직의 필요성을 지속적으로 염두에 두었으며, 일정한 단계가 필요하다고 생각한 것이다. 이러한 실천 활동의 진행 속에서 1930년대 중반 정약용 연구로 본격화된 조선학운동이 어떠했는지를 살펴보아야 한다.

민족운동 내부에서의 방향 전환 내지는 새로운 시도는 과거 경험에 관한 반성을 기반으로 시작되었다. 1930년대 초반 과거의 조선 역사와 문화를 정확하게 이해하자는 방향 설정은 안재홍을 포함한 시대의 '화두'였다. 『동아일보』에서도 1932년 사설을 통해 "우리는 우리 것을 알자 부르짖은 지 오래다. … 그러나 … 대세는 도도히 신문화, 신사상의 수입 급(及) 연구에 여념이 없었다. … 그 민족된 자로서 그 민족의 문화, 역사, 제도 등을 아는 것은 상식이요 의무"라고 밝혔다.[21] 그런데 이러한 취지의 논의는 1930년대 처음 시작된 것은 아니었고, 1910~20년대도 존재했다.

---

20) 안재홍, 「조선과 조선인」, 『신동아』, 1935. 1 ; 위의 책, 389쪽.
21) (사설) 「다시 우리 것을 알자」, 『동아일보』, 1932. 7. 12.

그렇다면 이전 시기의 '조선학' 연구와 1930년대 '조선학운동'과의 차이점에 무엇인지를 살펴보아야 할 것이다. 이에 관해 이지원은 1930년대 조선학운동이 이전시기 "민속이나 토속적인 것의 문화 가치를 현양하는 것보다는 보편적이고 주체적인 근대 민족국가의 가능성을 과거 전통에서 찾는 것에 집중"했다고 보았다.[22] 또한 정윤재는 1930년대 안재홍의 조선 역사와 문화 연구 활동을 '문화건설론'으로 규정하고, 이는 사회주의적 국제주의와 일제의 동화정책에 대한 비판적 대응이라고 보았다.[23] 여기서 제기될 물음은 당대 요구되는 혹은 복원되어야 할 '과거'의 전통이 무엇인지에 관해 규명해야 하는데, 안재홍은 이에 관해 다음과 같이 밝혔다.

> 과거를 정당히 해석하는 것이 현재를 엄정히 인식하는 한 가지 중요한 소지(素地)로 되는 것인데, 과거를 해석하는 조선의 역사는 아직도 대부(大部)의 진황(陳荒)으로 남아있고, 외래의 학구(學究)들은 왕왕 곡학적인 견지를 벗지 못하며, 혹은 조선인 신구의 학자들이 열심히 이를 검색 토구하나 그 열정의 폐가 주아관의 편견에도 흐르고, 그 중에는 과학을 센다고 도리어 공막(空漠)과 허망에 빠지기도 하니, 모두 심상치 아니한 폐단이었다. … 조선사의 진정한 연구 및 그 애착의 생각은 이때로써 그 왕성함을 보게 된 것이다. 이는 필연 또 당연한 경향이다. … 조선사의 열독 탐구 및 그 애착과 조선 그것의 견학·답사 및 조사·연구 등이 픽은 간절한 일로 될 것이다.[24]

1931년 6월에 발표한 안재홍의 이글은 신간회 해소 이후 조선학 연

---

22) 이지원, 앞의 책, 336쪽.
23) 정윤재, 「1930년대 안재홍의 문화건설론」, 『정신문화연구』 99, 2005 참조.
24) 안재홍, 「조선 연구의 충동」, 『조선일보』, 1931. 6. 13 ; 『선집』 6, 139-141쪽.

구의 필요성과 관련해서 첫 번째로 발표한 것이다. 그 내용 가운데 "외래의 학구들은 왕왕 곡학적인 견지를 벗지 못하고"라는 표현은 일본인 학자들의 한국사 특히 단군의 존재를 '말살'하려는 움직임에 대한 비판이다. 안재홍은 1920년대에도 단군을 인정하지 않고, 은나라 기자가 '동래(東來)'했다는 주장에 비판적인 입장이었다.[25]

그렇다면 "조선인 신구의 학자들이 열심히 이를 검색 토구하나 그 열정의 폐가 주아관의 편견에도 흐르고, 그 중에는 과학을 센다고 도리어 공막과 허망에 빠지기도 하니"라고 평가한 것은 누구의 글과 어떠한 부분을 지적하는 것일까? 이글 발표 전후에 조선역사와 문화에 관련된 선행 저술과 업적에 관한 안재홍의 논평문은 아래와 같다.

[표 1] 1920~30년대 안재홍의 조선인 학자의 '조선학' 연구에 관한 논평

자	대상 서적	출전	연도
최남선	『백두산근참기』	『조선일보』	1927. 7
김기진 박팔양	『최근조선문학사』	『조선일보』	1929. 6
이선근	『조선최근세사』	『조선일보』	1930. 4
신채호	『조선사연구초』, 『조선사』, 『조선상고문화사』	『조광』	1936. 4

안재홍의 선행 연구 평가 기준은 '과학적' 연구인가 아닌가 여부에 있었다. 최남선에 관해 "고조선에 관하여 조선학적으로 종횡 연구한 자" 혹은 "조선학·국학의 학자"이며, 『백두산근참기』는 조선 일반사에서 단군을 구명(究明)할 필요가 있으면 꼭 읽어야 할 '양서'라고 적극적으로 평가하면서, 그의 글이 "신앙적 무아현상(無我現象)에 들어가는

---

25) 안재홍, 「조선사문제」, 『조선일보』, 1926. 8. 8.

일이 종종 있어서 심할 때에는 어떠한 자연의 물상(物像), 이법(理法)의 활동에 대하여서도 … 인격적 신앙의 정을 부치는 말을 쓰"거나, "조선학을 위하여는 왕왕이 과학적 냉정을 잃는 때가 있다"고 평가했다.[26]

『최근조선문학사』에 관해서는 "그 양에서는 자못 요약된 바 있고, 그 서술이 물론 겸제(箝制)된 바 많은 때이므로 성한 바가 그 기하는 데에 미치지 못함이 있는 줄 생각하나"라고 보았다.[27] 정확한 의도를 확인할 수 없지만 안재홍은 이 책이 자신의 기대에 미치지 못하다고 평가했다.

반면 이선근의 『조선최근세사』의 경우 "그 고거(考據)가 자못 해박하고 논단(論斷)이 또한 긍계(肯綮)에 맞으니 크게 사계(斯界)의 양저(良著)임을 추천할지라"라고 밝혔다.[28] 비록 권두사의 성격을 지닌 글이지만, 최남선의 책이 '과학적 냉정'을 잃었다고 밝힌 것에 비해, 『조선최근세사』의 장점은 정확한 논증과 논리 전개에 있다고 보았다.

'과학적' 연구를 기준으로 1920년대 조선 역사와 문화 연구를 평가한 안재홍은 1930년대 신간회 해소 이후 재차 '조선학'의 한 분야인 "조선사의 진정한 연구"가 필요하다고 주장했다. 아래에서는 새롭게 제기된 그의 조선 역사와 문화 연구가 1930년대 중반 정약용 연구와 '조선학운동'으로 어떻게 연결되며, 그는 '조선학운동'을 어떻게 규정했는지 살펴보고자 한다.

---

26) 안재홍, 「최육당의 『백두산근참기』를 읽고」, 『조선일보』, 1927. 10. 13~18 ; 『선집』 4, 221-226쪽.

27) 안재홍, 「『최근조선문학사』 序」, 『조선일보』, 1929. 6. 11 ; 위의 책, 233쪽.

28) 안재홍, 「『조선최근세사』의 권두에 書함」, 『조선일보』, 1930. 4. 28 ; 위의 책, 243쪽.

Ⅲ. 1930년대 '조선학' 연구와 '조선학운동'의 의미

신문과 잡지 등 조선인 언론매체는 매년 1월 초에 신년을 맞이한 매체의 포부 및 전망을 제시하는 글을 게재했다. 안재홍의 경우 신간회가 해소된 다음 해인 1932년 1월 "민족운동의 총진영인 신간회"가 "무기획한 해소"로 없어졌으며, "표현단체 재건설의 운동은 조만에 그 기운의 성숙을 기다려 구현"될 것이라고 보았다.

같은 글에서 민족운동은 시간적인 '성숙'이 요구된다는 주장했고, 이어 조선 역사와 문화 영역의 연구 필요성을 제기했다. 그는 1931년에 있었던 이충무공유적보존회와 단군신전봉찬회의 활동을 소개한 후 "민족적 독목(獨目)한 문화와 역사와 정치적 전통의 체계를 명확히 하는" 것이 요구된다고 밝혔다.[29] 즉 조선 민족의 역사와 문화 속에서 '특수성'을 찾아서 이를 '체계화'하는 것이 신간회 해소 이후 민족주의 진영에서 수행해야 할 민족적 과제라고 보았다. 이렇듯 안재홍은 '조선학' 연구를 통해 민족운동의 돌파구를 찾고자 했다.

식민지 시기 '조선학' 연구는 일제에 대한 '정신적' 저항의 방안이었다. 특히 조선시대의 정치사의 부정적인 요소가 강조될수록, 일제에 우위를 가졌던 문화사에 대한 관심이 높아졌다. 문화사의 서술은 중국의 '선진' 문명 혹은 조선적으로 변용된 것(예를 들면 이황의 성리학 해석)이 조선을 통해 일본에 전달된 점을 부각해서 한일관계에서 문화적 우위를 강조했다. 그렇지만 조선 문화의 독자성을 강조하는 것은 조선 문화의 '유일성'을 강조하는 경향으로 연결될 수 있었다. 이러한 '유일성'

---

29) 안재홍, 「수다한 미해결의 문제」, 『조선일보』, 1932. 1. 5 ; 『선집』 6, 150-152쪽.

의 강조는 조선 문화 가운데 세계 ‘최초’, ‘최고’라는 문화 유적과 사상이 강조될 수밖에 없었다.

1930년대의 ‘조선학’ 연구는 이전 시기의 이러한 경향과 일정하게 차별성을 강조하는 것에서 시작되었다. 안재홍은 1931년 6월 “조선에 돌아오라. 조선을 알라는 것은 식자가 한 가지 부르짖는 바이다. … 그것은 무슨 배타적인 편소(偏小)한 민족적 주아관(主我觀)에 스스로가 치우치자 함이 아니요, 국제 생활의 권내에서 명확한 자기 독자의 처지를 인식하자는 가장 진보적인 견지에서 필연으로 이 요구가 자아내임이다”라고 밝혔다.[30] 우리 민족의 ‘유일성’, ‘독자성’의 강조가 ‘배타성’으로 치우치는 것을 경계하면서 ‘조선학’을 연구하자는 입장이라고 볼 수 있다.

1930년대 이전 시기와 다른 의미로 사용된 ‘조선학’의 용례는 당대의 현실이 반영된 차별적인 규정 속에서 이루어졌다. 1910~20년대 ‘조선학’이란 개념이 학자 사이의 논의였다면, 1930년대 들어오면서 이 개념은 공공연히 사용되는 학술적 용어가 되었다. 또한 1930년대의 ‘조선학’은 ‘진보적인 견지’라는 표현이 자주 사용되었으며, 이는 이전 시기 조선 역사와 문화 연구가 ‘관념적’이었다는 평가와 대비되어 ‘과학적’이란 용어와 병행해서 사용되었다.

신남철은 1934년 1월 ‘조선학’이 이전에는 일부 국학자에서 사용되었지만 공공연히 인구에 회자된 것은 극히 최근을 일이라고 전제하고, “그것을 이해하고 부출(扶出)하여 그 과학적 구조를 정제하는 데에 있을 것”이라고 밝혔다.[31] 또한 같은 해 9월 그는 T기자란 필명으로 조선연

---

30) 안재홍, 「조선 연구의 충동」, 『조선일보』, 1931. 6. 13 ; 위의 책, 139-141쪽.
31) 신남철, 「최근 조선연구의 업적과 그 재출발」 (1), 『동아일보』, 1934. 1. 1.

구의 새로운 움직임에 주목하면서 "현금 조선에는 자신이 걸어온 자취를 무사(無私)하게 하등의 주관적인 독단 없이 찾아보자 하는 기운이 움직이고 있"으며, 이를 통해 "우리의 역사를 음미 반성 비판하여 장래에 대한 과학적인 전망을 얻지 않으면 아니 될 것"이라고 보았다.[32] 그렇다면 '과학적 구조', '과학적인 전망'이란 표현에서 보이듯이 조선 역사와 문화에 관한 '과학적' 접근 혹은 연구가 무엇을 의미하는지 살펴보아야 한다.

1930년대 '조선학운동'은 사회주의 계열과 민족주의 계열 양자 모두의 관심영역이었다. 양자의 학술적 방법론과 인식의 차이점에 관해 이지원은 안재홍을 중심으로 하는 비타협적 민족주의 진영의 '조선학운동'과 백남운을 중심으로 하는 맑스주의 진영의 '비판적 조선학―과학적 조선연구' 두 계열로 구분했다.[33] 백남운의 논리를 분석하면서, 방기중은 후자가 민족주의 계열의 '민족특수성론'이 역사발전의 법칙성을 거부하는 것으로 비판했으며, 민족해방과 '신조선'의 건설을 전망할 수 없다고 보았다.[34]

사회주의 계열인 신남철은 백남운의 입장을 지지하면서, "새로운 세대의 조선에 대한 과학적 지식을 획득하려는 노력은 당연히 종래 거의 고루하고 관념적인 방법에 의하여 연구되어 오는 조선의 역사적 문화에 대한 재음미를 요구"한다고 전제하고, "역사학 연구의 진정한 의미

---

32) T기자(신남철), 「조선연구의 기운에 제(際)하야」 (1), 『동아일보』, 1934. 9. 11. T기자가 신남철임은 전윤선, 「1930년대 '조선학' 진흥운동 연구」, 연세대학교 석사논문, 1998, 8쪽 참조.
33) 이지원, 「1930년대 '조선학' 논쟁」, 『역사비평』 편집위원회, 『논쟁으로 본 한국사회 100년』, 역사비평사, 2000, 136쪽.
34) 방기중, 『한국근현대사상사연구』, 역사비평사, 1992, 110-112쪽.

는 … 과학적 필연성의 법칙을 객관적 발전의 속에 발견하여서 제형태의 교호관계를 조직하고 이해하는 데 있"다고 보았다.[35]

요컨대 유물사관에 입각한 조선 역사와 문화 연구가 '진정한' 것이며, 민족주의 계열의 '조선학' 연구는 '고루하고 관념적인 방법'에 근거하고 있다고 본 것이다. 하지만 마르크스주의사학(사회경제사학)의 비판을 그 상대방인 민족주의 역사학에 일률적으로 적용할 수 없다고 판단된다. '조선심(朝鮮心)'을 강조했던 정인보, 문일평은 물론 최남선과 비교해서, 안재홍에게 '과학'은 조선 역사와 문화 연구의 중요한 지표였기 때문이다.

> 근자에는 조선학이란 것이 식자나 선구자 간의 일건의 관심사쯤은 되어 있는 모양인데, 이것이 한 유행심리의 과정적 반영으로만 되고 만다면 안 될 일입니다. 그러므로 조선을 정확하게 신인식하는 신출발로서 학구적인 공동연구의 기관을 만들고, 그 기구를 생장 진전시킬 수 있는 대로 따라 그 통합제적인 분과 부분적 조사 연구를 진행하였으면 그 장래의 수확이 매우 좋을 것입니다. 조선의 연구는 당연 두 갈래가 있을 것이니, 하나는 현하 사회의 객관적 동태—통계적, 숫자적 변동을 주재(主材)로 한 정치적, 경제적, 기타 각반(各般)의 유기적 동향이 포괄된 것이요, 또 하나는 조선 과거의 문화적 제 전통, 즉 역사와 문물의 진적(眞的)한 자취를 냉정 엄숙한 과학자적 견지에서 조사, 연구, 비판, 천명하는 것입니다.[36]

민족해방운동 계열 사이의 대립·경쟁은 상대 진영에 대한 포괄적·

---

35) 신남철, 「최근 조선연구의 업적과 그 재출발」 (1),『동아일보』, 1934. 1. 1.
36) 안재홍, 「신년의 기원」,『신동아』, 1934. 1 ;『선집』 6, 377-378쪽.

비판적 호명에 근거했다. 마르크스사학에서 민족주의 계열의 '조선학'을 비판할 때 주된 비판의 요소는 '관념적'이란 측면이며, 이는 '조선심', '얼' 등의 형태로 표현되었다.

백남운은 1920년대 이후의 '조선학' 연구가 "조선심, 조선의식을 과거 한 역사적 사실의 연구에서 끄집어낸다는 것이 조선학 수립의 구극(究極)의 목적이라고 하는 것은 한 개의 큰 의문"이라고 생각한다고 전제하며, 과학적 방법을 토대로 한 조선 연구를 구별해야 하는데 당대 조선학을 "조선의 민족의식을 고조하는 학문이라고 이해될 가능성이 많이" 있다고 보았다.37) 그렇지만 백남운의 판단은 정인보와 문일평에게 해당한다.

정인보와 문일평처럼 안재홍의 경우에도 상대 진영을 '국제주의'라는 측면에서 비판했다. 그는 당시 사회주의 계열에 대해 "무계획적인 비과학적인 비구체 발전성적인 반사적인 급진"이라고 표현했다.38) 하지만 '과학적 연구'를 강조했던 안재홍의 경우에는 이들과 달리 민족성과 연결된 정신적인 요소를 강조하지 않았다.39)

한편 '후기 문화사학자'로 분류되는 이들 사이에서도 '조선학'에 관해 일정한 입장 차이가 있었다. 문일평은 1933년 조선학에 관해 "근일에 사용하는 조선학은 흔히 애급학과 아시리아학과 병칭하는 경향이 있다마는 여기는 다소 그 의미가 다르니 광(廣)으로는 종교 철학 예술

---

37) T기자, 「조선연구의 기운에 제하야」 (1), 『동아일보』, 1934. 9. 11. 백남운의 민족주의 사학에 관한 비판은 방기중, 앞의 책, 138-143쪽 ; 최영성, 「일제시기 반식민사학의 전개」, 『한국사상과 문화』 9, 2000, 141-142쪽 참조.
38) 안재홍, 「조선인의 사상통제문제」, 『조선일보』, 1931. 9. 11 ; 『선집』 1, 430쪽.
39) 안재홍의 경우에도 '조선심', '조선마음' 등을 언급하기도 했지만(안재홍, 「자립정신의 제일보」, 『조선일보』, 1926. 11. 4), 정인보와 문일평에 비해 상대적으로 거의 언급하지 않았다.

민족 전설할 것 없이 조선연구의 학적 대상이 될 만한 것은 모두 포함한 것이나 협의로는 조선어 조선사를 비롯하여 순조선문학 같은 것을 주로 지칭하여야 하겠다"라고 밝혔다.[40] 반면 안재홍은 1934년 12월 '조선학'을 "일개의 동일문화체계의 단일한 집단에서 그 집단 자신의 특수한 역사와 사회와의 문화적 경향을 탐색하고 구명하려는 학문"이라고 밝혔다.[41]

양자 사이에 넓은 의미의 '조선학' 개념은 유사하지만, 문일평은 조선 역사와 조선 문학을 소재로 하면서도 한글로 쓰인 '순조선문학'을 대상으로 하고 있기에 보다 엄격한 개념 정의를 했다고 볼 수 있다.[42] 이러한 다양한 조선학의 정의 속에서 안재홍은 '실학' 구체적으로 정약용 연구를 통해 조선학을 '과학적'으로 연구하고 '체계화'하고자 했다.

1930년대 '조선학운동'과 연동된 정약용에 관한 새로운 연구는 과거 연구 성과의 비판적 검토와 함께 그 내용을 대중적 차원에서 전달하는 과정을 통해 진행되었다.[43] 그리고 이러한 '조선학운동'은 새로운 민족운동의 이념을 도출하려는 민족운동의 한 영역으로 평가되었다.[44] 그

---

40) 문일평, 「사안(史眼)으로 본 조선」, 1933 ; 『호암문일평전집』 2, 민속원, 29쪽.
41) 안재홍, 「조선학의 문제」, 『신조선』, 1934 ; 이지원, 「일제하 안재홍의 현실인식과 민족해방운동론」, 『역사와 현실』 5, 1991, 59쪽에서 재인용.
42) 조동걸은 '초기 문화사학'과 '후기 문화사학'를 구별해서, 후자에 해당하는 인물을 안재홍, 문일평, 최익한, 손진태, 계봉우 등을 들고 있다(조동걸, 『현대한국사학사』, 나남출판, 1998, 197-198쪽). 안재홍과 문일평 사이에 '조선학'에 관한 정의가 다르듯이, 이들 '후기 문화사학자' 사이의 보이는 조선 역사와 문화 연구의 유사점과 차이점에 관해서는 추후의 과제로 삼고자 한다.
43) 정인보, 안재홍, 문일평 가운데, 특히 문일평이 대중적 역사 글쓰기에 주력했다. 그는 역사의 주체로 민중에 주목했고, '통속, 취미, 과학'을 기준으로 한국사가 서술되어야 한다고 보았다. 이에 관해서는 류시현, 「1920~30년대 문일평의 민족사와 문화사 서술」, 『민족문화연구』 52, 2010 참조.
44) 김인식, 「안재홍의 신민족주의 이념의 형성과정과 조선정치철학」, 『한국학보』

런데 정약용 연구는 민족주의 좌파만 주목한 것은 아니었다.

백남운의 경우에도 "조선학의 기운이 태동된 것은 유형원, 이성호(李星湖), 정약용 등이 '우리'를 알아보자고 한 때부터 시작"되었다고 보았으며,45) 정약용 연구에 참여했다. 아울러 정인보와 안재홍이 정약용과 영정조 시대의 새로운 학문경향에 주목한 것은 1930년대 이전부터 시작되었다. 정인보는 『여유당전서』를 간행한 이유에 관해 1925년 대홍수 당시 정약용의 저작물이 망실될 위험에 빠졌던 것이 계기라고 회고했고,46) 안재홍의 경우에도 1920년대 이미 영정조 시대의 학문 경향에 관해 "사가(史家)가 조선의 문예부흥시대라 하니, 역사·지리·정치·경제·언어·풍속, 기타 각종에 뻗쳐 성다(盛多)한 저술이 자못 울연(蔚然) 가관인 것이 있어서 조선학의 성장 시기"라고 언급했다.47)

그렇지만 1934, 1935년은 정약용 서거 99주년, 100주년에 해당되던 시기였고, 민족주의 좌파에 의한 정약용 연구는 이전시기보다 구체적이고 체계적으로 이루어진 점은 분명하다. 안재홍은 정인보와 함께 『여유당전서』를 교열했고, 이 책은 1934~1938년 사이에 신조선사에서 간행되었다. 또한 이들은 이러한 활동과 병행해서, 정약용의 사상과 업적에 관련된 내용을 대중 언론 매체에 소개하기 시작했다.48) 그렇다면, 1920년대와 달리 1930년대 '조선학운동' 이후 정약용에 관해 주목한 내용이 무엇인지를 살펴보고야 한다.

93, 1998, 212쪽.

45) T기자, 「조선연구의 기운에 제하야」 (1), 『동아일보』, 1934. 9. 11.

46) 정인보, 정양완 옮김, 『담원문록』 중, 태학사, 2006, 215-216쪽.

47) 안재홍, 「『최근조선문학사』 序」, 『조선일보』, 1929. 6. 11 ; 『선집』 4, 230쪽.

48) 식민지시기 이루어진 정약용과 영정조시대의 학문경향에 관한 연구는 최재목, 「일제강점기 정다산 재발견의 의미」 ; 박홍식, 「일제강점기, 정인보·안재홍·최익한의 다산 연구」, 『다산학』 17, 2010 참조.

① (안재홍 / 1934년 10월) "다산은 … 서양학문과 학풍 수입의 선구자의 하나이요, 또 그 집대성의 위업을 이룬 분이다. … 실학 추구와 부국이기(富國利己)의 도를 다하려던 의도의 일반을 표출 … 그의 가장 광채 나고 가치 있어 조선 학계의 지보(至寶)이요 민족문화의 자랑인 것은 현대 논객들이 조선학이라고 하는 제학(諸學)이다. … 그는 순연한 학자로도 조선학의 대표적인 위대한 인물이다. … 다산! 그는 실로 무의 이충무공과 겸칭할 문의 제1인자이요, 그 일신의 조제(遭際)에서 조선민의 운명을 반영하였다고 하겠다."[49]

② (안재홍 / 1935년 1월) "조선이 가졌던 최대 학자. 개혁적정치가, 사상·학식의 점에서는 근세 조선의 유일인 … 근세 국민주의의 선구자 … 선생의 학이 성호 이익에서 연원 … 자본주의적인 근세 국민주의의 선구자 … 근세 자유주의자의 거대한 개조(開祖) … 국가적인 사회민주주의를 방불 … 근세 민족국가 성립의 선구를 이룬 자와 방불"[50]

③ (정인보 / 1935년 7월) "조선 근고의 학술사를 종계(宗系)하여 보면 반계가 1조(祖)요, 성호가 2조요 다산이 3조인인데, 그 중에도 정박명절(精博明切)함은 마땅히 다산에게 더 미룰 것이니 … 이가 그 집성의 미를 향휴함이 또한 무괴타 할 것이다."[51]

④ (안재홍 / 1936년 4월) "조선 근세사상에 대표적인 대학자 … 선생은 일부 추모가 특심(特甚)한 자의 스승만이 아니어서 실로 조선의 국보적인 역사상의 존재이었고, 홀로 또 조선만의 광채가 아니어서 전 동방의 유수한 존재인 것이다."[52]

역사를 구성하는데 일정한 '개념화'는 필연적인 과정이라고 할 수

---

49) 안재홍, 「정다산선생과 그 생애의 회고」, 『신동아』, 1934. 10 ; 『선집』 6, 358-362쪽.
50) 안재홍, 「다산의 사상과 문장」, 『삼천리』, 1936. 4 ; 위의 책, 431-437쪽.
51) 정인보, 「다산선생의 일생」, 『동아일보』, 1935. 7. 16.
52) 안재홍, 「다산 선생 특집─권두언」, 『신조선』 12, 1934. 8 ; 『선집』 6, 391-392쪽.

있다. '실학'이라는 개념도 그러했다. 1910년대 후반~20년대 초반 조선광문회에서는 실학자의 서적을 중점적으로 복간함으로써 조선 후기 새로운 학문 경향에 주목했다.[53] 그리고 1930년대 중반 조선학운동이 본격적으로 진행되는 과정에서 이러한 새로운 학문 경향을 표방한 유형원, 이익, 정약용 등이 '경제학파'로 호명되기도 했다.[54]

정인보, 안재홍 등의 노력에 의해 이러한 조선 후기 새로운 학문 경향이 '실학'이라고 개념화되었으며, 유형원, 이익, 정약용으로 이어지는 '체계화'가 가능해졌다. 또한 이들은 정약용을 이러한 학문 경향을 '집대성' 혹은 대표한 학자로 보았다. 그런데 양자 사이에 일정한 견해 차이가 보이는데, 안재홍의 경우 정약용을 서구 근대 사회사상과 대비·비교해서 "근세 국민주의의 선구자", "국가적인 사회민주주의를 방불"한 학자 등으로 보다 적극적으로 평가했다.

이렇듯 정약용의 사상적 위치는 조선 문화 속에서 뿐만 아니라 동양 나아가 유럽 근대 문명과 대비되는 존재로 부각된 것이다. 그렇다면 정약용 연구를 통해 1930년대 진행된 '조선학운동'에 관한 안재홍의 평가가 어떠했는지를 살펴보아야 할 것이다.

일체의 선량 현명한 사녀(士女)는 그 훤소(喧騷)를 떠나서의 문화적 연찬(研鑽)·함양에 정진함도 차선적인 과정적 과제요 임무일 것이다. 그러나 돌아보건대 이인들 어찌 용이하랴? 이인들 어찌 용이하

---

53) 류시현, 『최남선 연구』, 역사비평사, 2009, 63쪽.
54) 현상윤은 "유반계, 이성호, 정다산 일파의 경제학파가 흥기하여 이학(理學)을 반대하고 이용후생의 학문을 제창하였으나 또한 적년(積年)의 주자학파의 세력이며 당세 때문에 명맥이 길게 보존되지 못하고 말았다"라고 평가했다(현상윤, 「우리의 자각과 생활의 신원리」, 『동아일보』, 1933. 7. 29).

랴. 조선인은 그 자기 자신의 향상적 생존에 아직도 진열(眞熱)한 자기의식이 박약한 것 같다.[55]

언론인이었던 안재홍은 신문 및 잡지 매체에 기고하는 과정에서 중복적인 표현을 즐겨 사용하지 않았다. 그럼에도 불구하고 1935년 시점에서 '조선학운동'의 진행 과정을 회고하면서, 중복적인 표현을 무릅쓰고, 그것의 가능성이 어렵다고 밝혔다. 그는 조선학운동의 성과를 얻기 위해서는 상당한 시간이 요구된다고 보았다.

예를 들면, 조선어 사전의 필요성은 언급하면서, 그는 "조선의 언어와 그 용기로서의 문자, 즉 '한글'이 그 소재로서는 벌써 완성된 역사를 가진 지 5세기가 넘으려 하면서 그 현대 문화에 적용되는 과학적 정비로서는 이때껏 그 성취를 못 보았던 터이다. … 조선 문학은 조선의 식자 선구자들의 손에 의하여 오히려 그 생장, 발전 및 그 완성을 기하여야 할바이다."라고 밝혔다.[56] 즉 안재홍에게 과거의 문화는 당대에 부합하는 방향으로 '과학적 정비'가 요구되며, '생장, 발전 및 완성'할 대상으로 간주되었다. 또한 한글이 '현대 문화'에 부합되는 존재로 거듭나야 한다고 보았듯이, 그에게 '과학적 연구'가 요구되는 다양한 미개척 분야가 존재했다.

이상에서 살펴보았듯이, 정약용 관련 연구는 '조선학운동'의 목표가 아니었으며, 1930년대 중반에도 조선학운동은 계속 진행형이었다.[57]

---

55) 안재홍, 「조선과 조선인」, 『신동아』, 1935. 1 ; 『선집』 6, 390쪽.
56) 안재홍, 「교육조선의 비극」, 『조선일보』, 1936. 3. 25 ; 위의 책, 243쪽.
57) 안재홍은 "무릇 신을 세움이 여러 길이로되 그 하나는 실로 옛일을 찾아서 신인식을 일으킴으로써 신생명을 여는 데 있는 바"라고 밝혔다(안재홍, 「다산선생특집-권두언」, 『신조선』 12, 1935. 8 ; 위의 책, 392쪽).

다시 말해 정약용 연구는 조선의 역사와 문화에 관한 과학적 연구를 지향한 1930년대 '조선학운동'의 일부분이자 예비단계라고 볼 수 있다. 아울러 이러한 '조선학운동'은 민족적 단위의 통일된 조직체의 결성과 농민 교양운동(예를 들면 문자보급운동)과 병행해서 진행되었다.

IV. 민족사의 서술과 시대에 관한 인식

안재홍의 '조선학' 연구가 대응해야 할 존재는 일본인 학자의 식민사관, 선행 민족주의 계열의 역사학자의 논리, 사회주의자 계열의 비판 등이었다. 이에 대한 학문적 대응은 1930년대 '조선학운동' 이전에도 존재했다. 그는 1926년 8월 「조선사 문제」라는 글을 통해 일본인 학자의 조선사 교육에 관한 관심이 조선의 '부정적' 역사를 밝히는데 있으며, "조선사를 깎아 말하는 자는 소위 사대사상이 조선인에게 골박혀 내려온 것을 들추어낸다"라고 평가했다. 또한 같은 글에서 조선사편수회의『조선사』에 관해 "단군을 말살하거나 혹은 그 사실을 혼효(混淆)하는 것도 웬간치 않게 하였다."라고 비판했다.

나아가 조선인의 선행 연구에 관해서도 "소위 '국위(國威), 국광(國光)'류의 문구를 떠벌여 자기마취의 존대성(尊大性)을 끄집어내거나 '선민(先民), 선철(先哲)'을 들먹여서 감상적 명분론을 함으로써, 우리의 앞길을 개척함에 큰 도움이 되리라고는 생각지 않는다. … 저들의 생각하는 바가 매우 허망한 부유(腐儒)의 소론인 것을 단언한다."라고 비판했다.[58]

---

58) 안재홍, 「조선사 문제」,『조선일보』, 1926. 8. 8 ;『선집』 1, 155-157쪽.

1920년대 식민사관과 '국수적 경향'에 비판적인 그의 논지는 1930년대 들어와서는 주로 사회주의 계열의 '복고주의'라는 비판에 관한 대응 차원에서 이루어졌다.

> 세간의 논자 혹은 전대의 인물 사력(事歷)을 듦으로써 만연히 '복고주의'인 규정 및 비난을 가하는 자 전혀 없지 않은 모양이나, 그러나 이는 용허키 어려운 과오이다. 조선과 같은 후진 특종 사회의 문화적 특수 과정은 지금까지 포기하였던 전연 황무지인 전대 허다한 사실(史實)에 관하여 이에 대한 과학적 비판도 귀중하고, 다만 일반적인 소개, 천양(闡揚) 및 음미만으로도 매우 귀중 유용한 현하 과정에서의 문화적 공작으로 되는 것이다.[59]

안재홍뿐만 아니라 조선 역사와 문화를 연구하는 민족주의 계열에서는 사회주의 진영의 '복고주의'란 비판에 관해 적극 대응했다. 1933년 1월 『동아일보』에서도 사설을 통해 "조선을 알자! 조선 문화를 알아보자! 함은 조선이 세계적으로 성대하고 조선 문화가 세계적으로 우월함으로써가 아니다. '우선 저를 알자'는 것이다. … 감상적 복고주의는 이 시대의 우리에게는 절대로 금물이다. 과거를 팔아서 현재의 자위(自慰)를 삼으려함과 같음은 우매(愚昧)의 □이다."라고 밝혔다.[60]

안재홍의 '복고주의' 비판은 『동아일보』의 인식과 유사했지만, 반면 민족주의에 관한 유연한 사고에서 차별되었다.[61] 그는 '민족애'는 '존

---

59) 안재홍, 「현대 조선과 율곡 선생의 지위」, 『조광』, 1937. 2 ; 선집 6, 439쪽.

60) (사설) 「조선을 알자—자기 발견의 기연」, 『동아일보』, 1933. 1. 14.

61) 안재홍의 '민족주의'에 관한 인식은 박한용, 「안재홍의 민족주의론」, 「한국사학보』 9, 2000 ; 박찬승, 「1930년대 안재홍의 민세주의론」, 『한국근현대연구』 20, 2002 ; 이경미, 「1920년대 민세 안재홍의 민족론과 그 추이」, 『동양정치사상사』

귀한 역사적 생산물'이며, 민족애와 국제주의적 인류애는 병행되어야 한다고 보았다.[62)

실제로 민족주의 역사학에서 조선 역사의 '독자성'을 부각하는 순간 세계사의 발전과정으로 간주되던 '보편성'과 충돌하게 된다. 하지만 안재홍은 민족주의에 대한 비판에 대응해서 선진국의 국민주의와 후진국의 민족주의는 다르다는 전제 아래, '민족주의적 세련과정'을 언급하기도 했다.[63) 특히 그는 당대 식민지 조선을 '후진 특종 사회'로 인식했다. 그의 이러한 민족주의에 관한 인식과 당대 인식은 그의 '민족사' 서술에 반영되었다.

하나의 민족 단위의 역사를 통시대적으로 정리하는 것은 '근대적인' 현상이었다. 신채호는 1908년 「독사신론(讀史新論)」을 통해, 아와 비아를 나누고, '아' 가운데 주족(主族)인 '부여계' 중심의 역사 서술을 주장했다. 이러한 「독사신론」의 새로운 역사 쓰기는 "한국사를 한국민족사와 등치시킨 역사 서술"로 평가된다.[64)

그렇다면 한국사를 민족사란 형식으로 어떻게 정리해야 하며 무슨 내용을 담아야 할 것인가 여부가 물음으로 제기된다. 민족사의 서술 방향은 일반적으로 첫째, 단군이란 민족의 기원부터 당대까지를 관통하는 서술이 이루어져야 하며 둘째, 중국과 일본과 다른 독자적이고 고유한 '조선적인 요소'를 발견해야 하며 셋째, 시계열적 추이 속에서 서술

9-2, 2010 참조.

62) 안재홍, 「허구한 동무―민족애는 존엄」, 『조선일보』, 1931. 2. 10 ; 『선집』 1, 446쪽.

63) 안재홍, 「국민주의와 민족주의」, 『조선일보』, 1931. 2. 18 ; 『선집』 1, 461쪽. 그는 또한 조선 문화의 세계화에도 주목해야 한다고 밝혔다(안재홍, 「조선문화회의 창립」, 『조선일보』, 1932. 2. 3 ; 앞의 책, 459쪽).

64) 헨리 임, 「근대적·민주적 구성물로서의 '민족' : 신채호의 역사 서술」, 신기욱·마이클로빈슨 엮음, 도면회 옮김, 『한국의 식민지 근대성』, 삼인, 2006, 473쪽.

주체인 조선 민족의 발전 혹은 발달을 담아야 했다. 비록 안재홍은 통사 형태의 저술을 남기지 않았지만, 아래에서는 그의 각 시대와 인물에 관한 평가 속에서 그의 '민족사'의 구상에 관해 살펴보고자 한다.

민족사의 서술과 관련해서 민족의 기원 문제인 단군과 단군 신화를 어떻게 해석할 것인가가 여부가 첫 번째 물음으로 제기될 수 있다. 즉 '신화'를 어떻게 역사적 사실과 연동해서 설명할 것인가 여부가 과제였다.

안재홍은 역사 서술에서 신화적 요소를 배제해서 설명하고자 했다. 그는 우선 "민족적 독목(獨目)한 문화와 역사와 정치적 전통의 체계를 명확히 하는 견지"에서 단군 연구의 필요성을 찾았다.[65] 또한 그는 단군왕검의 등장을 "남계(男系) 수장으로써 … 가장 영웅적인 인물 … 부족 연합의 근세류(近世流)의 국가의 선구를 형성하고, 추대되어 그 태조적인 지위에 오른 자"라고 보았다.[66] 즉 안재홍은 단군을 고유명사가 아닌 정치적 지도자를 의미하는 보통명사로 봄으로써, 단군에게 과도한 '민족적' 의미를 부여한 역사 서술에 관해 비판적인 입장을 지녔다.

한편 신라의 '삼국통일'을 어떻게 해석할 것인가 여부는 향후 민족의 '운명'과 연동해서, 민족사를 서술하는데 중요한 과제였다.[67] 즉 '통일신라' 이후 반도 중심의 민족사를 어떻게 해석할 것인가라는 문제와 연동되었다. 안재홍은 김유신에 관해 "당장(唐將)을 압복(壓服)하고 려제(麗濟)를 꺽던 상승장군"이라고 보기도 했지만,[68] 전반적으로 신라의

---

65) 안재홍, 「수다한 미해결의 문제」, 『조선일보』, 1932. 1. 5 ; 『선집』 6, 152쪽.

66) 안재홍, 「아사달 사회의 발전」, 『조광』 2-2, 1936. 2 ; 앞의 책, 411-412쪽.

67) '통일신라'에 관한 인식과 관련해서, 전근대와 근대시기 이루어진 '삼한/삼국통일' 담론에 관해서는 김흥규, 「신라통일 담론은 식민사학의 발명인가」, 『창작과 비평』 145, 2009. 9, 373-395쪽 참조.

68) 안재홍, 「그러면 조선인아 — 제군은 이 기백이 있느냐?」, 『시대일보』, 1924. 5. 2~3 ; 『선집』 1, 39쪽.

'통일'에 관해 부정적인 입장을 보였다.

> 김유신이 태종무열왕을 도와 통삼(統三)의 업을 이루었다 하지마
> 는, 당시의 기록은 평양이 오히려 무초(茂草)를 비탄하였고 관북의
> 땅 태반 황폐하였음을 전하였다. 하물며 당의 고명(誥命)을 빌고 그
> 의 절도(節度)에 응하는 등 외력을 이용하는 후세 소위 사대정책은
> 이때부터 대부(大部)이나 작용(作俑)된 관(觀)이 많다.69)

통일신라의 역사에서 '사대정책'의 연원을 찾는 안재홍의 역사인식
은 이와 대비되는 존재로서 고려 왕건을 높게 평가하는 것과 연동되었
다. 그는 왕건에 관해 "만주의 강토를 통일하고 써 국민적 자립의 실
(實)을 발휘하고자 그 북면에 전비(戰備)를 다스리고, 당시 국가존엄의 표
상이던 건원(建元)의 제(制)를 시행하면서 한토(漢土)의 인민에 대하여 항
상 탈 만한 기회를 기다렸던 것"이라고 평가했다.70) 즉 민족사의 서술
과정에 왕건을 통해 영토적 민족주의는 물론 '국민 자립'과 '국가존엄'
이라는 근대적 가치관을 대입시키고자 했다.

고려의 '북진정책'을 강조하는 이러한 서술은 고려 말 최영과 이성
계에 관한 평가와 연결되었다. 1935년에 발표한 글에서도 안재홍은 여
말선초에 "태조(이성계－인용자)와 그 일련의 인물들에 의하여 쇄국 고립
과 존명자안(尊明自安)의 소국안분주의적(小國安分主義的) 과오된 정책을 채
용"했고,71) 이러한 정책적 결정 이후 조선시대의 역사를 '국망(國亡)'과

---

69) 안재홍, 「한양조 5백 년 총평」, 『개벽』 71, 1926. 7 ; 『선집』 6, 283-284쪽.
70) 안재홍, 「자립정신의 제일보－의미심장한 '가갸날'」, 『조선일보』, 1926. 2. 4 ; 『선
    집』 1, 176쪽.
71) 안재홍, 「조선과 조선인」, 『신동아』, 1935. 1 ; 『선집』 6, 386쪽.

연결되는 '실패사'로 규정했다. 특히 안재홍은 조선시대 '당쟁'의 경우 "압수(鴨水) 이남의 소반도 소천지에 퇴화 농성케 된 데서 파생한 필연의 귀결"이라고 보아,[72] '식민사관'과 유사한 입장을 표명하기도 했다. 그는 조선시대 500년을 다음과 같이 평가했다.

> 유(儒)를 숭하는 곳에 아울러 중국의 제도를 모방하니 이것이 한양조에 와서 정치적 사회적 제반의 제도문물이 일 진보를 이룬 이유이다. 그러나 제도문물이 완비한 지경까지 진보됨에는 한편으로 곧 허문욕례(虛文褥禮)의 폐가 따라서 생겼고, 생활의 범위를 스스로 국내 안한(安閑)한 소천지에 국척(跼蹐)한 한양조의 사인(士人)들은 결국 소소한 이론으로써 상호의 반목을 일삼고 그 화가 드디어 회구(回救)할 수 없는 영속하는 당쟁으로써 하였다. … 인조로부터 효종 현종 숙종 경종의 여러 대에까지 존명친청의 외교정책이 당파를 따라 변전된 것은 현대의 정당 간에서도 떳떳이 있는 바로서 괴이하지 않겠지마는, 오직 살육방축(殺戮放逐) 등으로 소위 참초제근류(斬草除根類)의 험독(險毒)한 심법을 발휘한 것은 사가들이 이것으로써 거의 조선 쇠망의 제일 원인이라고 단정까지 하려함도 어즈버 혹평이라고는 할 수 없을 것이다.[73]

안재홍은 조선시대를 정치사적 측면에서는 부정적으로 문화사적 측면에서는 세종대와 영정조대를 긍정적으로 보았다. 그는 앞서 살펴보았듯이 정약용 연구를 중심으로 한 조선 후기의 '실학'은 물론 세종대의 한글창제에 관해서도 "용신우유(庸臣迂儒)들의 속론 우견을 배척하고

---

72) 안재홍, 「소위 지방열단체(地方熱團體) 문제」, 『조선지광』, 1927. 10 ; 『선집』 1, 232쪽.
73) 안재홍, 「한양조 5백 년 총평」, 『개벽』 71, 1926. 7 ; 『선집』 6, 287-293쪽.

단연히 조선문 창작 및 사용을 결행한 것은 불세출의 영명(英明)의 질(質)인 것을 표명하여 남음이 있을 뿐이 아니다. 이로써 조선인의 민족적 자립성을 위하여 만장(萬丈)의 광염을 토하고 또 불후의 대원력(大願力)을 끼친 것"이라고 적극적으로 평가했다.74)

하지만 안재홍이 조선시대를 전반적으로 부정적인 측면을 강조했다고 볼 때, 민족사 서술에서 민족의 '발전'은 어디에서 찾을 수 있을까? 그는 우리 역사에서 긍정과 부정의 사례를 확인하면서, 역사를 배우는 것의 의미를 "과거 참담하던 역사를 알면 알수록 무한한 반항의 의욕이 돋아지는 것"에 있다고 보았다.75) 즉 부정적인 역사 속에서도 일제 강점이란 시대적 상황에 요구되는 교훈을 발견하고자 했다. 그렇다면 안재홍의 민족사 서술에서 1920년대 조선 역사와 문화에 관한 인식과 1930년대 중반의 '조선학' 연구 사이의 연속성과 차별성이 어떠했는가를 살펴보아야 할 것이다.

앞서 언급했듯이 민족사의 서술은 ① 단군부터 당대까지의 서술 ② 독자적이고 고유한 '조선적인 요소'의 발견 ③ 조선 민족의 발전을 담아야 했다. 비록 단독 저술 형태는 없지만 안재홍은 단군과 고구려를 중심으로 한 삼국시대, '통일신라' 시기, 고려시기, 조선시대란 시기를 대상으로 민족사의 부침을 살펴보았다. 아울러 그는 1930년대 '조선학 운동'을 통해 조선 역사와 문화에 관한 "체계적이며, 과학적인 연구"를 시도했다.

하지만 세 번째 부분과 관련해서, 그는 민족사의 발전 과정을 조선

---

74) 안재홍, 「자립정신의 제일보―의미심장한 '가갸날'」, 『조선일보』, 1926. 2. 4 ; 『선집』 1, 176쪽.
75) 안재홍, 「조선사 문제」, 『조선일보』, 1926. 8. 8 ; 앞의 책, 155쪽.

시대에서 찾지 않았으며, 이에 관한 부정적인 인식이 1920년대에 이어 1930년대에도 지속적으로 나타났다. 그러나 그는 앞 시기와 달리 조선시대의 부정적인 모습을 지리 결정론적이나, 유교(혹은 성리학)에서 비롯된 고정적인 것으로 이해하기 않고, 민족사의 전체 진행과정에서 "한양조 후기 수삼백년 이래의 쇠망사(衰亡史)"로 축소해서 설명했다.[76]

그러나 안재홍은 조선시대의 부정적인 요소가 당대까지 '계승'되었다는 측면보다는 발전 '가능태'로서의 조선 사회를 강조했다. 그는 1935년 1월 발표한 글에서, "사회의 생장·발전은 항상 전 구성원의 총의 통제에 의한 역량의 집중 여하"에 의해 가능하며, 또한 "일정한 주의와 목표를 핵심 삼아 인민적, 사회적 신뢰와 결합으로 역량이 집중 통제되고 그것이 현실적으로 표현 활용되는 데서 시국이 비로소 회전 발전"된다고 보았다.[77] 아울러 정치적 조직체 결성의 전단계로서 "민중문화의 향상 보급 그 심화 순화"의 단계를 설정하고,[78] "혁정(革正)과 개량을 병진하는 것이 역사진행의 철칙"이라고 해서,[79] 식민지배로부터 벗어남을 포함한 정치적 '혁명'과 문화운동이 병행·통일되어야 한다는 입장을 지녔다.

이상에서 살펴보았듯이, 그의 '조선학운동'이란 조선 역사와 문화 연구 구상 속에서 민족구성원의 '역량 집중'을 모색한 것이다. 다시 말해 정치운동과 '조선학운동'은 안재홍에게 각기 나누어진 별개의 사안이 아니었다. 그가 구상한 1930년대 '조선학운동'은 정치운동이 어려운

---

76) 안재홍, 「문화건설 사의(私義)」, 『조선일보』, 1934. 6 ; 『선집』 1, 520쪽.
77) 안재홍, 「조선과 조선인」, 『신동아』, 1935. 1 ; 『선집』 6, 388쪽.
78) 안재홍, 「20세기의 등장 민족」, 『조선일보』, 1935. 5 ; 『선집』 1, 506쪽.
79) 안재홍, 「세계로부터 조선에」, 『조선일보』, 1935. 6 ; 위의 책, 510쪽.

상황에서 제기된 '차선책'인 측면보다는, 민족운동가이면서 '조선학' 연구자인 그가 선택한 민족운동론의 일환이었다.

V. 맺음말

한말·일제강점기는 근대 서구 문명이 확고하게 세계로 전파되었으며, 동시에 문명 담론에 통한 '보편성'의 강조는 문화 연구를 통한 '특수성'로부터 도전받았던 시기였다. 하지만 문화와 문명 담론 양자는 상호 대립적이지 않았다. 1930년대 '조선학운동' 그 가운데서도 안재홍의 조선 역사와 문화 연구는 '과학적 방법론'으로 대표되는 근대적 학문 방법론을 토대로 해서 조선적인 정체성을 찾는 학술운동이었다. 이러한 '조선학운동'에 관한 접근은 과거 사실에 관한 이해를 넘어서 해방 후는 물론 현재 한국에 관련된 문화적 접근인 '한국학/ 국학' 연구의 기원을 찾는 작업과 연동된다.

안재홍은 '조선학'을 재정의하고, '조선학운동'에 적극 참가했던 인물이었다. 이 글에서는 1931년 신간회 해소 시기부터 1930년대 중반 '조선학운동' 시기까지의 안재홍의 조선 역사와 문화에 관한 다양한 연구 성과를 시계열적으로 검토함으로써, 1920년대 그의 조선 역사와 문화인식과의 유사점과 차이점을 살펴보고, 나아가 식민지 민족주의계열의 학문적 실천과정인 '조선학운동'에 접근하고자 했다.

안재홍은 정치적으로는 민족주의 좌파이며 역사학의 영역에서는 민족주의 사학자 혹은 '문화사학자'로 분류된다. 선행연구에서는 1930년대 조선학운동을 정치운동과 구별된 '문화운동'으로 규정하고, 단계를 설정해서 신간회 해소 이후에 대두된 ‘차선책’으로 보았다. 이 글에서는 안재홍의 삶을 역사가와 민족운동가로 나눌 수 없다는 전제아래, 신간회 해소 이후에도 지속적으로 ‘민족적 정치 조직체’를 구상했으며, 그의 이러한 정치적 의도가 정약용 연구와 민족사의 서술로 대표되는 ‘조선학운동’에 반영되었다고 보았다.

아울러 안재홍의 민족사 서술은, 비록 1920년대와 비교해서 그 구성 및 내용에서 큰 차이를 보이지 않았지만, 1930년대 ‘조선학운동’ 시기에 이르러 부정적인 과거의 모습 속에서 보다 적극적으로 발전의 가능성을 발견하고자 한 점에서 차이점이 존재했다. 그는 과거의 역사적 경험을 ‘사대주의’, ‘당쟁’ 등으로 비판했지만, 이는 민족 고유의 정체성에서 비롯된 것이 아니라 조선시대의 일부의 현상으로 이해하고, 이를 극복해서 민족 구성원의 역량 집중의 계기로 삼고자 했다. 다시 말해 1930년대에도 그에게 정치운동과 문화운동은 상호 교차·병행된 실천 활동의 연장선에 있었다고 판단된다.

1930년대 ‘조선학운동’은 1920년대의 조선 역사와 문화 연구와 구별되어 ‘과학적 방법론’에 입각하고 있음을 강조했다. 그런데 민족주의 사학(혹은 ‘문화사학자’)의 이러한 연구 방법론은 당대 사회주의 계열의 ‘조선학’ 연구 입장과도 유사했다. 양자의 차이점은 보편과 특수에 관한 이해 및 민족운동의 향후 전망과 연동해서 나타났다. 안재홍은 식민지 조선 사회에 관해 ‘후진 특종 사회’란 특수성을 강조하면서, 동시에 민족주의와 국제주의 사이의 다층적이며 보편적인 요소를 찾고자 시도했다. 이러한 그의 입장이 해방 후 ‘신민족주의’와 어떻게 연결되며, 이것이 해방 후 민족사의 서술 및 전망과 어떻게 연결되는지가 구체적으로 검토되어야 한다.

동아시아 식민주의의 근대적 성격
―'예'로부터 '피'로의 이행―

윤 해 동

Ⅰ. '식민주의'라는 문제의식

한국이 병합을 당하여 식민지로 전락한 지도 이미 백년을 넘어서고 있다. 백년을 지나가고 있는 '한국병합'이 21세기의 세계에서 무슨 의미를 가질 수 있을 것인가? 한국병합 자체는, 세계체제의 전환이라는 점에서나, 한국이나 일본 사회의 변화 혹은 한일관계의 성격이라는 점에서도 그다지 특별한 의미를 갖지는 않을 것이다. 이미 1989년 사회주의체제 붕괴와 냉전의 해소로 인류는 미증유의 세계체제 전환을 경험하고 있는 중이다. 이러한 '체제 이행'은 다양한 방식으로 이미 그 얼굴을 드러내고 있기도 하다. 거대한 체제 이행의 상황 속에서 '한국병합' 백주년이 어떤 의미를 가질 수 있다면, 그것은 바로 '식민주의'라는 측면에서'만' 그러할 것이다.[1] 한국병합 이후 백년이 지났지만 아

---

1) 이 글은, 한국병합을 식민주의라는 측면에서 조명한 다음 논문을 바탕으로 그 문제의식을 종횡으로 확장한 것이다. 尹海東, 「植民主義と近代」, 國立歷史民俗博物館

직도 식민주의가 근본적인 의미에서 재생산되고 있다는 점에서, 나아
가 식민주의를 새로이 인식하는 것이 대단히 시급하다는·점에서 한국
병합 백주년은 심대한 의미를 가질 것이다.

한국병합에 대한 한국과 일본의 일반적인 인식은 '강점'과 '합법'의
거리만큼이나 멀다. 한국의 학계나 사회에서 널리 사용되고 있는 용어
인 강점은, 일본의 한국병합이 강제적인 점령이라는 사실을 지적하는
것을 넘어, 식민지배 전체를 지칭하는 개념으로 확대되어 널리 사용되
고 있다. 하지만 식민지배를 강점과 같은 점령상태로 간주하는 것은 지
배방식의 폭력성을 강조하는 데에는 효과적일지 모르지만, 식민지배를
단지 역사적인 일탈상태로 보게 함으로써 식민주의의 본질을 흐리는
데 기여할 따름이다. 식민지배를 강점으로 대치하게 되면, 비유컨대
'강점 아래서의 한국'에는 '박제화된 기억'만이 존재하게 될 것이다. 식
민지 아래에서 사는 사람들의 이야기는 사라지고, '앙상한 분노'만이
자리잡게 되는 것이다.[2] '앙상한 분노'란, 식민지배하 식민지민의 생활
이 사라진 박제화된 기억을 향한 분노를 지칭하는 것이다. 요컨대 앙상
한 분노란 구체성을 갖지 못하는 '추상을 향한 분노'이다.[3] 식민지배라

編, 『「韓國併合」100年を問う』, 岩波書店, 2010. 이에 대해 독자들의 양해를 구한
다. 또한 니시카와 나가오(西川長夫)의 최근 작업은 '식민주의'의 중요성과 그 의
미를 새로 환기시키는 데 큰 역할을 하였다. 니시카와 나가오 저, 박미정 역, 『신
식민주의론』, 일조각, 2009(일본어 원본은 西川長夫, 『'新植民地主義論-グローバル
化時代の植民地主義を問う』, 平凡社, 2006) 참조.
 2) 김철, 「머리말」, 『식민지를 안고서』, 역락, 2009.
 3) '추상개념을 향한 분노'가 얼마나 위선적이고, 위험한 것인지를 평화운동가 더글
러스 러미스는 다음과 같이 말하고 있다. "쓰지 : 일본에서 지내면서 히로시마와
나가사키에 관련된 증오와 원망을 받은 적이 있습니까? 러미스 : 그것에 대해서
는 참으로 지금도 놀랍습니다. 피해자들의 분노가 전쟁이라는 추상개념을 향해
있지, 미국을 향해 있진 않다는 것이지요. 어떻게 그게 가능한지, 믿어지지 않아

는 추상을 향한 분노는, 그와 관련한 구체적인 '악'의 내용을 탈각시킴으로써 오히려 식민지배가 초래한 광범위한 '식민주의'를 면책해주는 역할을 수행하게 될는지도 모른다. 이것이 바로 아래에서 이야기할 '내면화된 식민주의'의 일종일 수 있다.

제국주의 지배의 당사자인 일본사회의 일반적인 인식은 어떤가? 일본에서는 한국병합이 '합법'적인 것이었음을 주장하는 언설이, 정부로부터 교과서에까지 흘러넘치고 있다. 한국병합과정이 합법적 형식을 취하고 있었던가 아니었던가를 둘러싼 한일 간 학계의 논쟁이 10년 이상이나 길고 지루하게 이어지고 있는 데에는, 한국병합에 대한 일본정부와 사회의 천박한 이해를 우려하는 한국의 시각이 짙게 투영되어 있음을 부인하기 어렵다. 그럼에도 한국병합의 비합법성을 강조하는 논변은 다분히 동어반복에 지나지 않는다. 무릇 식민지를 영유하는 과정이 평화롭고 그야말로 실정법에 충실한 사례가 있었던가? 모든 식민지의 영유는 곧 폭력적 과정이었으며, 근대적 국제법은 강자의 질서를 반영하고 있지 않았던가?

2010년 5월 10일에 발표된 「'한국병합' 100년에 즈음한 한일 지식인 공동성명」4)에서 한국병합이 '조약'이라는 형식을 기준으로 볼 때 '불의부정(不義不正)한 행위'였음을 확인하는 데에 중점을 두고 있는 사

요." 더글러스 러미스, 쓰지 신이치 저, 김경인 역, 『에콜로지와 평화의 교차점』, 녹생평론사, 2010, 97-99쪽. 러미스는 일본인들의 핵무기에 대한 인식이 추상적인 전쟁을 향한 분노로 위장되어 있다는 것을 통렬하게 비판하고 있는데, 한국인들의 식민지에 대한 인식 역시 식민지라는 추상을 향해 있는 것은 아닌지 반성해볼 일이다.

4) 「'한국병합' 100년에 즈음한 한일 지식인 공동성명」, 『창작과 비평』 148(2010년 여름호), 창비, 463-469쪽.

실은, 이런 작금의 상황을 잘 반영하고 있다. 한국병합조약이 강제적으로 체결된 불의하고 부정한 행위였다는 것을 확인하는 것은, 1965년 한일기본조약 제2조에 대한 한국측 해석 곧 한국병합은 1910년 당초부터 이미 무효였다고 하는 해석을 인정하는 것이겠다. 한국병합 백년에 즈음하는 모처럼의 양국지식인 선언이 이런 정도의 수준에 머물러버린 것은 아쉬운 일이라 하지 않을 수 없다. 일본의 지식인들이 한국의 지식인들과 힘을 합쳐 일본정부에게 한국병합이 강제적이었다는 것을 인정하도록 요구하는 것이 의미 없는 일이라 할 수는 없겠으나, 지금에 와서야 겨우 이런 정도의 실천을 할 수밖에 없는 현실은 어떻게 이해해야 할 것인가? 2010년 8월 10일 일본 민주당 정권의 새로운 총리가 담화를 통해 "당시 한국인들은 그 뜻에 반해 행해진 식민지 지배에 의해 나라와 문화를 빼앗겨 민족의 자긍심을 깊이 상처받았다"고 한 부분에 대해서는 지금까지 일본정부의 어떤 선언보다 진전된 것이었다는 평가5)도 있지만, 한국병합 백주년을 맞이하여 일본정부의 식민지 지배에 대한 반성이 이런 정도에 머무를 수밖에 없는 현실이야말로 그 식민주의적 상황을 반어(反語)하고 있는 것 아니겠는가? 이에 비해 병합 백주년을 맞이하여 '한국강제병합 100년 공동행동'이라는 한일 시민운동 연합단체는 「식민주의 청산과 평화실현을 위한 한일 시민공동선언」을 발표하여, '식민주의'는 근원적으로 반인도적인 범죄행위임을 선포하고 한일 양국정부에게 식민지배 청산을 위한 구체적인 실천을 요구하였다.6) '공동행동'의 식민주의 청산을 위한 실천이 구체적인 성과를

---

5) 와다 하루키(和田春樹), 「2010년 가을, 평양의 거리에서」, 『경향신문』, 2010년 11월 2일.
6) 「한일 시민단체 '식민지배 규명법' 제정을」, 『한겨레신문』, 2010년 8월 22일.

거두어나가기를 기대하는 마음 간절하다.

이 글에서는 동아시아 식민주의의 근대적 전환과 관련하여 다음 두 가지 문제에 초점을 두고 살펴보려 한다. 첫 번째로는 전근대의 중화주의로부터 일본을 중심으로 한 국제법체제로 이행하는 과정을 두 문명의 길항이라는 측면에서 살펴보려 한다. 두 번째로는 일본을 중심으로 한 동아시아의 근대 식민주의 이데올로기가 밖으로는 '동양주의' 그리고 안으로는 '동일화' 이데올로기로 포장되어 있었던 점을 살펴보고, 특히 동일화 이데올로기가 작동하는 방식을 중심으로 동아시아 근대 식민주의의 특징을 이해하려 한다. 위 두 가지 문제가 각기 사고된 적은 많지만 그것을 연속성의 측면에서 사고한 사례는 그다지 많지 않았던 듯하다. 이 연속성을 해명함으로써 식민주의가 가진 식민지근대적(혹은 근대적) 속성에 접근할 수 있고, 또 이를 통하여 동아시아의 식민주의가 가진 현재성과 일상성의 면모가 드러나게 되기를 기대한다.

II. 식민주의와 식민지근대(Colonial modern)

19세기 제국주의자들에게 문명화의 사명을 지고 있는 백인들과 다른 인종은 천성적으로 그 역할이 달랐다. 19세기 프랑스의 '휴머니즘' 철학자로 유명한 에르네스트 르낭은 다음과 같이 말한다.

놀라운 손기술을 가지고 있지만 공명심이 부족한 중국인들은 천성적으로 일꾼에 가깝다. 그러므로 정의의 이름으로 그들을 지배하라. 그들에게 놀라운 지배를 선사하는 대가로 지배종을 위해 풍성한 세금을 바치도록 해보라. 그들은 기뻐 춤을 출 것이다. 한편 땅 파는 데 어울리는 인종, 흑인! 그들에게는 친절하고 인간적인 대접을 해주라. 바라는 대로 될 것이다. 지배자와 검투사로 태어난 인종, 유럽인! 이들을 흑인이나 중국인처럼 막 굴려보라. 틀림없이 반란이 일어날 것이다. 유럽의 반란은 거의 대부분의 영웅적인 삶을 살고자 하나 부르심을 받지 못해 그 기회를 상실한 무사들에 의해 일어났다. 그런 무사들 앞에 그들과 어울리지 않는, 다시 말해 그들을 훌륭한 무사가 아닌 하찮은 노동자로 전락시키는 일거리가 떨어졌을 때, 반란은 일어났다. 그렇지만 우리의 노동자들이 일으킨 반란의 삶은 중국인들을 혹은 범부들을 행복하게 만들었다. 중국인들이나 범부들이나 무사의 삶과 전혀 관련이 없으므로 각각 타고난 대로 삶을 영위토록 하라. 모두가 행복해질 것이다.[7]

르낭에게, 인종간의 '평등'을 실현하는 것이 백인에게 주어진 책무가 될 수는 없었다. 일꾼으로 그리고 농사꾼과 노동자로 태어난 여타 인종들이 자신들이 타고난 천성적인 삶을 영위함으로써 행복하게 될 수 있도록 '지배'하는 것, 그리하여 불평등을 확장하고 법제화하는 것이 백인들의 사명이 되어야 했던 것이다.[8] 다른 인종을 지배함으로써 비로소 문명화의 사명을 달성할 수 있다는 것, 그것이 바로 르낭이 표방한 '휴머니즘'의 내용이었다.

---

7) 에르네스트 르낭, 『지적 개혁과 도덕적 개혁』 ; 에메 세제르 저, 이석호 역, 『식민주의에 관한 담론』, 동인, 2004, 28-29쪽에서 재인용.

8) 에르네스트 르낭, 『지적 개혁과 도덕적 개혁』 ; 에메 세제르, 앞의 책, 27쪽에서 재인용. 오스트함멜은 일반적으로 식민주의자들은 자신보다 열등한 타자성을 구성한다는 점을 강조한다. 열등한 인종적 타자성을 구성하는 방식으로는 종교적, 기술적, 환경결정론적, 인종적인 것 등이 있는데, 인종적인 방식은 그 가운데 마지막으로 나타난 것이라고 한다. 위르겐 오스트함멜 저, 박은영, 이유재 역, 『식민주의』, 역사비평사, 2006, 165-174쪽.

프랑스령 마르티니크 출신의 에메 세제르는 유럽의 기독교 부르주아들이 내걸었던 휴머니즘을 '사이비 반휴머니즘'라고 공격한다. 에메 세제르에게, 휴머니즘이 오히려 반휴머니즘으로 귀결되는 메커니즘은 다음과 같은 것이었다. 세제르가 보기에는 유럽 문명은 이미 야만화되어 있었다. "좋든 싫든 유럽이라는 막다른 골목 끝에는 히틀러가 있었다. 물론 내가 여기서 말하는 유럽은 아데나워, 슈만, 비달의 유럽 그리고 그 외 몇몇 사람들의 유럽을 의미한다. 또한 나날이 시들어가는 자본주의 끝자락에도 히틀러가 있었다. 형식적인 인본주의와 그것의 철학적인 부정의 종국에도 역시 히틀러가 있었다."9) 에메 세제르는 이러한 유럽문명의 반문명화, 야만화는 바로 유럽의 식민주의가 초래한 것이었다. 그런 의미에서 식민주의는 '문명이라는 형식의 그림자'였다.10)

바꿔 말하면, 문명의 그림자로서의 식민주의는 가장 문명화된 인간마저도 비인간화하는 것을 의미한다고 본다. 에메 세제르는 원주민에 대한 경멸과 그에 기초한 정복사업은 불가피하게 그것을 이행한 사람조차 변모시킬 수밖에 없었음을 입증하고 있다고 한다. "자신의 죄의식을 달랠 목적으로 타자를 짐승 바라보듯 했던 식민주의자들이 종국에는 그 자신이 실제로 타자를 짐승 취급하는 주체가 되었을 뿐만 아니라 급기야는 그 자신도 어느 모로 보나 짐승이 될 수밖에 없었다. 이것은 식민주의가 부메랑효과로 나타난 결과이다."11)

이처럼 식민주의는 문명의 그림자였고, 자신을 향하는 부메랑이자 스스로를 야만화하는 날카로운 칼이었다. 그리하여 인간 문명에 새로

---

9) 에메 세제르, 앞의 책, 21-28쪽.
10) 위의 책, 21쪽.
11) 위의 책, 34쪽.

이 그 모습을 드러내고 있는 '식민주의'를 니시카와 나가오는 크게 세 가지 수준에서 정리한다. 첫째, 지구화시대의 식민주의는 '식민지 없는 식민주의'로 그 모습을 드러내고 있으며, 둘째, 메갈로폴리스(세계도시)의 발전과 함께 '내부 식민지'라는 문제의식이 중요성을 더해가고 있고, 셋째, 국민주의의 진전과 아울러 '내면화된 식민주의'가 진정으로 심각한 문제가 되고 있다는 사실이다.[12] 현대의 식민주의는 식민지라는 대상을 동반하지 않은 채, 국민국가의 틀을 넘어 확산되고 있으며, 더욱이 내면화되고 있다는 것이다. 여기에서 니시카와가 강조하고 있는 사실은 식민주의가 근대의 불가결한 구성요소의 하나라는 점일 터이다.[13] 이에 대해 '식민지근대'라는 문제의식과 관련시켜 조금 더 구체적으로 검토할 필요가 있겠다.

제국의 중심부는 식민지 없이 존재할 수 없다. 마찬가지로 식민지 역시 제국을 제쳐두고 일국사적 지평에서 이해할 수 있는 대상은 아니다. 그런 점에서 제국으로 상징되는 '근대' 혹은 제국이 식민지에 강제하는 '근대'는 처음부터 식민주의적인 것이었다. 이런 측면에서 근대를 어떻게 보든, 근대라는 규정 또는 발상에서 '식민주의'라고 하는 것을 처음부터 떼어 놓고 생각할 수는 없다. 따라서 "근대는 본질적으로 식민주의다." 이는 근대성(modernity)과 식민성(coloniality)이 상호규정적이라든지, 어느 한 쪽을 강조할 수 있는 문제가 아니라는 것을 의미한다. 이런 근거에 서면 모든 근대는 '식민지근대'인 것이다.[14]

식민지근대라는 개념은, 근대를 새로운 각도에서 보되 식민성 혹은

---

12) 니시카와 나가오, 앞의 책, 43-67쪽.

13) 西川長夫, 『植民主義の再發見』, 『長周新聞』, 2010년 1월 11일, 13일, 15일, 18일 참조.

14) 윤해동 외, 「서문」, 『근대를 다시 읽는다 1』, 역사비평사, 2006 참조.

식민주의를 통해 접근해보려는 시도이다. 다시 말하면 근대를 유지하는 가장 강력한 외부로서, 근대가 만들어낸 개념이 바로 식민성이라는 것이다. 그러니까 식민성 혹은 식민주의라는 것을 근대성과는 별도의 것으로 혹은 '주어져 있는 것'으로 대상화시켜서는 안 된다. 근대세계는 식민지와 식민성을 배제하고는 이해할 수 없는 세계인 것이다. 이런 점에서 식민지근대라는 개념은 근대를 새로이 그리고 비판적으로 이해하고자 하는 시도이다. 그리고 식민지근대란 식민지를 근대의 전형으로 바라보지만 근대를 비판적으로 재해석하고자 하는 점에서, 탈근대적 개념화의 시도이기도 하다. 이처럼 근대를 넘어서고자 하는 근대 규정이라는 점에서, 식민지근대는 패러독스의 세계를 구성하는 것이리라.15)

라틴 아메리카 연구자인 월터 미뇰로(Walter D. Mignolo)는 식민성과 근대성의 관련을 다음과 같이 말한다. 미뇰로는 세계사 속의 식민성은 대개 근대성으로 치장되어 있고, 근대세계는 식민적 권력 매트릭스(colonial matrix of power)를 지배하려는 분쟁으로 점철되어 왔다고 주장한다.16) 그는 기존의 근대성 논의에서는 식민성이 '부재(不在)'로 존재해왔고, 그런 점에서 식민성을 근대성의 숨겨진 어두운 면을 지칭하는 것이라고 보는 것이다. 다시 말하면 16세기 개척기의 식민지는 근대성의 이면이고, 유럽의 르네상스는 근대성의 표면이라는 것이다. 그리고 유럽의 계몽주의와 산업혁명도 식민적 권력 매트릭스가 변화하는 역사적 순간에 파생된 식민성의 산물이라고 간주한다. 요컨대 미뇰로 역시 식

---

15) 윤해동, 『식민지근대의 패러독스』, 휴머니스트, 2007 참조.
16) 월터 미뇰로, 『라틴 아메리카, 만들어진 대륙』, 그린비, 2010(원저작은 Walter D. Mignolo, The Idea of Latin America, Blackwell, 2005).

민성이 근대성을 구성하고, 또 근대성에 의해 식민성이 만들어졌다는 점을 강조하고 있는 것이다. 그러므로 미완의 프로젝트인 근대성을 완성시키는 것은 다른 측면에서 식민성을 재생산하는 것을 뜻하게 되는 것이다.

근대성의 완성과 관련되어 있는 개념어로서 '진보' 혹은 '경제의 발전'이라는 용어를 들 수 있다. 진보 혹은 발전이라고 하면 흡사 각 문명 혹은 사회 속에 숨어있는 가능성이 해방되는 듯한 느낌이 들고, 그 가능성을 해방시켜 주는 과정이 바로 '근대화'로 이해되는 것이다. 그러나 근대화 이데올로기는 대개 인위적으로 인간의 변화를 진행시키고자 하는 '위장'으로서, 대개는 식민주의 이데올로기를 구성하는 하위 이데올로기로 기능하고 있다.17)

그러나 이제 진보는 무자비하고 피할 수 없는 변화의 위협을 의미하며, 따라서 평화와 안식이 아니라 지속적인 위기와 긴장을 예고함으로써 단 한순간의 휴식도 허용하지 않는 개념이 되었다. 진보는 이제 무자비한 경쟁 속에서, 큰 기대치와 달콤한 꿈 대신에 '뒤쳐져지게 되어 버림받는' 악몽으로 가득 찬 불면증을 유발하고 있다고 비판받는다.18) 이것은 바로 '근대화의 장밋빛 꿈'이 '내면화된 식민주의'로 변질되어 가고 있는 현실에 대한 적나라한 비판이 될 것이다.

---

17) 더글러스 러미스 저, 김종철, 이반 역,『경제성장이 안되면 우리는 풍요롭지 못할 것인가』, 녹색평론사, 2002, 59-92쪽.

18) 지그문트 바우만 저, 한상석 역,『모두스 비벤디—유동하는 세계의 지옥과 유토피아』, 후마니타스, 2010, 15-46쪽 ; 윤해동, 「'진보라는 욕'에 대하여—메타역사학적 비판」,『근대역사학의 황혼』, 책과 함께, 2010 참조.

Ⅲ. 두 개의 문명-'예'로부터 '피'로의 이행

1. '예'(사대)의 동요=소중화

17세기 초반 중국 대륙에서의 명청교체로 인하여, 그때까지 명을 중심으로 유지되던 중화질서의 운용과 성격에 큰 변화가 나타났다. 이(夷)인 청(淸)이 화(華)인 명(明)을 대체하였다는 사실은 세계질서의 전환을 상징하는 것이었다. 이제 중화가 이적이 되어버렸다는 사실은 또 다른 한편으로는 이적이라도 지금부터는 중화가 될 수 있다는 것을 의미하는 것으로 해석되었다. 이리하여 중화질서와 그 주변의 세계관은 근본에서 동요하게 되었던 것이다. 조선과 청 사이에 이전 명과의 관계와 마찬가지로 조공－책봉의 의례가 겉으로는 유지되고 있었지만, 이미 '중화를 예로 섬기고, 주변을 덕으로 돌본다(事大以禮, 字小以德)'는 의례에 입각한 중화질서는 내면으로부터 심각하게 동요하게 되었던 것이다.

문명과 야만이라는 이분법적 위계에 바탕을 둔 중화질서는 자신의 주변에서 동일한 위계로 구성되는 또다른 중화 곧 소중화를 생산하게 될 개연성을 가진다. 중화질서의 반주변에 위치한 왕조가 자신보다 야만의 상태라고 간주되는 주변에 대해서 문명과 야만의 이분법적 위계를 강요하는 것은 어쩌면 당연한 논리적 귀결일 터이다. 고구려 이후 한반도의 역대 왕조는 이런 소중화라는 반주변의 논리로 자신의 세계를 구축해왔다. '인신무외교(人臣無外交)' 곧 자신의 독자적 외교가 인정되지 않았던 반주변부에서, 이를 거스르지 않는 선에서 자기중심적인 질서를 상상하려 했던 노력이 소중화 곧 '작은 제국'의 논리로 나타났다고 할 수 있겠다.[19] 하지만 '화이변태(華夷變態)'라고 일본에서 불렸던

17세기 동아시아의 '국제정치적' 사태는, 조선을 비롯한 주변 속방(혹은 번속)에서 이전보다 더 뚜렷한 소중화사상이 등장하는 계기가 되었다. 화와 이가 그 모습을 서로 맞바꾸는 듯한 변화는 소중화사상을 더욱 두드러지게 만들었던 것이다.

그런데 소중화란 지역적인 보편질서인 중화주의 질서를 왕조 단위로 축소하여 내면화한 질서 관념이다. 소중화는 '소'라는 특수성 지향의 용어와 '중화'라는 보편 지향의 용어가 상호모순적으로 결합한 개념으로서, 양자가 상호규제하면서 형성하는 독특한 관념체계라고 할 수 있다. 곧 명=중화에 대한 숭배를 바탕으로 화이질서를 내면화한 관념이자, 상상적 보편질서의 틀 속에서 지역적인 특수질서를 지향하는 관념이기도 한 것이다.[20]

한국사학계의 일각에서는 소중화 사상을 일종의 원형 민족주의(proto-nationalism)가 형성되는 계기로 간주하여 적극적으로 해석하려는 경향도 자리하고 있다.[21] 소중화 사상을 '조선중화주의'로 명명하고 대명의리론에 입각한 노론 중심의 존화사상(尊華思想)과 척사론(斥邪論)이 가진 민족주의적 지향과 문화적 건강성을 높이 평가하고자 하는 것이다. 이에 반해 정치학계에서는 소중화사상이 가진 소극적이고 병리적인 측면을

<hr>

19) 정다함, 「'事大'와 '交隣'과 '小中華'라는 틀의 초시간적인 그리고 초공간적인 맥락」, 『한국사학보』 42, 2011 ; 정다함, 「여말선초의 동아시아 질서와 조선에서의 漢語, 漢吏文, 訓民正音」, 『한국사학보』 36, 2009 ; 정다함, 「조선초기 야인과 대마도에 대한 藩籬 藩屛 인식의 형성과 敬差官의 파견」, 『동방학지』 141, 2008 등 참조.
20) 윤해동, 「연대와 배제－동아시아 근대민족주의와 지식인」, 『식민지근대의 패러독스』, 휴머니스트, 2007, 100-105쪽 참조.
21) 대표적으로 정옥자, 『조선중화사상연구』, 일지사, 1998 ; 최완수 외, 『진경시대 1,2』, 돌베개, 1998 ; 최희재, 「동아시아 국제질서의 변화와 한국」, 『사학지』 39집, 2007 참조.

강조하는 논리도 존재한다. '소중화주의'란 조선이 청에 대해 개발한 '아Q식의 독특한 정신승리법'으로서, 이것은 청에 대한 진정한 의미에서의 대책이 아니라 지배집단의 위신을 세우고 국내정치질서를 안정시키기 위해 마련한 이념적 장치라는 것이다. 요컨대 소중화사상은 조선의 지배층이 지나치게 중화주의에 중독됨으로써 나타난 현상이라는 것이다.[22]

그러나 명청교체와 아울러 부상하는 17세기 이후 중화질서의 변화를, 그 변화의 과정에서 나타나는 부분적 특징을 중심으로 간단하게 해석해버려서는 곤란하다. 중화질서가 현실적으로 이완되면서 소중화사상이 강력하게 부상하게 되었다손 치더라도, 거기에는 중화 관념이 지역적·내면적으로 확장되고 고착되는 측면도 아울러 반영되어 있는 것이다. 또 19세기 중엽 청이 서양의 반식민지로 전락하는 시대가 되어서야, 대명의리론에 젖어있던 조선의 지배층은 청을 중화제국으로 인정하고 그 힘에 의지하려 하였다. 조선의 지배층에게 위기의식은 높아지고 있었지만 어떤 적극적인 대응책도 제시할 수 없었다. 반면 그런 위기 국면에서도 향리에 세거하던 대부분의 유생들은 여전히 대명의리론에서 크게 벗어나지 못했으며, 부상대고나 지방의 상인층도 적극적인 대응책을 내지는 못하고 있었다.[23] 물론 이 시기 조선이 조공체제의 형식에 충실히 따르고 있었다고 하더라도, 사행무역에서 오는 커다란 이득을 챙기고 있었으며, 변경분쟁을 완충해주는 폭넓은 공한지대를 유지하기 위해 다방면의 외교적 노력을 기울이고 있었던 점 등을 무시해서는 안 될 것이다.[24]

---

22) 이삼성, 『동아시아의 전쟁과 평화 1』, 한길사, 2009, 419-655쪽.
23) 하정식, 『태평천국과 조선왕조』, 지식산업사, 2009 참조.

어쨌든 예로 표상되는 국제질서의 동요로 드러나는 소중화는 단순히 원형 민족주의 혹은 현실주의 국제정치 문제로 환원될 수 있는 문제는 아닌 듯싶다. 그것은 두 '문명'과 두 개의 '세계관'이 충돌하는 문명사적 차원의 문제를 예비하고 있었던 것이다.

2. 두 문명의 길항 - '예'로부터 '피'로

동아시아 사회의 전통적인 문명관의 중심에는 문(文)이 있었다. 그리고 명(明)은 문이 고도로 실현된 상태를 표현한 것이었다. 따라서 문명이란 천지의 질서가 지고의 정치적 상태로 구현된 것을 말하는 것으로, 이는 성인만이 감당할 수 것이었고 그런 점에서 중국에서만 발양할 수 있는 것이었다. 중화 또는 하화(夏華)란 세계의 지리적 중심이자 문명적 정화임을 자임하고 표상하는 말이었다. 이에 따라 문명은 중국을 중심으로 전파되는 것으로, 중화질서란 바로 문명의 교화와 아울러 그 위계성을 드러내는 것이기도 하였다.[25] 한편 서양의 문명 담론 역시 보편성을 표방하고 있었지만 위계성을 바탕으로 삼고 있었다는 점에서 두 문명은 그 특징을 공유하는 측면도 있다. 그런 점에서 중화질서의 전통 문명관과 기세 좋게 침입하고 있던 서양의 문명관은, 충돌하고 길항하면서 공조하는 복합국면을 연출해낼 수밖에 없었다.[26]

이 두 문명의 충돌은 국제정치적 시각에서는 두 세계관의 충돌이라

---

24) 이철성, 「19세기 전반기 조청무역관계의 특성」, 한일관계사연구논집 편집위원회 편, 『한국 근대국가 수립과 한일관계』, 경인문화사, 2010 참조.
25) 임형택, 『문명의식과 실학』, 돌베개, 2009, 13-65쪽 참조.
26) 니시카와 나가오(西川長夫) 저, 윤해동 외 역, 『국민을 그만두는 방법』, 역사비평사, 2009 참조.

는 측면을 가지고 있었다.[27] 두 세계란 바로 중화질서와 서양의 '만국공법' 질서=국제법 질서를 가리키는 것으로서, 그것은 19세기 조선의 경우에는 조공-책봉을 중심으로 하는 현실적인 정치적 관계를 서구적 공법질서에 비추어 어떻게 해석하고 조정할 것인가의 문제와 깊이 관련된 것이었다.

1840년대 청이 영국을 중심으로 한 자본주의 세계체제와 본격적으로 접촉하게 된 이후, 특히 조선과 관련해서는 그 정치적 자율성을 어떻게 볼 것인가 하는 문제가 부상하게 되었다. 중화질서 속의 조공-책봉관계를 종속관계(宗屬關係)로 볼 때, 그것은 국제법 질서에서 어떤 의미를 가지는 것인가? 조선정부는 "조선은 청의 속국이지만, 내정과 외교에서는 자주"라는 입장을 견지하고 있었다. 다시 말하면, 일본과 서양 각국에 대해서는 국제법질서를 적용하여 '자주'이지만, 청에 대해서는 조선을 보호해줄 것이라는 기대 아래 '속국'이라는 입장을 표방한 것이었다. 이는 강화도조약 이전의 교린과 종속에 각각 대응하는 것이었다.[28]

일견 모순적인 것처럼 보이는 청과 조선의 이런 태도에 대해, 일본은 '모순적인 속국론'[29]이라고 비판하면서 이를 적극적으로 이용하려 하였다. 일본은 청과 조선 사이의 종속문제를 당시 동아시아에서 제국주의 국가 간의 교착된 국제문제를 '파탄'시키는 방책으로 활용하였던 것이다. 일본은 청일전쟁의 근본원인 역시 청이 조선과의 종속문제를

---

27) 김용구, 『세계관 충돌의 국제정치학』, 나남, 1997 ; 김용구, 『세계관 충돌과 한말 외교사』, 문학과 지성사, 2001 ; 김용구, 『임오군란과 갑신정변』, 원, 2004 등 참조.
28) 오카모토 다카시(岡本隆司) 저, 강진아 역, 『미완의 기획, 조선의 독립』, 소와당, 2009 참조.
29) 무쓰 무네미쓰(陸奧宗光) 저, 김승일 역, 『蹇蹇錄』, 범우사, 1993, 44쪽.

적극적으로 해결하지 않았던 데에서 찾을 수 있다고 호도하였다.[30]

이처럼 이 시기 조선을 중심으로 한 동아시아 세계에서는 속국, 자주, 독립이라는 개념이 상호 모순적인 관련을 가진 것은 아니었다.[31] 하지만 이 중화질서와 만국공법의 국제법질서를 변용, 조화시키는 것은 간단한 일이 아니었고, 결국은 1894년 청일전쟁이라는 전쟁의 형식을 통해 강압적으로 조정될 수밖에 없었다. 청국과 일본의 이 충돌은 두 세계관의 충돌을 상징하는 것이지만, '속국자주'와 '독립자주'라는 두 지향의 충돌이라는 측면을 가진 것이라고 볼 수도 있다.[32] 전자 곧 중화질서의 종속적 측면을 유지하고자 하는 청과 후자 곧 국제법질서 속에서 조선으로 하여금 '독립'을 표방하게 하려는 일본의 의도가 충돌하고 있었던 것이다.

이처럼 동아시아의 국제질서는 중국 중심의 오랜 역사적 질서 곧 중화질서와 국민국가 중심의 공법질서 곧 국가간체제(interstate system)가 뒤섞여서 만들어진 것이었다.[33] 하지만 그 과정은 두 질서가 시간적인 순서에 따라 순차적으로 이어지거나 겹쳐지는 방식으로 구성되지는 않았다. 새로운 동아시아 질서가 구성되는 방식은 그보다는 좀 더 복잡하고 혼란스런 것이었다. 서양 제국주의가 먼저 청을 집중적으로 공격하

---

30) 위의 책, 136-139쪽.
31) 류준필, 「19세기 말 '독립'의 개념과 정치적 동원의 용법」, 이화여대 한국문화연구원, 『근대 계몽기 지식개념의 수용과 그 변용』, 소명출판, 2004, 15-57쪽 참조.
32) 오카모토 다카시, 앞의 책 참조.
33) 천광싱, 「세계화와 탈제국, '방법으로서의 아시아」, 이정훈, 박상수 엮음, 『동아시아, 인식지평과 실천공간』, 아연출판부, 2010, 89-92쪽 참조. 천광싱은 두 개의 세계관 혹은 두 개의 질서가 섞여서 길항하는 이런 측면 때문에 특히, 동아시아에서는 제국주의와 식민주의를 구분할 필요가 절실하다고 주장한다. 곧 식민주의는 제국주의가 심화된 형태로서, 식민주의는 필연적으로 제국주의이지만 제국주의가 반드시 식민주의인 것은 아니다.

여 중국 중심의 중화질서적 위계를 약화 혹은 파괴하였고, 일본의 제국
주의적 발전은 그 결과로 가능한 것이었다. 서양 열강과 일본은 서로를
이용하거나 연합하는 가운데서, 새로운 질서를 구성해가고 있었던 것
이다.34)

　메이지 초기부터 일본에서는 아시아에 대한 관심이 높아지고 있었지
만, 이 가운데서 특히 주목할 만한 움직임은 청일전쟁 이후에 본격적으
로 나타났다. 그 중 1898년 다수의 유력한 정치인, 군인, 관료들이 고
노에 아쓰마로(近衛篤麿)을 회장으로 추대하여 결성한 동아동문회를 주
목할 필요가 있다. 동아동문회는 동문동종(同文同種) 곧 동일한 문명과
혈통을 공유하고 있는 점을 아시아연대의 근거로 내세웠다. 지나를 보
전하고 조선의 개선을 돕기 위해서 일본이 주도적 역할을 수행할 필요
가 있다는 것이었는데, 이를 전후하여 흑룡회 등의 우익단체도 동문동
조(同文同祖) 등의 슬로건을 내걸고 아시아침략에 나서게 된다.35) 그러나
이때의 문명은 이미 전통적 중화질서라는 의미에서의 중화문명은 아니
었다. 그럼에도 굳이 '같은 문명'이라는 사실을 내세우고 있었던 데에
는, 서구적 문명(civilization) 개념을 빌려 일본의 주도성을 강조하려는 의
도가 가로놓여 있었다. 이런 점을 고려하면, 동문동종 가운데서도 동문

---

34) 이삼성, 『동아시아의 전쟁과 평화 2』, 한길사, 2009 참조. 이삼성은 19세기 말부
　　터 20세기 초에 걸쳐 새로운 동아시아 질서가 구축되는 과정을, '제국주의 카르
　　텔'이라는 개념을 이용하여 분석하고 있다. 이 개념은 카우츠키의 초제국주의
　　(ultra-imperialism) 개념을 변용한 것으로서, 이를 이용하여 미국까지도 포함한 제
　　국주의 국가들이 동아시아 분할과 새로운 질서의 성립에 어떤 방식으로 참여하
　　고 있었는지를 밝히고 있다.
35) 스벤 사아러(Sven Saaler), 「국제관계 변용과 내셔널 아이덴티티 형성」, 『한국문화』
　　41, 2009 ; 강창일, 『근대일본의 조선침략과 대아시아주의』, 역사비평사, 2002,
　　296-366쪽 참조.

보다는 동종에 강조점이 놓여 있었다고 할 수 있을 것이다.

동문보다는 동종임을 강조하게 되는 이런 시대적 경향성은, 이 시기 역사학의 동향을 통해 보더라도 명확하게 드러난다. 중화 문명을 중심으로 문명 개념을 앞세워 일본의 역사를 이해하던 19세기 후반 역사학에서의 '문명론적 아시아주의'는, 1900년을 전후하여 탈아론적 경향성이 강화되면서 그 세력이 약화되었다. 그 대신에 등장한 것이 '일본 봉건제론'이었다. 고대 일본이 동아시아문명의 압도적인 영향 아래서 문명의 길을 걷기 시작했다는 사실을 부정할 수 없었기 때문에, 일본과 동아시아 문명과의 동일성을 약화시키기 위해서는 천황제와 아울러 중세의 봉건제 성립을 강조할 수밖에 없었다는 것이다. 일본에 독자적인 봉건제가 성립했다는 점을 강조하는 것은, 일본에도 서구의 중세에 비견되는 독자적인 문명이 나타났다는 점을 의미하는 것이었다.[36] 이렇게 되어 일본의 문명은 중화문명이 아닌 서구의 문명과 동일선상에 놓이게 되었던 것이다.

한편 청일전쟁은 조선의 종속 문제를 중심으로 한 동아시아 내부의 문명 혹은 세계관 충돌을 반영한 전쟁이었던 데 비해, 러일전쟁의 배경에는 이미 공황열(恐黃熱) 혹은 황화론(黃禍論) 등의 인종이론이 짙게 깔려 있었다. 또한 아시아의 다른 억압받는 유색인종에게도 러일전쟁은 인종전쟁으로 간주되었고, 나아가 그들에게 일본의 전승은 희망과 해방감을 부여하는 것이었다.[37] 이로써 유색인종을 대표하여 서구와 대결하는 '황색인종의 투사'라는 이미지와 아시아에서 서구문명의 수용

---

36) 宮嶋博史, 「日本における"國史"の成立と韓國史認識」, 宮嶋博史, 金容德 편, 『近代交流史と相互認識 Ⅰ』, 慶應義塾大學出版會, 2001, 329-363쪽 참조.
37) 야마무로 신이치 저, 정재정 역, 『러일전쟁의 세기』, 소화, 2010, 171-189쪽 참조.

에 성공하여 서구를 추구하는 일본이라는 두 가지의 이미지가 병존하게 되었다. 이리하여 이제 일본은 명실상부한 제국주의자의 면모를 갖게 되었던 것이다.[38]

조선이 '속국자주'로부터 '독립자주'로 이행하게 된 역사적 계기가 된 청일전쟁은, 다른 한편으로 '예'로 규율되던 조공—책봉체제로 상징되던 전통적 중화질서를 붕괴시키는 계기가 되었다. 국민국가 중심의 공법질서가 그 공백을 대체할 것으로 기대되었는데, 실은 일본을 중심으로 한 제국주의 질서로 그 모습이 드러나게 되었다. 그 제국주의 질서를 상징하는 것은 동문동종을 기반으로 하는 동아시아연대라는 슬로건이었다. 동아시아에서 '예'의 '중화질서'로부터 '피'의 '국제질서'로 이행하는 것은, 이처럼 제국주의적 '유혈'을 동반하는 것이었다.

IV. 일본의 동아시아 지배와 식민주의

1. 두 개의 위계

일본의 식민지배는 제국주의 지배에 따르는 일반적 특성과 아울러, 일본 제국주의의 특수한 성격을 반영하는 측면을 아울러 지니고 있다. 그러나 일본 제국주의를 관통하는 지배 이데올로기 다시 말하면 식민주의 이데올로기를 간명하게 그려내는 것이 쉬운 일은 아니다. 대개 식민주의 이데올로기는 은폐되고 위장된 채 작동하기 때문이다. 특히 후

---

38) 앙드레 슈미드(Andre Schumid) 저, 정여울 역, 『제국 사이의 한국』, 휴머니스트, 2007, 129-327쪽 ; 야마무로 신이치, 위의 책, 200-202쪽.

발 제국주의 국가였던 일본은 서구 제국주의가 내걸었던 문명, 진보, 근대화와 같은 선명한 '사명 이데올로기'를 가지지 못했다.[39] 또 여러 형태의 식민주의 이데올로기가 제출되어 현실에 적용되고 있었지만, 어떤 전체적인 목표나 비전에 의해 조정되고 있는 것은 아니었다.[40]

일본 제국주의의 식민주의 이데올로기는 선명한 사명 이데올로기를 갖지 못한 대신에, 동문동종이나 일선동조(원) 등의 슬로건을 내세워 역사적 기원을 소급함으로써 제국과 식민지가 동일한 문명이나 혈통임을 강조하는 방식을 주로 취하고 있었다. 예를 들어 메이지기 이후 등장한 일본민족이론은 일본민족순혈론과 혼합민족론이 주기적으로 갈등 혹은 대립하는 형세를 보이고 있었지만, 러일전쟁 이후 한국을 병합하기까지는 혼합민족론자들의 목소리가 훨씬 우세한 모양새를 보이게 된다. 이 시기에는 일선동조론 혹은 혼합민족론이 일본제국 민족이론의 주류로 자리 잡게 되는 것이다.[41] 물론 이런 현상에는 일본의 침략을

---

39) 오스트 함멜은 식민주의적 사고의 기본요소로 다음 세 가지를 든다. 첫째, 인류학적으로 자신과 대조적인 타자상을 구성한다는 점, 둘째, 사명에 대한 믿음과 보호의 책임 곧 사명 이데올로기를 정식화한다는 점, 셋째, 식민지에 비정치적 성격을 갖는 유토피아 곧 질서의 왕국을 건설해야 한다는 의무감을 가진다는 점 등을 들고 있다. 오스트 함멜이 거론한 세 가지 요소 중에서, 특히 둘째와 셋째 사항이 잘 드러나지 않는 점을 동아시아 식민주의가 지닌 두드러진 특징으로 거론할 수 있지 않을까 싶다. 아래에서 설명하겠지만, 민도라는 자의적인 잣대로 구성된 문명화의 사명을 내세우고 있었지만 그것은 그다지 강하지 않았으며, 식민지배의 말기로 갈수록 식민지의 정치적 역할은 더욱 강조되고 있었던 것이다. 오스트 함멜, 앞의 책, 165-174쪽 참조.

40) 니시카와 나가오는 식민주의란 '현재적 과제'에 의해 새로이 재조명된 것이며, 그런 점에서 식민주의는 탄력적인 '발견의 과점'이 되어야 한다는 점을 강조한다. 西川長夫, 앞의 『植民主義の再發見』 참조.

41) 오구마 에이지(小熊英二) 저, 조현설 역, 『일본 단일민족신화의 기원』, 소명출판, 2003, 106-162쪽 참조.

합리화하기 위해 불가피한 측면이 가로놓여 있었다.

다른 한편 일본의 식민주의 이데올로기에서 중화질서 관념이 완전히 제거되어 있었다고 보기에는 어려운 측면이 있다. 우선 한국을 병합하면서 메이지 천황이 발표한 조서에는 다음과 같은 구절이 있다. "짐은 천양무궁의 비기(丕基)를 넓히고 훌륭한 예수(禮數)를 갖추고자 하니 전 한황제(韓皇帝)를 책(冊)하여 황제로 하여금 왕으로 삼는다." 이 구절은 새로운 조공·책봉체제의 정점에 청의 황제를 일본의 천황이 대신한다는 선언으로 이해할 수 있다.42) 또 이는 1910년 8월 16일 테라우치(寺內正毅) 통감이 이완용 총리대신에게 전한 각서에 있는 다음 구절과도 통하는 것이다. "이 나라의 역대 왕조는 시종 정삭(正朔)을 이웃 나라로부터 받들고 가까이 일청전역(日淸戰役, 청일전쟁 — 인용자) 전후까지는 왕 전하로 호칭되다가 그 후에 일본국의 비호로 독립을 선포하고 비로소 황제 폐하로 칭하기에 이르렀는데, 지금 태공(太公) 전하가 일본 황제의 예우를 받는 것은 십 수 년 전의 지위에 비해서 반드시 열등하다고 할 수는 없다."43) 일본이 중심이 되는 새로운 '중화질서' 속에서, 한국은 예전과 동일한 지위를 부여받게 되었음을 강변하고 있는 것이다. 제국주의 일본은 '중화질서의 눈'으로 '국제법 질서라는 현실'을 바라보려 했던 것이다. 이런 조공 — 책봉질서의 잔재는 식민지의 신부(新附) 신민을 천황의 적자로 간주하고 일시동인(一視同仁)으로 대우하겠다는 선언으로 이어지고 있다.44)

---

42) 야마무로 신이치, 앞의 책, 50-51쪽. 하지만 이를 두고, 서구의 국제법 체제를 내걸고 출범한 메이지 국가가 조공·책봉체제로 회귀했다고 보기는 어려울 것이다.

43) 小松綠, 『朝鮮倂合之裏面』, 中外新論社, 1920, 144-156쪽.

44) 일시동인이란 당송팔대가의 한 사람인 韓愈의 「原人」이라는 시에 나오는 말이다. 是故聖人一視而同仁 곧 모든 사람을 동일하게 인으로 대하는 것은 유교사회 제왕

하지만 이런 방식으로 구축된 식민주의 이데올로기는 식민지는 물론이거니와 제국 본국에서조차 쉽사리 동의할 수 없는, 논리적 근거가 대단히 취약한 것이었다. 이런 이데올로기로서의 취약성은 일본제국주의가 아직 지구문화에 참여할 수 없었거나 뒤늦게 참여함으로써 이데올로기적 지체를 경험할 수밖에 없었던 사실과 깊은 관련을 가진 것이었다.

침략의 대상이 되는 지역과 동종의 문명이라거나 동일한 혈통을 가졌다고 하는, 그리고 조공－책봉체제의 잔재를 간직하고 있는 일본 제국주의의 식민주의 이데올로기는, 식민지 지배가 구체적으로 진행됨에 따라 외부적으로는 '동양주의' 이데올로기로 그리고 내부적으로는 '동일화' 이데올로기로 각기 그 모습을 정착시켜 갔다. 일제의 식민주의 이데올로기는 밖으로는 '동양주의'로 포장되어 있었으며, 안으로는 '근대화'(곧 문명화＝진보)와 '동일화'(곧 동화정책) 이데올로기가 길항하는 양태로 구성되어 있었던 것이다. 다시 말하면, 서구 제국주의의 일반적인 사명 이데올로기로서의 문명화(＝진보) 이데올로기가 특수 이데올로기로서의 역사적 동일성 이데올로기와 혼합된 것이 바로 일제의 식민주의 이데올로기였다고 할 수 있을 것이다. 이런 측면은 1910년 '일한병합조약'에도 잘 드러나고 있다. 병합조약에는 한국병합의 목적이 "(한일 간의) 상호행복을 증진하며 동양의 평화를 영구히 확보"하는 데에 놓여 있으며, 이를 위하여 "한국의 일체의 통치권을 완전하고도 영구히" 양여한다고 규정되어 있는 것이다.45) 한국을 '문명화'(＝행복증진)하고, '동일화'(＝완전하고 영구히 양여)함으로써, '동양주의'(＝동양의 평화)를 추구하는 데에 그 이데올로기적 목적을 두고 있었던 것이다.

의 역할에 속하는 일이라는 지적이다.
45) 朝鮮出版協會, 『朝鮮併合十年史』, 有文社, 1922, 221-227쪽.

2. 조선 지배와 식민주의

이런 맥락에서 일본 제국주의의 식민주의 이데올로기를 그 외부적 측면인 '동양주의' 그리고 두 가지 내부적 측면인 '근대화'(곧 문명화=진보)와 '동일화'(곧 동화정책) 이데올로기로 나누고, 그 상호작용을 통해 살펴보는 것은 유용하다. 내부적으로는 '근대화' 이데올로기와와 '동일화' 이데올로기가 상호 길항하면서 구체적인 식민정책을 규정하고 있었다. 일본 제국주의가 내건 동일화 이데올로기[46]는 역설적으로 취약한 기반을 갖고 있던 근대화 이데올로기에 의해 견제될 수밖에 없었는데, 그 견제를 매개하는 기준은 '민도(民度)'라는 자의적인 척도였다.

민도란 무엇인가? 조선총독부는 병합 전후부터 대조선인 정책의 기준으로 '시세(時勢)와 민도'라는 것을 제시하였다. 예를 들어 1911년의 조선교육령에서는 일선동조를 내세워 조선과 일본의 역사적 동질성과 동화정책의 필요성을 강조하면서도, 조선인 교육은 시세와 민도와 적합한 방식으로 제한해야 한다고 주장하고 있다. 그에 따라 조선인 교육은 '충량한 신민' 만들기에 집중한다고 하였던 것이다.[47] 시세든 민도든 모두 그 처지와 상황에 따라 가변적인 속성을 가지고 있음을 감안

---

46) 일본 제국주의가 표방했던 식민주의 이데올로기인 동화정책의 기원과 그 폭력성에 대해서는 다음 저작을 참조할 것. 가라타니 고진 저, 이경훈 역, 『유머로서의 유물론』, 문화과학사, 2002, 297-300쪽 ; 윤해동, 『식민지근대의 패러독스』, 휴머니스트, 2007, 229-247쪽. 구체적인 동화정책의 전개에 대해서는 호사카 유지, 『일본제국주의의 민족동화정책 분석』, 제이앤씨, 2002 ; 권태억, 「동화정책론」, 『역사학보』 172, 2001 ; 권태억, 「1920, 30년대 일제의 동화정책론」, 『한국사론』 53, 2007 참조.

47) 고마고메 다케시(駒込武) 저, 오성철 외 역, 『식민지제국 일본의 문화통합』, 역사비평사, 2007 ; 류미나, 「일본 국민도덕론의 유입과 재생산」, 『인문연구』 51, 2007 참조.

하면, 민도라는 척도를 가지고 동일화의 수준을 조정한다는 발상 자체가 대단히 식민주의적이라는 사실을 직감하기에 어렵지 않다. 일본인들이 고안한 민도라는 근대화의 척도는 차별을 호도하는 데에 가장 유용한 개념이었다.

그런데 식민지기를 통틀어 '민도'는 조금 다른 두 차원의 의미를 가지고 있었다. 하나는 '정체(성)'라는 의미였으며, 또 다른 하나는 그 내포가 확장되어 '민족성'이라는 의미를 가지기도 하였다. 민도가 정체라는 의미로 쓰일 때, 그것은 식민지의 물질적 영위의 수준이 낮다는 점을 의미하고 있었다. 요컨대 식민지는 생산력이 낮고 생활수준이 저열하다는 것이었다. 이를 역사 속으로 투영하면 조선은 중세 시대에 봉건제를 경험하지 않았으며, 그 연장선상에서 스스로 근대화할 수 있는 능력을 가지고 있지 않다는 것이었다.

민도의 의미가 이보다 조금 더 확장되면, 식민지민의 민족적 특성을 가리키는 것으로 의미의 전위가 일어나게 된다. 요컨대 집단으로서의 조선인의 성격적 결함을 지칭하는 것으로 의미 전환이 일어나게 되는 것이다. 익히 알려져 있는 사실이지만, 경성제국대학 조선어문학과 교수를 지낸 다카하시 도루(高橋亨)는 사상의 고착, 사상의 종속, 형식주의, 당파심, 문약, 심미관념의 결핍, 공사의 혼동, 종순, 낙천성 등을 조선인의 특성이라고 열거하고 있다.[48] 더욱 심각한 문제는 민도가 식민지민에게 수용될 때 일어나는데, 이것이 어쩌면 식민주의의 고유한 측면을 더욱 잘 반영하고 있을 것이다. 다카하시 도루의 조선민족 개조 논의와 이광수의 그 유명한 「민족개조론」의 거리를 탐색하는 것은 너무

---

48) 다카하시 도루 저, 구인모 역, 『식민지조선인을 논하다』, 동국대학교 출판부, 2010 참조.

진부한 일이 될 것이다.

요컨대 제국주의 일본은 조선인의 '민도'라는 근대화(=문명화)의 척도를 발명하였고, 이를 통하여 동일화 이데올로기를 '적절한' 수준에서 조정할 수 있었던 것이다. 또한 조선인의 민도라는 발명품을 통해 조정되었던 동일화 이데올로기는, 일본 제국의 국가 정체성을 상징하는 '국체'와 식민지의 '동일화 수준을 드러내는 슬로건'의 두 가지 기준을 매개로 그 변화하는 성격을 이해할 수 있다. 다른 한편 내부 식민정책 역시 외부 이데올로기 곧 제1의 위계인 '동양주의'의 거시적인 변화에 규정되면서 혹은 상호관련을 맺으면서 변화하고 있었다.

이제 이른바 '전간기'를 중심으로 일본의 조선 지배를 3시기로 구분하여 식민주의 이데올로기의 변화를 살펴보고자 한다. 일제의 조선 지배는 1910년 한국병합부터 1919년 3·1운동까지를 제1기, 1919년 이후 1937년 중일전쟁의 발발까지 곧 전간기를 제2기, 1937년 이후 1945년까지의 총동원체제기를 제3기로 나누어 살펴볼 수 있다. 일본의 조선 지배에는 세계사의 전간기를 전후한 세계사의 특성이 고스란히 반영되어 있었다.

1919년 이전 곧 전간기 이전의 지배정책은 <엉거주춤한 동화정책>이라고 명명할 수 있을 것이다. 이를 두고 조선판 '무장적 문비(武裝的 文備)'49)라고도 할 수 있을 듯하다. 일제가 내걸었던 <무단적 동화>라

---

49) '무장적 문비'란, 대만 민정장관과 만철 총재를 지내면서 일본 식민주의 이데올로기를 정초한 이론가로 평가되고 있는 고토 신페이(後藤新平)가 주창했던 '문장적 무비'라는 용어를 비꼬아 만든 말이다. 문장적 무비란 고토가 대만 통치경험을 바탕으로 만주 통치의 청사진으로 제시하기 위해 고안한 것으로서, 식민통치 과정에서 문장적 시설을 중시하되 무력사용을 아끼지 않는다는 맥락에서 사용하고 있다. 하지만 1910년대 조선에서는 무력을 전면에 내걸고서 각종 문장 시설

는 형용모순에서 드러나듯, 이 시기에는 동화정책의 토대를 구축하는 작업이 폭력적으로 추진되었다. 요컨대 조선인들의 민도 곧 문명화의 수준이 대단히 낮은 단계에 있다고 보았기 때문에, 조선을 문명화하기 위한 제도를 정비하고 기반을 닦는 데에 지배의 목표를 설정해야 했던 것이다. 잘 알다시피 이 시기에는 또한 '토지조사사업' 등의 여러 정책을 통하여 식민지배를 위한 '근대적인' 경제적 토대가 구축되고 있었지만, 조선인에게도 일본인과 동일한 '국체'가 적용되어야 하는지에 대해서는 이노우에 테츠지로(井上哲次郎)와 같은 이데올로그에 의해 커다란 의문이 제기되고 있었던 것이다. 또한 동일성을 드러내는 이 시기의 슬로건을 보더라도, '내선융화'나 '일시동인' 등 현실로부터 유리된 그리고 동일성의 당위만을 강조하는 추상적인 수준의 것이었다.

이런 지배의 특성은 조선이 이른바 <최후의 식민지>였다는 점에서도 잘 드러난다. 다시 말하면 '19세기적 식민주의'라는 맥락에서는 조선이 마지막으로 식민화된 지역이었으며, 1차대전 이전의 폭력적인 식민지배의 특성이 잘 반영되어 있었다. 요컨대 자유주의 이전의 무단적이고 군사적인 식민지배가 노골적으로 시도되었던 것이다. 제1기의 식민주의는 이처럼 적극적인 문명화 곧 근대화를 위해 동일화를 유예하는 모습을 취하고 있었으며, '동양평화'라는 슬로건이 식민주의의 대외적인 목표로 내걸려 있었다.

제1차 세계대전은 유럽을 중심으로 한 '공법(=국제법)질서'가 예기치

___

과 동화정책을 적극적으로 시행하려 하였다. 이런 점에서, 외양에서는 차이가 있었지만 1910년대 조선의 식민정책이 대만 및 만주에서의 그것과 크게 달랐다고 보기는 어려울 듯하다. 야마무로 신이치, 앞의 책, pp.241-247 ; 문명기, 「대만·조선총독부의 초기 재정 비교연구」, 『중국근현대사연구』 44집, 2009 참조.

않게 해체되어 가는 본격적인 서막이 되었다. 이와 관련하여 일본의 전간기 동화정책은 하라 다카시(原敬)에 의해 '내지연장주의'라고 공공연히 표명되었지만, 그것은 오히려 자유주의적 측면을 강하게 가진 것이었다. 이는 일본의 다이쇼데모크라시의 긍정적, 부정적 측면을 동시에 반영하고 있는 것이기도 하였다. 자유주의적 식민주의 이데올로기는 짧게는 1919~1931년, 길게는 1937년 전후까지 이어지고 있었다.

조선에서의 3·1운동은 진정한 의미에서의 제1차 세계대전의 '전후' 곧 전간기를 경계짓는 상징이었다. 3·1운동과 그를 계기로 활성화된 '문화운동'은 민족적(곧 국민적) 정체성에 기반을 둔 근대적 집단주체를 문화적 차원의 운동을 통하여 형성하려 했다는 점에서, 일본의 다이쇼 데모크라시의 영향을 받은 것은 물론이려니와 세계사적 보편성을 가진 것이기도 하였다. 이처럼 제국과 식민지의 상호관련은 전간기의 세계사적 흐름을 반영하면서 점차 심화되어갔다.50) 예컨대 식민지의 문화적 민족주의 운동이 다이쇼 데모크라시의 영향 아래 전개되고 있었던 것이 사실이라면, 역으로 다이쇼 데모크라시 역시 식민지의 동향에 명백하게 의존하고 있었다.51) 일본에서 대두된 다이쇼 데모크라시의 자유주의적 분위기 곧 정당정치가 정착하고 보통선거가 실시되는 1920년대의 흐름이, 중반 이후 급작스럽게 냉각되기 시작한 것은 식민지의 흐름을 제외하면 이해하기 어렵다. 1925년 국체와 사유재산제도의 신

---

50) Gil J. Stein ed., *The Archaeology of Colonial Encounter*, School of American Research Press, 2005, pp.3-32. 이 책의 필자들은, 모든 식민지 지배에서 식민지배자-피지배자의 이분법적 구분이 아니라 영향의 쌍방향성이 관철되고 있었음을 강조한다.

51) 이 시기의 국체론과 민족이론의 동향에 대해서는 오구마 에이지, 앞의 책, 164-270쪽 ; 고마고메 다케시, 앞의 책, 243-295쪽 참조.

성함을 강조하는 치안유지법이 제정되고 이를 바탕으로 억압적인 단속 체제인 이른바 '치안체제'가 구축되는 데에는, 식민지 상황의 악화 곧 식민지 민족주의 흐름의 고양이 크게 영향을 미치고 있었던 것이다. 치안유지법이 식민지에서 훨씬 혹독한 방식으로 확대 적용되었다는 사실은 지금까지 많은 논자들에 의해 지적되어 왔다.[52] 식민지에서의 이런 흐름이 일본 본국에서도 유사한 방식으로 정착하게 되었다는 것은 말할 나위도 없다. 요컨대 다이쇼 데모크라시가 종말을 고한 것도 식민지 상황이 제국지배에 곤란한 방향으로 전개되고 있었던 사실과 무관하지 않았던 것이다.[53]

이 시기 식민주의에서의 동일화 수준은 크게 강화되었다. 1930년대 초반 농업공황의 파멸적 영향으로부터 벗어나기 위해 우가키 카즈시게(宇垣一成) 총독이 시작한 '농촌진흥운동'을 계기로 이제 식민지에서도 '국체명징'이 강조되기 시작하였다. 식민지도 제국과 동일한 국체를 공유하라니, 얼마나 '황공한' 일인가? 국체를 강조하는 이런 흐름은 물론 억압적인 치안체제의 강화와 함께 하는 것이었지만, '차별'의 철폐를 주장하는 흐름과도 맥락을 같이 하는 것이었다. 그 동안의 근대화 정책을 통하여 식민지의 문명 수준 곧 민도도 높아졌기 때문에, 이제 차별을 철폐해나가야 한다는 주장이 발언권을 얻기 시작하였다.

1930년대 초반부터 '내선융합'을 주장하거나 '일선동조'를 강조하는 흐름이 차츰 대중화되어간 것 역시 이런 흐름과 그 궤를 같이하는 것

---

52) 대표적으로 다음 논문들을 참조할 수 있다. 장신, 「1920년대 민족해방운동과 치안유지법」, 『학림』 19집, 1998 ; 水野直樹, 「조선에 있어서 치안유지법 체제의 식민지적 성격」, 『법사학연구』 26호, 2002 ; 최종길, 「식민지 조선과 치안유지법의 적용」, 『한일관계사연구』 30집, 2008.

53) 成田龍一, 『大正デモクラシー』, 岩波書店, 2007 참조.

이었다. 병합 이전부터 일본인들 사이에서 대중화되어 있었던 일선동
조론은, 조금씩 그 형태와 내용을 달리하면서도, 3·1운동을 전후하여
조선인들에게까지 더욱 확산되었고 일부 학계에서도 설득력을 얻고 있
었다.54) 한일 양 민족이 이른 역사시기부터 혈통과 영역을 공유하고
있었다는 '사실'을 강조하는 이 이론은, 동화정책을 추진하는 위정자들
에게는 '양날의 칼'이었다. 자칫하면 동일성을 지나치게 강조함으로써
식민정책의 수행에 차질을 초래할 가능성이 상존하고 있었던 탓이다.
따라서 식민지에 제국의 국체를 강조하기 위해서 곧 동일화의 수준을
높이기 위해서는 민도의 상승 곧 근대화의 진전을 그 근거로 삼아야
했다. 그리고 민도란 근대화의 척도로서 동일화의 수준을 조절하는 근
거로 적절히 이용되고 있었다. 식민주의 이데올로기에서의 근대화 곧
문명화란 이처럼 폭력적인 장치로 기능하고 있었던 것이다. 일본 제국
주의자들이 일선동조론을 수용하기 위해서는, 민도가 높아졌다는 점을
인정해야만 했다.55)

한편 일본에서 다이쇼 데모크라시의 흐름이 기울고 정당정치가 소멸
하는 대신에 군부와 우익파시즘이 대두하는 상황, 곧 총력전체제가 등
장하고 제국과 식민지를 가로지르는 '총동원정책'이 실시되는 상황 역

---

54) 일선동조론에 대한 최근의 성과로는 미쯔이 다카시, 「'일선동조론'의 학문적 기
   반에 관한 시론」, 『한국문화』 33, 2004 ; 장신, 「일제하 일선동조론의 대중적 확
   산과 素盞鳴尊 신화」, 『역사문제연구』 21, 2009 ; 장신, 「3·1운동 직후 잡지『동
   원』의 발간과 일선동원론」, 『역사와 현실』 73, 2009 참조.
55) 미야지마 히로시는 일선동조론과 정체론이 상호 모순적인 것이라고 간주하고 있
   다. 전자는 문명론적 아시아주의에, 후자는 탈아론적인 일본 인식에 각각 근거하
   고 있기 때문이라는 것이다. 미야지마 히로시, 앞의 글 참조. 그러나 위에서 본
   바와 같이, 현실에서 양자는 모순적인 방식으로 작동한 것이 아니라, 절묘하게
   상호 보완적인 역할을 수행하고 있었다.

시 식민지를 제쳐두고 설명할 도리가 없다. 예를 들어, 1931년 일본의 '만주침략'이 식민주의의 위상에서 특별한 의미를 갖는 것은 '15년 전쟁'이라는 알레고리(allegory) 때문만은 아니다. '만주국'이라는 독특한 근대국가를 수립한다는 상상을 통해서, 지구상 최초로 제2차 세계대전 이후 위성국가 모델을 수립하는 계기가 되었기 때문이다. 식민지배라는 측면에서 보면, 일본의 만주침략과 '만주국' 수립은 독일의 <동유럽 식민화>로 상징되는 유럽에서의 제2차 세계대전을 훨씬 일찍 선취한 것이었고, 전후의 세계 상황을 예고하는 것이기도 하였던 것이다. 또 제국 일본이 '만주국'에 대해 가장 크게 기대하고 있었던 것은, 제국의 총력전체제를 확립하기 위해 만주의 산업을 개발하고 만주를 반혁명적 세계전쟁의 근거지로 구축하는 일이었다. 여기에서 식민지 조선이 예외였을 리 없다.

1937년 이후 제3기의 동화정책은 「동화적 총동원정책」이라고 할 수 있을 터인데, 이는 「조숙한 총동원정책」이라는 측면을 가진 것이었다.56) 중일전쟁이 확산되면서 식민지에도 총력전을 수행하기 위한 총동원정책이 전면적으로 실시되었다. 그러나 식민지에는 총력전체제＝총동원정책이 근원적으로 제국과 동일한 차원에서 시행될 수는 없었다. 물질적, 이데올로기적 조건을 결여하고 있었기 때문이다. 경제적이고 물적인 축적은 박약하였으며, 인적 동원을 강행할 수 있는 정치적 조건도 갖추지 못하고 있었다. 요컨대 근대화의 수준도, 동일화의 조건도 식민지에 총동원을 강행하기에는 충분치 못했다. 이런 상황에서도 식

---

56) 총력전체제가 가진 조합주의적 성격과 복지국가적 전망에 대해서는 대표적으로 다음의 저작을 참조할 것. 山內靖, ヴィクタ・コシュマン, 成田龍一編, 『總力戰と現代化』, 柏書房, 1995.

민지에 총동원정책을 실시해야 했던 것은, 제국과 식민지 모두에게 비극이었다. 조건을 갖추지 못한 상황이었지만 총동원정책을 실시할 수밖에 없었다는 점에서, 이 정책은 명백히 '조숙한' 그리고 실패를 예견할 수 있는 것이었다.

내지연장 혹은 내선융합의 연장선 위에 놓인 '내선일체'라는 슬로건을 내걸고 추진된 황국신민화(imperialization of the subject) 정책은, 조선인에게 제국의 국민으로 '합류'하는 특권을 부여하는 것이었다. 곧 식민지민에게 '황국신민'이 될 특권이 부여되었고, 모든 차별은 부정되었다. 조선인이 일본인의 민도에 미달한다는 언설도 이제 인정될 수 없었다. '조선'이라는 민족적 특성은 대개 부정되었고, 오직 '반도'라는 지역만이 인정되었다. 식민지와의 혈통적 결합('내선결혼')이 장려되었으며, 여러 방면에서 국체를 더욱 철저히 할 것이 요구되었다. 그러나 이런 동화적 총동원정책은 지배자든 피지배자든 모두에게 흔쾌하게 인정될 수 없는 것이었다. 더욱이 식민지에는 총동원에 따르는 어떤 반대급부도 충분히 지급할 수 없는 박약한 물적 조건만을 갖추고 있을 따름이었다. 식민지의 입장에서 본다면, 대단히 조숙한 총동원정책이었을 뿐이었다.

식민지에 시행된 총동원정책은 총력전을 수행하는 과정에서 조숙하게 시행된 것으로써 다분히 '우연의 산물'이었다. 식민지에 시행된 총동원정책이 우연성에 의해 더 잘 설명될 수 있다는 것은, 식민지가 처한 정치-사회적 조건이나 지배자와 피지배자들 모두의 기대 혹은 희망보다 훨씬 급속하게 쌍방의 변화를 요구하는 것이 될 수밖에 없었다는 것을 의미한다. 요컨대 조선인들에게 황국의 신민이 되기를 강요한다는 것(황국신민화정책)은 문명화=근대화라는 자의적인 잣대가 식민지 조선에서 더 이상 의미를 갖지 못하게 되었다는 것을 뜻하는 것이다. 또한 조선인들에게 자신들과 완전히 동일하게 될 것을 요구하는 지배자들 곧 일본인들에게도 그에 상응하는 대가를 요구하는 것이었다. 일본인들은 이제 자신들과 조선인들 사이에 차별이나 위계가 존재한다는 사실을 더 이상 표면적으로는 드러낼 수 없었고, 비동일성을 담보하고 있는 모든 제도와 메커니즘을 철폐할 것임을 공언하지 않을 수 없었다.57)

동일화를 요구하는 식민정책이란 이처럼 언제나 상대성을 가진 것일 뿐만 아니라, 쌍방형적인 변화까지를 요구하는 것이었다.58) 동화정책이 요구하는 변화를 정상적으로 수용하지 못할 때, 식민정책은 파산 선고를 받게 될 것이다. 하지만 그 변화를 적극적으로 수용한다는 것은, 아주 불편한 일이지만, 지배자 자신들에게 강요되는 변화도 수용한다는 것을 의미하는 것이었다. 이를 두고 '동일화의 역풍'이라고도 할 수 있겠다. 식민주의가 국민주의로 이행한다는 것은 바로 이런 것을 말하는 것이고, 조선에서는 중일전쟁 이후 총동원정책의 와중에서 실제로 이런 일이 일어나고 있었던 것이다.59) 하지만 국민주의 그 자체도 국

---

57) 총동원정책과 교육, 징병, 참정권 등의 관련에 대해서는 윤해동, 「식민지인식의 회색지대」, 『식민지의 회색지대』, 역사비평사, 2003 참조.

58) 천광싱은 동화(assimilation)와 황국신민화(imperialization of the subject)를 영문으로 번역할 때에 어휘에 차이가 나는 점을 근거로 이 두 개념을 구분한다. 곧 동화는 피식민자가 식민자를 향해 변화하는 일방적인 과정으로, 황국신민화＝제국화는 그 양자의 쌍방향 운동의 과정이라고 본다. 천광싱, 앞의 글, 93-94쪽 참조. 그러나 일본 제국에서 시행된 황국신민화정책은 그 이전부터 시행되어온 동화정책을 심화시킨 것으로서, 양자를 명확히 분리해서 이해하기 어려운 연속성을 가진 실체이다. 또 동화정책이라는 동일화 이데올로기 역시 그 표방의 일방성과는 달리 쌍방향적 상호작용을 그 속성으로 가지고 있다고 이해해야 할 것이다.

59) 윤해동, 「식민지관료로 본 제국과 식민지」, 『근대역사학의 황혼』, 책과 함께, 2010, 246-254쪽 참조.

민화과정(nation-building)에서 드러나는 포섭과 배제의 메커니즘에 의해 지배되는 것 아니겠는가? 국민주의가 내부 식민지를 그 내부에 포섭하고 있는 것은 이런 이유 때문인데, 해방 전후 한국의 사정은 이런 정황을 잘 전시하고 있는 세계사의 쇼윈도처럼 보이기도 한다.

3. 식민주의와 '동양주의'

일본 제국주의는 구미 열강에 의해 문화적으로 식민화된 자기분열적인 제국주의로 출발했고, 그것은 일본제국주의를 하위제국주의 혹은 지역패권국으로 위치지우게 되었다. 이런 열등한 제국주의적 위상으로 말미암아, 일본제국주의는 미국 제국주의와의 헤게모니 경쟁에서 자신이 포섭하고 있는 식민지의 지리적·인종적·문화적 근접성을 반영하는 방식으로 그 모습을 드러내었다.[60] 1차세계대전을 전후하여 일본에서 '유색인종'이라는 자기인식이 강화되고, 이것이 아시아주의 담론의 유행을 선도하게 되는 것도 이런 맥락에서 이해할 수 있다. 이 시기에는 아시아의 다른 민족들과의 친근감이 강화되고, 이런 감각을 바탕으로 생생하고 체계적인 아시아주의가 생산되기에 이른다. 이에 따라 일본의 대국의식 혹은 아시아주의(Asianism)도 더욱 강화되었다. 러일전쟁 이후 나타나 끈질기게 이어지는 '미일전쟁론'도 아시아주의 사상의 연장선 위에 놓인 것이었다.[61] 이처럼 1910년대 이후 배타적인 아시아주의가 강화되었던 것인데, 여기에는 메이지기 이후의 구미협조주의와 근대화론에 대한 반발이 반영되어 있었을 뿐만 아니라 이 즈음 일본의

---

60) 박명규·김백영, 「식민지배와 헤게모니 경쟁」, 『사회와 역사』 82집, 2009, 12-14쪽.
61) 스벤 사이러, 앞의 글, 135-156쪽.

대륙침략정책을 정당화하려는 의도도 개입되어 있었다. 물론 아시아주의가 일본 사회의 전 영역을 장악하고 있었다고 할 수는 없다. 이는 이 시기 일본의 아시아주의 외교가 전통적인 구미협조주의와 여전히 길항관계를 유지하고 있었던 점에서도 명확하다.[62]

열등한 제국주의 일본에서 유행하고 있던 이런 아시아주의 사상은 1920년대 이후 신질서 모색기를 거쳐서, 곧바로 인종전쟁이라는 표상으로 폭발하게 되었다. 중일전쟁 이후 일본이 다시 서구와 적대하게 되었을 때, 일본은 '황색인종의 지도자' 혹은 '동양의 맹주'로 스스로를 위치시키고, 식민지에서 서구를 추방할 것을 호소하면서 '대동아전쟁'의 명분으로 삼게 되었다. 이리하여 태평양전쟁은 '귀축(鬼畜, 영미로 대표되는 서구─인용자)'과 '황색의 야만적이며 작고 교활한 원숭이'가 서로 사정없이 매도하면서 전의를 고양했던 인종전쟁이 되었던 것이다.[63]

일본 식민정책의 전개과정에 비추어볼 때, 이 시기에 일본이 또다시 '동양'(혹은 아시아라는 상상)으로 나아가게 된 것, 그리고 '동양'을 침략하고 '동아신질서' 혹은 '대동아공영권'을 내세움으로써 동양을 상상으로부터 끌어내려 지상에 정착시키려 노력했던 것은, 지구문화의 배치로 볼 때 어쩌면 필연적인 것이었다고 할 수 있다. 동양(문화) 혹은 아시아라는 지정학은 일본제국주의의 취약한 식민주의 이데올로기를 보완하는 유일하고도 결정적인 대체물이었다. 일본제국주의는 그 이전에 서양의 사명 이데올로기를 대체할 수 있는 어떤 대안도 갖고 있지

---

62) 이리에 아키라(入江昭) 저, 이성환 역, 『일본의 외교』, 푸른산, 1993, 59-145쪽 ; 이리에 아키라 저, 이종국, 조진구 역, 『20세기의 전쟁과 평화』, 을유문화사, 1999 참조.
63) 야마무로 신이치, 앞의 책, 186-190쪽.

못했다. 단지 변형된 근대화와 이를 보완하는 동일화 이데올로기만으로는, 침략이나 식민지화를 충분히 논리적으로 감쌀 수 없었다. 이에 동일한 문명과 기원을 가졌다고 주장하는 지역을 침략의 대상으로 삼을 수밖에 없었고, 그런 점에서 일본제국주의의 식민주의 이데올로기는 심각한 결함을 내장한 것이었다. 자신의(이 속한) 문명을 침략과 지배의 대상으로 삼을 수밖에 없었다는 점에서 그것은 불운한 것이었다. 다른 모든 식민주의 이데올로기와 마찬가지로.

V. 21세기의 식민주의

　동아시아의 질서는 서구로부터의 충격을 수용하면서 '예'의 질서로부터 '피'를 지향하는 힘의 질서로 이행해왔다. 요컨대 '도덕적인 위계'를 바탕으로 삼는 '화이질서'로부터, 동등한 주권국가 사이에서 구성되는 것으로 상정되는 '국가간 질서'로 이행하였던 것이다. 이에 발맞추어, 일본제국주의의 식민주의 이데올로기는 취약한 사명 이데올로기와 무딘 근대성의 수사학 그리고 그와 대비되는 노골적인 동일성의 논리로 구성되어 있었다. 하지만 그 식민성의 논리는 동양(아시아)을 향한 것으로 다시 위장되어 있었다. 자신이 속한 문명을 침략하고 지배해야만 하는 역설 속에 일제 식민주의의 취약성과 기만성이 감추어져 있었던 것이다.

　동아시아 식민주의의 바탕에 의제적인 '피'의 논리가 잠재되어 있다는 점을 간과해서는 안 될 것이다. 나는 일상의 식민주의 비판을 위한 내재적 가능성을 발견하기 위하여, 이러한 피의 이데올로기를 내면화한 동아시아 식민주의의 논리를 검토하려 하였다. 그 성공 여부는 차치하더라도, 근대적 식민주의가 형성되는 과정을 전통적 예의 질서로부터 추구할 필요성이 인정된다면 다행이라 할 것이다.

식민주의는 자연스럽게 전후 점령과 냉전에 의해 유지되어왔다. 제국에서는 총동원체제가 전후 복지국가 모델로 전환하는 토대가 되었다. 이것은 총력전체제의 제국적 변용을 의미하는 것으로, 근원적인 식민주의 청산이 불가능했다는 점을 상징하는 것이기도 하다. '총력전체제'를 구축하고 전쟁에 주도적으로 참가했던 모든 국가들은 전후 조합주의적 복지국가를 구축하였고, 그 국민들은 풍성하고 평온한 일상을 누릴 수 있었다. 그러나 식민지 지배에 대한 어떤 발본적인 책임 추궁이나 반성도 없었으며, 식민주의는 단지 과거의 '철지난 유행'으로 간주되었다. 이에 반해 제국주의적 총동원체제가 어떤 의미에서 가장 '전형적'으로 발현된 곳은 식민지였다. 제국주의적 '서구'(일본을 포함한)와 같은 복지국가적 '포섭'을 실현할 힘을 갖지 못한 식민지에서는 총동원체제의 폭력적인 메카니즘만이 그대로 잔존하여 확대-증폭되어갔다. 예컨대 남북한에 지속적으로 이어져온 준전시체제적 동원체제는 이런 총동원체제가 잔존―확대된 형태라고 보아도 무리가 없다. 그럼에도 후기 식민지 사회에서 총동원체제적 기원이나 역사성에 대한 자각은 대단히 미약했다.

니시카와 나가오는 식민주의에 대한 자신의 견해를 다음과 같이 결론짓고 있다. "국민국가는 식민주의의 재생산장치이다, 또는 국민은 필연적으로 어느 정도 식민주의자이다."[64] 근대비판의 가장 심각한 대상

---

64) 니시카와 나가오, 『신식민주의론』, 251-256쪽.

이자 방법으로 국민국가를 동원하고 있는 니시카와가, 국민국가와 국민을 식민주의의 담당자이자 재생산장치로 간주하는 것은 일견 자연스러운 것으로 보이기도 한다. 하지만 니시카와가 이런 방식으로 지적하고자 하는 진정한 핵심은, 근대가 바로 식민주의에 의해 지지되고 있다는 사실 혹은 근대는 언제나 식민지근대일 수밖에 없다는 사실이 아닐까?

현재 인류가 또하나의 '전간기'를 통과하고 있다는 알레고리는, 그 전환기적 특성을 더욱 선명하게 보여줄 수 있다. 어쩌면 지금 지구=인류는 한 세기 전에 맞이했던 전간기보다 훨씬 '더 심각한 기간'을 통과하고 있는 중이다. 우리시대의 전간기는 냉전에 의해 그 전기적 특성이 부여되었고, 앞으로 냉전을 넘어서는 더욱 심각한 또다른 전환을 맞이하게 될 것이다. 현금의 전간기를 수놓고 있는 이데올로기 역시 이전과 마찬가지로 '자유주의'가 주류를 이루고 있다. 하지만 그것은 '변형된 자유주의' 곧 신자유주의이다. 이 신자유주의는 자본과 시장의 자유만을 내세우는 폭력적 '자유주의'이고, 그것은 '제국 대 테러'라는 새로운 지구체제를 구축하려 하고 있다. 이런 점에서 새로운 전환은 자칫하면 전후에 맞이하게 된 새로운 식민주의의 변형으로 귀결될 가능성이 있다. 또 한편으로 한국을 비롯한 동아시아에서도 다양한 방식으로 '내부식민지'의 문제 곧 인종적 마이노리티 문제를 중심으로 한 다문화사회가 초래하는 여러 현상들을 맞이하고 있다. 각각의 사회가 일국사적이고 식민주의적인 인식을 어떻게 내파시켜서 해체해 갈 것인가? 우리는 이런 심각한 과제에 직면하고 있는 것이다.

김수영의 시 「눈」의 해석에 대한 연구

이 남 호

I. 머리말

김수영은 생전에 「눈」이라는 제목의 시를 세 편 발표하였다. 1956년
과 1961년 그리고 1966년에 각각 발표된 「눈」이란 시는, 제목은 같지
만 전혀 다른 시이다. 그것들은, 제목과 소재가 모두 눈이란 공통점이
있지만 그 내용이나 주제나 분위기는 전혀 다른 작품이다. 각각의 시에
서 눈이 지닌 비유적 의미도 전혀 달라, 이를 한자리에 모아 비교해보
는 것도 흥미로운 일이다.[1]

김수영이 발표한 세 편의 「눈」 가운데서 가장 널리 알려진 것은
1956년에 발표된 「눈」이다. 「눈」(1956)[2]은 김수영의 치열한 현실비판

---

[1] 김수영의 시 가운데서 「눈」이라는 제목의 세 편을 한 자리에 모아 비교 검토해
본 적이 있다.(졸고, 「눈」, 『청소년문학』 2010년 겨울호, 32-40쪽.) 본고는 그 논
의의 연장선상에서, 1956년에 발표된 「눈」의 해석 문제를 집중적으로 다루고자
한다.

[2] 이하, 아무 표시가 없이 「눈」이라고만 언급되면 이 작품은 1956년 발표된 「눈」
을 가리킨다.

적 시정신을 보여주는 대표적인 작품으로 고평되고 있으며, 고등학교 국어교과서와 문학교과서에 자주 수록되어 학생들에게도 비교적 친숙한 작품이다.[3] 이와 아울러 비평가들이나 연구자들이 흔히 인용하고 해석하는 시로서, 그 대체적인 의미는 지금까지 별다른 의문이나 이견 없이 인정되고 있는 것으로 보인다.

그러나 지금까지 보편적으로 인정되고 있는 「눈」의 해석에는 심각한 결함 혹은 논리적 모순이 있는 것 같다. 우리는 흔히 시의 의미 공간이 엄격한 논리의 구속으로부터 벗어날 수 있다고 생각하는 경향이 있다. 시의 의미는 암시적이고, 함축적이며 때로는 이중성과 모호성을 지닐 수 있음은 사실이다. 그러나 그렇다고 해서 의미의 논리적 질서가 무시될 수 있는 것은 아니다. 아울러 시적 의미의 특성이라고 할 수 있는 암시성, 함축성, 이중성, 모호성 등이 논리적 질서와 배타적으로 존재하는 것도 아니다.

본고는 지금까지 보편적으로 인정되고 있는 「눈」의 해석에 대해서 그 논리적 모순을 구체적으로 지적하고 나아가 그 논리적 모순을 해결할 수 있는 새로운 해석을 모색하고자 한다. 논리적 모순이 없는 의미 해석은 「눈」에 대한 보다 깊고 정확한 이해를 가능케 할 것이며 「눈」이 지닌 독창적 가치를 보다 분명히 드러내 줄 것으로 기대된다.

---

3) 김수영의 「눈」은 모두 5종의 고등학교 문학교과서(7차 교육과정)에 수록되어 있다. 문학교과서에 수록된 김수영의 작품(「풀」, 「폭포」, 「푸른 하늘을」, 「어느 날 고궁을 나서면서」, 「달나라의 장난」, 「눈」)가운데서 가장 많이 다루어지고 있는 작품이다.

II. 본론

1. 「눈」에 대한 기존 해석의 문제점

기존 해석의 문제점을 검토하기 위해서 먼저 「눈」의 전문을 살펴보자.

눈[4]

눈은 살아 있다
떨어진 눈은 살아있다
마당 위에 떨어진 눈은 살아있다

기침을 하자
젊은 詩人이여 기침을 하자
눈위에 대고 기침을 하자
눈더러 보라고 마음놓고 마음놓고
기침을 하자

눈은 살아있다
죽엄을 잊어버린 靈魂과 肉體를 위하여
눈은 새벽이 지나도록 살아있다

---

4) 이영준 편, 『김수영 육필시고 전집』, 민음사, 2009, 158-159쪽.
　　이 전집에는 김수영의 육필시고(혹은 부인 정서본)가 잘 정리, 영인되어 있어 김
　수영 시의 정본 문제를 높은 수준에서 해결해주고 있다. 「눈」의 1연 1행에서 "살
　아 있다"를 띄어 쓰고 나머지는 붙여 쓴 것, 그리고 2연 3행과 4행에서 "눈위에"
　와 "마음놓고"가 띄어쓰기 안 된 것과 , 그리고 3연 2행에서 "죽엄"이라고 잘못
　표기 된 것 등등은 모두 전집의 부인 정서본에 의거했기 때문이다.

기침을 하자
젊은 詩人이여 기침을 하자
눈을 바라보며
밤새도록 고인 가슴의 가래라도
마음껏 뱉자

위에서 보듯이 「눈」은 비교적 단순한 시상을 평이한 언어와 안정된 리듬으로 펼쳐 낸 작품이며, 대체적으로 난삽하고 혼란스러운 김수영의 초기시들 가운데서 예외적으로 쉬워 보이는 작품이다. 이 작품의 표면적 메시지를 아주 단순하게 이해하면 "눈은 살아 있다"와 "기침을 하자"이다. 이처럼 단순한 두 개의 모티프가 음악처럼 반복 변주되면서 「눈」이라는 한 편의 시가 된다.[5]

그러나 "눈은 살아 있다"와 "기침을 하자"라는 단순한 두 개의 메시지가 각각 무슨 뜻인지 그리고 그것들의 결합이 어떤 의미를 만들어내는지를 생각해 내는 일은 쉽지 않다. 우선 "눈은 살아 있다"에 대한 기존의 해석들을 검토해보자.

a. 새로 내린 신설의 깨끗함과 무구함은 우리가 겨울에 겪을 수 있는 가장 인상적이고 전신적인 경험의 하나다. 하룻밤 자고 났는데 온 세상이 순백의 은세계로 변해 있고 그리하여 풍경이 한껏 가깝게 다가 설 때의 선뜻하고 상쾌한 느낌은 우리의 일상에 어떤 초월적인 차원마저 더해준다. 때문은 일상이 시원의 새 모습으로 다가온다. 시인은 그것을 "눈은 살아 있다"고 말한다. ---하늘에서 한창 떨어져

---

5) 「눈」의 음악적 효과에 대해서는, 서우석, 「시와 리듬」, 『문학과지성』, 문학과지성사, 1978년 봄호 참조.

내리는 눈이나 신설의 깨끗함이 우리에게 호소할 때 그것은 갓 태어
난 생명의 경이감과도 어떤 근친성을 감지하게 된다.[6]

　b. ---눈은 살아 있다. 아니 살아 있는 것처럼 그의 의식을 일깨
운다. ---그 살아 있는 눈 앞에서 화자는 그 자신 살아 있음을, 그의
정신이 아직 불순에 물들지 않았음을 증명하고자 하는 것이다. 그것
이 기침이며 가래 뱉기이다. 살아 있는 눈은 지상을 포근히 덮고 가
림으로써 대상을 은폐하는 눈이 아니라 존재의 내부, 즉 육체의 심
연에 숨겨져 있는 진실을 여지없이 밝혀내고 폭로하는 눈인 것이다.
그래서 눈앞에서 기침을 하는 것은 화자로선 자신의 살아있음에 대
한 존재증명이자 내부의 불순물을 드러내 정화하는 고해의 일종이
다.[7]

　c. 일반적으로 눈은 지상에 내리고 있는 동안 움직임을 보여주며,
일단 지상에 내려 앉아 쌓이면 정지되고 고정된다는 점에서 '살아
있다'라는 말은 어울리지 않는다. 그럼에도 구태여 '살아 있다'는 표
현을 동원한 것은, 이 작품에서 특별한 의미로 쓰이고 있음을 짐작
하게 한다. ---'떨어져도 살아 있다'는 말은, 마당을 단순히 눈이 내
려 쌓인 공간이 아니라, 어떤 부정적 공간을 상징한다고 파악하게
한다. ---순결한 눈은 그 고뇌와 갈등을 포근히 감싸 안으며 시인에
게 살아 있음(깨어 있음)을 촉구하고 있는 것이다. '눈은 살아 있다'
와 '기침을 하자'의 반복과 변주는 '살아 있는 눈'이라는 의미 부여
를 통해 생명감의 충일을 보여준다. 김인환의 지적처럼, 눈은 마당으
로 상징되는 사회에 떨어진 것이요, 동시에 세상의 영혼과 육체에게
죽음을 일깨우기 위하여 있는 것이다.[8]

6) 유종호, 『시읽기의 방법』, 삶과 꿈, 2005, 140-141쪽.
7) 남진우, 『미적근대성과 순간의 시학』, 소명출판, 2001, 60-61쪽.
8) 강연호, 『한국현대시의 미적 구조』, 신아출판사, 2004, 130-132쪽.

a에서 눈은 순결함과 생명력을 의미하며, 그것은 사람들에게 일종의 정화의 느낌을 주는 것으로 이해된다. 눈은 살아 있음으로써 사람들에게 순결함과 생명력의 고귀한 가치를 새삼 일깨워 주는 매체가 되는 것이다. b에서도 눈은 순결함과 생명력의 의미를 갖는다. 다만 b에서 보다 강조되는 것은 눈의 순결함과 생명력 그 자체가 아니라 존재에 대한 눈의 작용력이다. 즉, 눈은 인간 존재의 내부에 있는 진실을 밝혀내고 폭로하며 내부의 불순물을 내뱉게 하는 강한 힘을 지니고 있다. c 역시 눈의 순결함과 생명력을 말한다. 그러나 c는 b와 달리 존재에 대한 눈의 (정화)작용력에 주목하는 것이 아니라 사회에 대한 눈의 (정화)작용력에 주목한다. 눈은 부정하고 불순한 사회 또는 죽음을 잃어버린 영혼과 육체의 세상을 구원하고 감싸안기 위해서 살아 있다.

이처럼 "눈은 살아 있다"에 대한 기존의 해석은, 약간의 편차가 있긴 하지만, 대체로 일치한다. 눈은 순결함과 생명력을 지닌 것이며, 그것은 우리의 내부에 있는 부정적 요소나 아니면 세상과 사회에 있는 부정적 요소들을 정화하거나 아니면 정화를 촉구하는 작용력을 지닌다. 눈에 대한 이러한 기존의 해석은 일견 타당하고 상식적이다. 눈 자체만 분리해서 이해한다면 이러한 해석은 충분히 존중될 수 있다. 그러나 문학작품에서 일부분의 해석은 다른 부분의 해석과 계속적인 타협과 조정과정을 거쳐서 논리적 질서를 갖춘 전체 의미를 구성해나가야 한다. 그러므로 눈에 대한 이러한 해석도 전체 의미망 속에서 어떻게 용납될 수 있는지 다시 생각해 보아야 한다. 이에 대해서는 추후에 논의할 것이다.

이제 "기침을 하자"에 대한 기존의 해석을 살펴볼 차례이다.

　a´. 살아 있는 눈을 보자 살아 있는 시인은 공감과 호응의 신호를 보내고 싶은 충동을 느낀다. 그것은 살아 있는 것들의 상호 인지요 확인이기도 하다. ---죽음으로의 존재인 인간은 평소에 죽음을 잊어버리고 얻은 허술한 편안함 속에서 일상인으로서의 나날을 보낸다. "죽음을 잊어버린 영혼과 육체"는 새벽이 지나도록 살아 있는 눈에서 죽음의 불안을 직감한다. (미구에 살아 있는 눈의 덧없음이 드러날 것이기 때문이다) 그리하여 살아 있음의 자기 확인인 기침을 역시 살아 있는 눈에다 대고 '마음놓고 하자'고 다짐하는 것이다. 그것은 동시에 순백의 신성을 두고 올리는 자기 정화의 소소한 의식이기도 하다.9)

　c´. 이 작품에서 기침은 일단 후자의 의미로, 즉, 생리적 반응이라기보다 존재를 인식시키기 위한 의미로 쓰이고 있다고 볼 수 있다. ---결국 "눈은 살아 있다"라는 시구는 서술형이고, "기침을 하자"라는 시구는 청유형이라는 점에서 '눈'과 더불어 '살아 있음(혹은 깨어 있음)'에의 동참 권유가 이 작품의 중심의도이다. 그리고 그 동참은 '기침'이라는 시어로써 매개되고 완성되는데, 마지막 연에 보이는 "밤새도록 고인 가슴의 가래라도 마음껏 뱉자"에서 '가래'는 넓게는 '기침'에 귀속되어, 더러운 것이라는 일상적 인식과는 달리 쓰이고 있다. 가래침을 뱉는다는 것은 적대적인 대상을 향해 멸시나 비웃음의 표현으로 흔히 하는 행위인데, '가래'가 그런 의미로 동원된 시어라면, 살아 있는 '눈'을 강조하는 이 작품의 의도와는 맞지 않게 된다. 순결한 눈에 적대적인 태도를 보인다는 것은 어울리지 않기 때문이다. 그러므로 '가래'는 여기서 지난 밤 동안의 시인의 내적 고뇌라고 이해할 수 있다. 다시 말해서 '가래'는, 더러운 것이라는 일상적 의미보다는 오히려 내적 고뇌의 형태로, 즉 깨어있어야 한다는 당위와 그러지 못하게 가로막는 현실의 장애 사이에서 겪은 지난밤

---

9) 유종호, 앞의 책, 142쪽.

의 갈등이라고 파악된다.[10]

a´에서는 기침의 의미를 두 가지로 말한다. 하나는 곧 사라질 눈의 살아 있음을 보고 자신 역시 살아 있다는 것을 확인하고 알리는 행위이며, 다른 하나는 눈의 순결함에 감화되어 올리는 자기 정화의 조그만 의식이다. 이 해석의 미덕은 "기침을 하자"라는 메시지를 너무 과장하지 않고 현실감 있는 반응으로 이해한 것이라고 할 수 있다. 그러나 자신이 지금 살아 있다는 것을 확인하는데 그렇게 여러 번 기침을 하고 나아가서는 가래라도 뱉어야 하는지에 대해서는 의문을 가질 수 있다. 또 살아 있음의 확인과 자기 정화의식이 동시에 이루어진다는 점도 약간 미심쩍다 할 수 있을 것이다.

앞서 인용한 b에 의하면, 기침에 대한 b의 해석도 a´의 해석과 별로 다르지 않다. b는 "눈앞에서 기침을 하는 것은 화자로선 자신의 살아있음에 대한 존재증명이자 내부의 불순물을 드러내 정화하는 고해의 일종"이라고 보다 분명히 말한다. 다만 이 경우의 살아 있음은 단순히 생명이 유지되고 있음을 의미한다기보다는 소위 '깨어 있음' 또는 '바른 정신을 가지고 세상을 대함'과 같은 의미가 보다 강한 면이 있다. 그리고 '깨어 있음'의 의미가 강하다면, 그것은 자기 정화의식이라는 의미와의 배타성도 상당히 줄어 들 수 있다. 그러나 자신으로 하여금 깨어 있도록 자극하고 부추기는 눈의 작용력에 대한 긍정적 반응 양상이 왜 하필이면 기침하기 심지어는 가래뱉기로 나타나는지에 대해서는 의문이 남는다. 특히 내부의 불순물을 뱉어내는 가래뱉기가 왜 하필이면 순

---

10) 강연호, 앞의 책, 131쪽.

결한 눈을 향해서 이루어지는지 전혀 납득이 안 된다.

이 문제점은 c´에서 적절하게 지적되고 있다. c´는 기존의 「눈」의 해석에서 가장 취약한 부분에 대한 예리한 문제의식을 보여준다. c´ 인용문에서 "가래침을 뱉는다는 것은 적대적인 대상을 향해 멸시나 비웃음의 표현으로 흔히 하는 행위인데, '가래'가 그런 의미로 동원된 시어라면, 살아 있는 '눈'을 강조하는 이 작품의 의도와는 맞지 않게 된다. 순결한 눈에 적대적인 태도를 보인다는 것은 어울리지 않기 때문이다."라는 부분이 특히 그러하다. 그러나 c´는 이처럼 중요한 지적을 해 놓고서도 그 문제점을 해결하는 논리에서는 실패한 것으로 보인다. 눈에다 더러운 것을 뱉을 수는 없으니까 c´는 가래를 더럽지 않은 것 즉 간밤의 내적 고뇌 정도로 억지 짐작해서 문제의 핵심을 피해간다. 가래를 간밤의 고뇌의 결정체로 생각하는 것도 무리지만, 가래가 고뇌의 결정체라 하더라도 그것을 순결하고 살아 있는 눈 위에게 내뱉는다는 것은 자연스런 태도가 아니다. 특히 c´는 마당을 부정적인 사회로 보고 있는데, 부정적 사회에 떨어져서도 살아 있는 눈의 순결이라면 더욱 소중하게 그 순결성을 보존해야 마땅하다.

"눈은 살아 있다"와 "기침을 하자"에 대한 이상의 기존 해석들에는, 앞서 살핀 바와 같이, 납득하기 어려운 한 가지 논리적 모순을 공통적으로 지니고 있다. 눈을 순결함과 생명력을 지니고 화자의 정화를 재촉하는 대상으로 보고, 기침을 그에 대한 긍정적 대응으로서의 자기 정화로 보는 해석은 논리적 모순이다. 왜냐하면 c´에서도 지적된 바와 같이, 기침 뿐만 아니라 가래와 같이 더러운 배설물을 순결한 "눈 위에 대고, 눈더러 보라고" 뱉는다는 것은 말이 안 되기 때문이다. 그러므로 「눈」의 의미 해석은 이 논리적 모순이 상식적으로 해결될 수 있도록 새롭게 이루어져야 할 것이다.

2. '죽음을 잊어버린 영혼과 육체'에 대한 이해

"눈은 살아 있다"라는 「눈」의 기본적인 메시지를 이해하는 데 있어서 참조 가능한 작품 자체의 정보는 적다. 굳이 찾는다면 1연의 "마당에 떨어진 눈은 살아 있다"는 것과 3연의 "죽음을 잊어버린 영혼과 육체를 위하여 눈은 새벽이 지나도록 살아 있다"는 것이다. 1연이 주는 정보는, 하늘에서 펄펄 내리고 있는(움직이고 있는) 눈이 아니라 마당에 내려 쌓여 있는 눈을 두고 시인은 살아 있다고 말하는 것이다. 여기서 우리는 '살아있음'이 단순히 움직이고 있음을 뜻하는 것이 아니라 하얗게 덮여 있는 눈이 어떤 작용력을 지니고 있음을 짐작할 수 있다. 이는 앞서 인용한 c에서도 확인할 수 있다.

눈의 살아 있음과 관련하여 가장 주목해야 할 정보는 3연의 "죽음을 잊어버린 영혼과 육체를 위하여"이다. 눈의 살아 있음이 죽음을 잊어버린 영혼과 육체를 위한 것이라면, 죽음을 잊어버린 영혼과 육체가 뜻하는 바는 눈의 살아 있음을 이해하는 중요한 실마리가 될 수 있기 때문이다. 앞서 논의 된 기존의 연구들은 죽음을 잊어버린 영혼과 육체를 부정적인 것으로 온당하게 이해한다.[11] 그러나 이렇게 되면 부정적인

---

11) 그러나 일부 연구자나 고등학생용 참고서 등의 해석에서는 죽음이 살아 있음과 반대이므로 죽음을 잊어버린 영혼과 육체를 긍정적으로 파악하는 오류를 흔히 발견할 수 있다. 이런 오류들이 오늘의 시교육을 혼란에 빠뜨리고 있는 주요한 요인일 것이다.
김선연, 「김수영 시의 교육적 활용 방안 연구」, 고려대학교 교육대학원, 2010, 11-20쪽 참조.

것을 위해서 눈이 살아 있는 셈이 되므로 눈의 살아 있음 또한 부정적인 되어야 논리가 성립한다. 그런데 기존의 연구는 눈의 살아 있음을 긍정적으로 보기 때문에 논리적 모순이 생긴다. 기존의 연구들은 죽음을 잊어버린 영혼과 육체에게 죽음을 깨우쳐주기 위해서 눈이 살아 있다고 해석함으로써 이 문제를 해결하려 하지만 이러한 해결은 적절하지 않아 보인다. 우선 어법적으로 자연스런 해석이 되지 못하며('A를 위해서'를 'A가 아닌 것을 위해서'로 해석하기 때문에), 또 전체의 의미 질서를 구성하는 데서도 억지스럽기 때문이다.

동서고금의 정신사에서 죽음에 대한 냉정한 인식은 깨어있는 정신을 위해 필수적인 것이었다. 메멘토 모리(memento mori)라는 라틴어 경구가 이를 잘 말해준다. '죽음을 기억하라'는 뜻의 메멘토 모리는 로마시대 개선장군이 썼던 승리의 모자에 새겨진 말이라고 하는데, 개선장군이 아무리 훌륭하더라도 죽음을 피할 수 없다는 경고를 함으로써 그가 오만해지지 않도록 했다는 것이다. 이후 메멘토 모리는 서구의 정신문화에서 매우 중요한 사상이 되었고, 삶의 지침이 되었다. 17세기 정물화에 자주 등장하는 모래시계, 해골, 데드마스크 등은 죽음의 필연성 앞에서 오만과 쾌락을 경계하고 겸손해지라는 의미를 담고 있다. 인간의 탐욕과 오만과 광기는 많은 경우 자신이 곧 죽을 운명의 존재임을 망각하는 데서 비롯된다는 사실을 강조한 것들이다. 그런가 하면 수많은 예술이나 건축물에서 죽음을 주제나 소재로 삼고 있다. 대부분의 철학자들 역시 삶 속에서 죽음의 중요성을 강조하고 죽음을 통해서 삶이 완성된다고 보았다.[12]

---

12) 메멘토 모리 사상과 철학자들의 죽음에 대한 논의는 다음 책을 참조.
　　울리 분덜리히, 『메멘토 모리의 세계』, 김종수 옮김, 도서출판 길, 2008 ; 김동호

이처럼 죽음을 잊어버리고 산다는 것은 거짓된 삶을 산다는 것과 같은 말이 된다. 특히 세상의 위선과 거짓과 비겁에 대해서 그 누구보다도 예민하게 반응하고 또 냉소적이고 공격적이었던 김수영에게 '죽음을 잊어버린 영혼과 육체'는 세상의 온갖 비리와 부패와 거짓의 주체로서 강한 부정의 대상이 되었을 것이다. 그렇다면 그 부정적인 대상을 위해서 살아 있는 눈이 어떻게 순결하고 생명력있는 긍정이 될 수 있을까? 혹시 시인은 '눈'에 전혀 다른 의미를 부여하고 있는 것은 아닐까?

3. '눈은 살아 있다'에 대한 이해

지금까지 필자가 확인할 수 있었던 「눈」의 해석과 관련된 모든 논의에서 '눈'은 당연히 순결하고 생명력을 지닌 긍정의 의미로 해석되었다. 우리의 문학적 관습이나 상상력 속에서도 눈은 거의 언제나 아름답고 순수하고 결백한 것으로 이해된다. 그러나 시인들은 관습의 경계를 넘어서서 언어를 사용하기도 한다. 수시로 통념의 허를 찌르고 독창적이고 대범한 사유를 펼쳤던 김수영의 시에서 관습의 경계를 넘어서는 언어 사용을 만나게 되는 일은 흔하다. 「눈」에서의 '눈'의 비유적 의미도 전혀 다른 차원에서 생각해 볼 필요가 있다.

앞서 언급한 적이 있지만, 김수영은 「눈」이란 제목을 시를 세 편 남겼다. 각각의 시에서 눈은 다른 의미로 사용된다. 「눈」(1961)에서 눈은 무리, 민중 등의 의미로 이해되며, 「눈」(1966)에서 눈은 비유적 의미를 전혀 내포하지 않는, 자연물 그 자체로서의 눈을 가리킨다.13) 그렇다면

외, 『철학, 죽음을 말하다』, 산해, 2004.
13) 졸고, 앞의 글 참조.

「눈」(1956)에서 눈은 어떤 비유적 의미를 지니고 있을까?

눈이 내려 쌓이면 이 세상은 순백이 된다. 눈은 모든 것을 하얗게 뒤덮는다. 집도 덮고, 마당도 덮고, 장독도 덮고, 쓰레기 더미도 덮고, 오물도 덮는다. 눈이 내려 쌓이면 이 세상의 모든 추함과 더러움도 보이지 않고, 온 세상이 깨끗해 보이고 평화로워 보인다. 이런 관점에서 생각하면 눈에는 진실과 사실의 추한 모습을 깨끗하게 덮어버리는 거짓과 은폐의 의미도 있다.

마당에 떨어진 눈이 살아 있다는 것은 일차적으로 아직 녹지 않았다는 것을 뜻한다. 눈이 녹으면 눈이 감추고 있던 여러 가지 진실과 사실들의 참모습이 노출된다. 그러나 눈이 녹지 않고 살아 있다면, 진실과 사실의 참모습들은 눈 아래에 은폐된 체로 있게 된다. 시인은 마당에 떨어져 새벽이 되어도 녹지 않고 있는 눈을 보면서, 그것이 감추고 있는 세상의 진실에 대해서 생각하고 있는 것 같다.

이 시에서 청자로 설정되어 있는 젊은 시인은 불특정한 대상일 수도 있고, 시인 자신일 수도 있고, 자신의 포함한 다수 일 수도 있을 것이다. 젊은 시인은 밤새도록 시대의 거짓과 위선과 부패를 고뇌하며 시를 쓴다. 새벽이 되어 창밖을 보자 마당에는 하얗게 눈이 쌓여 있다. 이때 시인의 상상력은 눈의 순백이 마당의 지저분함을 덮고 있는 것이 마치 허울 좋은 세상의 위선과 거짓이 현실의 비리와 추함을 가리고 있는 것과 흡사하다는데 미친다. 시인은 세상의 위선과 거짓의 허울을 벗기고 진실을 드러내려 애쓰지만 그것은 쉽지 않다. 그것은 마치 새벽이 지나도록 녹지 않고 마당을 덮고 있는 눈과 같다. 눈이 살아 있는 세상은 곧 거짓과 위선이 활개 치는 세상이다.

눈의 의미를 이와 같이 거짓과 은폐로 이해하면 "죽음을 잊어버린

영혼과 육체를 위하여 눈은 새벽이 지나도록 살아 있다"는 구절의 의
미가 쉽게 드러난다. 그것은 죽음을 망각하고 온갖 탐욕과 부패와 오만
에 빠져 있는 세상을 은폐하고 있는 위선과 거짓의 완강함을 뜻한다.
그리고 이러한 이해의 연장선상에서 "기침을 하자"의 의미도 자연스럽
게 드러난다.

4. '기침을 하자'에 대한 이해

앞의 인용문 c´는 이 시에서 "기침은 일단 후자의 의미로, 즉, 생리
적 반응이라기보다 존재를 인식시키기 위한 의미로 쓰이고 있다"고 했
다. 우리의 일상 생활 속에서 기침은 상대가 자신의 존재를 인식하지
못하고 있을 때 자신이 곁에 있음을 알리는 방식이기도 하다. 방 안에
있으면서 방 밖의 사람에게 자신이 있음을 알릴 때, 자신이 갑자기 나
타나 상황이 어색해지는 것을 방지하기 위해 자신의 존재를 알릴 때,
몰래 좋지 않은 짓을 하려는 자에게 곁에 누군가가 보고 있음을 알림
으로써 경고를 줄 때 등등 여러 상황에서 기침의 방식은 사용된다. 이
시에서의 기침은 세 번 째 상황과 관련이 있는 것 같다.

시인은 젊은 시인에게 "눈 위에 대고 기침을 하자 눈더러 보라고 마
음놓고 마음놓고 기침을 하자"고 말한다. 그리고 마지막에는 "눈을 바
라보며 밤새도록 고인 가슴의 가래라도 마음껏 뱉자"고 말한다. 청유
이기도 하고 또 자기 다짐이기도 한 이 말은, 점점 강한 태도를 요구한
다. 즉 처음에는 조심스레 기침을 하자고, 그 다음에는 마음놓고 눈더
러 보라고 기침을 하자고 하고, 마지막에는 아예 가래까지 마음껏 뱉자
고 한다. 이것은 세상의 위선과 거짓에 대한 시인의 분노 및 저항의지

의 강조와 관련이 있다.

앞서 이해한대로 「눈」이란 시에서 눈은 세상의 추하고 더러운 진실을 깨끗하게 덮고 있는 거짓이요 위선이다. 그 거짓과 위선을 폭로하고 진실을 밝히기란 쉬운 일이 아니고 때로는 매우 큰 용기와 결단을 필요로 한다. 시인은 지금 잘 드러나지 않는 세상의 거짓과 위선에 대해서 촉각을 곤두세우고 있다. 남들이 의식하지 못하는 또는 외면하는 거짓과 위선을 노출시키고자 한다. 처음에는 눈 위에 대고 기침을 해서 거짓과 위선의 눈에 사람들의 주의를 환기시키고자 한다. 그러다가 시인은 좀 더 적극성과 대담성을 띤다. 즉 눈을 겁내지 말고 눈더러 보라고 당당하게 마음놓고 기침을 하자고 한다. 마지막에 이르러 거짓과 위선에 대한 시인의 분노는 더욱 커지고 그에 따라 대담성과 공격성도 더 강해진다. 가래라도 마음껏 뱉자고 하면서, 가래뱉기라는 더러운 대상에 대한 멸시와 거부의 행위를 거침없이 하자고 촉구하는 것이다. 김수영의 시와 산문이 지닌 가장 큰 특징이 추하고 불편한 진실을 거침없이 드러내는 점임을 생각해보면,14) 젊은 시인이 해야 하는 기침과 가래 뱉기에 대한 이와 같은 이해는 보다 쉽게 수긍이 될 것이다.15)

---

14) 김수영의 직설과 독설은 대단하다. 시와 산문이 다 그러한데, 산문의 경우를 「창작자유의 조건」과 「김인환」이라는 짧은 산문을 예로 들어 보자. 「창작자유의 조건」에서는, 언론자유가 이만하면 있다고 할 수 있다는 말에 대해서 "언론자유가 있느냐 없느냐의 둘 중의 하나가 있을 뿐 「이만하면 언론자유가 있다고」 본다는 것은, 쉽게 말하면 그 자신이 시인도 문학자도 아니라는 말 밖에는 아니된다."고 강하게 비판한다. 또 동료 문인이요 벗인 김인환을 회고하는 수필 「김인환」에서도 "인환! 너는 왜 이런, 신문기사만큼도 못한 것을 시라고 쓰고 갔다지?"라고 서슴없이 모욕적인 말을 해버린다. 아마도 김수영에게 이런 직설과 독설이 곧 "눈더러 보라고 마음 놓고 기침을 하자"라는 다짐의 실천이었다고 할 수 있을 것이다. 『김수영전집』 2, 민음사, 1981 참조.
15) 김수영이 1968년에 발표한 유명한 시론의 제목이 『시여, 침을 뱉어라』이다. 이

Ⅲ. 결론

김수영의 시 「눈」의 의미 해석에 대한 혼란과 의문은 "눈은 살아 있다"가 내포하고 있는 비유적 의미를 새롭게 해석함으로써 해결할 수 있다. 이 시에서 눈의 의미는 기존 연구가 공통적으로 수용하는 어둠과 대결하는 순결과 생명력이 아니라 오히려 현실의 추함을 숨기는 거짓과 은폐이다. 눈의 의미를 거짓과 은폐로 이해함으로써 「눈」의 해석은 한층 높은 타당성과 명료성과 논리성을 갖추게 되었고, 나아가 「눈」의 작품성에 대한 근거도 보다 확실하게 되었다. 앞서 논의하고 이해한 내용을 바탕으로 「눈」의 의미를 재해석하면 다음과 같다.

1956년에 발표된 김수영의 시 「눈」은 "눈은 살아 있다"와 "기침을 하자"가 반복, 변주되면서 단순하지만 힘 있고 호소력 있는 시적 공간을 만들고 있는 작품이다. 시적 상황은 매우 단순하다. 시인은 밤새 시대를 고뇌하며 시를 쓴다. 새벽이 되어 창밖을 내다보니 마당에 눈이 내려 하얗게 쌓여 있다. 시인은 밤새 현실의 추함과 더러움에 대해서 고뇌했는데, 눈은 현실을 아름답고 평화로운 순백의 세상으로 만들어 놓고 있다. 여기서 시인은 현실의 추함과 더러움을 은폐하고 호도하는 눈의 위선과 거짓에 대해 생각한다. 또 저 녹지 않고 살아 있는 눈처럼 현실의 위선과 거짓도 좀처럼 사라지지 않고 완강하게 현실을 뒤덮고 있다고 생각한다.

시론에서 김수영은 "시란 온몸으로 밀고 나가는 것"이라고 했다. 그리고 충격과 혼돈 속에서 곧바로 자유를 이행하는 것이 곧 시가 침을 뱉는 것이라는 뜻을 말했다. 이 시론과 「눈」의 상관성은 분명해 보인다. 즉, 「눈」에서 젊은 시인에게 기침을 하고 가래를 뱉으라고 말한 것의 연장선에 『시여, 침을 뱉어라』는 시론이 있다고 할 수 있다.

　시인은 현실의 부정을 은폐하고 호도하는 위선과 거짓을 모른 체 해서는 안된다고 생각한다. 그래서 2연에서 기침을 하자고 말한다. 나쁜 것을 숨기고 있는 곳에 가서 기침을 함으로써 그것을 세상에 알리고자 한다. 처음에는 좀 조심스럽게 기침을 하고자 하나 곧 이어 용기를 내서 당당하게 눈더러 보라고 마음놓고 기침을 크게 하고자 한다.

　3연에서는 눈이 숨기고 있는 것이 어떤 것인지와 거짓이 얼마나 끈질긴 것인지에 대해서 알려준다. 죽음을 잊어버린 영혼과 육체란 탐욕과 비리와 오만한 현실을 구성하는 구성원이다. 죽음의 인식을 통해서 삶의 진정한 가치를 찾으려 하지 못하고 마치 영원히 살 것처럼 탐욕스럽고 오만한 영혼과 육체들이 현실을 추하게 만든다. 그런데 그 추한 현실을 뒤덮고 있는 거짓과 위선은 마치 새벽이 지나도록 녹지 않는 눈처럼 끈질기다.

　이렇게 거짓과 위선에 대해서 더 생각하다보니 그것에 대한 시인의 분노는 더 커지고 따라서 시인의 태도도 보다 대담하고 공격적이 된다. 그래서 4연에 이르러서는 기침을 하는 정도가 아니라 강한 경멸과 거부의 뜻이 담긴 거친 행동 즉 가래침이라도 뱉고자 하게 되는 것이다. 「눈」은 현실의 거짓과 위선에 대한 시인의 부당한 현실에 대한 부정 의지를 매우 효과적으로 보여주는 작품이다.

■ **저자소개** (논문게재순)

박진수   가천대학교 일어일문학과 부교수
최성실   가천대학교 글로벌 교양학부 조교수
최범순   영남대학교 일어일문학과 조교수
윤상현   가천대학교 아시아문화연구소 학술연구교수
유강하   강원대학교 인문과학연구소 HK연구교수
양지영   가천대학교 일어일문학과 강사
박성혜   연세대학교 중어중문학과 강사
김지연   상명대학교 일본어문학과 강사
서동주   서울대학교 일본학연구소 HK연구교수
류시현   전남대학교 호남학연구원 HK교수
윤해동   한양대학교 비교역사문화연구소 HK교수
이남호   고려대학교 국어교육과 교수

아시아학술연구총서 3

동아시아의 기억과 방법으로서의 서사

초판 인쇄 2012년 8월 22일 | **초판 발행** 2012년 8월 30일
지은이 가천대학교 아시아문화연구소
펴낸이 이대현 | **편집** 박선주
펴낸곳 도서출판 역락 | **등록** 제303-2002-000014호(등록일 1999년 4월 19일)
주소 서울시 서초구 동광로 46길 6-6(반포동 문창빌딩 2F)
전화 02-3409-2058, 2060 | **팩시밀리** 02-3409-2059 | **전자우편** youkrack@hanmail.net
ISBN 978-89-5556-335-1 93800

정가 25,000원

* 잘못된 책은 구입처에서 교환해 드립니다.